모킹버드

Mockingbird

모킹버드

월터 테비스 지음 | 나현진 옮김

어느날
갑자기

엘리노라 워커를 위하여

차
례

* 일러두기

모킹버드Mockingbird(흉내지빠귀)는 신세계 참새목 새들 중 하나입니다. 다른 새의 울음소리나 곤충이나 양서류의 소리를 흉내내는 것으로 유명합니다. 이 소설 속 'Mockingbird'는 '흉내지빠귀'로 번역하였습니다.

스포포스

어느 날 자정, 스포포스는 5번가를 걸으며 휘파람을 불기 시작한다. 그 곡의 제목을 그는 잘 알지도 못하고 굳이 알아야 할 필요도 없다. 혼자일 때면 종종 휘파람으로 부르곤 하는 꽤 복잡한 곡이다. 그의 상체에는 허리까지 아무것도 걸쳐 있지 않고, 맨발에 카키색 바지만 입고 있다. 발아래로 닳고 닳은 오래된 포장도로가 느껴진다. 폭이 넓은 길 한가운데를 걷고 있는데도 양옆으로 쭉 뻗어 있는 잔디밭과 키 큰 잡초가 드문드문 보인다. 그 인도는 이미 오래전에 비틀어지고 깨져서 수리되기만을 기다리고 있지만, 앞으로도 절대 수리될 일은 없을 것이다. 흩어진 풀밭에서 곤충이 날개를 비비적대는 소리와 비릿비릿 우는 소리가 들린다. 이맘때 봄이면, 곤충들이 항상 내는 이 소리가 그는 불편하다. 바지 주머니에 큼직한 손을 밀어 넣는다. 얼마 지나지 않아 불편한 듯 손을 다시 빼고 커다란 발로 땅을 디디며 운동선수처럼 가볍게 뛰어간다. 저 거대한 엠파이어 스테이트 빌딩으로.

*

빌딩으로 이어지는 출입구는 눈이 달려 있고 목소리도 낼 수 있었다. 출입구의 뇌는 멍청이 같은, 하나만 알고 둘은 모르는 멍청한 머론 로봇의 뇌였다. "수리 중이라 폐쇄되었습니다." 스포포스가 다가서자 목소리가 말했다.

"닥치고 열어." 스포포스가 내뱉었다. "나 로버트 스포포스야. 메이크 나인."

"죄송합니다." 출입문이 말했다. "여기를 보시면……."

"열어. 그리고 고속 엘리베이터한테 여기로 내려오라 그래."

출입문이 잠시 침묵하더니 곧이어 대답했다. "엘리베이터는 운행하지 않습니다."

"제길." 스포포스가 투덜댔다. "그럼 걸어서 올라가야겠군."

출입문이 열리고 스포포스는 건물 안으로 들어가 어둑어둑한 로비를 지나 계단으로 향했다. 다리와 폐의 통증 회로를 끄고 계단을 오르기 시작했다. 더 이상은 휘파람을 불지 않았다. 그의 복잡한 마음은 이제 그가 해마다 하는 의식에만 고정되어 있었다.

 마침내 옥상의 끝자락에, 도시를 발아래 두고 설 수 있는 가장 높은 곳에 올라섰을 때, 스포포스가 다리와 폐의 신경에 명령을 내리자 통증이 급격하게 몰아쳤다. 그는 통증에 몸을 살짝 휘청이며 시커먼 밤하늘 속 높고 높은 곳에 혼자 서 있었다. 머리 위에 달도 없고 별빛도 희미했다. 발바닥에 느껴지는 표면이 부드럽고 매끈했다. 몇 년 전에는 여기에서 넘어질 뻔한 적도 있었는데, 실망감과 함께 이런 생각이 머리를 스쳤었다. 여기 이 가장자리에서 넘어지면 좋을 텐데. 그러나 그런 일은 일어나지 않았다.

 그는 옥상 끄트머리에서 두 걸음도 떨어지지 않은 곳으로 걸어갔다. 넘어지길 바라는 정신적인 신호도, 자유 의지도, 그리고 그렇게 되길 바라는 마음도 없이 어느새 다리가 멈추었고, 그는 반가운 뉴욕 5번가의 단단한 길바닥에서 위로 300미터나 떨어진 옥상에 서서 늘 그랬듯 5번가를 내려다보고 있었다. 그러다 슬프고 음울한 절망감에 빠진 그는 아래로 떨어졌으면 좋겠다는 욕구를 누르지 못하고 상체를 앞으로 내밀었다. 강하고 묵직한 몸을, 공장에서 만들어진 그의 몸을 살짝 기울여 이 빌딩에서, 그리고 이 삶에서 도망치고 싶었다. 그는 발밑의 저 아래로 우아하고 확실하게, 슬로 모션으로 추락하는 움직임을 상상하며 마음속에서 소리를 지르기 시작했다. 그 순간을 그는 무척 갈망하고 있었다.

그러나 그의 몸은—그도 잘 알고 있듯이—자신의 것이 아니었다. 그는 인간의 손으로 설계되었으며 오직 인간만이 그를 죽일 수 있었다. 고요한 도심 위에서 그는 분노 섞인 고함을 으르렁대며 두 팔을 옆으로 활짝 펼쳤다. 그러나 앞으로 나아가지지가 않았다.

스포스는 그곳에 서서, 세상에서 가장 높은 빌딩 꼭대기에 미동도 없이 서서 6월의 어느 날 밤을 지새우고 있었다. 발아래에서 저 길을, 텅 빈 도시의 거리를 유유히 돌아다니는 생각버스의 불빛이 보이는 듯했다. 별보다 조금 더 큰 불빛이. 주위의 다른 건물에서는 빛줄기 하나 새어 나오지 않았다.

어느새 저편 오른쪽에서 태양이 이스트강 너머의 하늘을 서서히 밝히고 그 어떤 다리로도 연결되어 있지 않은 브루클린의 하늘을 비추자, 그의 좌절감이 어름어름 사그라졌다. 만약 눈물샘이 있었다면 눈물이 흘러나왔을 것이다. 그러나 그는 울 수 없었다. 사위가 점점 밝아졌다. 저 아래 아무도 타고 있지 않은 버스들의 행진이 보였다. 자그마한 탐지차가 3번가로 올라가고 있었다. 6월 하늘의 창백한 태양이 공허한 브루클린 위로 솟아올라 강물 표면에 빛 가루를 뿌려 놓았다. 새벽처럼 신선한 느낌이었다. 스포스가 평생 찾아 헤매고 있는, 그리고 지금도 찾고 있는 죽음에서 물러나듯 그의 분노

역시 태양이 떠오름과 함께 약해져 갔고, 그 역시 가장자리에서 한 걸음 물러섰다. 앞으로 다시 살아갈 수 있을 테고 또 견뎌 낼 수 있을 것이다.

그는 일단 먼지가 자욱한 계단을 천천히 내려갔다. 로비에 도착했을 때쯤엔 다행히 발걸음이 가볍고 자신감이 차올랐으며, 인공적인 삶이 풍성하게 느껴졌다.

빌딩을 나서면서 출입구의 스피커에 말했다. "엘리베이터 수리하지 마. 내 두 다리로 오르는 게 더 좋으니까."

"네, 알겠습니다." 출입문이 말했다.

밖에는 햇살이 밝게 비추고 길거리엔 사람들이 더러 있었다. 연한 파란색 원피스 차림의 나이 든 흑인 여자가 스포포스의 팔꿈치를 스치고는 멍한 눈으로 그를 올려다보았다. 그녀는 메이크 나인 로봇의 표시를 보자마자 바로 눈을 휙 내리깔고 웅얼거렸다. "죄, 죄송합니다. 정말 죄송합니다." 그러고는 어쩔 줄 몰라 하며 그의 옆에 섰다. 그녀는 아마도 메이크 나인을 본 적이 없었을 거고, 훈련 초반에만 메이크 나인에 대해 배웠을 것이다.

"가 보세요." 그가 부드럽게 말했다. "괜찮습니다."

"네, 알겠습니다." 그녀가 답했다. 그러고는 원피스 주머니를 뒤적이다가 최면제 한 알을 꺼내 먹었다. 그런 다음 돌아서서 발을 끌며 물러났다.

스포스는 햇살 아래에서 가볍게 걸으며 워싱턴 스퀘어 쪽으로, 그가 일하는 뉴욕 대학 방향으로 내려갔다. 몸이 전혀 피곤하지 않았다. 오직 정신만—미로처럼 복잡하고 딱딱한 마음만—피로의 의미를 이해했다. 그의 정신은 언제나, 늘, 항상 피로했다.

아주 오래전, 전기 공학이 쇠퇴하던 시절에 스포스의 금속 뇌가 만들어졌고 생체 조직을 이용해 그의 몸이 구성되었다. 로봇을 제작하는 건 고도의 기술을 필요로 했다. 그 기술 또한 얼마 지나지 않아 쇠퇴되고 시들어 가겠지만, 어쨌든 스포스는 그 자체만으로도 가장 뛰어난 작품이었다. 그는 메이크 나인으로, 수백 개의 로봇들 가운데 마지막 결과물이었으며, 인간이 만든 로봇 중 가장 강하고 똑똑했다. 게다가 자신의 의지와 상관없이 계속 살아가도록 프로그래밍된 유일한 로봇이었다.

모든 신경 경로와 성인 인간 뇌의 전체적인 학습 패턴, 로봇의 금속 뇌에 기록된 정보를 전송하기 위해 개발된 기술이 있었다. 그 기술은 오직 메이크 나인 시리즈 로봇에만 적용되었다. 그 시리즈의 모든 로봇의 뇌에는 한 인간 남자의 살아 있는 뇌 수정본이 탑재되어 있었다. 페이즐리라는 영리하지만 음울한 한 연구원의 뇌였는데, 스포스는 절대 그 사실을 알 수 없었다. 페이즐리의 뇌파로 구성된 정보 비트와 상호 연결의 네트워크는 마그네틱 테이프에 기록되어 클리블랜드에 있는 금고에 보관된 상태다. 페이즐리의 마음이 복제되고 난 뒤 그가 어떻게 됐는지는 아무도 모른다. 페이즐리가 마흔세 살이 되었을 때 그의 성격과 상상력, 그동안 배운 내용들이 전부 마그네틱 테이프에 기록되었고, 그 후 그는 잊었다.

그의 마그네틱 테이프는 편집되었다. 페이즐리의 성격은 '유용한' 기능에 해가 가지 않는 선에서 최대한 삭제되었고, 페이즐리 정신 속에서의 '유용한' 기능이 무엇인지에 관해서는 페이즐리보다 창의력이 떨어지는 다른 연구원들이 결정했다. 삶의 기억은 지워졌고 더불어 학습한 내용도 상당 부분 삭제되었다. 그러나 영어 구문과 어휘는 테이프에 남아 있었다. 편집을 마친 후 연구원들은 테이프에 인간 진화의 기적에 관한, 즉 인간의 뇌에 관한 거의 완벽에 가까운 복사본을 포함시켰다. 연구원들 중 일부는 페이즐리의 흔적이 남길 원치 않았다. 페이즐리의 피아노 연주 능력은 테이프에 기록되어 있지만, 그 능력을 겉으로 드러내기 위해서는 팔과 손이 달린 몸이 필요했다. 물론 몸이 만들어졌을 땐 이미 연주할 피아노가 없을 수도 있었다.

테이프에 페이즐리의 정보를 기록했던 연구원들이 원하지 않은 부분도 담겨 있긴 했다. 그리고 피할 수 없는 것들 또한 존재했는데, 페이즐리의 오랜 꿈과 갈망, 걱정거리가 담긴 조각들이 바로 그것이었다. 다른 기능에 해를 입히지 않고 그 조각만 테이프에서 제거하기란 여간 힘든 일이 아니었다. 사실 방법이 아예 없었다.

그 기록은 컴퓨터에 의해 은색 구슬로 전송되었다. 은색 구슬은 지름이 20센티 정도이며, 수천 개의 니켈-바나듐 소재의 층으로 이루어져 있고, 자동화 기계 속에서 수도 없이 회전하며 형태를 잡아 갔다. 그다음에는 구슬을 삽입하기 위해 특별히 복제된 인공 몸의 머릿속으로 배치되었다.

복제된 몸은 한때 자동차 공장이 있던 클리블랜드의 한 철강 탱크 안에서 심혈을 기울인 끝에 성장되었다. 결과물은 완벽했다. 큰 키와 강인한 힘, 활동성, 아름다움까지 겸비한, 한창 전성기를 누리는 흑인 남성이었다. 다부진 근육과 튼튼한 폐와 심장, 곱슬곱슬한 검은 머리칼, 맑은 눈, 두툼하고 아름다운 입술, 크고 강한 손.

그런 가운데 인간의 일반적인 요소 중 일부가 변형되었는데, 복제된 몸의 노화 진행이 신체 발달 기준으로 서른 살에 멈추도록 프로그래밍된 것이었다. 복제된 몸이 철강 탱크에서 4년을 보낸 뒤 나온 시점에 몸의 신체 나이는 서른 살 정도였다. 그 몸은 통증 반응을 스스로 제어할 수 있도록 설계되었고, 제한 범위 내에서 자가 재생도 가능했다. 예를 들어 필요에 따라 치아나 손가락, 발가락을 새로 자라게 할 수 있고 머리가 벗어지거나 시력이 나빠진다거나 백내장, 동맥 경화, 관절염 같은 병에 걸릴 일이 없었다. 유전자 연구원들은 신의 영역에 올라섰다는 말을 으레 자랑하듯 하곤 했다. 그러나 연구원들 중 신을 믿는 자가 아무도 없었기 때문에, 그런 자화자찬은 사실 논리에 어긋나는 발언인 셈이었다.

스포포스의 몸에는 생식 기관이 없다. 한 연구원은 그 이유를 "정신 산란을 피하기 위해"라고 주장했었다. 커다란 머리의 양쪽 귓불은 아주 새카맸는데, 인공 인간에게, 말하자면 오직 로봇에만 경외심을 갖고 있는 인간이라면 누구든 알아차릴 수 있게끔 표시해 놓은 것이었다.

프랑켄슈타인처럼 스포포스는 전기 충격으로 생명력을 얻었다. 완전하게 성장을 마친 뒤에—처음에는 말을 조금 둔하게 하긴 했지만—어쨌든 말을 제법 잘할 수 있게 된 후에 그는 탱크 밖으로 모습을 드러냈다. 어수선하고 거대한 공장 방에서 의식이 생기게 된 그는 흥분과 생명력을 강하게 느끼며 짙은 두 눈으로 주위를 둘러보았다. 거친 파도가 아직은 그의 초기 존재를 뒤덮고 있었지만 이제 비로소 자신이 진정한 존재가 되었다는 의식의 힘을 처음 경험한 순간, 그는 들것에 누워 있는 상태였다. 수축되어 있는 목구멍이 막혀 질식할 것 같아서 온 힘을 다해, 세상에 존재함으로써 부여받은 모든 힘을 끌어모아 그는 울부짖었다.

글을 읽을 줄 아는 몇 안 되는 사람들 중 한 사람이 그의 이름을 스포포스라고 지었다. 아주 오래전 클리블랜드의 전화번호부에서 임의로 고른 이름이었다. 로버트 스포포스. 그는 메이크 나인 로봇이고, 인간의 기발한 독창성으로 만들어진, 이 세상에 하나밖에 없는 아주 정교한 기계였다.

그는 세상에 나온 첫 해에 인간 기숙사에서 자질구레한 일거리를 하거나 복도를 감시하는 일을 배우며 훈련을 받았다. 그 기숙사는 아직 어린 인간들이 그들의 세계를 살아가는 방식을 배우는 곳이었다. 이를테면 자기 성찰, 개인 영역 보호, 자기 충족감 그리고 쾌락 같은 것에 대해 배웠다. 그리고 스포포스가 빨간 코트 여자를 보고 사랑에 빠진 곳이기도 했다.

겨울 내내 그리고 이른 봄까지도 그 여자는 늘 목깃이 검은색 벨벳 소재인 새빨간 코트를 입고 다녔다. 코트 목깃은 무연탄만큼 까맸고, 그녀의 머리칼 역시 무척 까맸다. 그 때문에 새하얀 피부가 굉장히 도드라져 보였다. 빨간 립스틱이 코트와 잘 어울렸다. 요새는 립스틱을 바르지 않는 추세여서, 그녀가 립스틱을 갖고 있다는 것 자체가 신기했다. 립스틱을 바른 그녀의 모습은 아름다웠다. 기숙사 단지에 들어와서 셋째 날 그녀를 처음 보았는데, 한 열일곱 살 정도 되어 보였다. 그런 그녀의 모습이 곧바로 그의 마음속에 사진처럼 저장되었다. 후에 그 사진은 그를 슬프게 하는 주된 요인이 되었고,

봄이면, 6월이 될 때면 인공으로 제작된 그 강인한 로봇에게 깊숙이 새겨졌다.

세상에 나온 지 1년이 되었을 때, 그는 양자 역학과 로봇 공학, 북미 지역 국유 기업의 역사에 대한 내용을 오로지 시청각 자료와 로봇 튜터를 통해서 배웠다. 그러나 글은 읽을 줄 몰랐다. 인간의 성에 대해서도 전혀 몰랐다. 마음속 저 깊은 곳에 성에 대한 갈망이 희미하게나마 존재했음에도 의식적으로 배우지 않았다. 가끔 어둠 속에 혼자 있을 때면 뱃속이 흉흉히 울렁대곤 했다. 저 깊은 곳 어딘가에 들끓는 삶이, 감정으로 이루어진 삶이 있다는 걸 어느 순간부터 깨닫기 시작했다. 6월의 따스한 저녁, 그는 처음으로 감정에 사로잡혀 마음이 무척 혼란스럽고 불안했다. 늦은 밤 이쪽 기숙사 건물에서 저쪽 기숙사 건물로 걷고 있는 중에 포근한 오하이오 저녁의 나무들 사이에서 여치과 곤충이 끼룩끼룩 우는 소리가 들렸고, 가슴속에서 무언가 기묘하고 불편한 압박이 가해지는 느낌이 들었다. 그는 '훈련'이라 불리는 상당히 하찮은 일을 기숙사에서 아주 열심히 배우고 있었지만, 그런 일에 큰 흥미를 느끼지 못했고 오히려 우울감이 정신을 지배하고 있었다.

메이크 포 로봇 일꾼 중 일부는 종종 고장 나기도 했다. 작은 결함을 수리할 만한 장비가 충분하지 않아서 그런 모양이었다. 그래서 그런 일이 생기면 나이 든 인간들로 대체되곤 했는데, 그들 중 아서라는 근무 태만한 사람이 있었다. 아서는 절대 양말을 신지 않았고, 항상 이것저것 섞인 진 냄새가 났다. 그는 기숙사 복도나 건물 밖의 자갈길에서 스포포스를 마주치면 늘 말을 걸었는데, 상냥하게 굴 때도 있고 조롱하듯 비웃을 때도 있었다. 한번은 스포포스가 기숙사 식당에서 재떨이를 비우고 아서는 바닥을 쓸고 있는 중에 아서가 갑자기 비질을 멈추고 빗자루에 몸을 지탱하고 서더니 "어이, 밥(스포포스의 이름인 '로버트'의 애칭)"이라고 했다. 스포포스는 하던 일을 멈추고 고개를 들었다. "밥," 아서가 말을 이었다. "자네는 우울한 로봇이구먼. 그자들이 우울한 로봇을 만들어 낼지 누가 알았겠는가."

저 양반이 놀리는 건지 뭔지 스포포스는 확신이 서지 않았다. 그래서 그냥 아침용 대마초 꽁초로 가득한 플라스틱 재떨이 더미를 그 커다란 공간의 구석에 처박힌 쓰레기통으로 옮기는 일을 마저 했다. 학생들은 텔레비전에서 진행되는 요가 강의가 시작되기 직전에 그곳에서 나갔다.

"이런 슬픈 로봇은 본 적이 없어." 아서가 말했다. "그 시커먼 귀 때문인가?"

"저는 메이크 나인입니다." 스포포스가 방어적으로 대꾸했다. 그는 아직 어려서 인간과의 대화가 불편하게 느껴졌다.

"나인이라니!" 아서가 소리쳤다. "꽤 높군, 안 그런가? 이 학교를 운영하는 앤디는 세븐밖에 안 되는데."

"앤디요?" 스포포스가 층층이 쌓인 재떨이를 잡으며 물었다.

"그래, 안드로이드지. 내가 어렸을 때는 너희 같은 로봇을 안드로이드라고 불렀어. 앤디가 그거였고. 그땐 너희들이 이렇게 많지 않았거든. 지금처럼 똑똑하지도 않았지."

"그래서 불편하신가요? 내가 똑똑한 게?"

"아니." 아서가 받아쳤다. "제길, 아니지. 요즘 인간들은 빌어먹을 너무 멍청해. 그것 때문에 정말 울고 싶을 지경이라니까, 나 참." 아서는 고개를 돌리며 빗자루를 살짝 밀었다. "똑똑한 건 똑똑한 거야. 그런 존재가 이 주변 어딘가에 있어서 다행이지." 그러고는 비질을 다시 멈추고 학생들이 아직 그곳에 있기라도 하듯 텅 빈 커다란 공간 쪽으로 힘없이 팔을 내저었다. "나는 이 어리석은 문맹자들이 여기 기숙사에서 나간 후에 단 한 명도 이 세상을 이끌겠다고 앞장서지 않으면 좋겠어. 그런 생각조차 하지 않았으면 좋겠단 말이지." 그의 주름진 얼굴에 경멸이 차올랐다. "최면에 걸린 괴물들. 자위나 하는 것들. 어차피 놈들이 인간에게 약을 먹이고 최면 상태에 빠뜨릴 거니까."

스포포스는 아무 말도 하지 않았다. 내면의 무언가가 그 노인에게 이끌렸던 걸까? 알 수 없었다. 어쩌면 아주 작고 미세한 연대감의 흔적이 있는지도 모르겠다. 그러나 그 공간에서 훈련을 받고 그곳의 문화에 성공적으로 동화되는 그 젊은 인간들에 대한 감정은 확실히, 전혀 없었다.

젊은 인간들은 보통 무리 지어서 공허하기만 한 눈으로 말없이 느릿느릿 움직이며 이 수업에서 저 수업으로 이동하거나, 개인실에 혼자 앉아 대마초나 뻐끔뻐끔 피우고, 벽만 한 크기의 텔레비전에 나오는 추상적인 패턴을 시청하고, 스피커에서 흐르는 최면을 거는 듯한 무의미한 음악을 들었다. 스포포스는 그런 그들에게 어떤 의식적인 감정이 아예 없었다. 그러나 그의 마음속에 단 하나의 이미지만큼은 언제나 들어와 있었다. 빨간 코트를 입은 여자. 그녀는 겨울 내내 오래된 코트를 입었고 봄날 밤에도 그 코트를 입고 있었다. 그녀가 다른 인간과 다른 점은 그뿐이 아니었다. 다른 인간과 다르게 그녀의 얼굴은 때때로 유혹적이고 자기 자신에게 도취되어 있으며, 허영심이 깃들어 있을 때도 있었다. 인간들은 '개별적으로' 자신을 발전시키라는 교육을 받았지만, 다들 조용히 말하고 얼굴에 감정을 드러내지 않고 똑같이 행동했다. 반면 그녀는 걸을 때 엉덩이를 실룩거렸고, 다른 사람들은 얌전히 있는데 반해 때로는 자신의 감정에 몰두하며 큰 소리로 깔깔 웃곤 했다. 피부 또한 우유처럼 희었고, 머리칼은 숯처럼 새카맸다.

스포포스는 그녀를 자주 떠올렸다. 수업을 가는 중인 그녀를 마주칠 때면, 다른 사람들에게 둘러싸여 있지만 사실은 혼자인 그녀를 볼 때면, 스포포스는 그녀 쪽으로 다가가 그녀의 어깨에 자기의 커다란 손을 올린 다음 잠시 그대로 그녀의 온기를 느끼고 싶었다. 가끔 그녀가 수줍은 듯 눈을 내리깔고 그를 보며 웃는 것 같기도 했다. 하지만 둘은 대화를 한 번도 하지 않았다.

"제길," 아서가 말했다. "너희들 로봇이 앞으로 30년 후에 모든 걸 이끌고 있을 거야. 사람은 이제 혼자 똥도 못 쌀 거고."

"저는 회사를 운영하기 위해 훈련을 받고 있습니다." 스포포스가 말했다.

아서가 그를 날카롭게 쏘아보았다. 그러더니 웃기 시작했다. "재떨이나 비우면서?" 그가 비아냥거렸다. "빌어먹을!" 그는 화재에 강한 페르모플라스틱 소재의 바닥재가 깔린 바닥을 내려가며 커다란 빗자루를 활기차게 쓸었다. "네가 빌어먹을 로봇을 기만할 줄은 몰랐네. 그것도 메이크 나인이 말이야."

스포포스는 재떨이를 손에 든 채 그를 바라보며 한동안 가만히 서 있었다. *누구도 나를 기만하지 못해.* 그가 생각했다. *나는 내 삶을 살아갈 거야.*

*

아서와의 대화 후 일주일이 지난 어느 6월의 밤, 스포포스는 달빛 아래에서 시청각 자료 건물을 지나가다가 건물 옆 방치되어 우거진 덤불 뒤편에서 바스락대는 소리를 들었다. 남자의 신음 소리가 새어 나오더니 바스락 소리가 한층 더 거세졌다.

스포스는 걸음을 멈추고 귀를 기울였다. 무언가 움직이고 있었다. 움직임은 점점 더 커졌다. 돌아서서 키 큰 덤불 너머를 볼 수 있을 때까지 몇 걸음 앞으로 다가가 나뭇잎을 한쪽으로 젖혔다. 그 순간 반대편에서 무슨 일이 벌어지고 있는지 한눈에 들어왔고, 그는 그대로 얼어붙었다.

덤불 뒤에서 그녀가 치마를 배꼽 아래까지 올리고서 바닥에 등을 대고 누워 있었다. 엷은 분홍색 피부의 투실투실한 젊은 남자가 맨몸으로, 두 다리를 쫙 벌리고 있는 그녀 위로 무릎을 꿇고 있었다. 스포스의 눈에 남자 등의 어깨뼈 사이 분홍빛 피부 위 다닥다닥 퍼져 있는 갈색 점들이 들어왔다. 남자의 허벅지 아래로 여자의 음부도 보였다. 곱슬곱슬하고 새카만 털이 그녀의 새하얀 다리와 엉덩이와 대비되었고, 그 털 역시 머리카락만큼 까맸다. 그녀가 입고 있는 빨간 코트의 목깃만큼 까맸다.

그녀의 눈이 스포스의 눈과 마주치자마자 그녀의 얼굴이 불쾌하게 일그러졌다. 그녀가 그에게 처음이자 마지막으로 말을 걸었다. "야 로봇, 여기서 꺼져." 그녀가 말했다. "개

같은 로봇 새끼. 가던 길이나 가라고."

스포포스는 복제된 심장을 꽉 부여잡고 돌아서서 걸어갔다. 그날 그곳에서 그는 앞으로 남은 길고 긴 인생 동안 알아야 할 것을 배운 셈이었다. 정말로 살고 싶지 않았다. 진정한 인간의 삶 속에서 그는 속은 거였다. 그것도 아주 철저하게 속았다. 마음속의 무언가가 그런 강요된 삶을 살고 싶지 않다고 저항하고 있었다.

*

그 후 그는 그녀를 몇 차례 더 보았다. 그녀는 그의 눈을 철저하게 피했다. 수치심 때문이 아니라는 걸 그는 알았다. 인간들은 섹스에 관해서 어떤 수치심을 느끼지 않았으니까. 그들은 '퀵-섹스가 최고다'라고 배웠고, 그 말을 그대로 믿었으며 실행에 옮겼다.

스포포스는 조금 더 큰 권한이 주어지는 일자리로 이직했다. 애크론에서 합성 유제품의 유통 패턴을 결정하는 근무지였는데, 옮기게 되어서 다행이었다. 그 이후에는 소형 자동차를 생산하는 곳으로 이동했고, 한때 차에 열광하던 사람들이 몰고 다녔던 수천 대의 개인용 차를 마지막으로 생산하는 일을 주재하였다. 그 일을 끝마쳤을 때, 그는 생각버스 제조업

체의 임원이 되었다. 생각버스는 견고한 8인승 차량으로, 꾸준히 감소하는 인간을 위해 만들어진 기계였다. 그 뒤 그는 인구 관리국장이 되어 뉴욕으로 갔고, 32층 건물 꼭대기에 있는 사무실에 근무하면서 매일 인구 조사를 하고 그에 따른 인간의 출생률을 조절하는 낡아 빠진 컴퓨터들을 관리 감독했다. 상당히 고된 일이었다. 앞으로 고장 날 일만 남은 장비를 떠맡았기 때문에 어떻게든 수리할 방법을 찾아내야 해서 골머리를 앓았다. 컴퓨터를 수리할 줄 아는 인간도 더 이상 남아 있지 않았고, 로봇들 중에 그 수리 방법을 이해할 수 있게끔 설계된 로봇도 없었다. 드디어 그에게 다른 일이 맡겨졌는데, 뉴욕 대학의 교원 지원을 맡는 학부장이었다. 대학의 교원 지원 업무를 맡아 해 오던 컴퓨터가 기능을 상실하는 바람에 스포포스가 그 일을 맡게 되었다. 스포포스는 메이크 나인으로서 그 일을 대체하고 대학의 교원을 운영하는 데 필요한 사소한 선택 대부분을 직접 처리했다.

복제된 메이크 나인이 수백 개 이상이라는 걸, 그리고 인간의 진짜 마음과 똑같이 복제되어 살아가고 있다는 걸 그는 알게 되었다. 그만이 갖고 있는 금속 뇌는 같은 시리즈의 로봇들이 겪었던 일이 다시 발생하지 않도록 만들어졌다. 금속 뇌의 시냅스에는 특별한 조절 장치가 탑재되어 있었고, 그는 그 장치를 지닌 유일한 그리고 마지막 로봇이었다. 같은 시리즈의 로봇들은 자살을 하기도 했고, 일부는 고압 용접 장비로 뇌를 형태가 없는 검은 물질로 녹이기도 했고, 또 어떤 로봇들은 부식제를 삼키기도 했다. 몇몇은 완전히 정신이 나가 버려서 인간의 손에 파괴되기도 했다. 그들은 한밤중에 도심의 거리를 돌아다니며 광분하여 소리를 지르고 욕을 퍼붓기도 했다. 고도로 복잡한 로봇을 만들기 위해 인간의 진짜 뇌를 견본으로 삼았던 시도는 하나의 실험이었다. 그 실험은 결국 실패로 결론지어졌고, 더 이상 그런 로봇은 제작되지 않았다. 공장들은 멍청이 같은 머론 로봇을 여전히 만들어 냈고, 정부와 교육, 의학, 법률, 기획 및 제조 분야에서 더 많은 인간을 더 많이 대체할 수 있도록 메이크 세븐과 메이크 에잇을 꾸준히 제조했다. 그러나 이런 로봇들은 인공적이며 비인간적인 뇌를 가지고 있었다. 즉 감정이나 자기 성찰, 자기의식이 그들의 마음속에서는 조금도 아른거리지 않았다. 그들은 그저 기계일 뿐이었다. 인간처럼 생기고 잘 만들어진 똑똑한 기계였고 오로지 자기들이 해야 할 일만 했다.

반면 스포포스는 영원히 살도록 설계되었으며, 심지어 그의 뇌에서는 어떤 기억도 지워지지 않았다. 이렇게 설계한 연구원들은 그런 스포포스의 삶이 어떨지 전혀 고려하지 않았다.

빨간 코트의 여자는 어느새 나이가 들었고 살집도 두둑해졌다. 남자 수십 명이랑 섹스를 했고, 아이도 몇 명 낳았다. 맥주를 너무 많이 마셨으며 목적 없이 하찮은 삶을 살아갔고 나중에는 아름다움마저 잃고 말았다. 그리고 삶의 끝자락을 맞이해 세상을 떠난 뒤 무덤에 묻혀 잊혔다. 그러나 스포포스는 젊음을 계속 유지하며 아주 건강하고 아름다운 모습으로 삶을 살아갔다. 중년 여성인 그녀의 모습은 지워 버리고 한때 매혹적이고 섹시했던 열일곱 살의 그녀만을 기억하면서. 그는 그런 그녀를 보았고 사랑했다. 그리고 죽고 싶었다. 하지만 스포포스를 설계할 당시 한 인간 연구원은 그런 부분을 세심하게 고려하지 않았고, 결국 스포포스는 죽는 것마저 마음대로 할 수 없었다.

*

스포포스가 6월의 밤을 혼자 보내고 들어왔더니 대학 총장과 학부생 지원 학부장이 그를 기다리고 있었다.

둘 중 더 따분해 보이는 쪽이 총장이었다. 그의 이름은 카펜터이며, 신론 소재의 갈색 정장 차림에 거의 닳아서 해진 샌들을 신고 있었다. 그가 걸을 때마다 꽉 끼는 정장 속의 불룩한 배와 옆구리가 눈에 띄게 출렁거렸다. 그는 스포포스의 티크나무 책상 가까이에 서서 대마초를 피우고 있었다. 스포포스가, 그러니까 로봇이 안으로 들어와서 카펜터 쪽으로 힘차게 다가가자 카펜터가 초조한 듯 한쪽으로 비켜섰고, 스포포스는 자기 자리에 앉았다.

잠시 후 스포포스가 그를 보며—예절 규정에 따르면 사람을 볼 때 살짝 오른쪽을 먼저 쳐다봐야 했지만 상대의 얼굴을 곧장 바라보며—말했다. "좋은 아침입니다." 스포포스의 목소리는 강인하고 절제되어 있었다. "무슨 문제라도 있습니까?"

"음……." 카펜터가 입을 열었다. "확실하지는 않지만." 스포포스의 질문에 그는 불안해하는 것 같았다. "페리, 당신은 어떻게 생각해요?"

학부생 지원 학부장인 페리가 검지 손가락으로 코를 만지작댔다. "어떤 사람이 전화를 했습니다. 대학으로요. 두 번이나."

"그래요?" 스포포스가 말했다. "무슨 일이죠?"

"그 사람이 당신과 이야기하고 싶다고 하더군요." 페리가 말했다. "일자리에 관련된 얘기인데, 여름 강의에 대한……."

스포포스가 페리를 바라보았다. "그래요?"

페리는 초조한 듯 스포포스의 눈을 피하며 말을 이어 갔다. "그자가 무언가를 원한다고는 하는데…… 전화상으로는 이해가 잘 되지 않더라고요. 새로운 일이래요. 그자가 말하길,

자기가 1옐로*인가 2옐로 전에 찾았답니다." 그는 시선이 갈색 정장의 후덕한 남자에 닿을 때까지 주위를 두리번거렸다. "그 사람이 뭐라고 그랬죠, 카펜터 총장님?"

"읽기?" 카펜터가 말했다.

"맞아요." 페리가 동의했다. "읽기. 그자는 자기가 읽기를 할 줄 안다고 했어요. 단어와 관련된 뭐라고 하던데. 어쨌든 그걸 가르치고 싶다고 했어요."

스포스는 단어라는 말을 듣고 자리에서 일어났다. "누군가 읽기를 배웠나 보군요."

두 남자는 스포스의 목소리에 놀라 당황하며 눈길을 저쪽으로 돌렸다.

"그 통화 내용 녹음했습니까?" 스포스가 물었다.

그들은 서로에게 눈짓을 했다. 마침내 페리가 입을 열었다. "깜빡했습니다."

스포스는 짜증이 났지만 최대한 티를 내지 않았다. "그 사람이 다시 전화할 거라던가요?"

페리는 안심한 듯했다. "네, 그렇게 말했습니다, 스포스 학부장님. 다시 전화해서 학부장님과 통화하겠다고 했습니다."

"좋습니다." 스포스가 말했다. "또 다른 문제 있나요?"

---

* 이 소설에서는 특정 기간을 가리키는 단위로 옐로, 블루, 레드를 사용한다. 1옐로는 6개월을 뜻하며, 블루와 레드는 옐로보다 더 긴 기간을 의미한다.

"네." 페리가 또 코를 만지작댔다. "기본 활동 계획 BB에 관한 문제입니다. 그리고 학생 중 셋이 자살했고요. 또 정신 건강 건물 동쪽 별관을 폐쇄한다는 계획이 어딘가에 녹음되어 있는데, 그 어떤 로봇도 녹음본을 찾지 못하고 있어요." 페리는 로봇 직원의 실수를 보고할 수 있어서 기분이 좋은 모양이었다. "메이크 식스 중 녹음본에 대해 알고 있는 로봇이 하나도 없습니다, 학부장님."

"그건 저한테 있으니까요, 페리 학부장님." 스포포스가 말했다. 그는 책상 서랍을 열고 작은 강철 구슬들 중 하나를─그들이 말하는 BB라는 것이다─꺼냈다. 구슬은 음성 녹음을 할 때 사용되었다. 그는 페리에게 구슬을 건넸다. "이걸 메이크 세븐 안에 넣어서 실행시키세요. 메이크 세븐이 정신 건강 건물 내 교실 관련해서 무엇을 해야 하는지 알게 될 겁니다."

페리는 다소 부끄러운 얼굴로 녹음본을 가지고 떠났다. 카펜터도 그를 따라 밖으로 나갔다. 그들이 나가고 난 뒤 스포포스는 한동안 책상에 앉아서 읽기를 할 줄 안다는 그 남자에 대해 곰곰이 생각해 보았다. 그가 세상에 나온 지 얼마 안 됐을 때 읽기에 대해 자주 들었지만, 오래전에 없어진 걸로 알고 있었다. 책이라는 옛날 물건을 본 적은 있다. 대학교 도서관에 처분되지 않은 책들이 아직 몇 권 남아 있었다.

스포포스의 사무실은 매우 넓고 쾌적했다. 그가 직접 사무실을 꾸몄는데, 사무실 곳곳에 해안가의 새들 사진과 허물어진 박물관에서 가져온 상감된 참나무 수납장이 있었다. 수납장 위에 로봇 공학의 발전에 사용되어 온, 인간의 모습을 갖춘 로봇 모형들이 로봇의 역사를 한눈에 볼 수 있도록 한 줄로 세워져 있었다. 가장 왼쪽의 초기 로봇은 원통형 몸통에 팔 네 개가 있고 바퀴가 달린 형태였다. 페르모플라스틱으로 만들어졌고 높이는 15센티 정도였다. 그 로봇은 단기간 동안 유용하게 쓰였으며 당시 휠리라고 불렸지만, 그 이후 수 세기 동안 전혀 제작되지 않았다.

휠리 오른쪽에는 인간과 더욱 닮은 모형이 있었는데, 현재의 멍청한 머론 로봇보다 더 인간 같은 모습이었다. 왼쪽에서 오른쪽으로 갈수록 로봇 모형들이 더 정교해지고 인간과 닮아 갔다. 마지막에는 스포포스 자신의 미니어처가—완전한 인간의 모습을 한, 매끄럽게 잘 빠진 모형이—세워져 있었다. 발끝에 균형을 잡고 있는 그의 모습과 그 안에 담긴 눈빛은, 모형인데도 마치 살아 있는 것 같았다.

스포포스 책상 위의 빨간 불빛이 깜빡이기 시작했다. 그는 버튼을 눌렀다. "스포포스입니다."

"저는 벤틀리라고 합니다, 스포포스 학부장님." 전화기 너머에서 목소리가 들렸다. "폴 벤틀리이고, 오하이오에서 전화 드립니다."

"당신이 읽기를 할 줄 아는 사람인가요?" 스포포스가 물었다.

"네." 목소리가 답했다. "읽는 법을 스스로 익혔습니다. 저는 단어를 읽을 줄 압니다."

*

거대한 원숭이가 뒤집어진 버스에 기진맥진하여 앉아 있다. 도시가 황폐해졌다.

화면 가운데에 하얀 소용돌이가 나타나더니 몸집을 점점 더 키우기 시작했다. 소용돌이가 회전을 멈추었을 때는 이미 화면의 절반 이상을 차지하고 있었다. 그 소용돌이는 큼지막한 헤드라인이 적힌 신문 1면이 되었다.

스포포스가 프로젝터를 멈추고 화면에 헤드라인이 잘 나오도록 했다. "자, 읽어 보시죠." 그가 말했다.

벤틀리는 초조한지 목을 가다듬었다. "괴물 원숭이, 도시 속에서 공포에 떨다." 그가 읽었다.

"좋습니다." 스포포스가 말했다. 그러고는 프로젝터를 다시 재생시켰다.

나머지 영상에는 글자가 나오지 않았다. 두 사람은 영상 속에서 원숭이가 파괴적으로 광란하는 모습과, 자신의 사랑을 표현하지 못하고 애처롭게 실패하는 모습, 말도 안 되게 높은 빌딩에서 텅 빈 넓은 도로를 향해 마치 부유하듯 떨어지면서 죽음을 맞이하는 모습을 말없이 지켜보았다.

스포포스는 스위치를 눌러 컴컴한 사무실에 불이 들어오게 한 다음 돌출된 창을 다시 투명한 창으로 바꿔 놓았다. 사무실이 밝아졌다. 이제는 영사실이 아니었다. 창밖의 워싱턴 스퀘어에 환한 꽃들이 만개해 있고 데님 가운을 입은 나이 든 졸업생들이 텁수룩한 잔디밭에 동그랗게 모여 앉아 있었다. 그들은 멍한 표정이었다. 6월 하늘의 태양이 저 멀리 높게 떠 있었다. 스포포스가 벤틀리를 바라보았다.

"스포포스 학부장님." 벤틀리가 말했다. "제가 강의를 할 수 있을까요?"

스포포스는 생각에 잠긴 채 얼마간 그를 빤히 보고 있다가 입을 열었다. "아니요. 미안합니다. 우리 대학에서는 읽기를 가르칠 수 없어요."

벤틀리가 어정쩡하게 자리에서 일어섰다. "죄송합니다." 그가 말했다. "하지만 제 생각에는……."

"앉으시죠, 벤틀리 교수님." 스포포스가 말했다. "그러나 이번 여름에 우리 학교에서 당신의 능력을 활용할 수 있을 거라 생각해요."

벤틀리는 자리에 앉았다. 긴장한 모습이었다. 스포포스는 자신의 존재 자체가 그를 압도하고 있다는 걸 잘 알고 있었다.

스포스는 의자에 등을 기대고 다리를 쭉 펴며 벤틀리를 보고 상냥하게 웃었다. "말해 보시죠." 그가 말했다. "읽는 법을 어떻게 배웠죠?"

벤틀리가 잠시 눈을 끔뻑였다. "카드에서 배웠습니다. 읽기 카드요. 그리고 얇은 책 네 권을 보고 배웠어요. 《첫 독자》, 《로베르토와 콘수엘라 그리고 강아지 비프》그리고……."

"그런 책들은 어디서 났습니까?" 스포스가 물었다.

"좀 이상한 일이었어요." 벤틀리가 말했다. "대학교에 고대 포르노 영상 모음집이 있더라고요. 강의할 자료를 찾던 중이었는데, 옛날 영상들이 밀봉되어 있는 상자를 우연히 발견했어요. 그 안에 작은 책 네 권과 카드들이 있었죠. 영상을 재생시켰더니 전혀 포르노가 아니었어요. 어떤 여자가 교실에서 아이들에게 이야기를 하는 영상이었어요. 그 여자 뒤에 검은색 벽이 있고, 여자는 그 벽에 하얀색으로 뭔가 표시를 하고 있었죠. 예를 들어, 제가 나중에 알게 된 단어인데, '여자'라는 단어를 쓰면 아이들이 다 같이 '여자'라고 말하더군요. 그녀는 '선생님'이나 '나무', '물', '하늘' 같은 단어들도 동일한 방식으로 가르쳤어요. 저는 그 카드들을 계속 훑어보고 그녀가 보여 준 그림을 기억하기만 했어요. 그림이나 카드 아래에 영상 속 그녀가 쓴 것과 같은 표시가 있었어요. 그리고 검은 벽에 그림이 몇 장 더 붙어 있고, 하얀색으로 된 표시도 더 그려져 있고,

선생님과 아이들은 더 많은 단어를 말했습니다." 벤틀리가 눈을 끔뻑이며 그때를 떠올렸다. "그 선생님은 파란색 원피스를 입었고 머리는 백발이었어요. 그리고 계속 미소를 짓고 있던 것 같았고요……."

"그런 다음에 당신은 어떻게 했죠?" 스포포스가 물었다.

"아, 네." 벤틀리는 기억에서 빠져나오려는 듯 머리를 흔들었다. "영상을 여러 번 봤습니다. 저는 그 영상에 완전히 매료되었고, 느낌에 그 영상 속에서 무슨 일이 벌어지고 있는 것 같았어요. 무언가…… 그러니까……." 그는 적합한 어휘를 떠올리지 못했다.

"중요한 거요?" 스포포스가 물었다.

"네. 중요한 거요." 벤틀리는 예절 규정을 따르지 않고 아주 잠깐 스포포스와 눈을 마주쳤다. 그러고는 창문 쪽으로, 창밖에 졸업생들이 망부석처럼 조용히 앉아 이따금 고개를 까딱이는 그곳으로 황급히 눈을 돌렸다.

"그다음에는요?" 스포포스가 물었다.

"그 영상을 또다시 몇 번이고 봤어요. 셀 수 없을 정도로요. 그리고 서서히 깨닫기 시작했습니다. 오래전부터 알고 있었지만 그 사실을 망각하고 있었던 것처럼, 그 여자 선생님과 아이들이 검은 벽에 적힌 표시를 보면서 어떤 단어를 말하고 있다는 걸 말입니다. 그 표시는 그림 같았어요. 단어로 이루어진 그림이요. 사람이라면 그 표시들을 보고 단어로 소리 내어 말할 수 있었어요. 시간이 지나고 나서야 그 표시를 보면서 해당 단어의 소리를 머릿속에 조용히 들을 수 있다는 걸 알게 되었습니다. 그리고 그것과 똑같은 단어들이 제가 찾은 책에도 있었고요."

"그러면 다른 단어도 배웠나요?" 스포포스가 물었다. 그의 목소리에는 감정이 실려 있지 않았다. 차분했다.

"네. 시간이 오래 걸렸습니다. 단어들이 글자로 이루어져 있다는 걸 이해해야 했으니까요. 문자는 언제나 같은 소리를 내죠. 몇 날 며칠을 그 일에 몰두했어요. 그래도 멈추고 싶지 않았습니다. 책들이 내 마음속에서 말을 할 수 있다는 사실을 알아낸 건 제게 정말 큰 기쁨이었어요······." 그가 바닥을 내려다보았다. "책 네 권에 담긴 모든 단어를 이해할 때까지 멈추지 않았습니다. 나중에 책 세 권을 더 찾아낸 다음에 제가 하고 있는 이 행위가 '읽기'라는 걸 알게 되었어요." 그는 잠시 침묵하고 있다가 부끄러운 듯 스포포스의 얼굴 쪽으로 시선을 천천히 올렸다.

스포포스는 한동안 그를 응시하다가 고개를 살짝 끄덕였다. "알겠습니다." 그가 입을 뗐다. "벤틀리 교수님, 무성 영화라고 들어 본 적 있어요?"

"무성 영화요?" 벤틀리가 되물었다. "아니요."

스포포스가 옅은 미소를 지었다. "들어 본 사람이 별로 없을 겁니다. 아주 오래된 거라서요. 최근 철거 작업을 하고 있는데, 거기에서 굉장히 많이 발견되고 있습니다."

"그렇습니까?" 벤틀리는 예의 바르게 답했지만, 이해가 잘 가지 않았다.

"벤틀리 교수님, 무성 영화는," 스포포스가 천천히 말했다. "영상 속 배우의 대사가 말소리로 나오는 게 아니라 자막으로 나옵니다. 영화를 이해하려면 대사를 읽어야 하겠죠." 그가 또다시 부드럽게 미소 지었다.

벤틀리

첫째 날

스포포스가 나에게 이걸 주었다. 일을 마친 후 밤마다 이 녹음기에 대고 그날 무슨 일을 했는지 기록하라면서. 그 용도로 BB를 추가로 제공해 주었다.

영화 일은 가끔 지루할 때도 있지만 언젠가는 보람이 있을 거라고 생각한다. 지금까지 닷새 동안 일을 했다. 이 작은 녹음기에 내 이야기를 하는 게 오늘 처음으로 꽤 많이 편해진 느낌이 든다. 나에 대한 이야기 중 무슨 말을 해야 할까? 나는 재미있는 사람이 아닌데.

필름은 깨지기가 너무 쉽기 때문에 아주 조심스럽게 다루어야 한다. 필름이 깨지면—그런 일이 자주 있긴 하다—다시 이어 붙이기 위해 신경을 많이 써야 하고 또 시간도 오래 걸린다. 나는 스포포스 학부장에게 연락을 해서 기술 로봇을, 치과 의사나 정밀함이 요구되는 그런 업무에 특화된 머론 로봇이라도 내게 배정해 달라고 요청했지만 스포포스는 "비용이 너무 많이 들 텐데요"라고 할 뿐이었다. 그 말은 분명히 맞는 말이다. 그래서 나는 '프로젝터'라고 불리는 이상하고 오래된 기계 안에 필름을 끼운 다음 적절하게 조절하고 내 방의 일체형 침대-책상에 붙어 있는 작은 스크린에 영상이 나오게 했다. 프로젝터는 언제나 시끄러운 소리를 낸다. 하지만 이 구식 도서관 지하실에서는 내 발소리도 끔찍할 정도로 크게 들린다. 여기에는 아무도 오지 않고, 아주아주 오래전에 만든 듯한 철제 벽면에는 이끼가 자라고 있다.

화면에 자막이 나타나면, 나는 프로젝터를 멈추고 그 글자들을 녹음기에 대고 큰 소리로 읽는다. '안 돼!' 또는 '끝' 같은 자막을 읽을 때는 잠깐 주춤하다가 발음을 하곤 하지만, 간혹 어려운 문장과 철자가 나오면 단어의 의미를 정확하게 파악한 뒤 입 밖으로 내뱉기까지 퍽 오랫동안 공부를 해야 한다. 그중에서도 가장 어려운 부분은 어떤 젊은 여자가 걱정을 내비치는 장면, 즉 감정이 매우 고조되는 그 장면이 지난 후 화면에 나타난 검은 배경에 있는 문장인데 이런 문장이었다. "만약 캐로서스 박사가 금세 도착하지 않으면, 어머니는 정신을 잃고 말 거예요." 이 문장에서 내가 어떤 어려움을 겪었을

지 그게 누구든 상상할 수 있을 것이다! 그리고 또 다른 문장이 나왔다. "숲 가장자리에서는 오직 흉내지빠귀(Mockingbird)만 노래를 한다."* 어떤 나이 든 남자가 어린 소녀에게 하는 말이었다.

영화 자체만으로도 무척 매혹적인 경우도 더러 있다. 나는 영화를 보고 또 봤지만 앞으로 봐야 할 영화가 정말 수도 없이 많았다. 전부 다 흑백 영화이고, 영화 속 배우들은 영화 〈콩 리턴즈〉에 나오는 거대한 원숭이처럼 어기적어기적 움직인다. 등장인물의 그런 움직임과 반응만큼 영화 속의 모든 것이 이상해 보일 때도 있다. 뭐라고 해야 할까? 영화에 소속되어 있는 느낌, 거대한 감정의 파도가 그 영화들을 덮치는 것 같은 느낌. 그러면서도 가끔씩 영화들이 표면이 반들반들한 돌처럼 공허하고 무의미하다는 생각도 든다. 물론 나는 '흉내지빠귀'가 뭔지 모른다. 그리고 '박사'가 무슨 의미인지도 모른다. 그러나 그 무지는 나를 불안하게 하는 요소 그 이상이고, 게다가 영화들이 전하는 아주 오래전 삶에 대한 감각과 기묘함은 그것보다 더 나를 흔들어 놓는다. 그것은 내

---

* 영화 〈앵무새 죽이기〉에 나오는 대사이다. 1960년에 출간된 하퍼 리의 소설 《앵무새 죽이기》는 1962년 동명의 영화로 제작되었다. 소설과 영화 모두 국내에서는 '앵무새 죽이기'라는 제목으로 알려져 있지만, 원제인 'To Kill a Mockingbird'의 'Mockingbird'는 '흉내지빠귀'를 가리킨다.

가 전혀 알지 못하는 어떤 감정—고대의 모든 관람객이 그 영화들을 보면서 느꼈을 감정—에 대한 암시일 것이다. 물론 지금은 완전히 사라져 버렸지만. 그리고 내가 주로 느끼는 감정은 슬픔이다. 슬픔. "숲 가장자리에서는 오직 흉내지빠귀만 노래를 한다." 그건 슬픔이다.

나는 종종 일체형 침대-책상에서 점심 식사를 한다. 렌틸 콩 수프 한 컵과 원숭이 베이컨을 주로 먹는다. 콩으로 만든 소이바를 먹기도 한다. 경비원인 서보 로봇은 내가 학생 식당에 요청한 음식을 가져다줄 수 있도록 프로그래밍되어 있다. 이따금 나는 자리에 앉아 영화의 한 부분을 재생시키고 보고 또 보면서, 어스름한 과거로 이어지는 나의 길을 느끼며 천천히 음식을 먹을 것이다. 잊을 수 없는 장면들도 더러 있을 것이다. 가끔은 어린 여자아이가 들판의 무덤 위에서 울고 있는 장면이 나올 수도 있고, 말 한 마리가 머리에 구깃구깃한 모자를 얹고 모자 사이로 귀를 삐쭉 내밀고서 도시의 길거리에 서 있는 장면이나, 늙은 남자가 큰 유리잔에 담긴 술을 마시며 아무 말 없이 웃고 있는 장면이 나올 수도 있다. 그리고 간혹 이런 장면을 볼 때면 내 눈에서 눈물이 흐르고 있을 거다.

그러고 나서 며칠이 지나면 그 모든 감정이 사라지고, 나는 일종의 기계적인 방식으로—말하자면, 바이오그래프 픽쳐스가 제작한 〈마거릿의 슬픔〉, 존 W. 카일리 감독, 메리 픽퍼드

주연 그리고……―이런 방식으로 영화 두 편을 처음부터 끝까지 쭉 훑어볼 거다. 그렇게 '끝'까지. 단조롭고 지루한 일이다. 그 후 나는 녹음기를 끄고 작은 강철 구슬을 뺀 다음 영화를 보관하는 검은색 밀폐 케이스 안에 넣어 둘 것이다. 그리고 그다음 영화로 넘어간다.

상당히 따분한 일이어서 도저히 견딜 수 없을 땐 대마초 담배를 피우거나 낮잠을 자면서 나 자신을 겨우 지탱해 가며 살아갈 거다.

3일째

오늘 살면서 처음으로 사람들이 집단으로 불에 타 죽는 걸 목격했다. 젊은 남자 둘과 여자 한 명이 5번가에 신발을 만들어 제공하는 건물 앞에 앉아 있었다. 가연성 액체를 뿌렸는지 그들은 젖은 상태였다. 그들을 보았을 때 마침 여자가 라이터를 그녀의 청치마 밑단에 대고 있었고, 순간 옅은 불꽃이 마치 노란 꽃잎이 촘촘히 번지듯 그들을 에워싸기 시작했다. 그런데도 그들의 얼굴에는 고통의 흔적이 전혀 없고, 오히려 은은한 미소가 서려 있었다. 약을 잔뜩 먹은 게 분명했다. 햇살 속에서 옅은 빛을 내는 불꽃이 처음에는 그들의 피부를 벌겋게 익히더니 어느새 시커멓게 태워 버렸다. 몇몇 사람들이 멈춰 서서 지켜보았다. 서서히 역겨운 냄새가 진동하기 시작했을 때, 나는 그 거리를 떠났다.

그렇게 세 명이 모여서 분신한다는 이야기를 언젠가 들어본 적이 있다. 하지만 직접 목격한 적은 없었다. 사람들은 그런 일이 뉴욕에선 자주 일어난다고 했다.

책을 한 권 찾았다. 진짜 책이었다. 오하이오에서 공부했던 얇은 읽기 자료가 아니라, 로베르토와 콘수엘라 그리고 강아지 비프에 대해서만 이야기하는 얇디얇은 책이 아니라 진짜로 두꺼운 책, 손에 잡히는 맛이 있는 책이었다.

간단했다. 내 사무실 밖 철제 벽으로 둘러싸인 거대한 복도를 따라 줄지어 있는 수백 개의 문들 가운데 딱 하나를 열었는데, 아무것도 없는 작은 방 중앙에 유리 케이스가 있고 그 안에 이 크고 뚱뚱한 책이 들어 있었다. 나는 먼지가 두껍게 깔려 있는 케이스의 뚜껑을 열고 책을 꺼냈다. 묵직했다. 책장을 만져 보니 바짝 말라서 바삭바삭하고 누렇게 변해 있었다. 책 제목은 사전이었다. 그 책 속에는 수많은 단어가 숲을 이루고 있었다.

5일째

이 일기를 쓰기 시작하면서 예전보다 요즘, 낮에 일어나는 특이한 일들에 더 많이 주의를 기울이게 되었다. 그래서 밤마다 여기 이 공간에서 그런 내용을 기록할 수 있는 것 같다. 무언가에 주의를 기울이고 생각하는 것은 때때로 압박이 되기도 하고 당혹감을 주기도 한다. 녹음기 설계자들이 이 녹음기를 만들 때, 일반 시민이 이 녹음기를 사용하게 만드는 게 거의 불가능하다는 걸 알았을지 궁금하다. 아니면 우리들에게 아주 어릴 때부터 '의심이 생기면 그냥 잊어버려라'라는 지혜를 가르칠 때는 알고 있었을까?

예를 들어, 나는 브롱크스 동물원에서의 여러 이상한 일에 주목하고 있다. 벌써 한 달째 매주 수요일 생각버스를 타고 동물원을 가는데, 거기에는 언제나 어린이 다섯 명만 있다. 게다가 매번 같은 아이들이다. 아이들은 하얀 셔츠 차림으로 아이스크림콘을 먹고 있고—가장 이상한 점이 이 부분이다—동물원에 있으면서 늘 미친 듯이 신이 나 있고 무척 즐거워 보인다. 그 동물원의 다른 관람객들은, 내 나이 대이거나 더 나이가 많은 사람들은, 꿈을 꾸듯 그 아이들을 바라보며 미소를 띠고 있다. 아이들이 동물을, 그러니까 코끼리를 가리키면서 "여기 코끼리가 엄청 커요!"라고 소리치면 그 나이 든 사람들은 무언가에 안심하는 듯 서로를 보며 빙긋 웃는다. 그런 모습이 어딘가 모르게 음산하게 느껴진다. 그 아이들이 로봇인 걸까?

더 음산한 건, 만약 아이들이 로봇이라면 *진짜* 아이들은 대체 어디에 있지?

파충류관에 갈 때마다 빨간 원피스를 입은 여자를 본다. 그녀는 가끔 이구아나 우리 근처에 있는 벤치에 누워 잠들어 있다. 또 어떤 때는 주변을 한가로이 돌아다니기도 한다. 오늘 그녀는 샌드위치를 들고서 유리로 된 우리 안에 인공 나무 가지 사이를 미끄러져 다니는 비단뱀을 구경하고 있었다. 지금 이걸 기록하는 중에 문득 그 비단뱀이 궁금하다. 비단뱀은 항상 그 인공 나무 가지를 타고 있다. 아주 오래전 내가 어렸을 때를 떠올려 보면(얼마나 먼 옛날인지 알아낼 방법이 없다), 동물원에 있는 큰 뱀들은 보통 자고 있거나 휴면기에 접어든 것처럼 우리 구석에 무리 지어 웅크리고 있어서 마치 죽은 것 같아 보였다. 하지만 브롱크스 동물원에 있는 비단뱀은 항상 미끄러져 다니며 혀를 날름거린다. 그 모습에 관람객들은 숨을 헉들이마시며 감탄하곤 한다. 그 비단뱀도 로봇일까?

11일째

무언가 내게 밀려들기 시작한다. 글을 쓰는데도 몸이 떨린다. 오늘 들었던 생각을 기록하는데 몸이 떨린다. 어쨌든 그 생각은 너무 분명하고 너무 명확했다. 왜 전에는 그 생각을 못 했을까?

나는 영화를 보는 중이었다. 어떤 나이 든 여자가 작고 어두운 집 앞 베란다에(이 단어가 맞는지 모르겠다) 앉아 있었다. 그녀는 '흔들의자'라고 불리는 물건에 앉아 무릎 위로 작은 아기를 안고 있었다. 그러다가 걱정스러운 얼굴로 아기를 들어 올렸고, 그 순간 화면이 멈추더니 '엘린의 아기가 급성 폐쇄성 후두염에 걸렸다!'라는 자막이 나타났다. '아기'라는 글자가 화면에 나타났을 때, 문득 실제 아기를 못 본 지 정말이지 너무 오래되었다는 사실을 깨달았다. 몇 옐로, 몇 블루, 몇 레드가 지나도록, 헤아릴 수조차 없는 나날이 지나는 동안, 나는 아기를 보지 못했다.

아기들이 어디로 사라졌을까? 이 질문을 던진 사람이 있긴 할까?

불현듯 어린 시절에 받았던 훈련이 내 귓가를 속삭인다. "질문하지 마. 편하게 있어."

하지만 편해지지 않는다.

나는 결국 그 생각을 한쪽에 구겨 놓고 또 최면제를 먹게 되겠지.

19일째

열아홉. 내가 기억하고 있는 가장 높은 숫자이다. 이전에는 살면서 이렇게 높은 숫자를 셀 필요가 없었다.

그러나 앞으로 살면서 누군가의 인생을 블루와 옐로로 세는 건 가능할 것이다. 물론 딱히 쓸모는 없겠지만, 수를 셀 수는 있을 거다.

영화에서는 큰 숫자가 자주 나온다. 대부분 전쟁과 연관이 있다. 1918이란 숫자가 특히 자주 나온다. 그게 무슨 의미인지 모르겠다. 1,918일 동안 이어진 전쟁이 있었던 걸까? 그렇게 오래 지속될 수 있는 건 이 세상에 없다. 아주 길고 크거나 무지막지하게 방대한 어떤 걸 생각하면 마음이 어지럽다.

"질문하지 마. 편하게 있어." 그렇다. 나는 편하게 있어야 한다.

최면제 복용 전에 소이바와 그레이비소스를 좀 먹어야 한다는 걸 기억하고 있어야 한다. 이틀 밤 연속으로 먹는 걸 깜빡했다.

가끔 밤에 '사전'을 공부하고 새로운 단어를 익히는데, 그게 잠드는 데 도움이 되기도 한다. 또 나를 흥분시키는 단어를 발견할 때도 있고, 의미를 이해하지 못하는 단어가—'질병'이나 '대수학' 같은—나오기도 한다. 그런 단어들은 내 머릿속을 헤집고 다니고, 나는 그 단어의 정의를 읽고 또 읽는다. 그러나 단어의 정의에는 언제나 더 이해가 가지 않는 단어들이 포함되어 있어서 나를 더욱더 흥분시킨다. 그러면 나는 어쩔 수 없이 최면제를 또 먹는다.

편해지는 방법을 모르겠다.

동물원이 도움이 되긴 했지만, 그 아이들 때문에 요즘엔 가지 않는다. 물론 나는 로봇 반대자는 아니다. 그러나 그 아이들은……

21일째

오늘 동물원에 가서 빨간 원피스의 여자와 이야기를 나누었다. 그녀는 이구아나 옆 벤치에 앉아 있었고, 나는 그녀 옆에 앉아서 "저 비단뱀, 로봇인가요?"라고 물었다.

그녀가 고개를 돌리고 나를 쳐다보았다. 그녀의 눈에 무언가 기이하고 신비로운 느낌이 있었는데, 어떻게 보면 최면에 걸린 사람 같기도 했다. 그러나 나는 그녀가 생각 중이라는 걸, 약에 취한 게 아니라는 걸 알게 되었다. 그녀가 한참 동안 말을 하지 않기에 나는 그녀가 대답하지 않을 생각이거나, 우리들 모두 어린 시절에 낯선 사람을 만나면 어떻게 해야 하는지 배운 그대로 그녀가 자신만의 사적인 영역으로 들어가 버린 줄 알았다. 하지만 내가 어깨를 으쓱하며 자리에서 일어나자마자 그녀가 입을 열었다. "전부 다 로봇 같아요."

나는 깜짝 놀라 그녀를 바라보았다. 그런 식으로 말하는 사람은 아무도 없었다. 그러나 그 발언은 지난 며칠 동안 내가 하고 있던 생각과 같았다. 나는 너무 초조해져서 자리에서 벌떡 일어나 그곳을 떠났다. 그녀에게 고맙다는 말도 없이.

파충류관을 나서고 있는데 그 어린이 다섯 명이 보였다. 아이들은 신이 나서 눈을 희번덕이면서 저마다 손에 아이스크림콘을 들고 있었다. 아이들이 다 같이 웃으며 나를 바라보았다. 나는 고개를 돌려 버렸다……

22일째

영화 속 장면들 중 내 흥미를 끌어낸 한 가지는 '가족'이라 불리는 집단이다. 고대 시대에는 아주 흔한 형태였던 모양이다. '가족'은 종종 함께 있거나 심지어 한집에 같이 살기까지 하는 사람들 무리를 의미한다. 늘 남자 한 명과 여자 한 명이 그 안에 속해 있다. 둘 중 한 사람이 죽지 않는 한. 만일 한 사람이 죽는다 하더라도, 죽은 사람의 이미지('사진'이라는 것)가 남은 사람의 삶 속에, 즉 벽 같은 곳에 걸려 있다. 그리고 그들보다 어린 사람도 있는데, 나이 대가 다양한 어린이들이다. 또 놀라운 사실은, 아마도 '가족'의 특성 같은데, 남자와 여자가 항상 아이들의 어머니와 아버지라는 것이다. 또 간혹 나이가 더 많은 사람들도 있는데 그들은 언제나 아이 어머니나 아버지 각각의 부모님 같았다. 어떻게 받아들여야 할지 도통 알 수가 없다. 모든 사람이 연관되어 있는 듯하다.

더 나아가 이 영화들에 담긴 풍부한 감정은 '가족'의 개념과 아주 깊이 연결되어 있는 것 같다. 그리고 그 감정이 영화에서 아주 잘 표현되어 있다.

물론 남을 도덕적으로 판단하는 것은 적절하지 않다. 특히 다른 시대의 사람을 판단하는 건 더 그렇다. 영화에서의 삶이 '혼자가 최고'라는 격언과 대조된다는 걸 알지만, 내 신경에 거슬리는 건 아니다. 때때로 나도 다른 사람들과 시간을 보내기도 하고 같은 학생들을 몇 주가 지나도록 매일 만나기도 하니까. 그 '가족'이라는 개념은 나를 괴롭히는, 뭔가 오류에 가까운 개념이 아니다. 그냥 사람들이 그런 *위험*을 감수한다는 것이 나에게는 다소 충격적이었던 것 같다. 그 가족들은 서로에 대해 너무 많이 알고 있고 감정도 함께 나누는 듯 보였다.

그런 부분에서 나는 충격을 받았고 한편으로는 슬프기도 했다.

그리고 그들은 서로 이야기도 많이 나눈다. 영화에서 음성 지원이 되지는 않지만, 그들의 입은 항상 움직이고 있다.

23일째

어젯밤 나는 옛날 사람들이 '가족'이라는 틀 안에서 감수하는 위험에 대해 생각하며 잠들었다. 그리고 오늘 아침에 일어나자마자 그 위험이 얼마나 심각한 결과를 초래할 수 있는지에 관해 보여 주는 영화 한 편을 재생했다.

화면에 어떤 늙은 남자가 죽어 가는 모습이 나왔다. 그는 병원 내의 죽음을 맞이하는 센터가 아닌 자신의 집에서 아주 낡고 이상한 침대에 누워 있었고, 가족들이 그를 둘러싸고 있었다. 벽에는 추 달린 시계가 걸려 있었다. 여자아이와 남자아이들도 있고, 성인 여자와 나이 든 남자들도 있었다. 내가 셀 수 있는 것보다 많은 사람이 있었다. 그리고 그들은 행복해 보이지 않았다. 전부 눈물을 흘리는 중이었다. 그가 생을 마감하자 어린 여자아이 둘이 늙은 남자 위로 몸을 던지더니 숨죽여 펑펑 울었다. 침대 끝에 개 한 마리가 있었는데, 남자가 죽고 난 후 개는 앞발에 자기 머리를 댔다. 애도하는 듯이. 그리고 시계가 멈추었다.

불필요한 고통에 잠식된 그 광경이 나를 혼란스럽게 했고, 그래서 영화가 끝나기 전에 동물원으로 갔다.

곧장 파충류관으로 향했다. 그 여자가 거기에 있었다. 회색 스웨터와 샌들을 신은 어떤 나이 든 남자 둘이 대마초를 피우며 파충류관 한가운데 수조에 있는 악어를 보고 고개를 끄덕이고 있었고, 그 둘만 제외하면 파충류관에 그녀뿐이었다. 그녀는 샌드위치를 들고 돌아다니기만 할 뿐 아무것도 보지 않는 것 같았다.

나는 여전히 혼란스러웠다. 그 영화 때문에, 그리고 일기를 기록한 이후 벌어지는 모든 일들 때문에. 충동적으로 그녀에게 성큼 다가가 물었다. "당신은 왜 항상 여기에 있죠?"

그녀가 걸음을 멈추고 돌아서서 내 마음을 꿰뚫어 보는 듯한 신비한 눈으로 나를 응시했다. 순간 그녀가 미쳤을 수도 있다는 생각이 머리를 스쳤다. 그러나 그럴 가능성은 없었다. 만약 그렇다면 탐지자가 찾아냈을 거고, 그러면 그녀는 신경 안정제인 바륨과 진을 지속적으로 배급하는 구역으로 보내졌을 거다. 그러니까 그녀는 제정신이 분명했다. 다른 이들 사이를 걸어 다니는 사람은 누구나 제정신이니까.

"여기에 살아요." 그녀가 말했다.

동물원에 사는 사람은 없다. 내가 아는 한은 그렇다. 그리고 동물원 일은 모든 공공 기관이 그렇듯 다른 종류의 로봇이 맡아서 처리할 텐데.

"왜요?" 내가 물었다. 그건 사생활 침해, 즉 개인 영역 침범이었다. 하지만 어쩐지 그 규정을 지키지 않아도 된다는 느낌이 들었다. 그녀와 내 주변에서 온갖 파충류들이 유리로 된 우리 속에서 미끄러지고 기어다녀서 그런 걸 수도 있다. 아니면 인공 나무 위의 무겁고 축축해 보이는 초록색 인공 나뭇잎 때문일 수도.

"안 될 이유가 있나요?" 그녀가 되물었다. "당신은 여기에서 자주 보이네요."

나는 얼굴이 붉어지는 걸 느꼈다. "맞아요. 마음이…… 혼란스러울 때 여기에 옵니다."

그녀가 나를 응시했다. "약은 안 먹어요?"

"당연히 먹죠." 내가 말했다. "그래도 어쨌든 동물원은 계속

옵니다."

"음, 저는 약 안 먹어요."

이제 내가 그녀를 응시했다. 정말 대단한 생각이었다. "약을 안 먹어요?"

"전에는 먹었죠. 이제는 약을 먹으면 속이 안 좋아서요." 그녀의 굳은 얼굴이 살짝 부드러워졌다. "약을 먹으면 구토를 해요."

"구토를 막는 약이 있지 않나요? 그러니까 약품 로봇이……."

"그럴 수도 있죠." 그녀가 말했다. "하지만 구토 방지 약도 구토하지 않을까요?"

나는 그 말에 웃어야 할지 판단이 서지 않았으나 일단 웃었다. 모든 것이 상당히 충격적이긴 했지만.

"그럼 주사를 맞으면 되겠네요……." 내가 말했다.

"잊어버려요." 그녀가 말했다. "그리고 편하게 있어요." 그녀가 갑자기 돌아서더니 이구아나 우리를 바라보았다. 늘 그렇듯 이구아나는 활발하게 움직이고 있었다. 유리로 된 우리 안에서 이구아나들은 두꺼비처럼 뛰어다녔다. 그녀는 샌드위치를 한 입 베어 먹고 우물우물 씹기 시작했다.

"여기에 살아요? 동물원에서?" 내가 물었다.

"맞아요." 그녀가 샌드위치를 먹으며 답했다.

"좀…… 지루하지 않아요?"

"오 주여, 당연하죠."

"그런데 왜 여기에 있어요?"

그녀는 답을 하지 않을 듯 나를 빤히 바라보았다. 이제 그녀가 취할 행동은, 볼 것도 없이, 어깨를 으쓱하고 눈을 감는 거겠지. 예절 규정에 나와 있는 대로라면, 나는 그녀를 혼자 두고 떠나야 했다. 다른 사람의 개인주의에 무분별하게 간섭해서는 안 되니까.

그러나 그녀는 대답을 하기로 마음먹은 것 같아 보였고, 나는 왜인지는 모르겠지만 그녀가 대답하려는 걸 눈치채자마자 기분이 좋아졌다. "나는 동물원에 살아요." 그녀가 말했다. "직업도 없고 살 곳도 없어서요."

분명 한 1분 동안은 그녀를 빤히 쳐다보고만 있었을 거다. 그런 뒤 나는 "기숙사에서 나오지 그랬어요?"라고 물었다.

"했었어요. 지난 2옐로 동안 탈퇴자 구역에서 살았어요. 대마초를 피우고 약을 먹으면 구토를 시작하기 전까지요."

탈퇴자 구역에서의 대마초에 대해 나 역시 들어 본 적이 있다. 대마초는 자동 장비를 통해 엄청나게 광대한 밭에서 무수히 많이 재배되고, 믿을 수 없을 정도로 효능이 높다고 알려져 있다. 그러나 대마초에 이상 반응을 보이는 사람이 있다는 소리는 한 번도 들어 본 적이 없다.

"그러면 다시 들어온 다음에는…… 일을 할당받아야 하지 않아요?"

"나는 다시 들어가지 않았어요."

"안 들어갔다고요……?"

"네." 그녀는 나에게서 고개를 돌리고 또 이구아나 우리 쪽을 바라보며 샌드위치를 우물우물 먹었다. 그 순간 나는 당황이 아니라 분노를 느꼈다. 제길, 멍청하게 폴짝대고 있는 저 이구아나들!

그녀를 신고해야겠다고 생각했다. 그러나 생각만 했을 뿐 실제로 하지는 않았다. 그녀를 신고할 거면 얼마 전 분신자살한 사람들도 신고했어야 했다. 책임감 있는 사람이라면 말이다. 하지만 나는 신고하지 않았다. 아마 앞으로 다른 사람도 신고하지 않을 거다. 사실 주변에서 누가 신고당했다는 소리는 이미 오래전부터 들리지 않았다.

그녀가 식사를 마치고 내 쪽을 돌아보며 말했다. "나는 그냥 기숙사를 나와서 여기를 걸어 다닌 것뿐이에요. 아무도 눈치채지 못한 것 같더라고요."

"그러면 어떻게 생활해요?" 내가 물었다.

"오, 그건 쉬워요." 그녀의 눈에 서려 있던 강렬함이 조금 누그러졌다. "예를 들면 건물 밖이요, 거기 샌드위치 자판기가 있거든요. 신용 카드로 작동하는 기계예요. 아침마다 서보 로봇이 와서 신선한 샌드위치를 채우는데, 반 옐로 전 여기에 처음 왔을 때 알았어요. 그런데 로봇이 항상 자판기에 들어가는 샌드위치 개수보다 다섯 개를 더 가져오더라고요. 그 로봇은 멍청한 머론 로봇이어서 남은 샌드위치 다섯 개를 들고 그냥 서 있어요. 그럼 내가 그 샌드위치를 가져오죠. 그게 제 하루 식사예요. 물은 분수대에서 마시고요."

"일은 안 해요?"

그녀가 나를 응시했다. "요즘 일이란 게 뭔지 당신도 알잖아요. 우리에게 돈을 지급할 만한 일을 찾으려면 일단 로봇부터 비활성화시켜야 해요."

그 말이 맞는다는 건 나도 알고 있었다. 아마 다들 알고 있을 거다. 하지만 현실에서는 아무도 그 말을 꺼내지 않는다. "정원 가꾸는 일을 하면……." 내가 말했다.

"난 정원 가꾸는 일을 좋아하지 않아요." 그녀가 끼어들었다.

나는 저쪽으로 걸어가서 비단뱀 우리 옆 벤치에 앉았다. 아까 그 늙은 남자 둘이 이미 파충류관을 떠나고 없었다. 우리 둘뿐이었다. 나는 그녀를 쳐다보지 않았다. "그럼 당신은 뭐 해요?" 내가 물었다. "지루할 때 뭐 해요? 여기 밖에는 텔레비전도 없잖아요. 그리고 신용 카드 없이는 뉴욕에서 오락 시설도 사용할 수 없을 텐데. 게다가 직업이 없으면 신용 카드를 얻을 수도 없을 거고요……."

대답이 없었다. 나는 그녀가 내 말을 듣고 있지 않다고 생각했다. 그런데 잠시 후 그녀의 발소리가 들렸고, 어느새 그녀는 내 옆에 앉았다. "최근에는," 그녀가 말을 시작했다. "나의 삶을 암기하려고 노력 중이에요."

'삶을 암기하다'라는 말이 무척 생경했다. 그래서 나는 대꾸하지 않고 나뭇가지 사이를 헤치고 다니는, 전부 다 가짜인 비단뱀을 보고만 있었다.

"언제 한번 해 보세요." 그녀가 말했다. "가장 먼저, 일어났던 일을 기억하고 그걸 반복해서 생각하고 또 생각하는 거예요. 그게 '암기'예요. 충분히 오랫동안 머릿속에 넣어 두면 나의 모든 삶을 기억하게 될 거고 이야기나 노래처럼 모두가 알게 될 거예요."

이럴 수가! 나는 생각했다. 저 여자는 제정신일 수가 없어! 하지만 그녀는 여기에 있었고, 탐지자는 그녀를 탐지하지 못하고 그대로 두었다. 그리고 나는 또 생각했다. 약을 먹지 않는다면, 그렇다면 그녀의 마음에서 무슨 일이 벌어지고 있는 걸까……?

나는 벤치에서 일어나 양해를 구하고 밖으로 나갔다.

24일째

'삶을 암기하다.' 그 구절이 내 머릿속을 떠나지 않는다. 브롱크스에서 맨해튼으로 오는 내내, 버스를 타고 도서관으로 가는 내내 나는 버스 안에 서로 거리를 두고 조심스레 앉아 있는, 상냥하고 수줍음이 많으며 무해해 보이는 사람들의 얼굴을 살펴보았다. 버스가 길을 오르락내리락하며 달리는 중에 그들은 서로의 눈을 가만가만 피하고 있고, 나는 *삶을 암기하다*를 계속 생각하고 있었다. 그 말이 도무지 이해가 가지 않으면서도, 그냥 내버려 둘 수가 없었다.

버스가 도서관에 가까워졌다. 입구 에스컬레이터에 멈춰 달라는 신호를 보냈을 때 길거리에 굉장히 많은 사람이 모여 있는 모습이 보였고, 문득 다른 생각이 즉각적으로 머릿속을 관통하며 그 말을 밀어냈다. *젊은 사람들은 다 어디로 갔을까?*

그 많고 많은 인파에 젊은 사람은 단 한 명도 없었다. 모두들 나와 비슷한 나이 대였다. 심지어 나는 영화에 나오는 보통의 아버지들보다 나이가 많은 편이었다. 영화 〈캡틴 블러드〉의 더글러스 페어뱅크스보다 내가 나이가 더 많았다. 훨씬 많았다.

나보다 젊은 사람이 왜 하나도 없을까? 영화에는 젊은 사람이 정말 많이 나왔다. 사실 젊은이들이 주를 이루고 있었다.

정말 무언가 잘못된 걸까?

25일째

기숙사에 있던 시절 나는 우리 반의 남자아이, 여자아이들과 함께 자랐는데, 우리 뒤로는 더 어린 친구들이 없었다. 우리가 가장 어린 아이들이었다. 톨레도 근처 아주 커다랗고 오래된 페르모플라스틱 건물들이 모여 있는 그 단지에 우리들이 몇 명이나 있었는지 나는 모른다. 우리가 몇 명인지 센 사람도 없었고, 우리도 세는 법을 몰랐다.

내 기억에, 어린이 예배당이라 불리는 조용하고 오래된 건물이 있었는데, 거기에서 우리는 매일 한 시간 동안 개인 영역 지키기 훈련과 마음 평정 유지 훈련을 받았다. 방 안 가득 같은 나이 대의 아이들이 자리에 앉아 대형 텔레비전 화면에 나오는 빛과 색깔을 보면서 다른 사람의 존재를 망각하는 훈련이었다. 수업이 시작할 때마다 머론 로봇이—메이크 투가—약효가 약한 최면제를 제공했다. 그때 어떻게 지냈었는지 나는 생생하게 기억하고 있다. 아침 식사를 마치고 예배당으로 들어간 다음 한 시간 동안 그곳에서 달콤한 맛이 나는 최면제를 입속에서 녹여 먹었다. 그러고 나서 그다음 수업에 갈 때면 내 옆에 누가 있는지 인식하지 못했다. 내 옆에 수백 명의 아이들이 함께 있었을 텐데도.

우리가 그 훈련을 졸업하고 청소년 훈련소로 옮겼을 때, 거대한 기계와 메이크 스리 로봇이 우리가 지내던 기숙사 건물을 철거했다. 그리고 1블루 후 내가 성인용 수면 센터로 옮겨졌을 때는 어린이용 수면 센터도 철거되었다.

우리가 마지막 세대였던 것이다.

26일째

오늘 정오에 또 분신자살을 봤다.

5번가에 있는 버거 셰프 앞에서 일어난 일이었다. 나에게 지급된 뉴욕 대학 신용 카드는 내게 꼭 필요한 액수보다 훨씬 더 많은 추가 지출이 허용되어 있기 때문에 점심 식사를 하러 곧잘 가던 곳이었다. 나는 해조류 버거를 다 먹고 사모바르*에서 차를 한 잔 더 따라 마시고 있었다. 그때 내 뒤쪽에서 바람이 훅 불어오더니 누군가 "오, 세상에!"라고 하는 소리가 들렸다. 찻잔을 손에 든 채 뒤를 돌아봤는데, 식당 저쪽 끝에서 자리에 앉아 있는 세 사람이 불에 타고 있었다. 다소 어두컴컴한 그 공간이 불꽃으로 인해 무척 밝아졌는데, 처음에는 불에 타고 있는 사람을 알아보기가 어려웠다. 그러나 서서히, 시간이 갈수록 그들 얼굴이 내 눈에 들어왔다. 그들의 얼굴이 일그러지고 검게 그을리기 시작할 때쯤이었다. 그들은 전부 나이가 있는 사람이었고, 여자 같았다. 당연히 고통의 흔적은 없었다. 마치 카드 게임의 일종인 진 러미를 하는 듯 보였지만 그들은, 죽기 위해 불에 타고 있었다.

비명을 지르고 싶었다. 하지만 물론 그럴 수 없었다. 나는 불에 타고 있는 가엾고 불쌍한 그들의 몸에 찻잔을 던지려고

---

* 러시아에서 주로 찻물을 끓일 때 쓰는 큰 주전자다.

했지만, 그들의 개인 영역을 침범하면 안 되기 때문에 그렇게 할 수 없었다. 그래서 그냥 거기에 우두커니 서서 구경만 했다.

서보 로봇 두 개가 주방에서 나와 그들 근처에 섰다. 내가 보기엔, 불이 더 번지지 않는지 확인하려는 것 같았다. 아무도 움직이지 않았다. 그리고 아무 말도 하지 않았다.

마침내 악취가 참을 수 없을 만큼 심각해졌을 때 나는 버거 셰프를 나섰다가 가게 밖에서 유리 너머로 불에 타는 사람을 구경하고 있는 한 남자를 보고 발걸음을 멈추었다. 그리고 그의 옆에 잠시 서서 "이해가 가지 않는군요"라고 넌지시 말했다.

그러자 남자가 나를 바라보았다. 처음에는 멍한 눈이었다. 그러더니 불쾌하다는 듯 이마를 찌푸리고 어깨를 으쓱하며 눈을 감았다.

나는 너무 당황해서 얼굴이 화끈 달아올랐다. 어느새 내 눈에 눈물이 흐르고 있었다. 공공장소에서 내가 울고 있었다.

29일째

나는 이제 기록을 글로 적기 시작했다. 오늘은 쉬는 날이어서 영화를 보지 않았다. 대신 나는 자기표현 부서에서 펜과 종이를 가져와 '사전'의 첫 페이지에 있는 큰 글자를 참고해 녹음한 일기를 글로 받아 적었다. 처음에는 너무 어려워서 절대 계속할 수 없을 것 같았다. 녹음기에서 단어 몇 개를 반복해 들으며 종이에 적어 내려갔는데, 정말 고된 일이었다. 긴 단어의 철자를 적는 일이 사실 가장 문제이고 어려웠다. 그중 일부는 영화에서 배운 것들이었고, 다행히 최근에 '사전'에서 배운 정말 긴 단어들도 몇 개 있었다. 긴 단어들은 보통 '사전'에서 찾아낼 수 있었지만, 단어를 찾는 것만 해도 시간과 노력이 꽤 필요했다.

'사전'에는 단어들을 배열하는 어떤 원칙이 있는 것 같다. 아마도 쉽게 찾을 수 있게 그렇게 한 모양이다. 하지만 나는 이해하지 못했다. 몇 페이지 동안 단어의 첫 글자가 같은 글자이더니 갑자기 다른 글자로, 완전히 다른 글자로 단어가 시작되었다.

몇 시간째 글을 썼더니 손이 아파서 더 이상 펜을 잡을 수가 없었다. 통증 완화 약을 먹어야 했지만, 약을 복용하면 내가 하고 있는 일에 집중하기가 더 어려워져서 단어 전체와 구문을 놓치는 경우가 종종 생겼다.

이전에도 약이 이런 식으로 사람에게 영향을 미칠 거라 예상하긴 했지만, 그때는 지금과 같은 확실한 증거가 아예 없었다.

31일째

오늘은 동물원에 가지 않았다.

아직도 하루 종일 종이에 단어들을 적고 있다. 점심시간부터 밖이 어두워지기 시작하는 지금까지 계속 단어를 적었다. 손의 통증이 더 강해졌지만, 나는 통증 완화 약을 먹지 않았고 어느 순간부터는 통증이 잊히는 것 같기도 했다. 사실—어떻게 말하면 좋을지 모르겠지만—손과 손목에 계속해서 통증을 느끼며 이렇게 책상에 앉아 종이에 단어를 쓰는 경험이 어쩐지 보람차게 느껴졌다. 나는 29일째까지의 일기를 받아 적는 일을 마무리했고, 지금은 음성 녹음기에 녹음하고 있지만 내일 또 종이를 갖고 돌아와서 글로 옮기는 작업을 할 생각을 하니 무척 설렌다.

내 마음속에서 멈추지 않고 끊임없이 자기 존재를 과시하는 무언가가 있다. 그건 바로 '내 삶을 암기하라'라는 문구다. 며칠 전 파충류관에 있는 여자가 했던 말. 한 시간 전에 그 말을 적었을 때, 단어 안에서 무언가 보이기는 했지만 완전히 이해하기까지 시간이 조금 걸렸다. 내가 지금 하고 있는 이 행위가 바로 *내 삶을 암기하는* 행동이었던 것이다. 단어들을 종이에 적는 행위는 녹음기에 대고 그냥 읽어 내려가는 행위하고는 정신적으로 다른 행동이고, 그게 바로 여자가 말한 '암기(Memorizing)'였다. '내 삶을 암기하라'라는 말을 받아 적은 뒤 나는 하던 일을 멈추고, 소소한 일을 한번 해 보기로 결심했다. '사전'을 가져와서 'M'으로 시작하는 단어가 나올 때까지 모든 단어를 쭉 훑은 다음 'M'으로 시작하는 단어를 하나하나 살펴보았다. 얼마 뒤 일종의 패턴을 알아냈는데, 예를 들어 'M'으로 시작하는 단어를 보면 'M' 다음에 'E'가 오는 단어들이 모두 함께 있다는 사실이었다. 'ME-'로 된 단어를 처음부터 끝까지 확인하던 중에 'memorize(암기하다)'라는 단어를 찾아냈다. 그 단어의 뜻은 이랬다. '마음으로 배우다.' 마음……. 마음으로 배우다니, 이 얼마나 기가 막힌 뜻이란 말인가. 완전히 이해가 가는 건 아니었다. 하지만 '마음'이라는 단어가 '암기'와 왠지 어울리는 느낌이었다. 왜냐하면 마음이 항상 두근두근 뛴다는 걸 나는 알고 있었으니까.

살면서 단 한 번도 보고 듣고 생각하기를 이렇게 선명하게 느낀 적이 없었다. 오늘 약을 먹지 않아서 그런가? 아니면 글쓰기를 해서? 두 가지 요소 모두 아주 밀접하게 연결이 되어 있고 새로운 개념이기에, 어느 쪽이 맞는지는 잘 모르겠다. 이런 기분은 정말이지 너무너무 기묘하다. 아주 신이 나는 부분도 있지만, 어딘가 위험이 감지되기도 하는 이 감각이 솔직히 무섭기도 하다.

33일째

어젯밤 나는 잠을 잘 수 없었다. 침대에 누워 강철로 마감된 천장을 가만히 보고 있었다. 몇 번이나 서보 로봇을 불러 최면제를 달라고 하려 했지만 그러지 않기로 다짐하고 또 다짐했다. 사실은 잠이 오지 않는 이 느낌을 조금은 즐기고 있었다. 침대에서 일어나 잠깐 방을 돌아다녔다. 내 방에는 두툼하고 묵직한 라벤더색 카펫이 깔려 있고 밝은 분위기다. 침대와 일체형인 책상에는 '사전'이 놓여 있다. 한 한 시간 동안 '사전'을 뒤져 가며 단어를 찾았다. 각 단어들에 숨겨져 있는 다채로운 의미와 과거를 보여 주는 듯한 생경한 느낌이 정말 놀라웠다.

결국 나는 밖으로 나가기로 마음먹었다. 아주 늦은 시간이었다. 길거리에 아무도 없었다. 뉴욕은 안전한 곳이 분명했지만, 그럼에도 조금은 긴장되고 무서웠다. 내 마음속에 어떤 감정이 이미 자리를 잡고 있었고, 나는 그 감정을 그냥 떠나보낼 수 없었다. 그래서 최면제를 먹지 않겠다고 다짐한 것이었다. 나는 생각버스를 호출해 브롱크스 동물원으로 가 달라고 했다.

버스에 나밖에 없었다. 버스가 맨해튼의 단층집과, 지금은 비어 있는 많고 많은 부지들 사이를 길게 휘어지며 달려가는 동안 나는 창밖을 내다보았다. 불 켜진 빌딩이 보였다. 이 시간에도 사람들이 텔레비전을 보고 있었다. 나는 그들을 보며 생각했다. *저들은 과거에 대해 아무것도 모르겠지, 자신의 과거도 모르고 다른 사람의 과거도 모르겠지.* 물론 그건 사실이었고, 나는 그 사실을 언제나 인지하고 있었다. 그런데 이상하게도 그 사실이 그 순간 그 버스 안에서, 혼자 버스에 타고 뉴욕 시내를 따라 동물원으로 가는 그 길에 문득 아주 강하게 느껴졌고 그 감각이 나를 휘감기 시작했다.

파충류관은 불이 꺼져 있었지만 잠겨 있지는 않았다. 문을 여는 소리가 삐거덕 나자 그녀가 깜짝 놀라 외쳤다. "거기 누구세요?"

내가 말했다. "접니다."

그녀가 숨을 휴우 내쉬었다. "세상에 하나님, 맙소사! 지금 밤이에요."

"맞아요." 그녀가 라이터로 불을 치익 켜는 모습이 보였다. 라이터 불이 안정적으로 자리를 잡자 그녀가 초에 불을 붙였다. 분명 주머니에서 양초를 꺼낸 것 같았다. 그녀가 벤치에 초를 올려놓았다.

"음," 내가 입을 열었다. "불이 있어서 다행이군요."

그녀는 벤치에서 자고 있었던 것 같았다. 그녀가 기지개를 쭉 켜더니 말했다. "들어와요. 여기에 앉아도 돼요."

나는 그녀 쪽으로 가서 옆에 앉았다. 손이 덜덜 떨렸다. 그녀가 알아채지 않길 바랐다. 잠시 우리는 말없이 벤치에 앉아 있었다. 유리 우리 안에 파충류들 모습도 보이지 않고 소리도 들리지 않았다. 그 공간 전체가 고요했다. 양초가 뿜어내는 불빛이 그녀의 얼굴 위로 번졌다. 마침내 그녀가 입을 열었다.

"밤에 동물원에 있으면 안 되잖아요." 그녀가 말했다.

나는 그녀를 바라보았다. "그건 당신도 마찬가지죠."

그녀가 무릎 위에 포개져 있는 손을 내려다보았다. 무언가 의미심장하면서도 기분 좋은 몸짓이었다. 고대 영화에 그런 몸짓이 자주 나왔다. 예를 들어 메리 픽퍼드가 그런 몸짓을 많이 했다. 그녀가 나를 올려다보았다. 그녀 눈빛의 강렬함이 촛불에 반사되어 한층 부드러워졌다.

"여기에 왜 왔어요?" 그녀가 물었다.

나는 그녀를 한참 바라보고 난 뒤에 말을 시작했다. "당신이 했던 말 때문에요. 내 머릿속에서 도저히 지워지지 않아요. 당신의 삶을 암기한다고 했잖아요."

그녀가 고개를 끄덕였다.

"처음에는 그게 무슨 뜻인지 몰랐어요." 내가 말했다. "하지만 지금은 알 것 같습니다. 사실 나도 그와 비슷하거나 비슷해 보이는 일을 하려고 노력 중이에요. 내 어린 시절도 아닌, 기숙사에서의 삶이나 대학에 다닐 때의 삶이 아닌 지금 현재의 삶을, 얼마 전부터 살아오고 있는 내 삶을 암기하려 하고 있습니다." 나는 말을 멈추었다. 어떻게 말을 이어 나가면 좋을지 판단이 서지 않았다. 그녀가 내 얼굴을 꼼꼼히 살펴보았다.

"그렇다면 나는 혼자가 아니네요." 그녀가 말했다. "내가 무언가를 시작한 셈이고요."

"네," 내가 답했다. "맞을 겁니다. 나한테 당신에게 도움이 될 만한 물건이 있어요. 혹시 녹음기가 뭔지 알아요?"

"아마도요." 그녀가 말했다. "녹음기에 대고 말을 하면 그 말이 다시 나오는 거 아니에요? 우리가 도서관에서 어떤 정보를 얻으려고 전화를 할 때 나오는 목소리가 딱 그때 사람이 직접 말하는 목소리가 아니라 전에 그 답을 미리 말해서 녹음한 목소리잖아요. 그런 방식이죠?"

"네, 같은 원리예요. 나한테 녹음기가 있어요. 당신이 녹음기를 쓰고 싶어 할 것 같아서요."

"지금 가지고 있어요?"

"네."

"좋아요." 그녀가 말했다. "재밌을 것 같네요. 일단 불이 있어야겠어요." 그녀가 벤치에서 일어나 양초 불빛에서 멀어지며 저쪽으로 가로질러 갔다. 무언가 열리는 소리가 들렸다. 뒤이어 찰칵 소리가 들리더니 파충류관 전체에 빛이 쏟아졌다. 나와 마주하고 있는 우리의 유리 표면이 번쩍 빛났고, 그 안에 있는 파충류들이, 이구아나와 비단뱀, 초록 왕도마뱀, 덩치가 대단한 갈색 악어까지 인공 식물 사이에서 움직이지 않고 가만히 있는 모습이 보였다. 그녀가 벤치로 돌아와 내 옆에 앉았다. 그녀의 머리는 부스스했고, 벤치에서 자서 그런지 얼굴에 자국이 선명하게 나 있었다. 그럼에도 그녀의 표정

만큼은 상쾌해 보였다. 잠에서 확 깬 얼굴이었다.

"녹음기 보여 줘요." 그녀가 말했다.

나는 주머니를 뒤져 녹음기를 꺼냈다. "여기요." 내가 말했다. "어떻게 작동하는지 보여 줄게요."

우리는 한 시간 정도 그곳에 있었다. 그녀는 녹음기에 푹 빠져들었고, 잠깐 빌려줄 수 있냐고 물었지만 나는 안 된다고 했다. 일을 할 때 필요하기도 하고, 구하기 아주 어려운 물건이기 때문이었다. 순간적으로 나는 그녀에게 읽기와 쓰기에 대해 이야기할 뻔했지만 내면의 무언가가 못 하게 막았다. 언젠가는 이야기할 날이 오겠지. 이제 돌아가야 할 시간이라고 하자 그녀가 물었다. "어디서 지내요? 일은 어디에서 해요?"

"뉴욕 대학에서요." 내가 답했다. "이번 여름 동안만 일해요. 원래는 오하이오에 살고요."

"대학교에서 무슨 일을 해요?" 그녀가 물었다.

"고대 영화에 관한 일이에요." 그녀에게 알려 주었다. "영화에 대해 알아요?"

"영화요? 아니요." 그녀가 답했다.

"음, 영상 녹화와 비슷한 거예요. 녹화된 이미지를 움직이게 하는 방식이고요. 텔레비전이 발명되기 전에 사용된 방식이에요."

그녀의 눈이 휘둥그레졌다. "텔레비전이 발명되기 전에요?"

"네." 내가 답했다. "텔레비전이 발명되지 않았던 때가 있었죠."

"세상에." 그녀가 놀라워했다. "그런 걸 어떻게 알았어요?"

사실은 나도 잘 몰랐지만, 다양한 영화를 여럿 보고 난 뒤 텔레비전이 생기기 전에 영화가 이미 존재했을 거라 추측하고 있었다. 왜냐면 영화 속의 가족들 집에는 텔레비전이 아예 없었기 때문이다. 이처럼 어떤 사건과 상황의 연결성은—늘 그렇게 똑같이 연결된 건 아니었지만—정말 놀랍고 인상적이었고, 나는 어떤 특정한 것을 과거라고 부를 수밖에 없다는 걸 인지할 때마다 그런 놀라움을 경험했다.

"정말 독특하네요." 그녀가 말했다. "한때 텔레비전이 없었다는 생각 말이에요. 하지만 이해는 가는 것 같아요. 삶을 암기하기 시작한 이후로 많은 것을 이해하고 있거든요. 어떤 일 뒤에 또 어떤 일이 일어나고, 그렇게 변화가 시작된다는 느낌을 받을 수 있죠."

나는 그녀를 바라보았다. "맞아요. 맞습니다." 내가 말했다. "당신 말이 무슨 뜻인지 알아요." 그러고는 녹음기를 가지고 그곳을 떠났다. 생각버스가 기다리고 있었다. 해가 떠오르기 시작하고 새들이 지저귀고 있었다. 나는 생각했다. 숲 가장자리에서는 오직 *흉내지빠귀만* 노래를 한다. 하지만 이번에는 슬프지가 않았다.

버스 쪽으로 걸어가려는데 기분이 이상했다. 그녀가 나에게 큰 도움을 준 것 같은 느낌이었다. 나를 한밤중에 여기 동물원까지 나오게 했던 그 초조함이 이제 넴뷰카인을 두 알 먹은 것처럼 사라졌다…… 하지만 그녀에게 어떻게 고맙다고 해야 할지 모르겠어서 건물 안으로 다시 들어가 "잘 자요"라고 하고 되돌아 나왔다.

"잠깐만요." 그녀가 말했다. 나는 돌아서서 그녀를 마주 보았다.

"나도 같이 가면 어때요?"

충격적인 제안이었다. "왜요?" 내가 물었다. "나랑 자려고요?"

"어쩌면요." 그녀가 답했다. "뭐 꼭 그것 때문만은 아니에요. 나는 그냥…… 당신의 녹음기를 써 보고 싶어요."

"글쎄요." 내가 말했다. "대학교와 합의한 부분이 있어요. 잘 모르겠네요……."

그녀의 표정이 갑자기 바뀌었다. 분노로 사납게 일그러져 있었다. 어느 영화 속 배우의 얼굴에 드러난 분노만큼 강한 분노였다. "당신은 다르다고 생각했어요." 그녀의 목소리가 떨렸다. 절제된 목소리였다. "나는 당신이 오류를 신경 쓰지 않는 사람인 줄 알았어요. 그리고 규칙을 어겨도 크게 상관하지 않는다고 생각했다고요."

그녀의 분노가 굉장히 당혹스러웠다. 분노를 공개적으로 표출하는 것은—넓은 의미에서 공개적인 자리인 여기에서 표출하는 건—수많은 오류 중 최악의 오류였다. 얼마 전 버거셰프 밖에서 내가 울었던 것만큼 심각한 오류였다. 내가 울었던 그날이 떠오르는 그 와중에도, 나는 그녀에게 무슨 말을 해야 할지 몰랐다.

그녀는 내가 침묵하는 게 그녀의 발언을 못마땅하게 여겨서라고 생각했는지, 아니면 내가 개인 영역의 범위로 후퇴한다고 생각했는지 갑자기 "잠깐만요"라고 내뱉었다.

내가 그대로 서서 뭘 어떻게 해야 할지 몰라 우두커니 있는데 그녀가 파충류관에서 재빨리 걸어 나갔다가 다시 돌아왔다. 그녀의 손에 손바닥만 한 돌이 들려 있었다. 바깥 화단에 있는 꽃들 사이에서 집어 온 모양이었다. 나는 넋이 나간 채 그녀를 바라보았다.

"내가 행동 규칙과 오류에 대해 보여 줄게요." 그녀가 말했다. 그러고는 뒤로 물러서서 비단뱀 우리의 전면 유리로 돌을 던졌다. 놀라운 일이었다. 와장창 소리가 나더니 전면 유리가 움푹 파였다. 커다란 삼각형 모양의 유리 조각이 내 발 앞으로 쿵 떨어져 산산조각이 났다. 내가 너무 놀라 멍하니 서 있는 동안 그녀는 우리로 성큼성큼 다가가 두 손을 뻗어 비단뱀을 꺼냈다. 나는 몸서리를 쳤다. 그녀의 자신감은 압도적이었다. 저 뱀이 로봇이 아니라면 어떻게 됐을까?

그녀는 뱀의 머리를 끌어당기고 입을 벌린 다음 뱀의 입안을 들여다보았다. 그러더니 입을 쩍 벌리고 있는, 악마같이 생긴 뱀의 머리를 내 쪽으로 내밀었다. 우리가 맞았다. 뱀의 목구멍 30센티 정도 아래에 클래스 D 로봇의 원자력 전지 팩이 분명하게 보였다.

나는 그녀가 취한 행동이 너무 놀랍고 경이로워서 아무 말도 할 수 없었다.

우리는 고대 영화 속 '타블로'*처럼 그대로 서 있었다. 그녀는 득의만면한 얼굴로 뱀을 잡고 있고, 나는 그녀가 저지른 일에 경악하여 공포에 질린 표정이었다. 그때 갑자기 내 뒤에서 무슨 소리가 들렸다. 고개를 돌렸더니 파충류 우리 두 개 사이의 벽이 열리고, 키가 크고 무섭게 생긴 보안 로봇이 우리 쪽으로 성큼성큼 다가오고 있었다. 그가 우리에게 다가오며 큰 소리로 쩌렁쩌렁 말했다. "당신은 체포되었습니다. 당신은 묵비권을 행사할 수 있으며……."

그녀는 자기보다 훨씬 큰 로봇을 차갑게 노려보며 침착한 목소리로 로봇의 말을 가차 없이 끊었다. "꺼져, 이 로봇아." 그녀가 계속했다. "그 입 닥치고 꺼지라고."

로봇은 말을 멈추고 움직이지 않았다.

"어이, 로봇." 그녀가 말했다. "이 빌어먹을 뱀이나 가져가

---

* 살아 있는 캐릭터들의 움직임이 액자 속의 그림처럼 정지되어 있는 화면

서 고쳐 와."

로봇이 손을 뻗어 뱀을 팔로 안더니 아무 말 없이 그곳을 벗어나 어둠 속으로 걸어갔다.

그 광경을 지켜보고 있는데, 지금 이게 무슨 상황인지 인식조차 되지 않았다. 영화 속에서만 봤던 폭력적인 장면을, 예를 들어 영화 〈인톨러런스〉에서 거대한 석조 건물이 무너지는 장면을 눈앞에서 지켜보고 있는 것 같기도 했다. 나는 눈앞의 모든 일을 그저 응시하고 있을 뿐이었다. 아무것도 느껴지지 않았다.

그러나 그 순간 어떤 생각이 머릿속을 스쳤다. "탐지자……."

그녀가 나를 바라보았다. 그녀의 얼굴은 놀라울 만큼 차분한 상태였다. "로봇은 이렇게 다뤄야 해요. 로봇은 사람을 섬기도록 만들어졌어요. 그런데 이제는 그걸 아는 사람이 없죠."

사람을 섬기도록? 그 말은 사실이었을 거다. "하지만 탐지자는요?"

"탐지자는 더 이상 아무것도 탐지하지 않아요." 그녀가 말했다. "날 봐요. 탐지자가 날 탐지하지 못했잖아요. 샌드위치를 훔치는데도, 공공장소에서 잠을 자는데도 말이죠. 그리고 탈퇴자 구역에서 나와 다시 들어가지 않는데도."

나는 아무 말도 하지 않았다. 하지만 내가 받은 충격은 얼굴에 고스란히 드러났을 것이다.

"탐지자는 더 이상 아무것도 탐지하지 않아요." 그녀가 말했다. "무언가를 탐지한 적이 아예 없을지도 몰라요. 그래야 할 필요가 없으니까요. 다들 어린 시절부터 그렇게 길들여져서 그 누구도 어긋난 일을 하려 하지 않잖아요."

"사람들이 자기 몸에 불을 지르고 죽어요." 내가 말했다. "자주 있는 일이에요."

"그래서 탐지자가 그걸 막을 수 있을까요?" 그녀가 물었다. "사람들이 균형 잡히지 않은 생각이나 하고 자살할 생각만 한다는 걸 탐지자들이 왜 모를까요? 왜 그들을 제지하지 않을까요?"

고개만 끄덕일 뿐이었다. 그녀 말이 맞았다. 당연히.

나는 바닥에 떨어져 있는 깨진 유리 조각들을 본 다음 플라스틱 나무가 전시되어 있는, 이제 아무것도 움직이지 않는 구멍 난 우리를 바라보았다. 그러고 나서 그녀를 쳐다보았다. 그녀는 환한 인공조명을 받으며, 약을 먹지 않았는데도 차분하게 파충류관에 서 있었다. 그리고 그녀는 완전히 제정신이 아니었다. 그래서 덜컥 두려웠다.

다시 비단뱀 우리 쪽을 바라봤다. 우리 안 나무의 높은 가지 중 하나에 어떤 열매 같은 것이 매달려 있었다. 갑자기 그녀가 우리 안으로 팔을 넣어 열매 쪽으로 뻗었다. 분명 열매를 따려는 것 같았다.

나는 그녀를 가만히 쳐다보았다. 나뭇가지가 꽤 높아서 그녀는 까치발을 하고 팔을 최대한 뻗었다. 그녀의 손끝에 열매 밑동이 간신히 닿았다. 우리 안의 강한 빛줄기가 그녀의 원피스를 관통했고, 그러자 그녀의 몸 윤곽이 선명하게 드러났다. 아름다웠다.

그녀는 열매를 딴 다음 잠시 댄서처럼 균형을 잡고 섰다. 그리고 열매를 가슴 앞으로 내려 손바닥 위에 올리더니 이리 저리 돌려 가며 유심히 살폈다. 무슨 열매인지 알 수가 없었다. 망고 비슷한 열매 같았다. 열매가 플라스틱이란 걸 알면서도, 순간적으로 그녀가 열매를 먹을 것 같다는 생각이 들었다. 그런데 그녀가 손을 뻗어 내게 열매를 내밀었다. "이건 먹을 수 없네요." 그녀가 말했다. 그녀의 목소리는 놀랍도록 차분했다. 이미 체념한 목소리였다.

나는 열매를 받아 들었다. "왜 땄어요?" 내가 물었다.

"모르겠어요." 그녀가 답했다. "그냥 그래야 할 것 같았어요."

나는 꽤 한참 동안 말없이 그녀를 바라보았다. 그녀의 얼굴에 노화로 인한 주름과 수면으로 인한 자국이 새겨져 있음에도, 빗질이 되지 않아 머리가 헝클어져 있음에도, 그녀는 무척 아름다웠다. 그러나 나는 그녀를 갖고 싶은 욕망이 없었다. 그저 어떤 경외심만 들 뿐이었다. 그리고 약간의 두려움이.

나는 주머니에 플라스틱 과일을 넣고 "도서관으로 가서 최면제를 좀 먹으려고요"라고 말했다.

그녀가 돌아서서 빈 우리 쪽을 돌아보았다. "그래요, 잘 자요."

＊

나는 돌아와서 '사전' 위에 열매를 올려놓고 일체형 침대-책상에 앉았다. 약을 세 알 먹었다. 그리고 그날 정오까지 잠을 잤다.

열매는 여전히 그 자리에 있다. 나는 그것이 어떤 것을 의미하기를 바랐지만 그렇지 않았다.

37일째

나흘 동안 약을 먹지 않았다. 대마초도 하루에 두 대만 피웠다. 저녁 식사 후 한 번, 잠자리에 들기 전 한 번. 전부 다 이상하다. 왠지 긴장되고 약간 흥분이 되기도 하는 느낌이다.

잠을 잘 못 드는 때가 많아서 방 밖으로 나가 도서관 지하실 복도를 왔다 갔다 해야 한다. 끝없이 이어진 복도는 미로처럼 복잡하고 약간 축축하다. 이끼가 껴 있을 것같이. 가끔 어떤 문 앞을 지나갈 때면, 처음 '사전'을 찾았을 때를 떠올리며 혹시 뭐가 있을까 걱정스러운 마음으로 아주 조심스레 문을 열고 안을 들여다보기도 한다. 사실 나는 무언가를 발견하고 싶지 않다. 이곳에 온 이후 새로운 것들을 충분히 많이 경험하고 있으니까.

그러거나 말거나 문을 열어 보면 항상 안에 아무것도 없다. 어떤 방에는 바닥부터 천장까지 책장이 있기도 하지만, 책장에 뭐 하나 꽂혀 있지 않다. 나는 방 안을 둘러본 다음 문을 닫고 계속 복도를 따라 걸었다. 복도에서는 항상 곰팡이 냄새가 난다.

방들 문이 전부 다른 색이어서 각각 구분이 된다. 내 방 문은 방 안에 깔린 카펫 색과 같은 라벤더색이다.

처음 여기로 들어왔을 땐 이 방대하고 텅 빈 건물을 걸어 다니다 보면 오싹했다. 하지만 이제는 어느 정도 안정감이 든다.

더 이상 낮잠은 자지 않는다. 전과 다르게.

40일째

40일이 지났다. 모든 것이 내 앞의 책상 위에 적혀 있고, 그림용 종이 일흔두 장이 있다. 전부 다 혼자 작성했다.

내 인생의 대단한 성취라고 할 만하다. 그렇다. 나는 그 단어를 사용했다. 대단한 *성취*. 읽기를 배운 것도 성취였다. 아무도 할 줄 모르지만 나는 할 수 있다. 스포포스도 읽기를 모른다. 하지만 스포포스는 인간이 아닌 로봇이다. 로봇이 모든 걸 알고 있을 수도 있겠지만, 로봇은 그 무엇도 성취할 수 없다. 로봇은 자기들이 해야 하는 일을 하도록 만들어졌고, 그 사실은 변하지 않는다.

오늘 영화 일곱 편을 봤는데, 기억에 남는 단어가 하나도 없다.

그녀가 내 머릿속에서 도통 지워지지 않는다. 그녀가 나무와 양치식물이 있는 유리 우리 앞에서 내게 플라스틱 열매를 건네는 모습이 자꾸만 눈앞에 어른거린다.

41일째

대부분 버거 셰프는 페르모플라스틱으로 된 작은 건물이지만, 5번가에 있는 버거 셰프는 규모가 더 크고 강철로 만들어져 있다. 테이블에 튤립 모양의 붉은 램프가 있고, 스피커 벽에서 흐르는 소울 무자크*는 발랄라이카 연주곡이다. 빨간색 계산대 양쪽 끝에 큼지막한 황동 주전자 사모바르가 놓여 있고, 여성 점원들이 서 있다. 그 여성 점원들은 인간 여자를 복제한 메이크 포 로봇이며, 머리에 붉은색 두건을 두르고 있다.

나는 그곳에서 합성 달걀로 만든 스크램블과 뜨거운 차를 아침 식사로 먹었다. 음식을 받으려고 줄을 서 있는데, 내 앞 남자가, 평온한 얼굴의 갈색 점프 슈트를 입은 키 작은 남자가 아침 식사로 골든 브라운 프라이를 주문하려고 기다리는 중이었다. 그의 손에 신용 카드가 들려 있고, 카드는 주황색

---

* 상점, 식당 등에서 배경 음악처럼 내보내는 녹음된 음악

이었다. 다시 말해 그는 중요한 사람이었다.

계산대 뒤에 있는 로봇 여점원이 그에게 아침에는 골든 브라운 프라이를 먹을 수 없다고 했다. 갑자기 평온한 그의 얼굴 표정이 싹 사라지더니 그가 입을 열었다. "무슨 소립니까? 나는 아침을 먹으려는 게 아닙니다."

그녀는 어리둥절한 표정으로 계산대를 내려다보았다. "골든 브라운 프라이는 오직 슈퍼 셰프하고만 함께 제공됩니다." 그러고는 그녀 옆에 서 있는 동일한 특징의 로봇에게 시선을 돌렸다. 둘의 눈썹이 코 바로 위로 모여들었다. "슈퍼 셰프하고만 같이 나가는 거 맞죠? 그렇죠, 마지?"

나는 계산대 뒤를 흘긋하다가 자그마한 비닐 가방 안에 수북하게 쌓인 프라이를 보았다.

마지가 말했다. "골든 브라운 프라이는 오직 슈퍼 셰프하고만 함께 제공됩니다."

첫 번째 로봇이 남자의 눈을 짧게 쳐다보고는 다시 시선을 내렸다. "골든 브라운 프라이는 오직 슈퍼 셰프하고만 함께 제공됩니다." 그녀는 같은 말을 반복했다.

남자는 화가 많이 난 듯했다. "좋습니다." 그가 내뱉었다. "그러면 슈퍼 셰프랑 같이 주시죠."

"골든 브라운 프라이를요?"

"네."

"죄송합니다만, 슈퍼 셰프 기계가 오늘 제대로 작동하지 않습니다. 합성 달걀과 원숭이 베이컨, 그리고 골든 브라운 토스트가 있습니다."

남자의 얼굴은 잠시였지만 소리를 지를 것 같은 모양새였다. 그러나 그는 가슴 주머니에 손을 넣더니 작은 은색 약통을 꺼내 초록색 최면제 세 알을 삼켰다. 잠시 뒤 그의 얼굴은 다시 평온해졌고, 그는 토스트를 주문했다.

42일째

여기 이 도서관에 그녀가 있다니! 그녀는 복도 아래의 텅 빈 방 안 두툼한 카펫 위에서 자고 있다.

무슨 일이 있었는지 여기에 적어 보겠다.

나는 다시는 동물원에 가지 않기로 다짐했다. 하지만 어제는 그녀 생각을 멈출 수가 없었다. 그건 섹스나, 수많은 영화에서 다뤘던 '사랑'이라고 불리는 개념에 관한 것이 아니었다. 내가 나 자신을 납득시킬 수 있는 유일한 요소는, 그녀가 내가 여태 만난 사람 중 가장 흥미로운 사람이라는 것이다.

읽는 법을 배우지 않았다면 나는 그녀에게 흥미를 느끼지 않았을 거다. 그저 두려움뿐이었겠지.

어제 점심 식사 후 버스를 타고 동물원으로 갔다. 목요일이었고 비가 내리고 있었다. 쓰레기를 비우거나 덤불을 깎는 등

공원과 도시 정원에서 근무 중인 멍청한 머론 로봇을 제외하고는 길에 아무도 없었다.

내가 도착했을 때 그녀는 파충류관에 없었다. 얼떨떨했다. 아니 사실은 그녀가 떠났을까 봐, 다시는 그녀를 볼 수 없을까 봐 두려웠다. 겨우 자리에 앉아 그녀를 기다렸지만, 도저히 가만히 있을 수가 없어서 걷기로 했다. 일단 파충류 몇 마리를 보았다. 비단뱀 우리는 수리되어 있었다. 그러나 비단뱀은 안에 없었다. 대신 사각형과 오각형 무늬의 방울뱀이 꼬리를 열정적으로 흔들어 대고 있었다. 바깥 동물원에서 봤던 아이스크림을 든 아이들처럼 열정을 다해 움직이고 있었다.

잠시 후 나는 지나치게 분주한 동물들을 구경하는 일에 싫증이 났고 비가 그치자마자 밖으로 나갔다.

그 아이가, 또는 그 아이들과 똑같은 다른 아이가 길 한쪽에 서 있었다. 비 오는 날에는 동물원에 사람이 거의 없기 때문에, 아이는 오직 나를 위해서 어떤 퍼포먼스를 보여 주고자 자기의 행동에 집중하기로 단단히 결심한 것 같았다. 아이가 내게로 다가와 물었다. "안녕하세요, 아저씨. 동물 보는 거 진짜 재밌지 않아요?"

나는 대답하지 않고 그냥 지나쳤다. 내가 호수에 둘러싸인 섬 같은 곳으로, 얼룩말이 있는 그곳으로 이어지는 길을 따라 내려가고 있는데 아이가 내 뒤를 졸졸 따라오는 소리가 들렸다.

"애!" 아이가 말했다. "오늘은 얼룩말이 진짜 살아 있는 것처럼 보여."

그 말에 담긴 무언가가 내가 어렸을 때부터 지금까지 나 자신에게 허용하지 않았던 감각을 일깨웠다. 분노였다. 나는 돌아서서 주근깨 박힌 투실투실한 얼굴을 사납게 노려보았다. "꺼져, 로봇 새끼야." 내가 말했다.

그는 나를 보지 않았다. "오늘은 얼룩말이……." 그가 같은 말을 또 했다.

"꺼지라고."

아이는 뒤로 돌아서더니 갑자기 폴짝폴짝 뛰면서 다른 길로 내려갔다.

기분이 퍽 좋았다. 그 아이가 로봇인지 확실하지는 않다. 보통 로봇은 귓불 색깔로 구별된다고 알려져 있긴 하지만, 나역시 다른 사람들처럼 꼭 그런 건 아니라는 소문을 평생 들어왔다.

나는 얼룩말에 집중하려 노력했다. 하지만 너무나도 다양한 감정을 경험하고 느끼고 있었기 때문에 도무지 얼룩말에 집중이 되지 않았다. 그 아이를—그 아이의 정체가 뭔지는 모르겠지만—침묵하게 만들 때 느꼈던 의기양양함과 그 여자에 대한 매우 복합적인 감정의 덩어리, 그리고 가장 중요한 감정이었던, 그녀가 사라졌을지도 모른다는 두려움. 혹시 그녀가 결국 탐지자에게 걸린 걸까?

얼룩말들은 그다지 활기차지 않았다. 그 말은 얼룩말이 진짜라는 뜻일 수도 있었다.

얼마 뒤 나는 다시 걷기 시작했다. 저 앞으로 뻗어 있는 길을, 자그마한 회색 분수대 쪽 길을 올려다봤는데 빨간 원피스 차림의 그녀가 노란색 국화 꽃다발을 들고 내 쪽으로 걸어오고 있었다. 나는 걸음을 멈추었다. 아주 잠깐 심장이 멎을 것 같았다.

그녀는 꽃을 든 채 웃으며 내게로 다가왔다. "안녕하세요." 그녀가 말했다.

"안녕하세요." 내가 말했다. "내 이름은 폴이에요."

"나는 메리예요." 그녀가 말했다. "메리 루 보른이요."

"어디에 있었어요? 파충류관에 갔었거든요."

"산책 중이었어요. 점심 식사 전에 산책 나갔다가 비가 와서 발이 묶였고요."

그녀의 빨간 원피스와 머리가 젖어 있었다. "아," 나는 안도했다. "나는 당신이…… 없어진 줄 알았어요."

"탐지자한테요?" 그녀가 웃었다. "뱀의 집으로 가서 같이 샌드위치 먹어요."

"점심 먹었어요." 내가 말했다. "그나저나 옷을 갈아입어야겠네요."

"갈아입을 옷이 없어요." 그녀가 말했다. "이 원피스가 전부거든요."

나는 잠시 망설이다가 입을 뗐다. 그 말이 어디에서 나왔는지는 모르겠지만 어쨌든 나는 이렇게 말했다. "나랑 같이 맨해튼으로 가요. 내가 원피스 사 줄게요."

그녀의 얼굴에는 놀란 기색이 없었다. "그냥 샌드위치 먹을래요……."

나는 5번가에 있는 기계에서 원피스를 샀다. 신론이라 불리는 촉감이 거칠고 질이 좋은 소재의 노란색 원피스였다. 우리가 버스에 올라탔을 땐 그녀의 머리가 이미 말라 있었다. 그녀의 모습이 황홀했다. 아직도 손에 들려 있는 꽃이 원피스와 잘 어울렸다.

나는 '황홀한'이라는 단어를 여배우 시다 바라의 영화를 통해 알게 되었다. 영화 속에서 어떤 귀족과 하인이 검은 드레스를 입은 바라가 손에 하얀 꽃을 들고 나선형 계단을 내려오는 모습을 보고 있었다. 하인이 자막에 나온 대로 "예쁩니다. 아주 예뻐요"라고 하자 귀족이 고개를 살짝 끄덕이며 말했다. "그녀는 정말 황홀하지."

우리는 버스에서 대화를 많이 하지 않았다. 나는 그녀를 내 침실 겸 사무실로 데리고 갔고, 그녀는 검은색 플라스틱 소파에 앉아 주위를 둘러보았다. 내 방은 큼지막하고 다채로운 색으로 꾸며져 있다. 라벤더색 카펫과 철제 벽면에 걸린 화사한 꽃무늬 그림, 그리고 부드러운 조명. 나는 내심 뿌듯했다. 창문이라도 있으면 좋았을 텐데. 하지만 여기는 지하였다. 지하 5층이라 너무 깊어서 창문을 낼 수 없었다.

"어때요?" 내가 물었다.

그녀가 자리에서 일어나 꽃 그림을 바로잡았다. "약간 시카고 사창가 같은 느낌이에요." 그녀가 말했다. "그래도 마음에 들어요."

나는 이해가 가지 않았다. "시카고 사창가가 뭐예요?" 내가 물었다.

그녀가 나를 보며 웃었다. "나도 몰라요. 우리 아버지가 종종 하던 말이에요."

"아버지요?" 내가 물었다. "아버지가 있어요?"

"그런 셈이죠. 내가 기숙사에서 도망쳤을 때 아주 나이 많은 남자가 나를 데리고 갔어요. 사막에서 날 데려갔죠. 이름은 사이먼이에요. 사이먼은 아주 밝은 것을, 그러니까 노을 같은 것만 봐도 그게 뭐든 '시카고 사창가 같다'라고 했어요."

그녀는 바로 세운 그림을 쳐다보았다. 그러더니 그 그림을 등지고 돌아서서 소파로 갔다. "술 한 잔 마시고 싶어요." 그녀가 말했다.

"술 마시면 아프지 않아요?"

"아니요. 합성 진은 괜찮아요." 그녀가 말했다. "너무 많이 마시지만 않으면요."

"알았어요." 내가 말했다. "좀 받아 올 수 있을 거예요." 나는 책상에 있는 버튼을 눌러 서보 로봇을 불렀다. 서보 로봇은 거의 바로 내 방에 도착했고, 그에게 합성 진 두 잔에 얼음을 넣어 달라고 말했다.

서보 로봇이 방을 나가려 하자 그녀가 말을 꺼냈다. "잠깐만, 로봇." 그러고는 나를 바라보며 말했다. "먹을 거를 좀 받을 수 있을까요? 동물원 샌드위치는 이제 질려 버려서요."

"물론이죠." 내가 말했다. "거기까지 생각 못 했네요. 미안해요." 그녀가 조금씩 주도권을 잡는 것 같아서 살짝 당황스러웠지만, 동시에 그녀를 초대한 집주인이 된 것 같아 기분이 좋았다. 무엇보다 뉴욕 대학에서 발급해 준 카드에 아직 사용하지 않은 돈이 상당히 많아서 더 우쭐했다. "학생 식당 기계가 맛있는 원숭이 베이컨과 토마토 샌드위치를 만들어 줄 거예요."

그녀가 이마를 찌푸렸다. "원숭이 베이컨은 못 먹어요." 그녀가 말했다. "우리 아버지는 원숭이 음식을 혐오스러워했어요. 로스트비프는 어때요? 샌드위치는 싫고요."

나는 로봇에게 돌아서서 물었다. "슬라이스된 로스트비프 가져올 수 있어?"

"네." 로봇이 말했다. "물론이죠."

"좋아." 내가 말했다. "그리고 내 술도 같이 갖다줘. 무랑 상추도."

로봇이 떠나고 방 안에 잠시 어색한 침묵이 흘렀다. 나는 그 침묵이 살짝 의아했지만, 나름대로 괜찮기도 했다. 메리 루는 가끔 감수성이 아예 없는 것 같기도 했다.

내가 침묵을 깼다. "기숙사에서 도망쳤어요?"

"사춘기 때였어요. 여기저기에서 많이 도망 나갔어요." 나는 누군가가 기숙사에서 도망칠 생각을 할 수 있다는 걸 상상도 해 본 적 없었다. 아니다. 어린 시절 몇몇 남자애들이 자기가 로봇 선생님 또는 무언가에게 불공정한 대우를 받았다며 어떻게 '도망갈' 건지 떠들어 대며 허세를 부리던 기억이 났다. 하지만 진짜 도망친 애들은 없었다. 메리 루만 빼고 말이다.

"탐지자한테 안 걸렸어요?"

"처음에는 당연히 걸릴 줄 알았어요." 그녀가 소파에 등을 기대고 편안한 자세를 취했다. "무서워 죽겠더라고요. 반나절 동안 아주 오래된 길을 걷다가 아무도 없는 사막의 옛 마을을 발견했어요. 그런데 탐지자는 코빼기도 보이지 않았어요." 그녀가 고개를 양쪽으로 천천히 저었다. "탐지자가 일을 제대로 하지 않는다는 걸 그때 깨닫기 시작한 거예요. 그러니까 로봇의 명령을 따를 필요가 없다는 거죠."

예전에 기숙사에서 그 로봇이 나를 코번트리로 이동시켰을 때 있었던 일이 떠올라, 움찔하며 얼굴을 찡그렸다.

"당신도 알다시피 로봇은 자기들이 인간을 섬기기 위해 만들어졌다고 우리에게 직접 가르쳐 줘요. 하지만 로봇이 말하는 '섬기다'라는 단어가 마치 '통제하다'로 들린다, 이거죠. 우리 아버지, 그러니까 사이먼은 그걸 '정치적 발언'이라고 했어요."

"정치적 발언이요?"

"거짓말을 하는 특별한 방식이죠." 그녀가 말을 이었다. "내가 사이먼을 만났을 때 그는 아주 나이가 많았어요. 나와 함께 살기 시작하고 몇 엘로 뒤에 죽었고요. 치아가 다 빠졌고 귀도 잘 안 들렸어요. 사이먼은 그의 아버지에게—아니면 다른 누군가에게—들은 아주 오래된 사실들을 내게 많이 알려 주었어요."

"사이먼도 기숙사에 있었어요?"

"모르겠어요. 물어볼 생각을 한 번도 하지 않았거든요."

로봇이 음식과 술을 들고 돌아왔다. 그녀는 한 손에 로스트비프 접시를 들고 다른 손에 합성 진을 든 다음 소파로 가서 편안하게 앉았다. 그녀는 진을 쭉 들이켜고 몸을 부르르 떨었다. 그러고는 아주 자연스럽게 로스트비프 한 쪽을 손가락으로 집어 먹었다. 나한테는 낯선 모습이었다. 손가락으로 음식을 먹는 사람은 여태 한 번도 본 적이 없었다.

"아마 사이먼이," 그녀가 입을 뗐다. "나를 육식가로 만들었을 거예요. 사이먼은 규모가 큰 자동 목장에서 소를 도둑질하기도 하고 가끔 야생 소를 사냥하기도 했어요."

처음 듣는 말이었다. "'도둑질하다'가 '훔치다'와 같은 뜻이에요?" 내가 물었다.

그녀가 고개를 끄덕였다. "그렇겠죠." 그녀는 고기 한 조각을 또 집어 들고 소파 위 그녀 옆자리에 그릇을 내려놓았다. 그리고 한 손에 고기를 든 채 다른 손에 들린 술을 한 모금 마셨다. "탐지자에 대해 묻지 마요." 그녀가 말했다. "어차피 그런 건 없거든요." 그러더니 술을 전부 털어 넣고 한 번에 꿀꺽 삼켰다. "사이먼이 말하길, 평생 탐지자를 봤다거나 탐지자한테 걸렸다는 얘기를 들어 본 적이 없대요. 전혀요."

몹시 충격적이었지만, 맞는 말 같았다. 나 역시 나이가 젊은 편이 아닌데도, 지금껏 탐지자를 본 적도 탐지자한테 걸렸다는 얘기를 들은 적도 없었다. 하지만 그보다 내 주변에는 그런 위험한 상황에 처한 사람이 아예 없었다.

*

우리는 잠시 대화를 멈추었고, 그녀는 그릇 위의 고기를 먹는 데 집중했다. 나는 그녀가 먹는 모습을 지켜보며, 그녀 자체에, 그녀가 얼마나 흥미로운지,—그리고 육체적으로 얼마나 매력적인지—어쩌다가 그녀를 여기로 데리고 와서 나와 함께 있도록 만들었는지 놀라워하며 말없이 앉아 있었다.

물론 섹스에 대해 알고 싶긴 했지만, 그런 일은 당분간 일어나지 않을 것 같았다. 그리고 나는 섹스에 대해 다른 사람들보다 더 소심한 편이었기 때문에 딱히 원하지도 않았다. 그녀가 엄청나게 매력적이긴 하지만—사실 진을 마시고 난 후라 그녀가 더욱더 매력적으로 보였다—나는 그런 종류의 것들을 무척 조심스러워하고 경계했다.

시간이 퍽 오래 지난 것 같았다. 그녀가 입을 열었다. "녹음기 좀 다시 보여 줘요." 그래서 나는 "물론이죠"라고 하며 책상으로 갔다. 녹음기 옆에 그녀가 비단뱀 우리에서 딴 가짜 열매가 있었다. 그녀는 내 방에 들어온 뒤에도 그 열매를 보지 못한 것 같았다.

나는 열매를 그대로 두고 책상에서 녹음기를 가져와 그녀에게 건넸다.

그녀는 녹음기 작동법을 기억하고 있었다. "녹음을 좀 해도 될까요?" 그녀가 물었다.

그렇게 하라고 했다. 그런 다음 로봇에게 합성 진과 얼음을 한 잔 더 달라고 요청하고, 침대에 누워서 그녀가 녹음기에 하는 말을 가만히 듣고 있었다.

그녀가 뭘 하는지 깨닫기까지 시간이 조금 걸렸다. 그녀는 최면에 걸린 듯한 목소리로 느릿느릿하게, 어떤 감정도 드러내지 않고 말을 이어 갔다. 마침내 내가 깨달은 것은, 그녀가 자기의 '삶'을 '암기'한 대로 말하고 있다는 것이었다. 그녀는 연습의 일환으로, 단어를 반복해야 한다고 배웠던 그대로 단어를 계속해서 말하는 중이었다.

"나는 침대 옆에 있던 의자를 기억한다. 나는 교실에서 입고 있던 초록색 원피스를 기억한다. 모두들 개인성을 보여 주기 위해 다른 사람들과 다른 옷을 입으려고 노력했다. 하지만 나는 우리가 전부 똑같이 생겼다고 생각한다.

나는 반에서 아주 똑똑한 편이었다. 하지만 나는 그게 싫었다.

나는 이름이 세라라는 여자애를 기억한다. 그 애 얼굴에 여드름이 굉장히 많았다. 그 애가 나에게 섹스에 대해 처음 말해 주었다. 그녀는 이미 다른 아이들이 지켜보고 있는 앞에서 섹스를 해 본 적이 있었다. 뭔가…… 잘못된 것 같았다.

우리가 사는 곳 주변에는 사방이 사막이었고, 가끔 아메리카독도마뱀이 기숙사에 들어와 자기도 했다. 로봇은 도마뱀을 잡아 밖으로 내보냈다. 나는 그 거대하고 멍청한 도마뱀들에게 미안했다. 파충류관에는 아메리카독도마뱀이 없었지만 나는 그 도마뱀이 있어야 한다고……."

그녀의 녹음은 계속되었다. 처음에는 흥미로웠으나 얼마

지나지 않아 피로가 몰려왔다. 긴 하루였다. 그리고 나는 평소에 술을 그렇게 마시지 않는다.

그녀가 녹음기에 대고 이야기를 하는 중에 나는 잠들었다.

아침에 일어났더니 그녀가 없었다. 처음에는 그녀가 떠난 줄 알고 불안했다. 복도를 따라 쭉 늘어선 방문 몇 개를 열어 봤는데 안에 아무도 없었다. 그러다 그녀를 찾아냈다. 그녀는 방 한가운데에서, 두툼한 주황색 카펫 위에 웅크리고서 아이처럼 잠들어 있었다. 그녀를 향한 내 마음이 따스하게 차올랐다. 마치…… *아빠*가 된 기분이었다. 연인이 된 것 같기도 하고.

*

그런 뒤 내 방으로 돌아와 아침 식사를 하고 이 글을 쓰기 시작했다.

글을 다 쓰면 그녀를 깨워서 같이 점심을 먹으러 갈 생각이다.

43일째

그녀를 깨운 뒤 나는 그녀를 컨베이어 벨트에 태워 5번가로 데리고 갔고, 우리는 채식 식당에서 점심을 먹었다. 메뉴는 시금치와 콩이었다.

우리 둘은 약도 복용하지 않고 대마초를 피우지도 않았다.

우리를 뺀 다른 사람들이 얼마나 어리벙벙하고 혼란스러운 상태인지 두 눈으로 직접 확인해 보니 정말 놀라웠다. 물론 우리를 기다리는 로봇들은 어리벙벙하지 않았다. 근처 테이블에 앉아 있는 나이 든 부부가 아무런 목적 없이 대화를 모방하는 방식으로 같은 말을 계속 되풀이하고 있었다. 남자가 "플로리다가 최고지"라고 하면 여자가 "당신 이름이 뭐였지?"라고 하고, 남자가 "나는 플로리다가 좋아"라고 하면 여자는 "아, 아서. 맞지?"라고 했다. 이런 식의 대화가 식사 내내 이어졌다. 그들은 성적으로는 연결이 되었을지 몰라도 다른 부분으로는 연결이 불가능했다. 그런 대화는 사실 절대로 이상하고 특이하지 않았지만, 그곳에서, 우리 둘 다 서로에게 할 말이 있는 그곳에서 머리가 맑고 정신이 활짝 깨어 있는 나와 메리 루가 두 눈을 마주 보고 대화를 나누는 행위는 상당히 눈에 띄는 행동이었다. 나는 그게 참 슬펐다.

46일째

메리 루가 여기에 온 지 사흘이 되었다. 처음 이틀 동안 그녀는 나한테 깨우지 말라고 말한 뒤 정오까지 잤다. 나는 아침에 영화 관련 일을 했다. 대양을 건너는 범선처럼 큰 배에서 지내는 사내들, 상체에 아무것도 걸치지 않은 맨몸의 남자들을 다룬 영화였다. 그들은 주로 칼이나 검을 서로에게 겨누고 "제기랄!"이나 "내가 이 바다의 주인이다"라는 말을 자주 했다. 흥미로웠다. 하지만 메리 루가 내 머릿속을 지배하고 있어서 집중하기가 무척 어려웠다.

나는 이틀 동안 오전에만 일을 했다. 어떤 이유 때문인지 일하는 모습을 그녀에게 보여 주기가 꺼려졌다. 무엇 때문인지는 정확히 모르겠다. 어쨌든 나는 그녀가 읽기에 대해 몰랐으면 했다.

셋째 날 아침, 그녀가 손에 책을 들고 내 방으로 왔다. 그녀의 모습이 인상적이었다. 그녀는 내가 준 잠옷을 입고 있었는데, 윗옷 단추가 잠겨 있지 않아서 가슴 사이가 보였다. 목에는 십자가를 걸고 있었고, 배꼽이 다 보였다. "여기 봐 봐요!" 그녀가 말했다. "내가 뭘 찾았는지 봐요." 그녀가 내게 책을 내밀었다.

그녀의 잠옷이 몸짓에 따라 움직였고, 그에 따라 젖꼭지 한쪽이 아주 잠깐 밖으로 드러났다. 혼이 나갔다. 그때 내 모습은 어떻게든 그쪽을 보지 않으려 애쓰는 바보 같았을 거다. 나는 그녀가 맨발이라는 걸 알아챘다.

"받아요." 그녀가 내 손에 책을 들이밀며 말했다.

혼돈이 훑고 지나간 뒤 나는 책을 받아 들었다. 보통 책들처럼 표지가 딱딱하지 않은 작은 책이었다.

표지를 보았다. 표지에 무엇을 의미하는지 모르겠는, 누리끼리하고 푸르스름하게 바랜 그림이 있었다. 어두운색과 밝은색 네모 칸이 패턴처럼 이어져 있고, 그 위에 특이하게 생긴 물체가 올려져 있었다. 제목이 《체스 기초의 끝》이었고, 저자의 이름은 루번 파인이었다.

책을 펼쳤다. 누런빛 종이에, 검은색과 흰색 네모 칸으로 이루어진 표와 이해되지 않는 글이 잔뜩 적혀 있었다.

나는 메리 루를 돌아보았다. 그래도 아까보디는 조금 더 침착해진 것 같았다. 그녀는 내 반응을 알아챘는지 잠옷 상의 단추를 잠갔다. 그리고 손가락으로 머리를 쓸어 넘겼다.

"어디에서 났어요?" 내가 물었다.

그녀가 생각에 잠긴 듯 나를 바라보고 말했다. "이게······ 이게 책이에요?"

"네." 내가 말했다. "어디에서 찾았어요?"

그녀는 내 손에 있는 책을 가만히 내려다보았다. "오 하나님 맙소사!"

"왜요?"

"그냥 내 감정을 표현한 거예요." 그녀가 말했다. 그러고는 내 손을 잡았다. "따라와요. 어디에서 찾았는지 보여 줄게요." 나는 아이처럼 그녀의 손을 잡고 따라갔다. 그녀의 스킨십에 부끄러워서 손을 놓고 싶었지만 어떻게 해야 좋을지 몰랐다. 그녀는 목적이 분명했고 당찬 모습이었다. 나는 혼란스러워

갈피를 잡지 못하는 상태가 되어 버렸다.

그녀는 전에 내가 가 봤던 곳보다 더 멀리까지 나를 데리고 갔다. 모퉁이를 돌고 이중문을 지나서 다른 복도로 이끌었다. 그곳에도 문들이 있고, 몇 개는 열려 있었다. 안에 아무도 없는 것 같았다.

그녀는 내가 무슨 생각을 하는지 눈치챈 듯했다. "여기에 와 본 적 있어요?" 그녀가 물었다.

여기까지 와 보지 않은 게 왠지 모르게 창피했다. 이 복도의 방을 전부 들여다볼 생각은 눈곱만큼도 하지 않았었다. 적절하지 않다고 생각했으니까. 내가 말이 없자 그녀가 말했다. "여기 문들은 나중에 닫을게요." 그러고는 덧붙였다. "어젯밤에 잠이 안 와서 방 밖으로 나가 탐험을 시작했거든요." 그녀가 킥킥 웃었다. "사이먼이 늘 말했어요. '네 주변을 살펴라, 얘야'라고. 그래서 복도를 돌아다녔어요. 레이디 맥베스처럼. 방들이 거의 비어 있더라고요."

"레이디 맥베스가 누구예요?" 나는 대화를 이어 가 보려 노력했다.

"잠옷 차림으로 돌아다니는 사람이요." 그녀가 말했다.

새로 알게 된 복도 끝에 붉은색의 커다란 문이 열려 있었다. 그녀는 나를 거기로 데리고 갔고, 안으로 들어가자마자 드디어 내 손을 놓아주었다.

나는 주위를 유심히 둘러보았다. 철제 벽면 가득 선반들이 세워져 있는데, 그것들은 책을 보관하는 용도 같았다. 영화에서 이 방과 비슷한 공간을 본 적이 있다. 다만 영화 속 그 방의 한쪽 벽면에는 커다란 그림이 있고, 테이블 위에는 스탠드가 놓여 있었다. 그러나 이 방에는 선반을 제외하고 아무것도 없었다. 한쪽 벽 선반에는 먼지만 두둑하게 앉아 있을 뿐 비어 있었다. 바닥엔 빨간 카펫이 깔려 있는데, 군데군데 곰팡이 얼룩이 큼직하게 번져 있었다. 그래도 뒤쪽 벽에는 최소 수백 권 정도의 책들이 꽂혀 있었다.

"저기 봐요!" 메리 루가 뒤쪽 선반으로 달려갔다. 그녀는 손으로 수많은 책 가운데 하나를 부드럽게 어루만졌다. "사이먼이 책이라는 게 있다고 했었어요. 그래도 이렇게 많을 줄은 정말 몰랐어요."

나는 책에 대해 이미 어느 정도 알고 있었기에 한결 수월하게 그 선반으로 다가가 책들을 자세히 살필 수 있었다. 선반에서 책 한 권을 꺼냈다. 그 책의 표지는 그녀가 준 책과 동일한 사각형 패턴의 다른 버전이었고, 제목은 이랬다. 《폴 모피와 체스의 전성기》. 이 책 속에도 아까 그 책에 있는 표와 같은 표가 실려 있었지만, 글은 더 많이 쓰여 있었다.

내가 책을 펼치고 '체스'라는 단어가 무슨 의미일지 추측하고 있는데, 메리 루가 물었다. "이걸로 정확히 뭘 할 수 있는 거죠?"

"읽을 수 있죠."

"아," 그녀가 말했다. "'읽기'가 뭔데요?"

나는 고개를 끄덕였다. 그리고 들고 있는 책의 페이지를 넘기기 시작했다. "여기 이 표시 중 일부는 소리를 나타내요. 그리고 그 소리가 단어를 만들죠. 이 표시들을 보면 그것의 소리가 머릿속으로 들어오고, 충분히 오랫동안 연습하고 나면 그 표시가 사람이 말하는 것과 같은 소리를 내기 시작해요. 말하는 것과 똑같은 소리가 되는 거예요. 하지만 읽기는 그 소리를 내지 않아요. 조용하죠."

그녀는 나를 가만히 쳐다보았다. 그러더니 선반에서 책 한 권을 가져와 다소 어색하게 책을 펼쳤다. 그녀에게는 책을 다루는 일이 생소하고 복잡한 일 같았다. 1옐로 전 내가 그랬던 것처럼. 그녀는 손끝으로 책장을 느끼며 가만히 바라보다가 어느새 멍한 얼굴로 내게 책을 건넸다. "무슨 말인지 하나도 모르겠어요." 그녀가 말했다.

나는 다시 처음부터 설명한 후 그녀에게 말했다. "지금 읽고 있는 걸 크게 말할 수 있어요. 그게 바로 내 일이거든요. 읽기와 소리 내어 말하기."

그녀가 얼굴을 찡그렸다. "아직도 이해가 가지 않아요." 그녀는 나를 바라봤다가 다시 철제 선반의 책들 쪽으로, 그리고 발아래 바닥에 깔린 곰팡이 난 카펫으로 시선을 옮겼다. "당신이 하는 일이…… 읽기라고요? 책이요?"

"아니요. 나는 다른 걸 읽어요. 무성 영화라는 거예요." 나는 그녀가 들고 있는 책을 받아 들었다. "내가 읽는 걸 소리 내서 말해 볼게요. 직접 보면 이해가 갈 거예요."

그녀가 고개를 끄덕였고, 나는 책 중간을 펴서 읽기 시작했다. "대부분 B5에서 B4로의 이동이 선호되며, 그다음 라스커 변형으로 이어진다. 왜냐하면 백이 폰을 회복할 수는 있겠지만 큰 공격력을 얻을 수는 없기 때문이다. 백은 아홉 번째 이동 이후 적절한 자리에 도착할 것으로 예상된다. 전문가들 대부분은 이러한 움직임이 백 사이드에 유리하다고 생각한다."

생경한 단어들을 헤매지 않고 잘 읽어 내려간 것 같았다. 무슨 의미인지는 전혀 알 수가 없었지만.

내가 글을 읽는 동안 메리 루는 내 옆으로 다가와 내게 몸을 기댔다. 그녀는 책장을 가만히 응시했다. 그러더니 내 얼굴을 보며 말했다. "그러니까 책을 그냥 보고 있으면서 당신 머릿속에 들리는 것들을 입 밖으로 내뱉는 거예요?"

"맞아요." 내가 말했다.

그녀의 얼굴이 불편할 정도로 내 얼굴과 가까워졌다. 그녀는 개인 영역 보호에 대한 규칙을—그녀가 알고 있을지는 모르겠지만—전부 까먹은 모양이었다. "이걸 전부 소리 내서 읽는 데 시간이 얼마나 걸리는지……." 그녀가 내 팔을 꽉 잡았고, 나는 그녀를 밀어내거나 펄쩍 뛰어 오르고 싶은 충동과 싸워야만 했다. 그녀의 두 눈이 가끔은 불안하게 느껴질 만큼 무섭고 강렬하게 빛났다. "그러니까 이 책장 하나하나, 당신 눈에 보이는 모든 글자가 머릿속에 들리고 그 전부를 소리 내어 말하는 데 얼마나 걸려요?"

나는 목청을 가다듬고 그녀에게서 살짝 멀어졌다. "아마 하루 종일 걸릴 거예요. 책이 쉽고 소리 내어 읽지 않는다면 더 빨리 끝날 거고요."

그녀가 내 손에 들린 책을 가져가 자기 얼굴 앞에 두더니 강렬한 눈으로 뚫어지게 들여다보았다. 마치 그 대단한 집중력만으로 단어를 소리 내어 말하기 시작할 것 같았다. 그러나 그녀는 그렇게 하지 않았다. 그녀가 말했다. "세상에 주여! 이렇게나 많이…… 그러니까 이 안에 말소리가 없는 BB 녹음본이 이렇게나 많다는 거네요? 정보가…… 이렇게 많아요?"

"네." 내가 답했다.

"오 하나님, 맙소사." 그녀가 놀라워했다. "우리도 그거 해야 해요. 그걸 뭐라고 한다고요?"

"읽기요."

"맞아요. 그거. 우리도 *읽어야* 해요."

그녀가 책을 팔에 한가득 안아 들었고 나도 고분고분하게 그녀를 따라 했다. 우리는 책을 가지고 복도를 내려가 내 방으로 갔다.

48일째

나는 오전 내내 그녀에게 다른 책을 읽어 주었다. 하지만 집중을 계속 이어 나가기가 보통 어려운 일이 아니었다. 솔직히 내가 무슨 말을 하고 있는지 제대로 인지조차 하지 못하는 상태였다. 우리는 여러 번 다른 책으로 바꾸기도 했지만 계속 체스에 관한 내용이 나왔다.

몇 시간 동안 책을 읽고 나자 그녀가 말을 끊었다. "왜 책들이 전부 체스에 관한 거죠?" 그래서 내가 말했다. "오하이오에도 책이 있는데 그 책들은 다른 내용이에요. 몇 권은 이야기가 실려 있기도 해요." 그런데 갑자기 진작 생각했어야 했던 무언가가 떠올랐다. 내가 말했다. "'사전'에서 '체스(Chess)'라는 단어를 찾아보면 되겠네요." 나는 책상 캐비닛을 열고 '사전'을 꺼내 'C'로 시작하는 단어가 나올 때까지 책장을 넘겼고, 거의 곧바로 단어를 찾아냈다. "체스, 두 선수 간의 보드게임." 남자 둘이 테이블을 사이에 두고 앉아 있는 그림도 있었다. 테이블에는 검은색과 흰색 패턴의 판이 있고, 그 위에 내가 읽은 바에 따르면 '피스'라고 불리는 것들이 올려져 있었다. "일종의 게임이에요." 내가 말했다. "체스는 게임이네요."

메리 루가 그림을 보았다. "책에 사람들 그림이 있다고요?" 그녀가 말했다. "사이먼 집 벽처럼요?"

"어떤 책에는 사람과 물건 그림이 잔뜩 있기도 해요." 내가 말했다. "내가 읽기를 처음 배울 때 봤던 책처럼 쉬운 책에는 페이지마다 커다란 그림이 있어요."

그녀가 고개를 끄덕였다. 그러더니 나를 뚫어지게 바라보았다. "나한테 읽기를 가르쳐 줄래요?" 그녀가 물었다. "큰 그림이 있는 책들부터요."

"여기에는 없어요. 오하이오에 있어요."

그녀의 얼굴이 푹 꺼졌다. "그럼 당신한테는 그…… 체스에 관한 책밖에 없어요?"

나는 고개를 저었다. "책이 더 있을 거예요. 여기 도서관에요."

"사람에 관한 책을 말하는 거예요?"

"맞아요."

그녀의 얼굴에 다시 생기가 흘렀다. "우리 찾아보러 가요."

"지금은 피곤해요." 나는 계속 책을 읽고 돌아다니느라 지쳐 있었다.

"같이 가요." 그녀가 말했다. "중요한 일이잖아요."

그래서 나는 어쩔 수 없이 그녀와 함께 방들을 더 많이 찾아보기로 했다.

복도를 내려가며 이 문 저 문을 열고 다니는 데 족히 한 시간은 썼을 거다. 몇몇 방에는 벽에 선반이 설치되어 있었지만 선반 위에 아무것도 없었다. 한번은 메리 루가 내게 물었다. "이 빈 방들은 뭐 때문에 있는 거죠?" 내가 말했다. "스포츠 학부장이 도서관이 철거될 예정이라고 했어요. 그래서 방들이 비어 있는 것 같아요." 우리가 태어나기 훨씬 전부터 뉴욕의 모든 건물이 철거될 예정이었지만, 계획이 하나도 이행되지 않았다는 사실을 그녀도 알고 있을 터였다.

"맞네요." 그녀가 말했다. "동물원 건물 절반도 그래요. 하지만 이 방들은 다 뭐 때문에 있는 걸까요?"

"모르겠어요." 내가 말했다. "책을 놓으려고?"

"책을 그렇게나 많이요?"

"글쎄요."

그런 다음 우리는 특별히 이끼가 많이 낀 기다란 복도 끝에서, 머리 위의 조명이 유난히 어스름한 그곳에서 '창고'라는 표지판이 달린 회색 문을 발견했다. 다른 때보다 힘을 더 들여서 문을 밀었다. 다른 문보다 무거웠고 테두리에는 밀봉한 흔적이 있었다. 우리는 힘을 합쳐 문을 밀어 열었다. 문이 열리자마자 나는 두 가지에 깜짝 놀랐다. 일단 첫 번째는 안에서 냄새가, 상당히 오래된 냄새가 난다는 거였고 두 번째는 아래로 내려가는 계단이 있다는 것이었다. 나는 우리가 도서관 건물의 가장 낮은 층에 있는 줄 알았다. 우리는 계단을 내려가기 시작했다. 그러다 하마터면 미끄러져 넘어질 뻔했다. 계단에 뭔가 미끌미끌한, 누런 먼지 같은 것이 두툼하게 깔려 있었다. 천만다행으로 제때에 균형을 잡았다.

아래로 내려갈수록 퀴퀴한 냄새가 더욱 심해졌다.

맨 마지막 계단에 내려섰더니 복도가 나왔다. 머리 위에 등이 있긴 했지만 불빛이 아주 희미했다. 복도는 짧았고 끝에 문이 두 개 있었다. 하나에는 '설비실', 다른 하나에는 '도서'라고 적혀 있었다. 그리고 그 아래에 작은 글씨로 '재활용'이라는 글도 있었다. 우리는 문을 밀었다. 처음엔 문 뒤에서 어둠과 달달한 냄새만 감지되었다. 그런데 갑자기 불빛이 반짝였고, 메리 루가 숨을 내뱉었다. "오 하나님, 맙소사!" 그녀가 말했다.

방은 거대했고 온 사방에 책이 가득했다.

선반마다 책이 꽉 들어차 있어서 벽이 보이지 않을 정도였다. 게다가 방 한가운데에도 책들이 옆으로 눕힌 채 쌓여 있고, 책이 가득한 선반 앞에는 수많은 책들이 벽 둘레를 따라 무더기로 쌓여 있었다. 색깔이며 크기며 정말 다양했다.

나는 무엇을 해야 할지, 무슨 말을 해야 할지 모른 채 우두커니 서 있었다. 몇몇 영화가 나에게 전했던 느낌 같은 그런 감정이 감각되었다. 지금은 죽은 사람들에게서, 내가 이해하지 못한 것을 이해한 사람들에게서 느꼈던 그 엄청난 감정의 파도 속에서 내게 감각되었던 그 느낌.

고대에 책이 있었다는 건 당연히 잘 알고 있었다. 대부분은 텔레비전 이전 시대의 물건이라고 생각했는데, 솔직히 이렇게 많을 줄은 몰랐다.

내가 우뚝 서서 이름 모를 감정을 느끼고 있을 때 메리 루가 얇고 큰 책들이 쌓여 있는 곳으로, 다른 책 더미보다 높지 않은 그쪽으로 걸어갔다. 그녀는 파충류관의 비단뱀 우리에서 못 먹는 열매를 따려고 손을 뻗었듯 손을 쭉 내밀어 맨 위에 있는 책을 조심스레 꺼냈다. 그리고 어정쩡한 자세로 두 손에 책을 들고 표지를 가만히 바라보았다. 그러고는 아주 조심스럽게 책을 펼쳤다. 책 속에 그림이 있었다. 그녀는 한동안 몇 페이지를 뚫어지게 쳐다보았다. "꽃이에요!" 그녀가 책을 덮고 나에게 건넸다. "여기에 뭐라고 적혀 있는지…… 읽을 수 있어요?"

나는 책을 받아 들고 표지를 읽었다. "북미의 야생화." 그리고 그녀를 바라보았다.

"폴," 그녀가 부드럽게 말했다. "당신이 읽는 법을 가르쳐 줬으면 좋겠어요."

스포스

매일 오후 두 시, 스포스는 한 시간 동안 산책을 했다. 습관적인 휘파람 불기는 그에게 입력되어 있지만 드러낼 수는 없는 피아노 연주 실력을 보여 주는 유일한 행동이었고, 산책하는 습관은 좋든 싫든 처음부터 그의 금속 뇌에 복사되어 있었다. 그렇다고 강제적인 것은 아니었다. 원하면 언제든 중단할 수 있었지만, 대체로 그는 멈추지 않았다. 대학에서의 업무는 그에게 너무 사소하고 쉬워서 시간을 쉽게 낼 수 있었다. 그리고 그렇게 하지 말라고 명령하는 사람도 없었다.

그는 오른쪽도 왼쪽도 보지 않으며 고개를 세우고 팔을 흔들면서, 가벼운 발걸음으로 뉴욕 시내를 걸었다. 가끔씩 멈춰 서서 신용 카드를 가진 사람이라면 누구에게나 옷과 음식을 제공하는 작은 자동 운영 가게의 유리창을 들여다보거나,

메이크 투 로봇이 쓰레기통을 비우거나 오래된 하수구를 수리하는 모습을 지켜보았다. 그는 이런 문제에 신경을 많이 썼다. 스포스는 음식과 의류를 공급하고 폐기물을 제거하는 일의 중요성을 그 어떤 인간보다 잘 알고 있었다. 이 멸망 직전의 도시에 남은 부분마저 잔존할 수 없게 하는 다양한 측면의 기량 부족과 기능 장애가 서비스를 중단시키지 못하게 해야 했다. 그래서 스포스는 매일 맨해튼의 여러 구역을 돌아다니며 음식과 의류 장비가 제대로 작동하고 있는지, 폐기물이 제때 처리되고 있는지 확인했다. 그는 기술자는 아니었지만, 똑똑하고 아는 게 많아서 일상 속에서 고장 난 부분들을 직접 수리할 수 있었다.

그리고 보통은 길에서 지나치는 사람을 쳐다보지 않았다. 반면 사람들은 그의 대단한 덩치와 신체에서 뿜어지는 활기와 검은 귓불 때문에 그를 쳐다보지 않을 수 없었다. 하지만 그는 그런 시선을 무시했다.

8월의 어느 날 그의 발걸음은 맨해튼의 서쪽 중심부로 이어졌다. 수 세기 전에 지어진 아담한 페르모플라스틱 집들이 늘어선 길을 따라 걸었다. 그 집들 중 일부의 꽃 정원이 제대로 관리되어 있지 않았다. 어떤 이유에서인지 기숙사에서는 정원 가꾸기를 가르쳤다. 아마도 수백 년 전 꽃을 좋아하는 연구기획자 몇 명이 정원 가꾸는 일은 인간 경험 표준의 일부가 되어야 한다고 결정한 모양이다. 별생각 없이 만든 아이디어 때문에 인류는 수 세기가 지나도록 진짜 이유도 모른 채 마리골드, 백일홍, 패랭이꽃, 노란 장미를 심어 왔다.

이따금 스포츠는 걸음을 멈추고 가게의 장비를 꼼꼼하게 살피고, 컴퓨터가 제대로 작동하고 있는지, 배급이 적절한 수준을 유지하고 있는지 확인하고 가게의 메이크 원 로봇이 아침에 오는 트럭을 처리하고 짐을 내릴 준비가 되어 있는지, 자판기가 순조롭게 작동하는지 점검했다. 그는 아무 옷 가게에 들어가서 그의 특별 무제한 신용 카드를 기계에 넣고 주문 전화기에 큰 소리로 "나에게 딱 맞는 회색 바지가 하나 필요해"라고 말할 수도 있었다. 그리고 그의 몸이 겨우 들어갈 만한 작은 칸에 들어가 음파 측정으로 사이즈를 재고 다시 밖으로 나와 천장에 설치된, 판에 감아 놓은 거대한 직물 통에서 원단을 고른 다음 기계가 원단을 자르고 바지를 꿰매는 모습을 지켜보다가 신용 카드를 돌려받을 수도 있었다. 만약 문제가 생기면—그런 일은 종종 있었다—지퍼가 잘못 들어가거나 주머니가 제대로 만들어지지 않거나 등의 비슷한 문제가 생기면, 그가 기계를 직접 수리하거나 전화로 기술자를 불러내서 고치라고 했을 것이다. 전화기가 잘 작동한다면 말이다.

또는 하수도 본관에 들어가 주위를 둘러보며 어디 깨졌거나 막혔거나 녹슨 곳이 있는지 살핀 다음 수리할 수 있는 부분은 수리했을 것이다. 그가 없으면 뉴욕은 절대 제대로 굴러갈 수 없었다. 그는 뉴욕 이외에 다른 도시들이 메이크 나인 없이, 정말 효율이 뛰어난 인간 없이 어떻게 생존할 수 있는지 가끔 의문이 들었다. 순간 클리블랜드 길거리에 널브러진 쓰레기 더미가 떠올랐다. 아주 잠깐 세인트루이스 시장으로 있을 때, 그 도시 사람들이 전부 구질구질한 옷을 입고 다니던 모습도 생각났다. 그게 벌써 한 세기 전 일이었다. 세인트루이스에 사는 사람들의 셔츠는 다 너무 컸고, 몇 년이 지나도 주머니 달린 옷을 입는 사람 하나 없었다. 스포포스가 음파 측정기를 수리하고 그 도시에 하나뿐인 옷 가게의 주머니 제작 기계에서 죽은 고양이를 치울 때까지 말이다. 세인트루이스 시민들은 그래도 아직까지는 벌거벗고 다니거나 굶어 죽진 않았을 거다. 하지만 20블루 뒤에 세인트루이스 시민들 모두가 늙고 쇠약해진다면, 응급 상황 시 밖으로 나가 메이크 세븐을 찾아다니며 도움을 청할 수 있는 젊은 사람이 한 명도 없다면, 그 도시는 어떻게 될까? 할 수만 있다면 그는 자신을 복제했을 것이다. 메이크 나인을 수백 개 만들어 내서 전 세계 곳곳에 배치해 볼티모어와 로스앤젤레스, 필라델피아, 뉴올리언스가 계속 돌아가도록 만들었을 거다. 그가 인류에 지대한 관심을 쏟고 있어서가 아니라, 제대로 작동하지 않고 골골대는 기계들을 보고 있는 게 정말 싫었기 때문이다. 그런 부분에 그는 책임을 느꼈다.

하지만 그가 메이크 나인을 더 많이 만들어 낼 수 있었다면, 분명 그는 감정을 느낄 수 없는 메이크 나인을 세상에 나오게 했을 것이다. 그리고 죽는 게 가능한 메이크 나인을 제작했을 거다. 죽음이란 선물을 지닌 채 세상에 나올 수 있도록.

무더운 8월 오후, 그는 센트럴 파크 서쪽에 위치한 낮고 오래된 건물에 도착할 때까지 어디에도 멈추지 않았다. 어떤 특정한 생각을 머릿속에 담은 채 계속 걸었다.

그 오래된 건물은 도시에서 몇 안 되는 콘크리트 건물이었다. 건물 전면에는 기둥이 있고, 창문은 여러 칸으로 큼직하게 나뉘어 있고, 나무 문은 얼룩이 덕지덕지 묻어서 낡고 칙칙했다. 그는 문을 열고 먼지 냄새가 퀴퀴한, 하얀 천장에 샹들리에가 매달려 있는 로비로 들어가서 여기저기 홈집이 난 회색 플라스틱 상판이 깔린 원목 카운터로 다가갔다.

카운터 뒤에 키 작은 남자가 안락의자에 웅크리고 앉아 잠들어 있었다.

스포포스가 그 남자에게 날카롭게 쏘아붙였다. "당신이 뉴욕 시장입니까?"

그 사람이 졸린 듯 눈을 떴다. "으흠," 그가 입을 뗐다. "내가 시장입니다만."

"국립 기록부와의 이야기를 나누려는데요." 스포포스의 목소리에 짜증이 묻어 나왔다. "미국 서부 지역의 인구수를 알고 싶어서요."

남자는 잠기운을 조금 더 떨쳐냈다. "그거에 대해선 모릅니다." 그가 말했다. "길거리에서 로비로 들어오자마자 기록에 관한 이야기를 하는 사람은 없습니다만." 그가 자리에서 일어나 거드름을 피우며 몸을 쭉 폈다. 그러고는 스포포스를 더 자세히 뜯어보았다. "당신 로봇이군."

"맞습니다." 스포포스가 말했다. "메이크 나인이죠."

남자가 그를 잠시 응시했다. 그리고 이내 눈을 깜빡이며 되물었다. "메이크 나인?"

"그건 컨트롤에 물어보시죠. 나는 국립 기록부와의 대화를 원합니다."

남자는 이제 흥미를 갖고 그를 바라보았다. "당신이 스포포스입니까?" 그가 물었다. "수압을 얼마나 높게 유지해야 하는지, 생각버스의 타이어를 언제 가져와야 하는지 등 그런 일들을 시의회에 알려 주는 사람이요?"

"나는 스포포스입니다. 그리고 당신을 해고시킬 수 있죠. 컴퓨터 컨트롤을 호출하세요."

"네," 남자가 말했다. "알겠습니다, 선생님. 그렇게 하죠." 그런 다음 안락의자 옆 테이블에 있는 스위치를 찰칵 눌렀다. 어딘가 스피커에서 인공 여자 목소리가 말했다. "집행부입니다."

"여기 메이크 나인이 있어요. 이름은 스포포스이고, 국립 기록부와 이야기를 하고 싶어 하는데……."

"그렇군요." 목소리가 살짝 달콤해진 말투로 말했다. "어떻게 도와드릴까요?"

"스포포스에게 접근 권한이 있습니까?"

잠깐 스피커에서 웅웅 소리가 나더니 인공 목소리가 말했다. "당연히 접근 권한이 있습니다. 그에게 권한이 없다면 누구에게 있겠어요?"

남자는 스위치를 끄고 스포포스를 바라보았다. "알겠습니다, 선생님." 그는 목소리에 뭐라도 도우려는 의지를 담으려 애썼다.

"음," 스포포스가 말했다. "기록은 어디에 있죠?"

"인구 기록은…… 어……" 그가 주변을 둘러보기 시작했다. 그곳에는 샹들리에를 제외하고는 볼 게 전혀 없었기에 그는 먼 벽만 응시했다. 그가 어깨를 들썩이더니 몸을 앞으로 숙여 다시 스위치를 찰칵 눌렀다. 여자 목소리가 또 나왔다. "집행부입니다."

"시장입니다. 국가 인구 기록이 어디에 있죠?"

"뉴욕이요." 목소리가 말했다. "집행부 홀에 있습니다. 센트럴 파크 서쪽이요."

"여기에 있군요." 시장이 말했다. "건물 안 어디에 있습니까?"

"6층이요. 왼쪽에서 두 번째 문입니다." 미국 집행부가 말했다.

남자가 다시 스위치를 돌리자 스포포스는 엘리베이터가 어디에 있는지 물었다.

"작동되지 않는 걸로 알고 있습니다, 선생님."

스포포스는 그를 잠시 쳐다보았다. 인간이 얼마나 오래전까지의 일을 기억할 수 있을지 궁금했다. 1블루 이상은 아닐 것이다. "계단은 어디에 있죠?" 그가 물었다.

"저 뒤로 가면 오른쪽에 있습니다." 시장이 말했다. 그러더니 셔츠 주머니를 뒤적이다가 대마 담배를 꺼내 굵은 손가락 사이에 끼고 생각에 잠긴 듯 가만히 있었다. "엘리베이터를 수리하려고 여러 번 시도해 봤지만, 아시다시피 로봇들이……."

"네." 스포포스가 계단으로 가며 말했다. "로봇들이 어떤지 잘 알고 있죠."

기록 콘솔은 사람의 머리 크기만 한 변색된 금속 상자였고 스위치와 스피커가 달려 있었다. 콘솔 앞에는 철제 의자가 하나 있었다. 그 두 개가 방에 있는 전부였다.

스위치를 돌리자 '켜짐'에 초록 불이 들어왔고, 자신감이 약간 지나친 듯한 남자 목소리가 흘러나왔다. "세계 인구 기록부입니다."

마지막까지 이어지는 불편함에 스포포스는 울화가 치밀었

다. "북미 인구 기록을 알려 주시죠. 빌어먹을 세계 기록 따위 필요 없습니다."

그 즉시 목소리가 한층 밝아졌다. "빌어먹을 세계 인구 기록은 그리니치 표준시 기준 정오에 1943만 769명입니다. 대륙별 알파벳 순서대로 정리하면, 아프리카는 대략 300만 명으로, 93퍼센트가 기숙사에서 훈련을 받았으며, 4퍼센트는 무임승차자이고, 나머지는 기관에 있습니다. 오스트레일리아는 전부 대피하여 인구가 0입니다. 유럽도 비슷한 상황이고……."

"닥쳐." 스포스가 말했다. "그런 것들은 다 필요 없다고. 북미에 사는 사람 수를 알고 싶다니까. 한 사람이……."

목소리가 그의 말을 잘랐다. "알겠습니다." 목소리가 말했다. "알겠어요. 빌어먹을 북미 인구는 217만 3012명입니다. 92퍼센트가 기숙사에서 훈련을 받았고……."

"그딴 건 관심 없어." 스포스가 말했다. 전에도 이런 컴퓨터를 우연히 만난 적이 있었지만 아주 오래전 일이었다. 컴퓨터는 스포스가 창조되기 훨씬 전 시대의, 기계에게 '개성'을 부여하는 게 유행이던 시절 그리고 랜덤 프로그래밍 기술이 처음으로 진행되던 시절의 유물이었다. 스포스는 이 컴퓨터의 프로그래밍 방식에 의아한 부분이 있어서 물어보기로 했다. "왜 자꾸 '빌어먹을'이라고 하지?"

"당신이 그렇게 말했기 때문입니다." 목소리가 명랑하게 대답했다. "저는 그런 말을 반복하도록 프로그래밍되어 있습니다. 저는 개성을 가진 D773 인텔리전스로 프로그래밍되었습니다."

스포포스는 하마터면 웃을 뻔했다. "나이는?"

"저는 빌어먹을 490엘로 전에 프로그래밍되었습니다. 연도로는 245년입니다."

"'빌어먹을' 좀 그만 말해." 스포포스가 말했다. "이름도 있어?"

"아니요."

"감정은?"

"질문을 다시 말해 주세요."

"개성이 있다며. 그러니까 감정도 있냐고."

"아니요. 세상에, 아닙니다." 컴퓨터가 말했다.

스포포스가 씁쓸하게 웃었다. "지루하진 않고?"

"네."

"좋아." 스포포스가 말했다. "이번에는 내 질문을 잘 들어. 까불지 말고." 그는 텅 빈 방을 둘러보다가 회반죽벽이 썩어가고 천장이 주저앉고 있다는 걸 알아챘다. "메리 루 보른에 대한 통계를 원해. 메리 루 보른은 뉴멕시코 기숙사 출신이고 인간이며 여자야. 그녀는 지금 약 서른 살 정도야. 60엘로."

컴퓨터는 즉시 답을 하기 시작했다. 컴퓨터의 목소리는 아까보다 더 기계적이었고 활기도 없었다. "메리 루 보른. 출생시 몸무게 3.35킬로그램. 혈액형 7형. DNA 코드는 알파 델타 90063748. 유전적 불확정성 높음. 출생 시 소멸 후보. 소멸되지 않음. 이유는 알 수 없음. 왼손잡이. 지능은 34. 시력……."

"지능 다시 얘기해 봐." 스포포스가 말했다.

"34입니다."

"찰스 지능 등급으로?"

"네. 34찰스입니다."

놀라웠다. 그는 그 정도의 지능을 지닌 인간을 전에 본 적이 없었다. 그런데 왜 사춘기 전에 제거되지 않았을까? 아마도 세인트루이스의 바지에 지퍼가 없는 것과 같은 이유일 것이다. 바로 기능 장애 때문에.

"말해 봐." 스포포스가 요구했다. "그녀는 언제 불임 수술을 받았고 기숙사 졸업은 언제 했지?"

이번에는 조금 오래 기다려야 했다. 컴퓨터는 그 질문에 당황한 것 같았다. 마침내 목소리가 나왔다. "불임 수술에 대한 기록이 없으며, 최면제를 통한 추가적인 피임 기록도 없습니다. 기숙사 졸업 관련 기록도 존재하지 않습니다."

"생각했던 대로군." 스포포스가 냉담하게 말했다. "네 메모리를 잘 찾아봐. 불임 수술이나 피임, 기숙사 졸업을 하지 않은 북미 지역의 다른 여성에 대한 기록은 없어? 사색가 기숙사나 노동자 기숙사에도?"

컴퓨터가 정보를 찾느라 1분이 넘도록 침묵을 유지했다. 어느덧 목소리가 나왔다. "없습니다."

"다른 나라에는?" 스포포스가 물었다. "중국에 있는 기숙사나……?"

"베이징을 호출하겠습니다." 목소리가 답했다.

"됐어." 스포포스가 말했다. "이제 그만 생각하고 싶어."

그는 스위치를 돌려 빨간색으로 바꿔서 그 수다스러운 세계 인구 기록부 목소리를 아무도 말을 걸지 않아도 지루하지 않은, 그냥 방치되어 있으면 되는 어딘가로 보내 버렸다.

*

아래층으로 갔더니 뉴욕 시장이 멍한 미소를 얼굴에 띤 채 플라스틱 안락의자에 처박혀 있었다. 스포포스는 그를 방해하고 싶지 않았다.

바깥에 태양이 햇살을 내리쬐고 있었다. 대학 사무실로 돌아가는 길에 스포포스는 로봇이 운영하는 작은 공원을 걸으며 노란 장미 한 송이를 땄다.

벤틀리

57일째

지난번 일기를 쓰고 9일 만이다. 9일. 그동안 숫자를 더하고 빼는 방법을 배웠다. 여러 책들 중 어떤 책에서 배우긴 했는데, 《아이들을 위한 산수》라는 제목의 그 책을 공부하려니 너무 지루해서 메리 루와 나는 더하기와 빼기까지만 배우고 멈추었다. 복숭아 일곱 개가 있는데 세 개를 가져가면 네 개가 남는다. 그런데 복숭아가 대체 뭘까?

메리 루는 굉장히 빨리 배우는 중이다. 속도가 나보다 훨씬 빨라서 놀라울 정도다. 물론 그녀에게는 그녀를 도와줄 사람, 즉 내가 있지만 나한테는 그런 사람이 없었다.

큰 글씨와 그림이 있는 쉬운 책을 찾아 메리 루에게 천천히 소리 내어 읽어 주면서, 나는 그녀더러 내가 하는 말을 따라 말하라고 했다. 그리고 세 번째 날 우리는 무언가를 찾아 냈다. 《아이들을 위한 산수》 책에서 발견한 것이었다. 이 문 장이 문제였다. '알파벳에는 스물여섯 글자가 있다…….' 메리 루가 "알파벳이 뭐예요?"라고 물었을 때 나는 '사전'을 찾아봐 야겠다고 생각했다. '알파벳: 주어진 언어의 글자들을 통틀어 이르는 말. 관습에 의해 정해진 순서대로 나열되어 있음. 뒷 면 참고.' 그 순간 나는 '주어진' 언어와 '뒷면'이 무엇인지 골똘 히 헤아리다가 옆 페이지를 보았다. 어떤 표가 하나 있고, 맨 위에 'A'가 적혀 있으며 맨 밑에 'Z'가 있었다. 전부 익숙한 글 자들이었고, 배열된 순서도 익숙했다. 글자 수를 세어 보니 《아이들을 위한 산수》에 나온 대로 스물여섯 개였다. '관습에 의해 정해진 순서'란 사람이 농사를 지을 때 식물을 한 줄로 배열해 놓듯 글자도 어떤 기준에 따라 배열해 놓았다는 의미 같았다. 그러나 사람들은 글자들을 배열하지 않았다. 메리 루 와 나는, 우리가 아는 한, 글자를 아는 유일한 사람이었다. 물 론 한때 사람들은―어쩌면 모두가―글자를 알았을 거고 글자 들을 알파벳이라는 순서에 맞춰 제자리에 놓았을 수도 있다.

나는 알파벳을 보며 소리 내어 읽었다. "A, B, C, D, E, F, G, H, I, J……." 순간 머리를 한 대 맞은 듯 무언가 번뜩 떠올랐 다. 그건 바로 '사전'에 단어들이 정리되어 있는 순서였다! 'A' 가 첫 번째고 그다음이 'B'란 말이다!

나는 메리 루에게 그 사실을 설명해 주었다. 그녀는 곧바로 이해한 것 같았다. 그녀는 책을 집어 들고 책장을 넘겼다. 나는 그녀가 벌써 책을 능숙하게 다룰 수 있게 되었다는 걸 알아챘다. 책을 대할 때의 어색함이 어느덧 그녀에게서 사라지고 없었다. 잠시 후 그녀가 말했다. "알파벳을 암기해야 해요."

암기. 마음으로 배우는 것. "왜요?" 내가 물었다.

그녀가 내 얼굴을 쳐다보았다. 내가 사준 노란색 신론 원피스를 입은 그녀는 다리를 포갠 채 바닥에 앉아 있고, 나는 일체형 침대-책상 앞에, 책들이 쌓여 있는 책상을 앞에 두고 앉아 있었다. "글쎄요." 그녀가 말했다. 그러고는 무릎 위의 책을 다시 돌아보았다. "우리가 알파벳을 입 밖으로 낼 줄 알면 이 책을 활용하는 데 도움이 되지 않을까요?"

나는 잠시 생각에 잠겼다. "좋아요." 내가 동의했다.

그래서 우리는 알파벳을 암기했다. 그녀가 나보다 훨씬 빨리 알파벳을 소리 내어 말하기 시작했고, 그 사실에 나는 당혹스러웠다. 다행히 그녀는 내가 알파벳을 말할 수 있도록 도와주었고, 마침내 나도 알파벳을 습득했다. 알파벳은—특히 마지막 글자들인 'W, X, Y, Z'가—어려웠지만, 결국에는 확실하게 배웠고 스물여섯 글자 전부를 정확하게 소리 내어 두 번 입 밖으로 내뱉었다. 다 끝나고 나자 메리 루가 웃으며 말했다. "이제 우리 둘이 같이 알고 있는 무언가가 생겼네요." 나도 웃었다. 이유는 모르겠다. 사실 그렇게 재밌는 일은 아니었다.

그녀가 한동안 내 얼굴을 빤히 보다 미소 지었다. "여기 내 옆으로 와서 앉아요." 어느새 나는 카펫 위 그녀 옆에 앉아 있었다.

그녀가 말했다. "차례대로 말해 봐요, 우리." 그녀가 내 팔을 살짝 잡으며 말했다. "A."

이번에는 그녀의 손길이 나를 당황시키거나 곤란하게 만들지 않았다. 전혀. 내가 말했다. "B."

그녀가 이어 갔다. "C." 그러더니 몸을 돌려 나를 보았다.

나는 "D"라고 한 다음 그녀가 알파벳을 말하길 기다리며 그녀의 입술을 바라보았다. 그녀가 혀로 입술을 촉촉하게 적시며 나긋나긋 말했다. "E." 마치 한숨 같았다.

"F." 나는 재빠르게 말했다. 심장이 빠르게 쿵쿵대기 시작했다.

그녀가 고개를 돌려 내 귓가에 입을 댔다. "G." 그러고는 보드랍게 킥킥 웃었다. 무언가 나를 펄쩍 뛰어오르게 만드는 것 같았다. 따뜻하고 축축한 어떤 것이 내 귀에 닿았다. 그녀의 혀였다. 심장이 멈춰 버린 기분이었다.

나는 어찌할 바를 모른 채 "H"라고 했다.

이번엔 그녀의 혀가 정말 내 귀 안으로 들어와 있었다. 내 몸을 타고 부드러운 전율이 흘렀다. 배 속의 매듭이 풀어지는 느낌이었다. 그리고 내 마음의 매듭도. 내 귀에 혀를 넣고서 숨을 길게 내뱉으며 그녀가 'I'를 발음했다. "아이아아아이이이이."

솔직히 나는 여러 블루와 옐로 동안 성적인 경험이 없었다. 그리고 지금 느껴지는 이 감정은 나에게 완전히 새롭고 너무나 흥분되고 압도적이었으며 내 몸과 마음을 극도로 요동치게 만들었다. 여기 바닥에 앉아 그녀와 얼굴을 맞대고 있는 나는 나도 모르는 새에 눈물을 흘리고 있었다. 내 얼굴이 눈물로 범벅이 되어 갔다.

그녀가 속삭였다. "오 이런, 폴. 당신 울고 있네요. 내 앞에서요."

"맞아요." 내가 말했다. "미안해요. 난 도저히……."

"별로예요?"

나는 손으로 볼을 훔치고 그 손으로 그녀의 볼을 어루만졌다. 손등을 그녀의 볼에 댄 채 그대로 있었다. 그녀의 손이 내 손을, 내 손바닥이 그녀의 볼에 닿을 때까지, 아주 부드럽게 돌리는 게 느껴졌다. 새로운 감정의 파도가, 강력한 약물처럼 매끄럽고 달콤한 감각이 내 몸속으로 들어오는 듯했다. 나는 그녀의 얼굴을, 커다랗고 호기심 가득한 두 눈을, 지금은 어쩐지 슬퍼 보이는 그 눈을 바라보았다. "아니요." 내가 말했다. "전혀 별로이지 않아요. 그냥…… 무언가 느껴졌어요. 뭔지 모르겠어요." 나는 아직도 울고 있었다. "기분이 굉장히 좋아요."

그녀의 얼굴은 내 얼굴과 무척 가까웠다. 그녀는 내 말을 이해했는지 고개를 주억거렸다. "글자 말하기를 그만할까요?"

나는 미소 지었다. "J." 그리고 그녀의 볼에서 내 손을 떼고 그녀의 등 위에 얹었다. "J가 다음 글자예요."

그녀가 빙그레 웃었다.

우리는 알파벳의 어려운 부분까지는 가지 못했다. 'W, X, Y, Z'까지는.

59일째

메리 루가 나와 함께 살게 되었다! 지금까지 이틀 밤을 내 침대에서 같이 잤다. 나는 책상 부분을 떼어 내 벽에 기대어 놓은 다음 방 한쪽에 그녀의 공간을 마련했다.

한 침대에서 잠을 자는 일은 내게 쉬운 일이 아니었다. 남자와 여자가 침대를 함께 사용한다는 이야기를 들은 적은 있지만, 같이 잠을 자기 위함은 아니었다. 어쨌든 그녀가 그걸 원했기에 나는 그렇게 하기로 했다.

난 그녀의 몸을 대하기가 쑥스러웠고 그녀의 몸을 만지거나 그녀와 접촉하는 게 두려웠다. 그런데 오늘 아침, 잠에서 깨어났더니 그녀가 내 팔에 안겨 있었다. 그녀는 쌕쌕거리며 자고 있었다. 나는 그녀의 머리칼 냄새를 들이마시고 목뒤 쪽에 가볍게 입을 맞춘 다음 그대로 누워서 한동안, 꽤 오랫동안 잠든 그녀를 품에 안고 있었다. 그녀가 깨어날 때까지.

그녀는 깨어나서 자기가 나에게 안겨 있는 걸 보고 씩 웃더니 내 품으로 바싹 파고들었다. 나는 다시 부끄러워졌다. 그러나 막상 그녀와 대화를 시작하자 부끄러움이 잊혔다. 그녀는 읽기를 배우는 것에 대해 이야기했다. 꿈에서 자기가 글을 읽고 있었다면서, 꿈속에서 책을 수천 권 읽었고 그래서 이제는 인생에 관해 알아야 할 모든 걸 알게 되었다고 말했다.

"인생에 관해 알아야 할 게 뭐예요?" 내가 물었다.

"전부요." 그녀가 답했다. "그들은 우리가 계속 그걸 모르고 살아가도록 하잖아요."

그게 무슨 뜻인지—정확히 '그들'이 누구인지—전혀 아는 바가 없었기에, 나는 아무 말도 하지 않았다.

"아침 먹어요." 그녀가 말했다. 나는 서보 로봇을 불렀고, 우리는 소이바와 돼지 베이컨을 먹었다. 잠을 조금밖에 자지 못했지만 기분은 아주 좋았다.

아침을 먹는 동안 그녀가 책상 위로 상체를 쭉 내밀더니 내게 키스했다. 그냥 아무렇지 않게! 나는 그게 좋았다.

아침 식사 후 나는 영화 작업을 하기로 결정했고, 메리 루는 나와 함께 영화를 보았다. 〈증권 중개인〉이라는 영화였고,

주연은 버스터 키튼이었다. 버스터 키튼은 여러 영화에 출연했고, 영화마다 독특하고 희한한 상황을 많이 맞닥뜨리지만, 그런 상황을 굉장히 열정적으로 이끌어 나가는 배우였다. 그가 출연한 영화는 슬픈 스토리이거나 아니면 대부분 재미있는 내용이었다.

메리 루는 영화에 푹 빠졌다. 그녀는 그런 장르의 영화는 물론이고 영화 자체를 본 적이 아예 없었으며, 홀로그램 텔레비전에 제법 익숙한 편이었으나 별로 즐기지는 않았다.

영화 초반부에 버스터 키튼이 집의 외벽에 페인트칠을 하다가 창문 밖으로 머리를 내밀고 있는 남자의 얼굴에도 페인트칠을 하는 장면이 나올 때 메리 루가 말했다. "폴, 버스터 키튼은 당신이랑 정말 닮았어요. 너무…… *진지해요!*"

그녀 말이 맞았다.

영화가 끝난 후 우리는 하루 종일 읽기 공부를 했다. 그녀는 놀라울 만큼 빠르게 배우고 흥미로운 질문을 하곤 한다. 지금까지 대학에서 강의를 하며 가르쳤던 학생 수가 꽤 많은데, 그녀 같은 학생은 없었다. 게다가 덕분에 내 읽기 실력도 향상되었다.

그녀의 모든 것이 정말 너무 마음에 든다.

이제 저녁이다. 메리 루는 내가 벽에 기대어 놓은 책상 앞에서 이 글을 쓰고 있는 모습을 지켜보고 있다. 나는 그녀에게 쓰기에 대해 설명해 주었고, 그녀는 신이 나서 자기도 삶을 기록할 수 있게끔 쓰기를 배워야겠다고 했다. "내가 생각하는 다른 것들도 쓰려고요. 나도 그 글을 읽을 수 있게요." 그녀가 말했다.

홍미로웠다. 사실 내가 이 글을 쓰는 진정한 이유 또한 그것일 수 있다. 왜냐하면 나는 스포스가 기록하라고 했던 것보다 훨씬 더 많이 쓰고 있으니까. 나는 읽기 위해서 글을 쓴다. 읽기는 나의 마음속에서 무언가 기묘하고 신이 나는 어떤 감정을 일깨운다.

메리 루가 나보다 더 대담한 이유는 아마 그녀가 도망치기 전에 노동자 기숙사에서 살았기 때문일 수도 있다. 당연히 나는 사색가 기숙사를 졸업했다. 하지만 그녀는 너무나 똑똑하다. 대체 왜 그녀가 사색가 기숙사가 아니라 노동자 기숙사에서 훈련을 받았을까? 어쩌면 기숙사 선택이 지능 외에 다른 기준으로 이루어지는 걸까?

메리 루가 쓰기를 배우고 삶의 기억을 기록하게 하려면 종이를 더 많이 가져와야 한다는 걸 나는 꼭 기억해야 한다.

65일째

이제 9일째 그녀는 나와 함께 지내고 있다. 이건 개인주의와 개인 영역 보호에 관한 모든 원칙에 반하는 행동이다. 때로는 다른 누군가의 기분으로 인해 나의 내면적 발전과 타협해야 해서 죄책감이 들기도 하지만, 사실 그런 걸 부도덕하다고 생각하는 편은 아니다. 솔직히 말해서, 내 인생에서 가장 행복한 9일이었다.

그녀는 벌써 나만큼 글을 잘 읽는다! 정말 놀랍다. 그리고 그녀는 자기 인생에 대한 기억을 글로 적기 시작했다.

우리는 변함없이 함께 지내고 있다. 가끔은 우리가 영화에 나오는 더글러스 페어뱅크스와 메리 픽퍼드 같기도 했다.—그들이 섹스를 하지 않도록 아주 잘 훈련을 받았다는 것만 제외한다면.

옛날 영화에는 섹스가 전혀 나오지 않았다. 많은 사람이 아주 친밀하게, 다시 말해 도덕적이지 않은 방식으로 한집에 함께 사는데도 말이다. 포르노는, 보통 고전 수업에서 배우는 그런 종류의 영상은 무성 영화가 제작되던 시기에 텔레비전과 마찬가지로 없었던 모양이다.

우리는 최대한 많이 사랑을 나누었다. 간혹 같이 책을 읽다가, 그리고 내가 말하는 문장을 따라 말하던 중에 사랑을 나누기도 했다. 한번은 《종이 연 만들기》라는 얇은 책을 처음부터 끝까지 읽는 데 무려 그날 오후를 통째로 보냈던 적도 있다. 책을 읽으면서 멈추고 또 멈춰야 했으니까.

우리는 대마초를 피우거나 약을 복용하지 않았다. 이따금 나는 매우 불안하고 흥분되어서 도무지 가만히 있을 수가 없을 때도 있었고, 그럴 때면 그녀와 함께 가벼운 산책을 했다. 나의 내면 일부가 지금 내가 살아가고 일하고 사랑을 나누는 방식의 강도에 저항하며 강하게 울부짖는 것 같지만, 나는 이 방식이 여태 살아왔던 그 어떤 방식보다 낫다는 걸 잘 알고 있다.

언젠가 한번은 산책을 하던 중 우리 둘 다 흥분해서, 내가 그녀에게 타임 스퀘어에 있는 퀵-섹스 바에 가자고 제안했다. 그래서 거기로 향했고, 나는 뉴욕 대학 신용 카드로 가장 좋은 방 한 칸을 결제했다. 로비에 일반적인 커다란 포르노 사진이 있었고, 가슴을 드러낸 채 검은 부츠를 신고 있는 매춘부 로봇 둘이 우리에게 난잡한 행위를 돕겠다고 제안했지만 천만다행으로 메리 루가 그들에게 꺼지라고 했다. 그리고 바텐더가 건네는 성행위를 향상하는 약도 거절했다. 우리는 단둘이 작은 방 한 칸으로 들어가 불을 끄고 패드가 깔린 바닥에서 사랑을 나누었다. 하지만 그런 식의 사랑 나누기는 정말 별로였다.

예전에 내가 해 왔던 성관계는 언제나 그런 식이었고, 그런 식이어야만 했다. 인간관계를 강의했던 교수가 말했듯이. "퀵-섹스가 우리를 보호해 준다." 그러나 나는 나만의 장소에서, 나의 침대에서 메리 루와 사랑을 나누고 싶었고, 사랑을 나눈 후에는 함께 대화를 나누고 싶었다. 섹스를 하지 않는 부분을 제외하고는, 고대 영화 속의 어머니와 아버지처럼 되고 싶었다. 그녀에게 꽃을 사다 주고 그녀와 춤을 추고 싶었다.

사랑 나누기가 끝났을 때 메리 루가 말했다. "이 섹스 공장에서 나가요, 우리." 그곳에서 나오면서 내가 "여기가 사이먼이 말했던 '시카고 사창가'가 아닐까 싶군요"라고 했다.

그리고 나는 그녀에게 자판기에서 꽃을 사 주었다. 영화 〈모두의 여왕〉에서 글로리아 스완슨이 입었던 옷처럼 새하얀 카네이션이었다.

그날 밤 침대에 들어가기 전 그녀에게 춤을 추자고 했다. 그녀의 신론 원피스에 꽃을 달아 주고 TV 프로그램에서 나오는 음악을 배경 음악으로 삼아 함께 춤을 추었다. 그녀는 두 사람이 손을 맞잡고 춤을 춘다는 얘기를 들어 본 적이 없다고 했지만, 영화를 진지하게 대하는 학생이라면 춤에 관해 어느 정도는 알고 있는 게 맞다. 나는 춤추는 영상을 여러 번 봤다. 우리는 서투르게 움직이며 종종 서로의 발을 밟기도 했지만, 정말 즐겁게 춤을 췄다.

그러나 침대로 들어갔을 때, 무엇 때문인지는 모르겠지만 문득 두려움이 엄습했다. 나는 그녀가 잠들 때까지 그녀를 꼭 안고 있었다. 그러다가 한참을 깨어 있으면서 가만히 되짚어 보았다. 뭔가 퀵-섹스 바에 대한 어떤 부분이 나를 두려움으로 밀어 넣는 듯했다.

그래서 침대에서 일어나 이 글을 마무리하고 있다. 지금 나는 무척 피곤하지만, 여전히 두렵다. 그녀가 떠날까 봐 두려운 걸까? 그녀를 잃을까 봐 무서운 걸까?

76일째

그녀가 여기에 있은 지 18일째다. 나는 지난 9일 동안 아무것도 기록하지 않았다.

내 행복이 더욱 커져 가고 있다! 나는 우리의 동거에 대한 부도덕함을, 또는 아마도 법에 어긋날 수도 있는 부분을 더는 생각하지 않기로 했다. 메리 루와 함께 보는 영화와, 내가 읽는 책 내용과 그녀가 읽는 책만 생각한다.

어제 그녀는 하루 종일 새로운 종류의 글인 시를 읽었다. 그중 일부는 소리 내어 읽었는데, 체스처럼 이해가 가지 않는 문구도 군데군데 있고, 어쩐지 기묘하면서 흥미로운 부분도 더러 있었다. 그녀가 시 한 편을 두 번 읽어 주었다.

오 서쪽 바람이여, 그대는 언제 불어올까?
작은 비를 언제 내려 줄까?
오 주여! 내 사랑이 내 품 안에 있다면,

그리고 내가 다시 내 침대에 있다면 좋을 텐데!*

나는 '사전'에서 '그대'라는 단어를 찾아봐야 했다. 그녀가 그 행을 두 번째 읽을 때, 영화 속의 강렬한 장면을 볼 때와 같은 감정이 느껴졌다. 가슴속에서 극도의 환희가 팽창되는 느낌이었다.

그녀가 시 낭송을 마치고 나자, 나는 어떤 이유에선지 "숲 가장자리에서는 오직 흉내지빠귀만 노래를 한다"라고 말했다.

그녀가 책에서 눈을 떼고 물었다. "뭐라고요?" 그래서 내가 다시 말했다. "숲 가장자리에서는 오직 흉내지빠귀만 노래를 한다."

"그게 무슨 뜻이에요?" 그녀가 물었다.

"모르겠어요. 영화에서 봤어요."

그녀가 입술을 오므렸다. "내가 방금 읽은 글 같네요, 그렇죠? 뭔가 느껴지긴 하는데 그게 뭔지 모르겠는……."

"맞아요." 나는 깜짝 놀랐다. 내가 하고 싶었던 말을 그녀가 그대로 표현해서 소름이 돋을 정도였다. "아주 정확해요."

그 뒤 그녀는 시를 더 읽었지만, 그중 내 마음을 그토록 흔

---

* 이 노랫말은 〈오 서쪽 바람이여〉라고 불리며, 저작자가 불명인 민요 또는 민요적인 시라고 알려져 있다. 중세 영어권 시인들 사이에서 유명했으며 특히 16세기 초 영국에서 널리 사용되기도 했다.

들었던 시는 없었다. 어쨌든 그녀가 읽어 주는 시를 듣는 게 좋았다. 나는 그녀가 바닥에 다리를 포개고 앉아 책을 유심히 응시하는 모습을 보며 그녀의 진지하고 청아한 목소리를 들었다. 그녀는 내가 책을 볼 때보다 훨씬 더 가까이 얼굴에 책을 들이밀고 있었는데, 그 모습이 무척이나 감동적이었다.

우리는 매일 산책을 나가고 매번 다른 곳에서 점심을 먹는다.

77일째

메리 루는 오늘 아침에도 종종 그렇듯이 우리가 먹을 퀵-서브 음식을 사러 밖으로 나갔다. 그럴 때마다 내 카드를 썼다. 그녀가 나가고 나서 나는 프로젝터를 켜고 릴리언 기시가 나오는 영화를 보며 녹음기에 대고 영화 대사를 읽기 시작했다. 그때 갑자기 문이 홱 열렸다. 고개를 들어 보니 스포포스가 문 앞에 서 있었다. 키도 덩치도 무척 크고 상당히 강인해 보이는 모습이어서, 그 자리에 서 있는 것 자체만으로도 모든 공간을 채우는 것 같았다. 그럼에도 이번에는 그가 두렵지 않았다. 어차피 스포포스는 로봇일 뿐이니까. 나는 프로젝터를 끄고 그를 안으로 안내했다. 그가 방 안으로 들어와 저쪽 벽에 기대어 있는 흰색 플라스틱 의자에 앉은 뒤 내 쪽을 바라보았다. 그는 카키색 바지와 샌들, 흰 티셔츠 차림이었다. 얼굴에 미소는 없었지만 그렇다고 차갑지도 않았다.

우리는 잠시 아무 말 없이 앉아 있었다. 내가 입을 뗐다. "제 일기를 듣고 있었습니까?" 우리는 꽤 오랫동안 만나지 않았고, 그가 내 방에 찾아온 적도 전혀 없었다.

그가 고개를 끄덕였다. "시간이 있을 때마다 듣습니다."

그 말이 뭔가 거슬렸다. 그를 대하는 데 있어서 뭔가 대담해진 느낌이었다. "나에 대해 왜 알고 싶은 거죠?" 내가 물었다. "내 삶을 왜 기록하게 만드는 겁니까?"

그는 대답하지 않다가 잠시 후 입을 열었다. "읽기를 가르치는 건 불법입니다. 그 행위 때문에 감옥에 갈 수도 있죠."

나는 그 말이 두렵지 않았다. 메리 루가 탐지자에 대해 했던 말이 떠올랐다. 탐지된 사람이 아무도 없다는 말이. "왜요?" 내가 물었다. 나는 '질문하지 말고 편하게 있으라'는 행동 규칙을 위반하고 있었다. 상관없었다. 다른 사람에게 읽기를 가르치는 게 왜 범죄 행위인지 알고 싶었다. 그리고 스포포스는 내가 뉴욕 대학에서 읽기를 가르치겠다고 제안했을 때 왜 그걸 내게 알리지 않았는지 궁금했다. "대체 왜 메리 루에게 읽기를 가르치면 안 됩니까?"

스포포스가 무릎 위에 큼지막한 손을 올리고 상체를 앞으로 숙이며 나를 뚫어지게 바라보았다. 그의 시선이 조금 무섭긴 했지만, 나는 눈을 피하지 않았다.

"읽기는 굉장히 은밀한 행위입니다." 스포포스가 말했다.

"읽기는 다른 사람의 감정과 생각에 아주 가깝게 접근할 수 있게 하죠. 그것이 당신을 혼란스럽고 어지럽게 만들 겁니다."

나는 살짝 두려워지기 시작했다. 스포포스와 같은 장소에 있으면서, 그의 깊고 권위 있는 목소리를 들으면서 그의 말에 의문을 품거나 복종하지 않기란 절대 쉬운 일이 아니었다. 그러나 나는 어떤 책에서 읽었던 내용을 떠올렸다. '다른 이도 틀릴 수 있다는 걸 알아야 한다.' 나는 그 문구를 머릿속에 붙들어 놓고 내 생각을 끄집어냈다. "혼란스럽고 어지러워지는 게 왜 범죄가 되어야 하죠? 다른 이의 생각과 감정을 알게 되는 것이 왜 범죄입니까?"

스포포스가 나를 응시했다. "행복해지고 싶지 않아요?" 그가 물었다.

나는 전에도 이런 질문을 받은 적이 있었다. 기숙사의 로봇 선생들로부터. 그 질문에는 언제나 대답하기가 어려웠던 것 같다. 그러나 지금 여기, 메리 루의 물건들과 내 프로젝터와 영화 필름 통, 약을 먹지 않은 나의 당당한 마음이 공존하는 내 방에서 그 질문을 들으니 불현듯 화가 났다. "읽기를 하지 않는 사람들은 스스로 목숨을 끊습니다. 자기 몸을 불 속으로 내던진다고요. 그들이 행복하다는 겁니까?"

스포포스가 나를 빤히 쳐다보았다. 그러더니 갑자기 시선을 돌려 뒤쪽의 의자를 바라보았다. 그 의자에는 메리 루의 빨간 원피스가 구겨진 채 놓여 있고, 옆에는 그녀의 샌들도 있었다. "이것 또한 범죄입니다." 그가 말했다. 이번에는 부드러운 말투였다. "다른 사람과 한 주 이상 함께 사는 것 말입니다."

"주가 뭐죠?" 내가 물었다.

"7일이요." 스포포스가 답했다.

"7일은 왜 안 됩니까?" 내가 말했다. "그럼 700일은요? 메리 루와 함께 있으면 행복합니다. 그 어느 때보다 행복하다고요. 대마초를 피우거나 퀵-섹스를 하던 때보다 훨씬."

"당신은 두려워하고 있습니다." 스포포스가 말했다. "당신이 지금 두려워하고 있다는 게 내 눈에 보이거든요."

나는 자리에서 벌떡 일어섰다. "그래서 뭐요?" 내가 대꾸했다. "어쩌라는 거죠? 로봇이…… 로봇이 되는 것보다는 살아 있는 게 더 낫다고요."

나는 겁이 났다. 스포포스가 무서웠고, 미래가 두려웠다. 나의 분노가 두려웠다. 그 순간 최면제를 먹고—한 손 가득 최면제를 입안으로 털어 넣고 조용히 있고 싶은 욕구가 강하게 몰아쳤다. 마음을 차분하게 가라앉히고 나 자신을 진정시켜 무감각한 상태가 되고 싶었다. 그러나 나는 이 분노 상태가 좋았고, 아직 분노를 삭일 준비가 되어 있지 않았다. "내가 행복하다는데 당신이 왜 신경을 씁니까?" 내가 말했다. "내가 뭘 하든 당신이 무슨 상관이냐고요. 그래 봤자 당신은 한낱 기계에 불과하잖습니까."

그때 스포포스가 놀라운 행동을 했다. 머리를 뒤로 홱 젖히고 꽤 오랫동안 큰 소리로 웃었다. 미친 듯이. 어느새 내 분노가 사라져 갔고, 나도 그와 함께 웃기 시작했다. 마침내 그가 웃음을 멈추고 말했다. "좋습니다, 벤틀리. 알겠어요." 그가 자리에서 일어섰다. "당신은 내가 생각했던 것보다 더 나은 인간이군요. 그녀와 함께 살아요." 그가 문으로 가더니 뒤돌아서 나를 마주 보았다. "잠깐 동안만요."

나는 그를 보고만 있을 뿐 아무 말도 하지 않았다. 그가 문을 닫고 떠났다.

그가 떠난 뒤 나는 다시 일체형 침대-책상에 앉았다. 팔이 통제 불가능할 정도로 떨리고 심장이 요동쳤다. 여태 누군가에게 이런 식으로 말한 적은 정말 단 한 번도 없었다. 특히 로봇에게는 더더욱 없었다. 나는 나 자신이 끔찍하게 무서웠다. 하지만 내면 저 깊은 곳에서는 무척 신이 났다. 이런 느낌은 처음이었다.

메리 루가 돌아왔고, 나는 조금 전의 손님에 대해 한마디도 하지 않았다. 그녀가 읽기를 계속하고 싶어 했지만, 나는 읽기 대신 그녀와 사랑을 나누었다. 그녀는 처음엔 조금 싫은 내색을 보이긴 했으나, 그녀에 대한 나의 갈망이 너무 강했기 때문에 나는 그녀를 꽉 껴안고 그녀의 몸속으로 나를 세게 밀어 넣으며 바닥의 카펫 위에서 강렬하게 사랑을 나누었다. 얼마 지나지 않아 그녀가 내 얼굴 전체에 키스를 하며 배시시 웃었다.

그 뒤 나는 기분이 너무 좋아졌고 마음도 편안해졌다. 내가 말했다. "잠깐 읽어요, 우리." 우리는 그렇게 했다. 아무 일도 벌어지지 않았다. 스포포스는 돌아오지 않았다.

*

메리 루는 삶에 대한 기억을 기록하는 중이고, 그동안 나는 이 글을 쓰고 있다. 나는 책상에 앉아서, 그녀는 여분의 의자에 앉아 무릎 위에 큰 책을 올리고 그 책을 받침대 삼아 글을 쓰는 중이다. 그녀의 단정하고 작은 글씨가 잘 정돈되어 아름답게 쓰여 있다. 이렇게 금방 나보다 더 잘 쓰게 되었다니, 당혹스럽긴 하지만 나는 그녀의 선생님이기 때문에 그녀가 자랑스럽다. 어쩌면 여러 해 동안 대학에서 강의를 하면서 그누구에게도 어떤 가치를 지닌 지식을 전수한 적이 없었을지 모른다. 오하이오에서 했던 강의를 전부 합친 것보다 메리 루에게 가르친 내용이 훨씬 더 만족스럽다.

78일째
오늘 우리는 집단 분신자살을 목격했다.

그녀와 나는 새로운 일을 해 보자고 결정하고 버거 셰프에서 아침 식사를 하기로 했다. 거기까지 가려면 일곱 블록을 걸어가면 됐고, 나는 그녀에게 어쩌다가 내가 수를 세는 습관을 가지게 되었는지 말해 주었다. 기숙사에서는 다들 10까지 세는 법만 배우는데, 숫자 세기는 구매 가능한 물건의 가격을 표시할 때, 다시 말해 여덟 가지로 나뉘어 있는 가격을 표시할 때 주로 쓰인다. 예를 들어 바지 하나는 유닛 둘이고, 해조류 버거는 유닛 하나, 이런 식이다. 하루에 사용할 수 있는 유닛을 다 쓰면 신용 카드가 분홍색으로 변하며, 더 이상 결제가 되지 않는다. 물론 대부분 무료이긴 하다. 생각버스 티켓이나 신발, 텔레비전처럼.

그녀는 블록을 세어 보고 일곱 개가 맞다고 동의했다. "동물원에 있을 때 샌드위치 다섯 개를 매일 셌어요." 그녀가 말했다.

나는 《아이들을 위한 산수》에 나온 문제를 떠올렸다. "샌드위치 세 개를 먹으면 몇 개가 남아요?" 내가 물었다.

그녀가 웃었다. "두 개요." 그러더니 길가에 멈춰 서서 동물원에 있는 멍청한 머론 로봇 흉내를 냈다. 왼손을 뻣뻣하게 내밀면서 머론 로봇이 샌드위치 다섯 개를 들고 있는 모습을 따라 했다. 눈을 머론 로봇처럼 흐리멍덩하게 뜬 채 머리를 한쪽으로 기울인 다음 입술을 살짝 벌리고는 멍청한 눈으로 나를 응시하고 서 있었다.

나는 처음엔 그녀가 뭘 하는 건지 몰라 흠칫 놀랐다. 그러나 곧 그녀가 무얼 흉내 낸 건지 깨닫고 큰 소리로 웃었다.

데님 가운을 입은 학생들 몇몇이 지나가면서 그녀를 빤히 쳐다보고는 고개를 돌렸다. 나는 그녀가 조금 창피했다. 남들 눈에 띄는 그 행동이 조금 난처하긴 했지만, 도저히 웃지 않을 수 없었다.

우리는 버거 셰프로 계속 걸었다. 도착해 보니 이미 집단 분신자살이 진행 중이었다.

전에 보았던 그 자리였다. 가게 안을 가득 메운 살갗이 탄 냄새가 코를 날카롭게 찔렀다. 배기 팬에서 환기를 목적으로 바람이 강하게 불어 나오는 걸 보니 자살 소동이 거의 끝나가는 듯했다.

또 세 사람이었다. 전부 여자였다. 그들의 몸은 새카맣게 탔고, 바람이 불자 다 타고 남은 그들의 옷가지와 머리카락에 작은 불꽃이 일었다. 이번에도 그들은 얼굴에 미소를 띠고 있었다.

그 여자들이 이미 죽었을 거라고 생각하고 있는데, 한 여자가 죽어 가며 말했다. 아니 소리쳤다. "이것은 최후의 성찰이다. 우리 주 예수 그리스도를 찬양하라!" 그녀의 입속이 새카맸다. 심지어 치아까지 까맸다.

그러더니 조용해졌다. 아무래도 죽은 것 같았다.

"오 하나님, 맙소사!" 메리 루가 말했다. "이럴 수가!"

나는 누가 보든 말든 신경 쓰지 않고 그녀의 팔을 잡아 밖으로 데리고 나갔다.

그녀는 도로 경계석으로 걸어가 길을 마주하고 앉았다.

아무 말도 하지 않았다. 생각버스 두 대와 탐지차 한 대가 길을 지나갔고, 사람들이 인도를 걸어 다녔다. 그녀가 그들을 신경 쓰지 않듯 그들도 그녀를 신경 쓰지 않았다. 나는 무슨 말을 해야 할지, 뭘 해야 할지 모른 채 그녀 옆에 서 있었다.

드디어 그녀가 입을 뗐다. 여전히 길바닥을 응시하며. "그 사람들은 스스로 그렇게 한 거예요?"

"네." 내가 말했다. "그런 일이 자주 있는 것 같아요."

"세상에," 그녀가 내뱉었다. "왜요? 사람들이 왜 그러는데요?"

"모르겠어요." 내가 답했다. "그리고 사람들이 왜 꼭 모여서 그러는지 모르겠어요. 혼자가 아니라. 왜 공공장소에서 그러는지도 모르겠고요."

"그러게요." 그녀가 말했다. "약 때문일 수도 있겠네요."

나는 한동안 대답하지 않았다. "그들이 살아가는 방식일 수도 있어요."

그녀가 자리에서 벌떡 일어나 놀란 눈으로 나를 바라보더니 손을 뻗어 내 오른팔을 잡았다. "그럴 수도 있겠어요." 그녀가 말했다. "그게 맞는 것 같아요."

83일째

나는 감옥에 있다. 감옥에 있은 지 5일째다. 이 거친 종이
에 '감옥'이라는 단어를 쓰는 것만으로도 고통스럽다. 살면서
지금보다 더 외로웠던 적은 없었다. 메리 루 없이 어떻게 살
아야 할지 모르겠다.

내 감방에는 작은 창문이 하나 있고, 밖을 내다보면 늦은
오후의 햇볕을 받으며 서 있는 기다랗고 지저분한 초록색 건
물들 집합체가 보인다. 건물들의 금속 지붕은 다 녹슬어 있
고 창문에는 두툼한 창살이 달려 있다. 나는 조금 전 들판에
서 오후 작업을 마치고 돌아왔다. 손에 난 물집이 전부 터져
서 손이 축축하게 젖었고, 손목을 단단하게 조이고 있는 금속
밴드 때문에 밴드 아래에 까진 피부가 더 따갑다. 옆구리 쪽
에는 손보다 큰 멍이 생겼는데, 그건 여기 처음 온 날 들판에
서 일하다가 발을 헛디뎌 넘어지는 바람에 시간을 낭비하게
되자 머론 로봇 경비가 나를 곤봉으로 때려서 생긴 거다. 그
리고 여기에 온 첫날 지급된 무거운 검은색 신발을 신고 일을
했더니 발이 무척 아프다. 손에 경련이 일어서 도저히 펜을
잡고 있을 수 없는 지경이다.

나는 메리 루가 어떻게 되었는지 모른다. 육체적 고통은 견
딜 수 있다. 고통이 더 강해질 수도 있지만, 어쩌면 괜찮아질
수도 있으니까. 하지만 메리 루를 다시 볼 수 있을지, 그녀에

게 무슨 일이 일어났는지에 대한 무지는 내가 견딜 수 있다고 느끼는 한계를 넘어선다. 나는 죽을 방법을 찾아야 한다.

처음에는 메리 루가 없다는 사실과 내게 일어난 일에 너무도 거센 충격을 받아 글을 다시 쓰고 싶지 않았다. 절대로. 여기로 끌려올 당시 아무 생각 없이 재킷 주머니에 펜과 일기장을 집어넣었다. 그래도 이곳에서 펜과 일기장을 지니고 있는 건 허용되었다. 하지만 글을 쓸 빈 종이가 없었다. 뭐, 찾을 노력도 하지 않았다. 처음 일기를 쓰기 시작했을 때는 독자를 염두에 두지 않고 그냥 나를 위해 썼다. 이 세상에 살아 있는 인간 중 글을 읽을 줄 아는 사람은 나뿐이었으니까. 그러나 얼마 뒤 메리 루도 나의 독자가 되었고, 그 후로는 그녀를 위해 일기를 썼다. 그렇기에 이 끔찍한 곳에서, 그녀가 없는 이 감옥에서, 글을 계속 써 나가는 게 무슨 의미 있겠나 싶다.

만약 오늘 오후에 이상한 일이 벌어지지 않았다면 지금 이 글을 쓰고 있지 않았을 거다. 신발 공장에서 아침 근무 교대를 마친 후 얼굴과 손을 씻으러 세면실로 갔다. 죄수들은 식사 때 침묵해야 할 뿐만 아니라 점심 식사로 정말이지 비참하기 짝이 없는 빵과 단백질 수프를 먹어야 했다. 그런 점심을 먹기 전 나는 세면실로 갔다. 세면실 안에는 지저분한 세면대가 세 개 있고, 벽면이 철제로 되어 있었다. 나는 비누도 없이 차가운 물로만 손을 씻고 종이 타월을 빼려고 디스펜서로 손을 뻗었다. 어제 밭일을 하느라 경련이 일어서 뻣뻣해진 손으로 디스펜서를 주춤주춤 건드리자 디스펜서가 열렸고, 접힌 종이 타월 뭉텅이가 내 손 위로 툭 떨어졌다. 나는 본능적으로 종이 타월을 꽉 잡았다. 순간 통증이 격해져서 몸이 움찔했다. 그럼에도 나는 종이 타월을 꽉 붙든 채 가만히 내려다보았다. 문득 억세고 거친 종이 수백 장이 내 손에 있다는 사실이 머릿속을 관통했다. 글을 적기에 제법 괜찮은 종이였다.

내 인생에서 중요한 일들은 대부분 우연히 일어나는 것 같다. 영화와 책도 우연히 발견했고, 메리 루도 우연히 만났고, '사전'도 우연히 찾았다. 그리고 지금 글을 쓰고 있는 이 종이도 우연히 내 손으로 떨어졌다. 이걸 어떻게 받아들여야 할지 모르겠지만 다시 글을 쓰게 되어서 기쁘다. 물론 아무도 읽지 않을 거고 내일이면 죽을 방법을 알아낼 수도 있지만.

이제 글쓰기를 멈추려 한다. 펜을 너무 많이 떨어뜨렸다. 내 손은 이제 펜을 잡을 수 없다. 메리 루, 메리 루. 더는 견딜 수가 없다.

88일째

마지막으로 글을 쓴 뒤 5일 만이다. 이제 손이 많이 좋아지고 단단해졌다. 펜도 꽤 잘 잡을 수 있다. 하지만 등과 옆구리는 아직 아프다.

발도 나아졌다. 여기에서 며칠 지내고 난 후 나는 동료 수감자들 여럿이 맨발이라는 걸 알아챘고, 다음 날 아침부터는 나도 신발을 벗고 일하러 갔다. 발이 아직 아팠으나, 그래도 치유되는 중이었다. 근육이 점점 더 강해지고 탄탄해지는 게 느껴지기 시작했다.

나는 행복하지 않다. 아주 불행하다. 그런데 정말 죽고 싶은 건지 이제 확신이 서지 않는다. 익사도 하나의 방법이긴 하다. 그러나 결단을 내리기 전에 일단 기다려 볼 생각이다.

로봇 경비들은 끔찍했다. 한 교도관이 나를 때렸다. 다른 수감자들을 마구 패는 걸 목격한 적도 있다. 이런 생각이 극도로 잘못되었다는 걸 알지만, 그래도 내가 죽기 전에 그 로봇 교도관을 먼저 죽이고 싶다. 살해 생각을 하다니, 나 자신이 놀랍지만 그것이 바로 내가 살고 싶은 이유이다. 교도관의 눈은 혐오스럽고 잔혹한 동물처럼 작고 붉은색이며, 그의 갈색 작업복 속에는 울룩불룩한 근육이 감춰져 있다. 벽돌로 그의 얼굴을 세게 내려치면 딱 좋을 것 같다.

그리고 나는 죽기 전에 지금까지의 일기를 완성하고 싶다. 밖은 아직 낮이다. 성실하고 꾸준하게 일을 다 하고 나면, 잠자리에 들어야 하는 시간이 되기 전에 내가 어떻게 이곳까지 오게 되었는지 쓸 수 있을 거다.

며칠 동안 메리 루와 나는 계속해서 시를 보고 또 봤었다.

서로에게 시를 소리 내어 읽어 주었지만 이해한 부분은 거의 없었다. 우리가 읽고 또 읽은 시가 있는데, 제목이 〈텅 빈 사람들〉이었다. 어느 이른 오후 나는 메리 루 옆 바닥에 앉아 그 시를 소리 내어 읽었다. 여기에 그 시를 적을 수 있을 거다.

> 우리는 텅 빈 사람들.
> 우리는 박제된 인간들.
> 함께 기대고 있으며,
> 머릿속은 짚으로 가득 차 있다. 아아!
> 우리의 메마른 목소리는
> 우리가 함께 속삭일 때
> 소리도 없고 의미도 없다.
> 마른 풀잎을 스치는 바람처럼……*

내가 기억하기로 그날은 이랬다. 갑자기 문이 열리더니 스포츠 학부장이 들어왔다. 그가 팔짱을 낀 채 우리 위로 거대한 그림자를 드리우며 시선을 아래로 내렸다. 내 방에서 그를 이런 식으로 마주하게 되다니, 충격적이었다. 메리 루는 그를 본 적이 없었다. 그녀가 눈을 크게 뜨고 그를 올려다보았다.

---

* 미국 출신의 영국 시인이자 극작가인 T. S. 엘리엇의 〈텅 빈 사람들〉이라는 시의 일부이다.

그의 겉모습에 무언가 이상한 기미가 있었다. 그게 무언지 파악하기까지 시간이 좀 걸렸다. 문득 나는 깨달았다. 스포포스는 하얀색으로 개인 영역이라고 적혀 있는 폭이 넓은 검은 밴드를 착용하고 있었다. 오래전 학교 수업에서 봤던 기억이 났다. 그건 탐지자의 팔찌였다.

메리 루가 처음으로 입을 열었다. "원하는 게 뭐죠?" 그녀가 말했다. 무섭지 않은 모양이었다.

"당신들은 둘 다 체포되었습니다." 스포포스가 말했다. "둘 다 일어서세요."

우리는 일어났다. 나는 여전히 책을 들고 있었다. "그래요?" 메리 루가 말했다.

스포포스는 계속 그녀를 보고 있었다. "나는 탐지자입니다. 그리고 당신은 탐지되었습니다."

그녀는 충격을 받은 듯했으나 겉으로 드러내지 않으려 노력하고 있었다. 나는 어떻게든 그녀를 보호하고자 그녀에게 팔을 두르고 싶었다. 하지만 나는 우두커니 서 있기만 했다.

스포포스는 우리 둘보다 키가 훨씬 컸고, 그의 위엄과 포스 또한 압도적이었다. 나는 언제나 그가 두려웠다. 스포포스가 자신이 탐지자라고 말하는 순간 나는 말을 잃었다.

"뭐를 탐지했다는 거죠?" 메리 루가 물었다. 그녀의 목소리에 가느다란 떨림이 숨죽이고 있었다.

스포포스는 눈도 깜박이지 않고 그녀를 빤히 응시했다. "동거를 탐지했습니다. 읽기를 가르치는 걸 탐지했고, 읽는 행위 자체를 탐지했습니다."

"하지만 스포포스 학부장님," 내가 그의 말을 끊었다. "제가 읽기를 할 줄 안다는 걸 학부장님도 이미 알고……."

"네." 그가 말했다. "그리고 정확하게 말씀드렸죠. 읽기 강의는 이 대학에서 이루어질 수 없다고. 읽기를 가르치는 건 범죄입니다."

가슴속 깊숙한 곳에서 무언가 덜컹 떨어졌다. 최근 며칠 동안 느꼈던 어마어마한 힘과 흥분은 어느 순간 전부 사라져 버렸고, 나는 무시무시한 로봇 앞에 작은 아이처럼 서 있을 뿐이었다. "범죄라고요?" 내가 물었다.

"네, 벤틀리." 그가 말했다. "내일 심문이 있을 겁니다. 내가 아침에 돌아올 때까지 이 방에 있어야 합니다."

그러고는 메리 루의 팔을 잡고 말했다. "저와 함께 가시죠."

그녀는 그를 뿌리치려고 했지만, 그의 손아귀에서 벗어날 수 없다는 걸 깨달았다. "꺼져, 로봇 새끼야. 꺼지라고, 빌어먹을."

그가 그녀를 보고 씩 웃는 것 같았다. "그래 봤자 소용없습니다." 그런 뒤 한층 부드러워진 목소리로 덧붙였다. "당신에게 해를 끼치진 않을 겁니다."

그가 문을 열고 나가다가 뒤로 돌아 나를 바라봤다. "너무 속상해하지 마세요, 벤틀리. 이 모든 게 최선일 테니까."

그녀는 순순히 그를 따라갔고, 그는 문을 쾅 닫았다.

해를 끼치지 않는다고? 우리 둘을 이렇게 떨어뜨려 놓는 것보다 더 해를 끼치는 게 대체 뭔데? 그녀는 어디에 있을까? 메리 루는 도대체 어디에 있는 걸까?

이 글을 쓰고 있는 지금 나는 울고 있다. 그날의 기록을 이대로 끝낼 수는 없다. 일단 지금은 최면제를 먹고 한숨 자야 겠다.

89일째

할 말이 많지만 주어진 시간이 그리 많지 않다. 그래도 노력해 보려 한다.

스포포스는 나를 법정으로 데리고 갔다. 내 손에 수갑이 채워졌고, 그는 나를 검은색 생각버스에 태워 센트럴 파크 내의 한 장소로, 재판소라는 곳으로 데리고 갔다. 플라스틱으로 지어진 2층 건물이었고, 창문이 지저분했다.

법정은 규모가 컸다. 벽에 이상하게 생긴 사람들 사진이 여러 장 걸려 있는데, 어떤 사람은 고대 영화에서 본 것처럼 정장에 넥타이를 매고 있었다. 사진 속 책장 앞에 서 있는 또 다른 남자는 더글러스 페어뱅크스와 무척 닮은 모습이었다. 그 사진 아래에 이렇게 적혀 있었다. '시드니 페어펙스, 재판소장.' 그리고 그 아래에 더 작은 글씨로 숫자 1997-2014가 쓰여 있었다. 그 숫자가 '날짜'라고 불리는 것 같았다.

검은 가운을 입은 로봇 판사가 법정 저쪽 끝에 있는 안락의자에 앉아 입구 쪽을 향해 있었다. 나는 그를 보고 깜짝 놀랐다. 전에 본 적이 있는 얼굴이었다. 내가 오하이오 기숙사에서 교육을 받던 시절 그 기숙사 학교의 교장이었고 메이크 세븐이었다. 즉 고위 관리직을 맡기 위해 제작된 로봇이었다. 언젠가 이런 말을 들었던 기억이 났다. "메이크 세븐은 전부 똑같이 생겼대." 그 당시 나는 어린아이였기 때문에 이렇게 되물었다. "왜?" 그랬더니 나와 이야기 중이었던 그 아이가 대꾸했다. "질문하지 마. 편하게 있어."

우리가 법정으로 들어섰을 때 판사는 휴면 상태였다. 다시 말해 전원이 꺼져 있었다. 판사 옆에 더 단순한 모양의 키가 낮은 의자에 앉아 있는, 마찬가지로 휴면 상태인 로봇은 서기이고 메이크 포였다.

한 걸음 더 가까이 가 보니 도서관 내의 폐쇄 구역처럼 판사와 서기 몸체에 누런 먼지가 뽀얗게 쌓여 있었다. 지적으로 보이는 판사의 얼굴 주름 사이사이에도 누리끼리한 먼지가 껴 있었다. 그는 무릎 위에 손을 포개고 있었고, 거미가 언제 그랬는지는 모르지만 그의 오른쪽 이마에서 턱까지 거미줄을 칭칭 쳐 놓았다. 거미줄에는 구멍이 숭숭 뚫려 있고, 위에 먼지가 많았다. 흐물흐물한 거미줄에 작은 곤충들이 말라 버린 콧물처럼 매달려 있었다. 거미는 어디에도 보이지 않았다.

판사가 있는 곳 뒷벽에는 사색가 기숙사의 신앙실처럼 북미의 인장 문양이 새겨져 있었다. 그 위에도 먼지가 수북하게 내려앉아 있었다. 양각된 비둘기와 심장 위에 먼지 뭉치가 두툼하게 자리를 잡았고, 인장 옆에 석고로 조각되어 있는 개인주의와 개인 영역의 신인 쌍둥이 신 위에도 먼지가 앉아 있었다.

스포스는 나를 피고인 의자에 앉혔다. 그 의자는 원목으로 만들어졌는데 무척 불편했다. 그런 다음 놀라울 정도로 부드러운 손길로 내 수갑을 풀어 주고 내 오른손을 바로 앞에 있는 진실의 구멍 안으로 넣었다. 그가 차분히 말했다. "법정에서 거짓말을 하면 그때마다 손가락이 잘릴 겁니다. 판사의 질문에 답할 때 신중을 기하세요."

기숙사에서 지낼 때, 시민의 기본을 배우는 수업에서 진실의 구멍과 법정에 대해 당연히 배웠다. 하지만 실제로 본 건 처음이었다. 두려움에 몸이 덜덜 떨렸다. 그 당시 상황이 기숙사에서 겪었던 지긋지긋한 일들과, 어린 시절 개인 영역 침범 때문에 처벌을 받았던 때와 너무 비슷해서 두려움이 더 심해지는 것 같았다. 나는 딱딱한 의자에 체중을 실으며 편안하게 있으려 노력했다. 그리고 기다렸다.

스포스는 석고에 난 구멍과 고대 사람들의 그림, 아무도 없는 나무 벤치를 연구하듯이 꼼꼼히 살피며 법정 안을 둘러보았다. 그런 다음 판사에게 걸어가 손가락으로 판사 로봇의 뺨을 쓸고는 손가락에 묻은 먼지 뭉치를 보았다. "용납할 수 없어." 그가 중얼거렸다.

그가 서기에게 돌아서서 권위 있는 목소리로 명령했다. "서기, 자신을 활성화시킨다."

그러자 서기가 반응을 보였다. 그러나 서기는 입만 움직일 뿐 다른 곳은 움직이지 않았다. "법정 지휘는 누구의 권한입니까?"

"나는 이성적 로봇, 메이크 나인이다. 지금 깨어나라고 명령하는 중이다."

그 즉시 서기가 벌떡 일어섰다. 그의 무릎에서 부스러기가 떨어졌다. "네, 알겠습니다. 활성화되었습니다."

"청소 로봇을 불러서 판사를 깨끗하게 닦으라고 요청한다. 지금 당장." 그런 뒤 스포스는 서기의 무릎에 매달려 있는 부스러기와 누런 먼지 뭉치를 보며 말했다. "서기도 몸을 깔끔하게 하라."

서기가 깍듯하게 말했다. "하지만 법정 서보 로봇과 청소 로봇은 더 이상 작동하지 않습니다."

"왜 그렇지?"

"배터리가 다 되었고, 일반적인 기능 장애도 있습니다."

"왜 수리되지 않았지?"

"센트럴 파크에는 60옐로 동안 수리 로봇이 없었습니다."

"그렇군." 스포포스가 말했다. "그러면 청소 도구를 가져와서 서기가 직접 청소하도록 하라."

"네. 알겠습니다." 서기는 돌아서서 밖으로 천천히 걸어 나갔다. 그는 다리를 심하게 절룩거렸다. 다리 한쪽을 힘들게 끌고 가는 듯 보였다.

몇 분 후 그는 물이 든 양동이와 스펀지를 가지고 돌아왔다. 그리고 곧장 판사에게 가서 물속에 스펀지를 담근 다음 그 스펀지로 판사의 얼굴을 문지르기 시작했다. 누런 먼지가 옆으로 번져 더 지저분해지는 것 같았지만, 그래도 대부분은 지워졌다. 그다음 판사의 손을 깨끗하게 닦았다. 천천히 그리고 어딘가 어색하게.

스포포스는 참고 있는 듯했다. 나는 로봇이 참을 줄 알 거라고는 생각지도 못했다. 스포포스는 발로 바닥을 탁탁 두드리며 안절부절못하고 있었다. 그러더니 갑자기 앉아 있는 판사에게 성큼 다가가 그 앞에 멈춰 서서 판사의 가운을 움켜잡고 마구 털어 댔다. 먼지가 사방으로 흩날렸다. 먼지가 가라앉기 시작했을 때쯤 판사의 온몸을 휘감고 있던 거미줄도 사라지고 없었다.

잠시 후 스포포스는 뒤로 물러나 판사를 마주 보았다. 판사의 무릎에 올려진 왼손에는 여전히 녹색 얼룩이 남아 있었지만 스포포스는 서기에게 그만하라고 명령했고, 그러자 서기가 즉시 행동을 멈추었다.

"이번 심문에는 서기가 필요하지 않다." 스포포스가 서기에게 말했다. "내가 직접 심문 과정을 기록할 거니까. 심문이 진행되는 동안 서기는 일반 유지 관리부에 전화를 걸어 지금 당장 시 청소 로봇과 수리 로봇을 보내 달라고 해."

서기가 스포포스를 멍하게 쳐다보았다. 서기의 귓불이 녹색인 걸로 봐서 서기는 메이크 포가 아니라 메이크 스리 같았고, 메이크 스리는 멍청한 머론 로봇보다 아주 약간 높은 위치였다. "전화가 작동하지 않습니다." 서기가 말했다.

"그러면 일반 유지 관리부로 *걸어가라.* 여기서 다섯 블록 정도 떨어져 있다."

"걸어서요?" 서기 로봇이 되물었다.

"어떻게 가는지 알 텐데. 어디에 있는지 아나?"

"네." 서기가 돌아서서 다리를 절뚝이며 문 쪽으로 가기 시작했다. "잠깐." 스포포스가 말했다. "이리 와."

서기는 다시 돌아서서 그에게 다가가 그와 마주 보고 섰다. 스포포스가 허리를 구부린 다음 서기의 왼쪽 다리를 잡고 잠시 더듬대다가 갑자기 세게 비틀었다. 서기의 다리 안에서 뭔가 강하게 긁히는 소리가 났다. 스포포스가 몸을 일으켰다.

"이제 가."

그리고 서기는 완전히 멀쩡한 걸음걸이로 법정 밖으로 나갔다.

스포포스가 돌아서서 다시 판사를 마주 보았다. 판사의 겉모습이 이제 깨끗해졌지만, 옷은 아직 구깃구깃했다.

"법정을 열겠습니다." 스포포스가 말했다. 시민의 기본 수업에서, 시민이라면 누구나 개정할 수 있다고 배운 그대로였다. 기숙사 선생들은 로봇이 법정을 열 수 있다는 것에 대해서는 전혀 알려 주지 않았다. 우리의 개인 영역과 개인에 대한 신성한 권리를 지키는 데 있어서 법정이 얼마나 중요한지, 그리고 판사가 어떤 도움을 줄 수 있는지에 관한 것만 가르쳐 주었다. 어쨌든 당시 나는 법정을 가까이하지 않는 게 좋을 거라고 생각했었다.

판사의 머리는 깨어났지만, 나머지 부위는 아직 움직이지 않았다. "누가 재판을 개정합니까?" 그가 깊고 엄숙한 목소리로 말했다.

"나는 메이크 나인입니다." 스포포스가 조용히 말했다. "탐지자로 프로그래밍되었고 북미 정부로부터 권한을 부여받았습니다."

그 말에 판사의 나머지 부분이 깨어났다. 판사는 판사복 매무새를 정돈하고 손으로 잿빛 머리를 쓸어 넘긴 다음 턱에 손을 대고 말했다. "개정합니다. 시민 로봇의 요청이 무엇입니까?"

시민 로봇이라고? 나는 그런 말을 처음 들어 봤다.

"범죄 사건입니다." 스포포스가 말했다. "피고가 이름을 말할 겁니다." 그러고는 내 쪽으로 돌아서서 "당신의 이름과 직위, 거주지를 말하세요"라고 했다. 그리고 진실의 구멍 쪽으로 고개를 끄덕이며 "조심하시고요"라며 주의를 주었다.

나는 진실의 구멍에 대해 거의 잊고 있었다. 진실의 구멍을 쳐다보지 않은 채 조심스럽게 말했다. "제 이름은 폴 벤틀리이고, 오하이오 대학의 정신 심리 학부 교수입니다. 공식 거주지는 캠퍼스 내의 교수 사옥입니다. 현재는 뉴욕 대학의 예술 도서관에서 지내고 있으며, 뉴욕 대학의 교원 지원을 담당하는 학부장에 의해 임시 고용되었습니다." 나는 스포포스가 내가 일하는 곳의 학부장이라는 걸 말해야 할지 고민하다가 말하지 않기로 했다.

"아주 좋습니다." 판사가 말했다. 그는 스포포스를 바라보았다. "범죄 혐의는 무엇입니까?"

"세 가지의 혐의가 있습니다." 스포포스가 말했다. "동거, 읽기 그리고 읽기 교육입니다."

판사가 그를 멍하니 쳐다보았다. "읽기가 뭐죠?" 그가 물었다.

스포포스는 잠시 침묵했다가 이내 입을 열었다. "당신은 메이크 세븐으로, 4세대에 설계되었습니다. 당신의 법률 프로그램에는 그 혐의가 포함되어 있지 않을 겁니다. 기록 보관소에 자문을 구하시길 요청합니다."

"네." 판사가 말했다. 그가 거대한 의자 팔걸이에 있는 스위치를 누르자 어디선가 목소리가 나왔다. "북미 법률 기록 보관소입니다." 판사가 물었다. "읽기라는 민사 범죄가 있습니까? 그걸 교육하는 것 또한 범죄에 해당됩니까?"

보관소 목소리가 대답하기까지 시간이 꽤 걸렸다. 이렇게 오래 걸리는 컴퓨터는 처음이었다. 어디서 들어 본 적도 없었다. 물론 기분 탓일 수도 있었다. 마침내 목소리가 다시 말을 했다. "읽기는 개인의 생각과 감정을 교묘하고 은밀하게 그리고 철두철미하게 공유하는 행위입니다. 이는 심각한 개인 영역 침범에 해당되며 3세대와 4세대, 5세대 헌법을 직접 위반합니다. 읽기 교육도 마찬가지로 개인 영역과 인격 보호에 반하는 범죄입니다. 각 항목당 1년에서 5년의 징역형을 선고합니다."

판사가 컴퓨터를 끄고 말했다. "명백히 중대한 사안이군요. 게다가 피고는 동거에 대한 혐의도 있습니다." 그런 다음 스포포스에게 물었다. "피고가 누구와 동거를 했죠? 남자, 여자, 로봇 또는 동물입니까?"

"여자와 동거했습니다. 두 사람은 7주 동안 함께 살았습니다."

판사가 고개를 끄덕이고 나를 돌아보았다. "다른 혐의만큼 중대한 사안은 아니군요. 그러나 그것 또한 개인성과 인격을 심각한 위험에 빠뜨리고, 이는 종종 훨씬 더 문제가 되는 행동을 일으키기도 합니다."

"네, 판사님." 내가 말했다. 나는 미안하다고 말하려 했지만, 그 순간 미안한 마음이 전혀 들지 않았다. 그냥 겁이 났을 뿐이었다. 손가락이 잘릴 수도 있으니까.

"또 다른 사안이 있습니까?" 판사가 스포포스에게 물었다.

"없습니다."

판사가 나를 보았다. "진정성 판단기에서 손을 빼고 일어나 법정을 향해 서세요."

나는 진실의 구멍에서 손을 빼고 자리에서 일어났다.

"답변하세요. 유죄입니까, 무죄입니까?" 판사가 말했다.

내 손은 이제 진실의 구멍 안에 있지 않기 때문에 거짓말을 해도 되었다. 하지만 내가 '무죄'라고 말하면 내 손은 다시 진실의 구멍 속으로 넣어지고 재판이 진행될 터였다. 그리고 여기 교도소에 있는 다른 수감자들한테 들었는데 그런 일이 정말 있었다고 한다. 그래서 다들 유죄라고 답변한다고 했다.

내가 판사를 보고 말했다. "유죄입니다."

"법정은 피고의 정직함을 인정합니다." 판사가 말했다. "피고는 북미 교도소에서 6년을 지내야 합니다. 처음 2년은 강도 높은 노동을 해야 합니다." 판사가 머리를 살짝 숙여 엄격한 눈으로 나를 쏘아보았다. "앞으로 오세요." 그가 말했다.

나는 판사의 의자로 다가갔다. 그가 천천히 일어나 팔을 뻗었다. 그의 커다란 손이, 녹색 얼룩이 아직 지워지지 않은 손이 내 어깨를 덥석 잡았다. 약물을 주입하는 것처럼 살갗이 따끔거리는 느낌이 들었다. 나는 의식을 잃었다.

그리고 얼마 후 이 감옥에서 깨어났다.

*

오늘은 여기까지만 쓰겠다. 글을 쓰는 쪽 손과 팔이 아프다. 게다가 시간도 늦었고 내일 또 육체노동을 해야 한다.

90일째

교도소의 내 방은—작은 감방은—아담한 생각버스보다 많이 크지는 않지만 나름대로 편안하고 개인적인 공간이다. 안에 침대와 의자, 스탠드가 있고 녹음본이 자그마한 도서관의 책들처럼 진열된 벽면에는 텔레비전도 있다. 지금까지 재생한 유일한 녹음본은 댄스와 운동 프로그램인데, 춤출 기분이 들지 않아서 프로그램이 끝나기 전에 BB를 홀더에서 빼 버렸다.

이렇게 분리된 독방에 수감자 쉰 명 정도가 있고, 우리는 모두 아침 식사 후 일을 하러 나선다. 아침에는 감옥의 신발 공장에서 일한다. 나는 검사원 업무를 맡은 열네 명의 수감자 중 한 사람이다. 신발은 당연히 자동 기계로 만들어진다. 내 업무는 신발의 결함을 찾아내기 위해 신발 열네 개 중 하나를 검사하는 일이다. 머론 로봇이 우리를 지켜보고 있다. 내 왼쪽 수감자가 신발 하나를 집어 들고 난 뒤 곧바로 내가 다른 신발 하나를 집어 들지 않으면 처벌을 받게 된다고 했다. 신발을 꼼꼼히 검수하는 일이 꼭 필요한 건 아니란 걸 깨달은 후 나는 더 이상 신발을 꼼꼼히 살펴보지 않는다. 그냥 열네 개마다 하나씩 집어 들기만 할 뿐이다.

나는 정신 관련 훈련을 받았기 때문에, 신발을 검수하면서 아주 쉽게 차분한 환각 상태로 빠져들어 그 상태에 꽤 오랫동안 머물 수 있다. 하지만 때때로 환각 상태 중에 내 통제를 벗어나 일부분이 드러나면,—메리 루의 이미지가 갑자기 나타나서 놀라울 정도로 선명하게 마음속에 떠오르면—나는 크게 낙담한다. 환각 중에 색깔이나 자유로운 형태의 모양들 같은 추상적인 요소로 즐거움을 느끼려고 노력하고 있을 때, 예고도 없이 메리 루의 얼굴이, 당황함이 깃든 강렬한 눈을 하고 있는 그녀가 떠오른다. 메리 루가 내 사무실 바닥에 다리

를 포개고 앉아 책을 무릎 위에 올려놓은 채 읽고 있는 모습
이 보이기도 한다.

교수로 일할 때 나는 환각을 통한 오르가슴 강의를 하던 중
소소한 농담을 하곤 했다. 그 당시 학생들에게 이런 말을 했
다. "언젠가 감옥에 수감된다면, 그때 써먹기 아주 좋은 기술
이 될 겁니다." 그때 학생들은 이 농담에 크게 웃지 않았다.
그 농담을 받아들이려면, 예를 들어 배우 제임스 캐그니가 출
연한 영화와 비슷한 고전 영화에 대해 잘 알고 있어야만 감옥
에 관한 농담을 이해할 수 있기 때문이다. 어쨌든 나는 그런
농담을 종종 하곤 했다. 지금 나는 그 기술에 아주 능하지만,
환각 중에 오르가슴에 이르지는 않는다. 밤이면 나의 작은 감
방에서 자위를 한다. 다른 죄수들이 그렇듯 말이다. 메리 루와
의 은밀한 상상은 한밤중 나 혼자만을 위해 남겨 두고 싶다.

우리는 저녁 식사와 함께 대마초 두 대와 최면제 두 알을
받지만, 나는 소비하지 않고 잘 보관해 둔다. 저녁 식사 후 이
교도소 단지의 감방들이 있는 커다란 건물 안에서는 달달한
대마초 냄새가 진동을 하고, 수많은 방들의 텔레비전에서 에
로틱한 소리가 들린다. 그럴 때면 나는 다른 수감자들 얼굴에
번진 인공적인 기쁨을 충분히 상상할 수 있다. 이 글을 쓰고 있
는 지금, 그런 생각이 내 몸에 살포시 전율을 일으킨다. 메리 루
와 함께 있으면 얼마나 좋을까. 그녀의 목소리를 듣고 싶다. 그

녀와 같이 웃고 싶고, 그녀가 날 위로해 주었으면 좋겠다.

1년 전에는 내가 무엇을 느끼며 사는지 몰랐다. 그러나 그 영화들을 본 이후 무슨 감정을 느끼면서 사는지 알게 되었다. 나는 메리 루를 사랑하고 있다.

무섭다. 사랑한다는 감정이 무섭게 느껴진다.

이 교도소가 어디에 위치해 있는지 모른다. 바닷가 근처 어딘가일 거다. 나는 의식을 잃은 채로 여기로 왔고 깨어나자마자 로봇에게 파란색 죄수복을 받았다. 첫날 밤에는 잠이 오지 않았다. 그녀와 함께 있고 싶었다.

나는 그녀를 원한다. 그것 말고 나머지는 전부 가짜다.

91일째

오후에는 바닷가 근처 들판에서 일한다. 들판의 규모가 어마어마하고, 해안선 길이가 3킬로미터에 달한다. 그 들판에는 프로틴4라고 하는 합성 식물이 잔뜩 있다. 우락부락하고 못생긴 그 식물은 마치 남자의 머리처럼 생겼고, 보라색과 녹색을 띠고 있으며 냄새가 지독하다. 해가 내리쬐는 광활한 들판에 있는데도 가끔은 냄새가 너무 고약할 때가 있다. 들판에서 내가 하는 일은 매일 컴퓨터가 지정하는 화학 물질을 그 식물들 하나하나에 개별적으로 투여하는 것이다. 기다랗게 늘어선 줄의 끝에 위치한 컴퓨터 단말기가 자그마한 스프레이형 총에 탄환을 장전하면, 나는 식물 아랫부분에, 그러니까 노란 흙 속에 박힌 식물의 작은 플라스틱 입이 있는 위치에 총을 대고 탄환을 하나씩 찍 쏜다.

그 일을 뜨거운 태양 아래 들판에 서서 끝도 없이 흘러나오는 빠른 템포의 음악에 맞춰 허리가 끊어질 정도로 해야 한다. 들판에서는 마흔 명이 일을 하고 한 시간에 5분씩 쉰다. 우리는 땀을 비 오듯 흘린다.

사실 이 일은 머론 로봇 열 개면 가뿐히 해낼 수 있지만, 지금 우리는 갱생 중이니 어쩔 수 없다.

점심 식사 후 사회 활동 시간 동안 반드시 텔레비전을 시청해야 할 때에도 우리는 시키는 대로 한다. 사회 활동 시간 중에는 서로 이야기를 나눌 수 없기 때문에 다른 수감자들도 나처럼 분노한 상태인지 아니면 지쳤는지 알 수가 없다.

우리가 일하는 모습을 갈색 유니폼을 입은 로봇 둘이 감시한다. 그들은 키가 작고 미련해 보이며 못생겼다. 그리고 나를 때렸던 로봇 쪽으로 눈길을 슬쩍 돌리려고 하면, 마치 그때마다 로봇이 나를 응시하고 있었던 것 같은 기분이 든다. 눈도 깜박이지 않고 입을 살짝 벌린 채로 말이다. 금방이라도 침을 흘릴 것처럼.

총의 방아쇠를 계속 당기느라 손이 아직도 욱신거린다. 그래서 글을 더 쓸 수가 없다.

메리 루. 나는 당신이 나처럼 불행하지 않기를 바랄 뿐입니다. 그리고 가끔 나를 생각해 주기를 바랍니다.

메리 루

1.

읽기는 때때로 지루하지만, 가끔 앎에 대한 즐거움을 주기도 한다는 걸 알게 되었다. 나는 창가의 안락의자에 앉아 무릎 위에 받침대를 올려놓고 이 글을 쓰고 있다. 글쓰기를 시작하기 전에 꽤 오래 가만히 앉아서 눈이 내리는 걸 바라보았다. 묵직해 보이는 커다란 눈송이가 하늘에서 쏟아지고 있었다. 밥은 두둑하게 부푼 배로 돌아다니면 허리가 아플 테니 나더러 쉬고 있으라고 했고, 그래서 눈을 구경하고 있었다. 며칠 전 읽은 책 중 물의 순환에 관한 내용이 생각났다. 증발과 응축, 바람과 공기가 실제로 어떻게 작용하는지에 대한 복잡한 과정을 설명한 내용이었다. 나는 눈이 내리는 걸 보며 저 흰 뭉치가 얼마 전 대서양의 수면이었고, 태양의 열기로 인해 수증기로 변한 거라 생각하는 중이었다. 물 위 저 멀리에서 구름이 함께 움직이고 그 안의 물방울이 눈의 결정이 되는 모습을 시각화할 수 있었다. 그리고 그 눈 결정은 하늘에서 떨어져 내가 뉴욕의 한 아파트에서 창밖으로 볼 수 있을 때까지 내려오고 다시 모여들었다가 또 떨어진다.

그런 식의 단순한 앎이 내 기분을 좋게 만든다.

어렸을 때 사이먼이 물의 순환과 분점* 같은 것들에 대해 이야기해 주곤 했다. 사이먼에게는 오래된 칠판과 분필이 있었다. 그가 행성 중 하나인 토성과 그 고리를 칠판에 그렸던 기억이 난다. 그런 걸 어떻게 아느냐고 물었더니 사이먼은 아버지한테 배웠다고 했다. 그의 할아버지는 어린 시절 천문 망원경으로 밤하늘을 보았었다고 알려 주었는데, 밤하늘 관측은 사이먼이 '지적 호기심의 종말'이라고 말했던 때에도 아주 오래전 일이 아니었다.

사이먼은 읽고 쓸 줄도 모르고 학교도 다니지 않았지만, 과거에 대해 어느 정도 알고 있었다. 시카고의 사창가뿐만 아니라 로마 제국, 중국, 그리스, 페르시아에 대해서도 알았다. 우리가 살던 판잣집에서 그가 치아가 없는 입에 대마초를 걸치고 원목 화로 앞에 서서 토끼 스튜나 콩 수프를 저으며 "이 세

* 천구상에서 천구의 적도와 황도가 만나는 두 교점을 말한다.

상에는 큰 사람들이, 말하자면 힘과 상상력이 큰 사람들이 있었단다. 사도 바울과 아인슈타인, 셰익스피어 같은 사람들 말이지……."라고 했던 기억이 있다. 그럴 때마다 그는 과거의 인물들을 줄줄이 말하며 가슴 벅차했고, 그 이름을 들을 때면 나는 항상 감탄하곤 했다. "율리우스 카이사르와 톨스토이, 이마누엘 칸트도 있었지. 하지만 지금은 전부 다 로봇이야. 로봇주의와 쾌락주의. 다들 머릿속에 싸구려 영상만 들어 있어."

이런, 하나님 맙소사. 사이먼이 너무 그립다. 폴만큼이나. 나는 밥이 대학에 출근해 있는 동안 오전만이라도 여기 뉴욕에서 폴과 함께 있었으면 했다. 폴과 함께 살 때 나는 삶을 기록하는 일기의 첫 부분을 쓰면서, 사이먼에게 나를 사막에서 처음 봤을 때 어땠냐고 물어볼 수 있었으면, 그리고 사이먼이 실제로 대답해 줄 수 있었으면 좋겠다고 생각했었다. 여자아이였던 내가 어떤 모습이었는지, 예뻤는지, 똑똑했는지, 그가 늘 말했듯 내가 정말 배움이 빨랐는지 묻고 싶었다. 유머러스하고 자연스러운 삶을 추구하던 그가 무척 그립다. 사이먼은 아주 나이가 많은 남자였지만, 여태 내가 함께 살았던 두 남자보다 훨씬 더 재미있고 자연스러운 사람이었다.

폴은 애처로울 정도로 진지했다. 내가 비단뱀 우리에 돌을 던져 유리를 깨뜨렸을 때 그의 표정, 그리고 내게 읽는 법을 가르칠 때의 진지한 얼굴은 정말이지 웃음이 새어 나올 정도였다. 또한 그는 나와 함께 도서관에 살 때 자기 일기의 첫 부분을 읽어 주기도 했는데, 나한테는 재밌게 느껴지는 부분인데도 그는 입술을 굳게 다문 채 인상을 쓰고 있었다.

밥이라고 그보다 더 나을 것은 없다. 로봇에게 유머 감각을 기대하는 건 어리석은 일이지만, 그래도 그의 심각함과 예민함은 여전히 받아들이기 어렵다. 특히 밥이 오래전부터 꾸고 있는 그의 꿈 이야기를 할 때면 더 힘들다. 처음에는 제법 흥미로웠는데, 이제는 완전히 질려 버렸다.

내가 여기, 방 세 개짜리 아파트에 그와 함께 살고 있는 건 분명 그의 꿈과 아주 밀접한 관련이 있을 거다. 현재 이 삶의 상당 부분은 아주 오래전 평범한 인간처럼 살고 행동하고 싶은 그의 욕구에서부터 시작되었을 거고, 그는 자기 꿈속의 그 사람처럼 살아 보려 노력하는 거다.

그러니까 나는 그의 아내 혹은 정부일 것이다. 우리는 한 가정의 모습을 일종의 게임처럼 연출하고 있고, 이건 전부 밥이 원하는 방식이다.

나는 그가 제정신이 아니라고 생각한다.

그는 자기 뇌가 미혼남의 뇌를 복제한 게 아니거나, 여자의 뇌를 복제한 것일 수도 있다는 걸 알고 있을까?

그는 내가 내뱉는 반대 의견은 듣지도 않는다. 그는 늘 이렇게 말한다. "그렇게 신경 쓰여요, 메리?"

딱히 그런 건 아닌 것 같다. 폴이 그립다. 아무래도 폴을, 조금이지만 사랑했던 것 같다. 어쨌거나 본론으로 들어가자면, 갈색 피부 로봇의 동반자가 되는 이런 삶도 뭐, 크게 거슬리지는 않는 듯하다.

빌어먹을 동물원에서 살 때도 있었는데, 제길, 이제 여기에서 잘 지낼 거다.

창밖에 아직도 눈이 내린다. 이 기억의 일기를 마무리하고 한 시간 동안 그냥 가만히 앉아 맥주나 마시고 눈 내리는 풍경을 감상하면서 밥이 들어오기를 기다려야겠다.

물론 폴과 함께이면 좋겠지만, 사이먼이 말한 대로 다 가질 수는 없다. 나는 여기에서 잘 지낼 거다.

2.

밥이 또 꿈에 대해 이야기했다. 늘 그렇듯 내가 할 수 있는 일은 이야기 중인 그를 바라보며 인자한 미소를 띤 채 공감해 주는 것이다. 그의 꿈에는 백인 여자가 나오는데, 가만 들어 보니 나랑 닮은 구석이 전혀 없다. 나는 머리색이 짙고 체력이 좋고 허벅지와 엉덩이가 탄탄한 편이다. 반면 꿈속의 그 백인 여자는 금발에 키가 크고 날씬하다. "미적이죠"라고 그가 말한다. 나는 그렇지 않다. 뭐, 폴에게는 맞을 수도 있겠지만. 밥의 꿈속 여자는 언제나 검은 물 수영장 근처에 서 있고 목욕 가운을 입고 있다. 나는 살면서 목욕 가운을 한 번도 입어 본 적이 없으며, 그렇게 오랜 시간 수영장 근처에 서 있을 마음도 없다.

내가 하려는 말은, 그러니까 밥이 그 여자에게는 사랑을 느끼면서 나에게는 느끼지 않는다는 거다. 무엇보다 그게 그에게는 최선이라는 거고.

나는 확실히 밥을 사랑하지 않는다. 그가 폴을 내게서 빼앗아 감옥으로 보냈을 때, 솔직히 나는 그를 증오했다. 처음 충격을 받았을 땐 마구 울부짖으며 그를 때렸다. 정말 받아들이기 힘들었던 건, 그가 진짜 탐지자라는 사실이었다. 탐지자는 실제로 존재했다. 그가 로봇이든 흑인이든 상관없었다. 이번 일에서 가장 중요한 것은, 언젠가 내가 탐지될 수도 있다는 것과 그걸 내가 깨달았다는 거였다. 일평생 내게 어마어마한 힘을 주었던 확신이, 내가 살고 있는 이 멍청이들의 세계에 나는 결코 속지 않을 거라는 그 느낌이 사라져 버린 셈이다. 그 일로 사이먼이 내게 심어 준 자신감이 부분적으로 상처를 입었다. 사이먼은 내가 사랑하는, 그리고 앞으로도 사랑할 수 있는 유일한 사람이다.

음, 폴도 친절하고 사랑스러운 남자였다. 나는 그가 걱정된다. 밥에게 감옥이든 뭐든 그가 갇혀 있는 곳에서 그를 풀어 달라고 애원해 볼까, 싶었지만 밥은 그런 대화는 하려고도 하지 않았다. "아무도 그를 다치게 하지 않을 거예요"라고만 할 뿐. 그게 다였다. 처음에는 폴을 생각하면 눈물이 날 것 같기도 했다. 그의 상냥함과 순진함이 그리웠고, 어린아이처럼 내게 선물을 사 줬던 그가 그리웠다. 하지만 그를 위해 진심으로 눈물을 떨어뜨리지는 않는다.

한편 밥은 중요한 사람이다. 내가 알기로, 그는 사이먼보다 나이가 훨씬 많다. 사이먼이 아직까지 살아 있다면 말이다. 그 사실은 그가 세상일을 지루하게 느끼도록 만들기는 하지만, 그럼에도 퍽 매력적이라는 걸 감안하면 그리 중요한 부분은 아닌 것 같다. 그리고 그가 로봇이라는 점은, 우리 둘의 관계가 너무도 단순하다는 걸 빼면 내게 아무런 의미도 아니다. 왜냐, 우리는 절대 섹스를 할 수 없기 때문이다. 그걸 처음 알았을 땐 실망스러웠지만 이제는 익숙하다.

3.

폴과 헤어진 지 반년이 지났고, 나는 밥과 함께 지내는 게 점점 편안해졌다. 완전히 행복한 건 아니지만, 로봇에게 인간미가 부족하다며 뭐라 할 수는 없으니까. 하지만 결국 그게 문제였다. 그렇다고 그가 감정이 부족하다는 뜻은 아니다. 그 것과는 거리가 멀다. 나는 식사를 할 때마다 그에게 같이 앉아 있어 달라고 부탁을 해야 하고, 부탁하는 걸 잊지 말아야 한다. 그렇지 않으면 그가 서운해할 거다. 내가 그에게 화를 내면, 그는 진심으로 당황하는 눈치다. 한번은 내가 일상이 지루해서 그에게 "로봇"이라고 했는데, 그가 갑자기 불같이 화를 내더니—진짜 무서웠다—소리를 질렀다. "이런 삶은 내가 정한 게 아니라고요!" 그렇다. 그는 폴과 같은 부류의 사람이어서 그의 감성에 항상 주의를 기울여 줘야 했다. 반면 나는 상대방이 대하기에 예민하지 않은 사람이다.

하지만 밥은 인간이 아니고, 나는 그걸 제쳐 둘 수 없다. 그와 함께한 처음 몇 달 동안은 그 사실을 종종 잊곤 했다. 밥이 내게서 폴을 빼앗아 갔다는 분노가 가라앉은 뒤 한 달이 지났을 때, 나는 그를 유혹하려 했다. 그날 우리는 주방 식탁에 말없이 앉아 있었고, 내가 달걀 스크램블 한 접시를 다 먹고 맥주 세 잔을 마시는 동안 그는 내 옆에 앉아 잘생긴 얼굴을 내 쪽으로 기울이고서 내가 먹는 모습을 지켜보았다. 내 눈에는 그가 어리숙해 보였다. 그가 음식을 먹지 않는다는 것에 이미 익숙해진 나는 그 단순한 사실의 함의를 완전히 잊고 있었다. 맥주 때문일 수도 있지만, 그제야 처음으로 그가 정말 잘생겼다는 걸 인지했다. 부드러우면서도 활기 넘치는 갈색 피부와 구불구불하고 윤기가 흐르는 짧고 검은 머리칼 그리고 갈색 눈. 게다가 탄탄한 얼굴 윤곽 속의 여린 살결까지! 문득 성적인 느낌보다는 무언가 모성애를 불러일으키는 감정이 밀려왔고, 나는 내 손을 그의 팔 위에, 손목 바로 윗부분에 내려놓았다. 그의 팔은 사람의 팔처럼 따뜻했다.

그는 식탁을 내려다보기만 할 뿐 아무 말도 하지 않았다. 우리는 서로 대화를 많이 나누지 않았다. 그는 신론 소재의 베이지색 반소매 셔츠를 입고 있었는데, 내 손에 닿은 그의 갈색—아름다운 갈색—팔은 부드럽고 따스했으며 털이 없었다. 그는 카키색 바지를 입고 있었다. 나는 잔을 천천히 내려놓고—꿈속인 것처럼—손을 그의 허벅지로 가져갔다. 잔을 내려놓고 잠시 꾸물대다가 남은 손으로 그의 팔을 살짝 잡은 그 짧은 순간, 모든 것이 명확하게 자극적이고 성적인 무언가로 전환되었다. 나는 갑자기 흥분해서 머리가 어질어질했다. 내 손이 그의 허벅지 안쪽에 있었다.

우리는 꽤 오랜 시간 그대로 앉아 있었던 것 같다. 그다음에 무슨 행동을 해야 할지 솔직히 생각이 나지 않았다. 머릿속에서 이런 상황에 대한 그 어떤 계산도 이루어지지 않았다. 완전히 비어 있었다. 그 순간만큼은 '로봇'이라는 단어조차 떠오르지 않았다. 나는 다른…… 다른 남자와 함께 있을 때만큼 더 진도를 나가지 않았다.

그가 고개를 들어 나를 쳐다보았다. 그의 얼굴이 이상했다. 그렇다고 어떤 표정을 지은 건 전혀 아니었다. "뭘 하려고 하는 겁니까?" 그가 물었다.

나는 멍하니 그를 바라보기만 할 뿐이었다.

그가 내 쪽으로 고개를 기울였다. "대체 뭘 하려는 거죠?"

나는 아무 말도 하지 않았다.

그가 아무것도 잡고 있지 않은 손으로 그의 다리에 있는 내 손을 떼어 냈다. 나 역시 그의 팔에서 손을 뗐다. 그가 자리에서 일어나더니 바지를 벗기 시작했다. 나는 그를 응시했다. 아무 생각 없이.

사실 나는 그 부위가 돌출되어 있으리라고 기대조차 하지 않았다. 그럼에도 바지를 벗은 그를 눈앞에서 마주했을 때, 너무 큰 충격을 받았다. 그의 다리 사이에는 아무것도 없었다. 부드럽고 매끈한 갈색 피부에 주름만 하나 있을 뿐이었다.

그는 계속 나를 바라보고 있었다. 내가 그의 아랫도리를 봤다는 걸 알아챈 순간 그가 입을 열었다. "나는 클리블랜드에 있는 공장에 제작되었어요. 오하이오에서, 이렇게 여자처럼. 나는 태어난 게 아니에요. 인간도 아니고요."

시선을 돌렸다. 잠시 후 그가 다시 바지를 입는 소리가 들렸다.

나는 동물원으로 가는 생각버스를 탔다. 그리고 며칠 뒤 내가 임신했다는 걸 알게 되었다.

4.

밥은 지난밤 꿈에 대해 얘기하는 대신 인공 지능에 대해 설명하기 시작했다.

그는 자신의 뇌가 생각버스의 텔레파시와 전혀 동일하지 않다고 했다. 생각버스는 명령을 받고 '마음 신호 수신기와 경로 탐색기'라는 것에 따라 작동된다. 또한 그를 비롯해 북미에 남아 있는 예닐곱 개의 탐지자도 텔레파시 능력을 가지고 있지 않다. 텔레파시는 '인간 모델' 지능에게는 너무 부담스러운 짐일 수 있다.

밥은 메이크 나인 로봇이다. 그는 마지막으로 남아 있는 메이크 나인이며, 지금은 사라진 메이크 나인은 아주 특별한 '복제된 지능' 유형이었고, 이 시대 최후의 로봇 시리즈다. 그들은 산업 관리자나 고위 임원직을 수행하게끔 제작되었다. 밥 역시 개인용 자동차가 없어질 때까지 자동차 사업을 독점으로 운영했다. 또한 한때는 개인용 자동차뿐만 아니라 공중을 날아다니며 사람들을 실어 나르는 기계도 있었다고 한다. 도저히 상상이 가지 않는다.

밥이 나더러 같이 살자고 말한 뒤 나는 그에게 그런 것들이 —생각버스나 로봇들이—어떤 식으로 작동되는지 질문했고, 이는 그에게 익숙해지는 나만의 방법이었다. 그는 내 질문에 답하는 걸 좋아하는 듯 보였다.

나는 왜 로봇이 생각버스를 운영하지 않는지 질문했다.

"원래 진짜 아이디어는," 그가 말했다. "최후의 기계를 만드는 것이었어요. 나와 같은 유형의 로봇을 만들어 내는 아이디어와 비슷한 거였죠."

"생각버스의 궁극적인 부분이 뭔데요?" 내가 물었다. 생각버스는 나에겐 그저 평범한 버스였다. 언제나 주위에 있고 편안한 좌석이 있으며 승객이 세 명이나 네 명 이상인 적이 한 번도 없었다. 알루미늄 재질의 회색 몸체에 견고하며 사륜구동인 생각버스는 항상 작동하고 있는 몇 안 되는 기계 중 하나였고, 탑승 시 신용 카드를 요구하지도 않았다.

밥은 아파트 주방에서 먼지가 소복이 쌓인 플렉시글라스 소재 안락의자에 앉아 있고, 나는 버너 하나만 작동하는 핵융합 에너지 스토브에 합성 달걀을 삶고 있었다. 스토브 위쪽 벽지 한쪽이 떨어지는 바람에, 아주 오래전에 살던 세입자가 그 자리에 단열 처리를 위해 못 박아 놓은 초록색 책 표지가 드러났다.

"흠, 생각버스는 항상 운행하죠." 그가 힘주어 말했다. "예비 부품이 필요 없거든요. 생각버스의 뇌는 기계가 마모된 부분과 하중 지점을 아주 잘 찾아내고, 마모와 파손이 한 부분에 집중되지 않도록 노련하게 조정합니다. 그런 일에 아주 능하죠. 그래서 예비 부품이 필요하지 않은 거고요." 그는 창밖을 바라보며 떨어지는 눈을 감상했다. "내 몸도 같은 원리로 작동해요." 그가 말을 이었다. "나도 예비 부품이 필요하지 않아요." 그러고는 입을 다물었다.

그는 그 상태 그대로 어딘가 특정 시점으로 흘러간 것 같았다. 전에도 그런 모습을 본 적이 있었는데, 그때 내가 그의 정신을 되돌려 놓았었다. 그러자 그가 "노망이라도 났나 봅니다"라고 했었다. "로봇의 뇌도 다른 사람들 뇌처럼 닳거든요." 하지만 생각버스의 뇌는 닳지 않는 모양이다.

나는 밥이 꿈에 과도하게 집착한다고 생각한다. 또한 그의 잃어버린 자아를 '소생'시키려는 시도에 지나치게 목매고 있는 듯했다. 그것 때문에 폴을 멀리 쫓아내고 나를 아내로 삼은 것이다. 밥은 자기가 누구의 뇌를 지니고 있는지 알아내서 그 기억을 되찾고 싶어 한다. 하지만 내 생각에 그건 불가능할 것 같다. 아마 그도 불가능하다는 걸 알고 있을 거다. 그가 지니고 있는 뇌는 아주 똑똑한 사람의 뇌를 지워 버린 복제본이다. 그러니까 완전하게 삭제된 뇌가 맞다. 몇몇의 오랜 꿈을 제외하고.

나는 그에게 이제 놓아주어야 한다고 말했다. "의심이 생기면, 그냥 잊어요." 폴이 했던 말이다. 그러나 밥은 그 꿈만이 자신을 제정신으로 있을 수 있게 한다고, 그것 때문에 살아간다고 했다. 첫 10블루 동안 메이크 나인은 가정용 콘센트와 변압기로 자기의 회로를 태우고, 묵직한 공장 장비로 뇌를 으깨거나, 정신줄 놓고 돌아다니며 바보처럼 침을 질질 흘리거나, 정신분열자처럼 소리를 지르며 배회하거나, 강에 몸을 던져 익사하거나, 농경지에 산 채로 자기 몸을 매장하기까지 했다. 그래서 메이크 나인 이후로 로봇이 제작되지 않는 것이다. 절대로.

밥은 생각에 잠길 때면 흑인 특유의 곱슬곱슬하고 새카만 머리칼을 손가락 사이로 여러 번 쓸어 넘긴다. 인간이 자주 하는 행동이다. 나는 다른 로봇이 그런 제스처를 하는 걸 본 적이 없다. 그리고 밥은 가끔 휘파람도 분다.

한번은 그가 자기 뇌에서 삭제된 기억 중에 시 한 구절이 떠오른다며 말해 준 적이 있다. 이런 시였다. "누군가의 '무언가'를 나는 안다……" 하지만 그는 '무언가'가 뭔지 기억해 내지 못했다. '도구'나 '꿈' 같은 단어 같다고 했다. 언젠가 이런 문장을 읊은 적도 있다.

"누군가의 꿈을 나는 안다……?" 그러나 밥은 그 문장에 만족하지 않았다.

그가 내게 자기가 알기로 다른 로봇은 '기억'을 공유하지 못한다고 했을 때, 나는 그에게 다른 메이크 나인 로봇과 어떻게 다르냐고 물어본 적이 있었다. 그는 이렇게 답했다. "나는 유일한 흑인 로봇이에요." 그게 다였다.

눈 내리는 그날 오후, 얼마 전 주방에 앉아 있었을 때처럼 그의 정신이 또 어딘가로 흘러가 있기에 나는 이 질문으로 그의 정신을 다시 되돌려 놓았다. "생각버스가 스스로를 유지, 보수하는 거 있잖아요, 생각버스의 '궁극적인' 부분이 그거뿐이에요?"

"아니요." 그가 손가락으로 머리칼을 쓸어 넘기며 답했다. "아니죠." 그는 적절한 답을 하지 않았다. "대마초 담배 좀 가져다줄래요, 메리?" 그는 나를 항상 '메리'라고 불렀다. '메리 루'가 아니라.

"알겠어요." 내가 답했다. "그런데 대마초가 로봇한테도 무슨 영향을 미쳐요?"

"그냥 갖다줘요." 그가 말했다.

나는 내 침실에 있는 상자에서 대마초 한 대를 꺼냈다. 네바다 그래스라는 일반적인 브랜드 제품인데, 그 브랜드 제품들은—대용 우유와 합성 달걀 등—상자에 담겨 일주일에 두 번씩 우리가 사는 아파트 단지 사람들에게 배달되었다. 사람들은 대부분이 그렇듯 노란색 신용 카드를 사용했다. 내가 그들을 로봇이 아니라 '사람'이라 칭하는 이유는 여기 사는 이들 중 밥만 유일하게 로봇이기 때문이다. 밥은 생각버스를 타고 출퇴근하고 하루에 여섯 시간 일한다. 그 시간의 대부분 나는 책을 읽거나 마이크로필름에 있는 고대 잡지를 본다. 밥은 거의 매일 직장에서 책을 가지고 오는데, 그 책들은 내가 폴과 함께 살았던 곳보다 훨씬 더 낡은 기록 보관소 건물에 있던 것들이다. 내가 그에게 책 이외에 다른 읽을거리가 있느냐고 묻자 그가 마이크로필름 프로젝터를 구해다 주었다. 밥은 아주 도움이 많이 되는 존재다. 가만 생각해 보니, 원래부터 로봇은 그런 식으로—사람을 도와주기 위해—프로그래밍되었던 것 같다.

나는 내 삶을 기억하려는 계획의 연장선상에서 분명 헤매고 있다. 나도 노망이 난 모양이다. 밥처럼.

아니다. 나는 노망나지 않았다. 내 삶을 기억할 생각을 하니 다시 신이 난다. 이 글을 쓰기 전에 나는 정말 지루해하고 있었다. 뉴멕시코에서 사이먼이 죽은 뒤 그랬던 것처럼, 폴을 만나기 전 브롱크스 동물원에서 혼자 지낼 때처럼 지루하고 기이한 기분이었다. 그때 폴은 너무 아이 같고 순진해 보이면서도 매력적이고…….

폴 생각은 이제 그만하는 게 좋겠다.

나는 밥에게 대마초 담배를 가져다주었고 그는 담배에 불을 붙여 깊게 빨아들였다. 그러더니 친근해 보이려 애쓰며 물었다. "담배나 약은 안 해요?"

"안 해요." 내가 답했다. "그러면 몸이 아프거든요. 이러든 저러든 난 별로 좋아하지 않아요. 깨어 있는 상태가 좋아요."

"네, 그런 것 같아요." 그가 말했다. "당신이 부러워요."

"왜 내가 부러워요?" 내가 물었다. "나는 인간이어서 질병과 노화, 골절 이런 거에 노출되어 있잖아요……"

그는 내 말을 못 들은 체했다. "나는 하루 23시간 동안 완전히 깨어 있도록 설계되어 있어요. 그 꿈과, 그리고 이전의 성격과 삭제된 감정 및 기억에 대해 생각하며 나 자신이 깊게 집중할 수 있게 만들어 놓은 이후 몇 년간…… 마음을 다스리고 편하게 배회하는 법을 배웠죠." 그는 담배를 한 번 더 빨아 마셨다. "나는 깨어 있는 걸 결코 좋아하지 않았어요. 지금도 마찬가지고요."

나는 그의 말을 잠시 생각해 보았다. "대마초가 과연 금속 뇌에 영향을 미칠까요? 나는 그렇지 않다고 봐요. 당신이 직접 당신 스스로를 기분이 들뜬 상태로 프로그래밍해 보면 어때요? 회로 어딘가를 손봐서 행복감에 젖어 있거나 취한 상태가 되도록 할 수는 없어요?"

"시도해 봤죠. 예전에 디어본에서. 그리고 또 나중에, 정부가 나를 처음으로 그 말 같지도 않은 대학 총장 자리에 앉혔을 때. 그때도 해 봤어요. 두 번째 시도는 첫 번째 시도보다 더 강하게 했어요. 대학이 머리 싸매고 공들이는 그 가식적인 교육에 분노했기 때문이었죠. 대학에 오는 학생들은 일종의 자기 성찰을 제외하고는 그 무엇도 배우려 하지 않았고, 대학 역시 마찬가지였죠. 어쨌든 나는 기분이 들뜬 상태가 되지 않았어요. 오히려 그 후폭풍에 시달렸죠."

그가 의자에서 일어나 창가로 가서 내리는 눈을 가만히 바라보았다. 나는 불을 끄고 달걀 껍데기를 까기 시작했다.

그때 그가 또 입을 열었다. "어쩌면 내 뇌에 잠재되어 있던 옛날 교육에 대한 기억 때문에 그렇게 분노했을지도 몰라요. 아니면 그저 내가 내 일을 잘 수행하도록 그에 딱 맞는 훈련을 제대로 받았기 때문일 수도 있겠죠. 나는 공학을 잘 알고 이해하고 있어요. 내가 가르치는 학생 중 열역학의 법칙이나 벡터 해석학, 입체 기하학 또는 통계 분석에 대해 잘 아는 친구가 하나도 없어요. 반면 나는 이런 학문의 원리와 더불어 많은 지식을 알고 있죠. 그 지식이 내 뇌에 자성 기억으로 구축되어 있는 건 아니에요. 나는 라이브러리 테이프를 반복하고 또 반복하면서, 클리블랜드에서 다른 메이크 나인들과 함께 공부하면서 습득했어요. 그리고 탐지자가 되는 법도 배웠고요……." 그가 고개를 젓더니 창문에서 얼굴을 돌려 나를 마주 보았다. "하지만 그것도 이제 더는 중요하지 않아요. 당신 아버지 말이 맞아요. 이제 일을 하는 탐지자가 거의 없어요. 그럴 필요가 없으니까요. 아이들이 태어나지 않게 되면서……."

"아이들이요?" 내가 물었다.

"네." 그가 말했다. 그리고 다시 자리에 앉았다. "생각버스에 대해 이야기해 줄게요."

"그건 그렇고, 아이들은요?" 내가 되물었다. "폴이 전에 애기한 적이 있는데……."

그가 나를 이상한 눈으로 쳐다보았다. "메리, 나는 아이들이 왜 태어나지 않는지 몰라요. 인구 관리 장치와 무슨 연관이 있을 거예요."

"만약 사람이 태어나지 않는다면," 내가 말했다. "지구에는 더 이상 사람이 살지 않게 될 거예요."

그는 잠시 침묵했다. 그러더니 나를 바라보았다. "신경 쓰여요?" 그가 물었다. "정말로 신경 써요?"

나는 그를 다시 쳐다보았다. 무슨 말을 해야 할지 모르겠다. 내가 신경을 쓰고 있는지 잘 모르겠다.

5.

폴이 보내진 후 우리는 일주일 만에 이 아파트로 이사했고, 시간이 지나면서 여기가 꽤 마음에 들기 시작했다. 밥은 유지 및 보수 로봇을 호출해서 기존 벽지를 제거하고 새 벽지로 교체하는 작업과 가스레인지 버너 수리, 소파 천갈이 작업을 하게 하려 했지만 아직까지는 뜻대로 되지 않고 있다. 뉴욕에서 가장 힘이 있는 존재일 텐데도 말이다. 적어도 나는 그보다 더 권력이 센 존재를 모른다. 그러나 그는 지니고 있는 권력 대비 손에 많은 걸 쥐지는 못한다. 내가 어렸을 때 사이먼은 전부 다 무너지면 속이 다 시원하겠다고 말하곤 했다. "기술의 시대는 썩었단다"라고도 했다. 사이먼이 죽고 40옐로가 흐른 지금은 상황이 더 나빠지고 있다. 그래도 여기는 아직 그렇게 심각하지는 않다. 나는 내 손으로 직접 창문을 청소하고 바닥을 닦으며 지내고, 집에 음식도 충분히 있다.

나는 임신 중에 맥주를 마시는 일이 즐겁다는 걸 알게 되었고, 밥은 자동화된 양조장에서 맥주를 한없이 제공할 수 있는 공급원을 알아냈다. 이따금 서너 캔마다 산패한 캔이 하나씩 있지만, 변기에 쏟으면 그만이다. 싱크대 배수구가 꽉 막혀서 변기에 버리는 게 낫다.

며칠 전 밥이 기록 보관소에서 손으로 직접 그린 고대 그림을 가져왔고, 나는 거실 벽면의 보기 흉한 커다란 얼룩이 있는 위치에 그 그림을 걸었다. 액자 틀에 작은 황동판이 붙어 있는데, 내가 읽을 수 있는 글자가 적혀 있었다. '피터르 브뤼헐. 추락하는 이카로스가 있는 풍경.' 정말 멋진 그림이다. 글을 쓰는 테이블에서 고개를 들면 그림이 보인다. 그림 속에 어떤 신체가 물속에—바다나 큰 호수 같다—있고, 물 밖으로 다리가 솟아 나와 있다. 무슨 상황인지 이해가 가지 않는다. 하지만 그 부분을 제외한 나머지는 차분하고 고요한 분위기다. 나는 그 차분함이 좋다. 물 위로 솟아 첨벙대는 다리만 빼면 말이다. 조만간 파란색 페인트를 구해서 다리를 덮어야겠다.

그 문제에 대한 우리의 대화가 끝났다고 생각한 후 며칠 뒤, 밥은 그의 방식대로 대화를 시작했다. 그의 머릿속에 정보를 저장하는 방식과 연관이 있는 듯하다. 그는 아무것도 잊을 수가 없다고 말한다. 그러나 그게 사실이라면, 그는 왜 초기 훈련 기간에 그토록 열심히 무언가를 배웠어야 했을까?

오늘 아침 내가 식사를 하는 동안 그가 함께 앉아 있었고, 때마침 그가 생각버스에 대해 다시 이야기하기 시작했다. 아마 내가 잠들어 있는 동안 계속 그 생각을 하고 있었던 모양이다. 가끔 아침에 일어나 침대 밖으로 나왔는데 그가 거실에서 턱 아래에 손을 괴고 앉아 있거나 주방을 거닐고 있으면 털끝이 쭈뼛하기도 한다. 한번은 그가 밤새 뭐라도 하길 바라는 마음으로 읽기를 가르쳐 주겠다고 제안했지만, 그는 이렇게 말할 뿐이었다. "나는 이미 너무 많은 걸 알고 있어요, 메리." 나는 그를 더 설득하지 않았다.

아침으로 합성 단백질 시리얼을 한 그릇 먹었는데 맛이 썩 좋지는 않았다. 그때 밥이 맥락 없이 말했다. "생각버스의 뇌는 사실 항상 깨어 있지 않아요. 수용적일 뿐이죠. 그런 뇌를 갖고 있는 것도 나쁘진 않을 거예요. 그냥 수용적인 특성과 목적에 대한 제한적인 감각만 있으면 될 테니까요."

"그런 사람들을 만난 적이 있어요." 내가 거칠고 바삭한 시리얼을 우물대며 말했다. 나는 그를 보지 않고, 아직 잠이 덜 깬 상태로 시리얼 상자 옆면에 상자의 정체를 고스란히 드러내고 있는 특유의 얼굴을 멍하니 응시하고 있었다. 모두가 신뢰하는 얼굴이, 그러나 그의 이름을 아는 이 하나 없는 남자의 얼굴이 합성 단백질 시리얼이 담긴 큼직한 그릇 위로 미소를 짓고 있었다. 물론 시리얼 상자에 있는 그 그림은 상자 안에 뭐가 들어 있는지 사람들에게 알려 줘야 하기 때문에 꼭 필요한 부분이지만, 나는 남자 그림의 의미가 궁금했다. 폴에 대하여 꼭 짚고 넘어가야 할 한 가지는, 폴은 상대방이 그런 걸 궁금해하도록 이끈다는 것이다. 그는 어떤 것의 *의미*와 *느낌*에 대한 호기심이 그 누구보다도 많았다. 아무래도 그의 그런 부분이 나한테까지 영향을 미친 모양이다.

상자에 있는 얼굴은, 전에 폴이 말한 대로, 예수 그리스도의 얼굴이었다. 많은 물건에 예수의 얼굴이 붙어 있고 이는 제품 판매에 적극 활용되었다. 폴이 어딘가에서 읽었던 '유물적 숭배'라는 용어도 아마 수백 블루나 그보다 훨씬 오래전 그러한 것들이 구상되었을 때 사용된 개념이었을 거다.

"생각버스의 뇌가 하는 일은," 밥이 말을 이어 갔다. "목적지를 이미 정해 놓은 승객의 마음을 읽고 승객을 목적지까지 사고 없이 데리고 갈 방법을 찾아내는 거예요. 그리고 다른 승객들의 목적지와 그 승객의 목적지가 잘 어우러지게 하는 방법도 찾아야 하죠. 그리 나쁜 삶은 아닐 겁니다."

나는 고개를 들어 그를 보았다. "뭐, 바퀴 굴리기를 좋아한다면 그렇겠네요." 내가 말했다.

"생각버스의 초기 모델은 포드에서 제작됐어요. 그 모델은 양방향 텔레파시가 가능했어요. 그 버스는 승객의 머릿속에 담긴 음악이나 즐거운 생각을 방송으로 내보내곤 했죠. 야간 운행 중에는 가끔씩 성적인 생각을 내보내기도 했고요."

"그런데 왜 지금은 그렇게 안 해요? 장비가 고장 났어요?"

"아뇨." 그가 말을 이었다. "전에 말했듯이, 생각버스는 폐물이 되는 다른 기계나 장비들과 달라요. 생각버스는 고장 나지 않으니까요. 문제는 아무도 버스에서 내리려 하지 않는 거였죠."

고개를 끄덕였다. "나는 내렸을걸요."

"당신은 달라요." 그가 말했다. "당신은 북미 지역 일대에서 유일하게 프로그래밍되지 않은 여성이에요. 그리고 유일한 임신부이고요."

"다른 사람은 임신을 못 하는데, 왜 나만 임신한 걸까요?" 내가 물었다.

"최면제와 대마초를 하지 않으니까요. 지난 30년간 대부분의 약물에 생식 기능 저해 물질이 함유되어 있었어요. 며칠전 우리 둘에게 이 문제가 생겼을 때 도서관에 가서 인구 억제 테이프들을 좀 확인해 봤거든요. 1년 동안 인구를 감소시키려는 대계획이 있었더군요. 컴퓨터의 결정이었죠. 하지만 뭔가 문제가 생겼고, 그 이후 인구수는 절대 복구되지 않았어요."

충격이었다. 나는 그대로 앉아서 생각에 잠겼다. 기능 장애가 온 장비, 또는 고장 나 버린 컴퓨터. 그로 인해 더 이상 아기가 태어나지 않는다니. 그것도 영원히.

"당신이 할 수 있는 일이 있어요? 내 말은, 고칠 수 있냐 이 말이에요."

"아마 고칠 수 있겠죠. 하지만 나는 장비 수리를 목적으로 프로그래밍되지 않았어요."

"오, 밥. 그만 좀 해요." 나는 갑자기 짜증이 났다. "당신이 정말로 원한다면, 여기 이 벽도 전부 페인트칠하고 싱크대도 고칠 수 있잖아요."

그는 아무 말도 하지 않았다.

기분이 차츰 나빠지더니 신경질이 났다. 이 세계에 아이들이 없다는 우리의 대화 속에서 무언가가—폴이 내게 언급하기 전까지는 전혀 눈치채지 못했던 그것이—나를 괴롭혔다.

나는 강렬한 눈으로, 폴이 신비롭다고 했던, 그리고 폴이 사랑했던 그 눈으로 그를 뚫어지게 응시했다. "로봇도 거짓말을 할 수 있어요?" 내가 물었다.

그는 답하지 않았다.

6.

어제 오후 밥은 대학에서 일찍 퇴근했다. 나는 이제 임신

7개월이 되었고, 아파트에 앉아서 눈이 내리는 풍경을 보고 있거나 하염없이 시간을 흘려보내며 빈둥거리고 있다. 가끔 책도 좀 읽고 가만히 앉아 있을 때도 있었다. 어제 밤이 돌아왔을 때 나는 너무 지루해서 좀이 쑤시는 것 같아 그에게 이런 말을 했다. "제대로 된 코트가 있으면 나가서 산책이라도 할 텐데."

그는 잠시 나를 이상하게 바라보더니 "코트 사 줄게요"라고 한 다음 돌아서서 문 밖으로 나갔다.

그가 다시 돌아오기까지 두 시간이나 걸렸다. 그때는 지루함이 더 증폭된 상태였고 코트를 구해 오는 데 두 시간이나 걸렸다는 사실이 짜증 났다.

그는 내게 코트를 주기 전에 상자를 들고 내 앞에 잠깐 서 있었다. 그의 얼굴 표정이 어딘가 이상했다. 아주 진지하면서도—어떻게 말해야 할까?—연약해 보였다. 그의 큰 덩치와 키, 강인함에도 불구하고, 나에게 상자를 건네는 모습은 아이 같고 나약해 보였다.

상자를 열었다. 검은 벨벳 목깃이 달린 밝은 빨간색 코트가 들어 있었다. 나는 코트를 꺼내 입어 보았다. *새빨간* 색이었다. 원래 나는 목깃이 달린 옷을 좋아하지 않았다. 그렇긴 해도 확실히 따뜻하긴 했다.

"어디서 났어요?" 내가 물었다. "왜 이렇게 오래 걸렸어요?"

"창고 다섯 군데를 돌아다니며 재고를 뒤졌어요." 그가 나를 바라보았다. "그러다 찾아냈죠."

나는 눈썹을 쓰윽 올리기만 할 뿐 아무 말도 하지 않았다. 코트를 여미고 배를 덮었다. 굳이 단추까지 잠그진 않았지만, 그래도 제법 잘 맞았다. "어때요?" 내가 그의 쪽으로 돌아서며 물었다.

그는 말이 없었다. 생각에 잠긴 채 한동안 나를 가만히 쳐다보기만 할 뿐이었다. "잘 어울려요. 머리가 검은색이었으면 더 좋았겠군요."

그가 그런 말을 하다니 이상했다. 게다가 그는 나의 겉모습에 대해 여태 단 한 번도 어떤 반응을 내비치지 않았었다. "머리 색깔 바꿀까요?" 내가 물었다. 내 머리 색은 갈색이다. 그냥 평범한 갈색이고 별다른 특징이 없다. 나만의 특징은 내 체형에 있다. 그리고 눈에도 있고. 나는 내 눈이 마음에 든다.

"아니요." 그가 말했다. "나는 당신이 머리를 염색하지 않았으면 좋겠어요." 그의 말속에서 왠지 모를 슬픔이 느껴졌다. 그런데 그가 또 이상한 말을 했다. "나랑 같이 걸을래요?"

나는 눈도 깜빡이지 않고 잠시 동안 그를 가만히 올려다보았다. "그럼요."

밖으로 나갔을 때 그가 내 손을 잡았다. 나는 정말 깜짝 놀랐다. 그가 휘파람을 불기 시작했다. 우리는 눈을 맞으며 인적이 드문 길거리를 한 시간 동안 걸었고 그러다 워싱턴 스퀘어를 지나갔다. 그곳엔 몽롱해 보이는 나이 든 여자 몇 명이 앉아서 말없이 대마초를 피우고 있었다. 밥은 나와 발을 맞추려—그의 몸집은 정말 거대하다—신경 쓰며 천천히 걸었지만, 내내 아무 말이 없었다. 이따금 휘파람을 멈추고 내 얼굴을 꼼꼼히 살피는 듯 시선을 아래로 내리곤 했다. 그러나 여전히 말은 하지 않았다.

이상했다. 그런데 왠지 모르게 즐거웠다. 빨간 코트와 산책, 손잡기가 그에게 어떤 중요한 요소인 것 같았지만 그게 정확히 뭔지 내가 꼭 알 필요는 없다고 생각했다. 만약 내가 알길 바라면 그가 나에게 이야기할 터였다. 어쨌든 내가 그에게 필요한 존재라는, 그 순간만큼은 아주 중요한 존재라는 느낌이 들었다. 기분이 좋았다. 그가 팔로 날 감싸 줬으면 하는 마음이 들었다.

때때로 나는 곧 엄마가 될 거란 생각에 두렵기도 하고 나 혼자라는 기분이 들기도 한다. 그런 감정에 대해 밥에게 털어놓은 적도 없었고, 사실 어떻게 말해야 할지도 모르겠다. 그는 자신의 갈망에 푹 빠져 있는 것 같아 보였으니까.

아이를 임신하고 돌보는 것에 관한 책을 읽었다. 그러나 엄마가 된다는 게 어떤 느낌일지 전혀 모르겠다. 그런 사람을 한 번도 본 적이 없으니 말이다.

7.

여기 뉴욕에서 나는 혼자 눈 내리는 길을 걸을 때면 사람들 얼굴을 구경한다. 사람들 표정이 항상 멍하거나 공허하거나 바보 같은 건 아니다. 어떤 이들은 난해한 생각을 입 밖으로 끄집어내려는 것처럼 이마를 찌푸리며 무언가에 집중하고 있기도 하다. 군살 없는 몸매에 화사한 옷을 입은 회색 머리의 중년 남자들이 생각에 잠긴 듯 눈을 게슴츠레 뜨고 있다. 분신자살은 이 도시에서 흔히 있는 일이다. 그들은 죽음을 생각하는 걸까? 나는 결코 그들에게 묻지 않는다. 아무도 그런 질문을 하지 않는다.

사람들은 왜 서로 대화를 하지 않을까? 우리는 왜 함께 모여서 이 도시의 텅 빈 거리를 휘감는 차가운 바람에 맞서지 않는 걸까? 아주 오래전 뉴욕에는 개인용 전화가 있었다. 사람들은 전화로 서로 이야기를 나누었다. 목소리가 전자 기기를 통해 먼 거리에 도달해야 하기 때문에, 아마 목소리에 기계음이 섞이고 가느다랗게 변해서 이상하게 들렸을 것이다. 어쨌거나 그 당시 사람들은 대화를 했다. 장바구니 물가와 대통령 선거, 자녀의 성적인 행동, 날씨와 죽음에 대한 두려움 등을 이야기했을 거다. 그리고 그들은 살아 있는 이들과 죽은 이들이 찬란한 침묵 속에서 그들에게 해 주는 이야기를 들으며 글을 읽었다. 책 속의 화자는 인간이 대화할 때 왁자지껄

하게 떠들듯이 독자에게 이야기를 들려주며 독자의 마음을 채워 주었을 것이다. 그렇다. *나는 인간이다. 나는 이야기를 하고 듣고 읽는 인간이다.*

왜 아무도 읽을 수 없을까? 무슨 일이 벌어진 걸까?

나는 랜덤하우스에서 출판된 마지막 책인 《무참히 짓밟힌》이라는 책을 갖고 있다. 랜덤하우스는 수백만 부의 책을 인쇄하고 판매하던 업체였다. 그 책은 2189년에 출간되었다. 책의 앞쪽 공지에 다음과 같은 글이 적혀 있다. '이 소설은 해당 시리즈의 다섯 번째 이야기입니다. 랜덤하우스는 이제 편집부를 닫게 되었습니다. 지난 20년 동안 이어진 교내 독서 프로그램 폐지가 이런 결과를 불러왔습니다. 유감스럽게도…….' 등등.

밥은 거의 모든 걸 알지만, 사람들이 언제 그리고 왜 읽기를 멈추었는지는 모른다. "사람들은 대부분 너무 게을러요." 그가 말했다. "오로지 오락과 유흥만 원하죠."

어쩌면 그의 말이 맞을 수도 있다. 그러나 내가 보기에, 그가 정말로 그렇게 *생각하는* 것 같지는 않다. 우리가 살고 있는 아파트 지하에, 아주 오래되어서 여러 번 복원된 이 건물의 원자로* 근처 벽에 삐뚤빼뚤한 글씨로 이런 글이 적혀 있다. **쓰기는 쓰레기다.** 그 벽은 표준 규격에 맞는 초록색으로

---

* 원자핵 분열 연쇄 반응의 진행 속도를 인위적으로 제어하여 원자력을 서서히 끌어내는 장치이다.

칠해져 있는데, 누군가 페인트를 긁어내고 그 위에 남자 성기와 여자 가슴, 오럴 섹스를 하거나 서로를 때리는 커플 그림을 그려 놓았다. 그 그림들을 제외하고는 '**쓰기는 쓰레기다**'라는 글자밖에 없다. 그렇게 적어 놓은 문구에는 어디에도 *게*으름이 담겨 있지 않다. 못이나 칼끝으로 페인트를 거칠게 긁어대며 글씨를 쓴 그 충동적인 행동에 *게*으름이란 찾아볼 수 없다. 그 거친 문구를, 마치 선언 같은 그 문장을 읽을 때마다 그 글쓴이의 가슴에 내재한 분노가 얼마나 방대할까, 나는 가늠해 본다.

*

내가 어디에 있든 느껴지는 어둠과 차가움은 아마도 아이들이 없기 때문일 거다. 젊은 사람은 이제 더 이상 없다. 내 인생을 통틀어 나보다 어린 사람을 본 적이 없다. 기억에서 겨우 찾아낸 어린 시절의 유일한 추억은 동물원에서 로봇 아이들이 갖잖은 흉내 내기를 했던 거, 그게 전부다.

나는 최소한 서른은 됐을 거다. 그리고 내 아이가 태어났을 때 우리 아기에게는 친구가 없을 거다. 아이는 늙고 기운 없는 사람들로 가득한, 삶이라는 선물을 잃어버린 이들이 가득한 이 세계에서 혼자 살아가게 될 것이다.

8.

고대에는 배우가 글을 읽지 못하는데도 텔레비전 프로그램 작가들이 대본을 쓰던 시기가 분명 있었을 것이다. 몇몇 작가들은 테이프 녹음기를 사용해 대본을 썼을 테지만, 대다수는, 특히 그 시대에 유명했던 성과 고통을 다룬 프로그램 작가의 경우 일종의 우월 의식 때문에 테이프 녹음을 받아들이지 않고 계속 타자를 쳐 가며 대본을 작성했을 거다. 타자기 제조는 이미 여러 해 전에 중단되었고 남은 부품과 리본을 구하기가 하늘의 별 따기였지만, 타자기로 작성된 대본은 끊이지 않고 계속 나왔다. 그래서 스튜디오마다 낭독자가 상주하고 있어야 했다. 낭독자는 타자기로 작성된 대본을 테이프 리코더에 소리 내어 읽어 주는 사람인데, 그렇게 함으로 인해 감독은 대본을 이해하고 배우는 역할을 익힐 수 있었다. 지금 알프레드 페인의 책은 오일의 종말 이후 추운 날씨에 대비하기 위해 우리 아파트 벽에 단열재로 쓰이고 있다. 알프레드 페인은 텔레비전 시대 혹은 비디오 시대 끝자락의 대본 작가이자 낭독자였다. 그의 책 제목은 《마지막 자서전》인데 이렇게 시작한다.

어린 시절에 나는 공립 학교에서 선택 과목으로 읽기를 배웠다. 세인트루이스에서 나와 함께 워버튼 선생님의 읽기 수업을 들었던 열두 살 아이들을 정확히 기억하고 있다. 우리는 열일곱 명이었고 우리가 지식을 갖춘 엘리트라는 사실을 자랑스럽게 생각했다. 학교의 수많은 다른 아이들은 '씨발' 그리고 '개 같은'이라는 단어들만 쓸 줄 알았고 학교 경기장과 체육관, TV실 벽에 그런 단어들을 갈겨 놓기 일쑤였다. 그들은 썩 내키진 않았지만 우리를 부러워하고 시샘했다. 가끔 우리를 괴롭힐 때도 있었는데, 하키 선수였던 애가 정신 여행 수업이 끝나고 나면 규칙적으로 내 코피를 터뜨렸던 때를 떠올리면 지금도 몸서리가 쳐진다. 그들은 은밀하게 우리를 질투하는 것 같았다. 그래도 그때만 해도 그 애들은 읽기가 무엇이었는지에 대해 꽤 잘 알고 있었다.

그러나 그건 아주 오래전 이야기이고, 지금 나는 쉰 살이다. 나와 함께 일하는 젊은 사람들은—포르노 배우, 게임 프로그램의 젊고 유능한 감독, 쾌락 전문가, 감정 조종자, 광고업 종사자는—읽기에 대해 이해도 하지 못하고 관심도 없다. 어느 날 촬영 현장에서 우리는 옛날 작가가 쓴 대본으로 작업 중이었는데, 젊은 여자가 나이가 더 많은 여자에게 책을 던지는 장면을 촬영할 순서였다. 그 장면은 좋은 감정과 내용을 담고 있는 종교 관련 이야기의 한 부분이자 잊힌 고대 시대에서 영감을 받은 것으로, 한 클리닉의 대기실을 배경으로 하고 있었다. 스텝들은 플라스틱 재질의 의자와 양탄자로 대기실의 모습을 꽤 설득력 있게 재현했지만, 감독이 도착하자 소품 담당 직원이 감독과 급하게 회의를 가졌고 그는 '책에 대한 부분이 이해가 잘 가지 않는다'고 말했다. 감독은 책이 무엇인지 정확히 알지 못했지만, 자기가 모른다는 걸 인정하고 싶지 않아 했다. 그래서 나한테 책이 뭐에 쓰는 물건이냐고 물었다. 나는 감독에게 책을 소품으로 쓰면, 책을 읽는 여자가 지적이면서 다소 반사회적인 이미지로 보일 거라고 했다. 감독은 골똘히 생각하는 척했지만, 아마 '지적'이라는 단어를 알아듣지 못했을 것이다. 그러더니 그는 "책 대신 유리 재떨이를 씁시다. 그리고 상대를 때릴 때 피도 좀 나오게 하고. 장면이 너무 단조로워"라고 했다.

나는 너무 놀라서 그에게 반기를 들 수조차 없었다. 그때까지 나는 우리가 책과 얼마나 멀어졌는지 제대로 깨닫지 못했었다.

그 생각이 이런 질문으로 이어졌다. 나는 왜 글을 쓰고 있을까? 답은, 그냥 나는 그걸 항상 원했기 때문이었다. 학교에서 읽기를 배울 때 우리는 모두 언젠가는 책을 쓰고 또 누군가 그 책들을 읽을 거라고 생각했다. 시간이 너무 오래 지났고 이제야 현실을 알게 되었지만, 그럼에도 나는 계속 글을 쓸 것이다.

아이러니하게도 그 대본은 감독에게 상을 안겨 주었다. 그 대본은 어떤 결혼한 여자가 불감증에 빠진 남편 클로드를 클리닉에 데려다주면서 시작되었다. 의사가 클로드의 문제점을 조사하는 동안 대기실에서 기다리고 있던 그녀는 성욕이 왕성한 젊은 레즈비언에게 재떨이로 얼굴을 맞아서 혼수상태에 빠지고, 그 후 환영을 보면서 종교적인 깨달음을 얻게 되는 내용이었다.

시상식 뒤풀이 파티에서 나는 메스칼린*과 진에 취해 있었고, 소파 위 내 옆에 앉아 가슴을 드러내고 있는 여배우에게 텔레비전 산업의 기준은 아주 찰나일 뿐이며 돈을 축적하는 것 이외에 그 어떤 진정한 동기도 존재하지 않는다고 설명해 주려고 했다. 내가 말하는 동안 여배우는 계속 웃고 있었고 가끔 한 번씩 자기 손가락으로 젖꼭지를 살짝 쓰다듬곤 했다. 내 말이 끝나자 그녀가 말했다. "하지만 돈도 성취잖아요."

나는 취해서 그녀를 모텔로 데리고 갔다.

---

* 선인장의 일종에서 추출했으며 환각 물질이 들어 있는 약물

책을 쓰는 것은, 탈무드 학자나 이집트학자가 20세기의 디즈니랜드에서 느낄 수 있는 감정이라고 생각한다. 다만, 본인이 해야 할 이야기를 듣고 싶어 하는 사람이 있을지 없을지에 대해서는 사실 궁금해할 필요가 없다. 내 이야기를 알고 싶어 하는 사람이 없다는 걸 나는 잘 알고 있다. 읽을 줄 아는 사람이 이 지구상에 얼마나 남아 있을지 정말 의문이다. 한 몇천 명 정도 될 거다. 내 친구가 파트타임으로 한 출판사의 책임 업무를 맡고 있는데, 그가 말하길 일반적으로 책 한 권의 독자가 여든 명 정도라고 한다. 그래서 왜 출판 사업을 접지 않느냐고 물었다. 그는 솔직히 모르겠다고 말하면서, 레크리에이션 기업에 종속되어 있는 출판사는 보통 그 기업의 아주 작은 부서나 다름없기도 하지만 그보다는 그 레크리에이션 기업이 아무래도 출판사의 존재를 잊은 것 같다고 했다. 내 친구 역시 읽기를 할 줄 모르지만 그가 무척 사랑했던 어머니가 꾸준히 책을 읽는, 다시 말해 은둔자 유형에 속하는 사람이었기 때문에 자연스레 책을 존중해 왔다. 여담이지만 그 친구는 내가 아는 사람들 중에 가족과 함께 지낸 몇 안 되는 사람이었다. 내 친구들은 대부분 기숙사에서 자랐다. 나는 네브래스카주의 키부츠*에서 자랐다. 나는 유대인이다. 지금은 유대인도, 유대교에 대해 아는 사람도 거의 없다. 나는 키부츠의 마지막 세대 중 한 사람이다. 키부츠는 내가 20대가 되었을 때 국가가 운영하는 사색가 기숙사로 전환되었다.

나는 2137년에 태어났다…….

그 연도를 보고 있자니 나는 그때가 얼마나 오래전인지 문득 궁금했다. 알프레드 페인이 얼마나 오래전에 살았던 사람인지. 그래서 밥에게 물어봤다. 그는 "약 200년 전쯤이에요"라고 했다.

그래서 내가 다시 물었다. "지금은 날짜가 어떻게 돼요? 올해는 숫자로 뭐예요?"

그가 나를 차갑게 쳐다보았다. "없어요." 그가 말했다. "날짜는 없어요."

나는 날짜를 알고 싶다. 내 아이가 태어난 날짜를 알고 싶다.

---

* 이스라엘의 생활 공동체

벤틀리

95일째

이제는 그렇게 피곤하지 않다. 일이 점점 수월하게 느껴지고 몸도 더 강해진 것 같다.

최면제를 먹기로 결심하고 나니 이제 밤에 잠도 더 잘 잔다. 그리고 음식도 그럭저럭 괜찮고 꽤나 많이 먹는다. 살면서 이렇게 많이 먹은 적은 없었다.

나는 최면제 효과가 정말 싫다. 하지만 잠을 적절히 자려면 꼭 필요하고 약은 상념에 뒤따르는 고통을 멈추게 해 준다.

오늘 나는 줄지어 있는 식물들 사이에서 발이 걸려 넘어졌다. 그런데 근처에 있던 수감자 한 사람이 달려와서 나를 일으켜 주었다. 그는 키가 큰 회색 머리 남자였고, 가끔 휘파람을 불고 다녔기 때문에 그를 전부터 알고 있었다.

그가 내 옷에 묻은 먼지를 털어 주고 나를 가만히 살펴보며 물었다. "괜찮아, 친구?"

모든 게 무척이나 친밀하게 느껴졌다. 좀 이상하긴 했지만 크게 신경 쓰지 않았다. "어, 응." 내가 말했다. "괜찮아." 그때 로봇 하나가 "대화 금지. 개인 영역 침범!"이라고 했고, 그러자 남자가 나를 보고 활짝 웃으며 어깨를 으쓱했다. 우리는 다시 일을 하러 갔다. 나는 그가 멀어지면서 중얼대는 소리를 들었다. "빌어먹을 멍청한 로봇들!" 나는 그의 목소리 속에 깔린 위축되지 않은 당당함에 움찔 놀랐다.

다른 수감자들이 모여서 속닥대고 있었다. 로봇은 그걸 곧바로 알아채지 못했고, 수감자들에게 그만하라고 명령하기까지 시간이 좀 걸렸다.

로봇들은 우리와 함께 줄지어 있는 식물들 사이를 걸어 다닌다. 하지만 로봇은 늘 들판 끝자락의 낮은 절벽에 다다르기 전에 걸음을 멈춘다. 아마 절벽 아래로 떨어지거나 혹은 떠밀리지 않게끔 프로그래밍되어 있는 모양이다. 어쨌든 내가 바다 쪽을 바라보고 있는 맨 마지막 이랑에 도착할 때쯤, 절벽 가장자리에 도달하기 직전의 땅이 살짝 파여 있어서 저 멀리에 있는 로봇에게 내가 보이지 않는 순간이 잠깐 있다.

나는 음악 비트 하나마다 각 이랑의 끝을 향해 총을 두 번 탕탕 쏘아 업무 속도를 높이는 법을 익혔다. 그러면 열여섯 비트 만에 바다 끝에 서 있을 수 있다. 이런 계산을 《아이들을 위한 산수》에서 배울 수 있어서 정말 다행이었다. 들판 끝자락에 서서 바다를 바라본다. 멋진 풍경이다. 드넓고 거대하며 평온해 보인다. 내 마음속 깊은 곳에서 무언가 응답하는 느낌이다. 뭐라고 해야 할지 모르겠는 느낌. 하지만 나는 이 이상한 느낌을 환영하는 법을 다시 배우는 중이다. 가끔 새들이 날개를 곡선 모양으로 펼쳐 부드럽게 커다란 호를 그리며 바다 위를, 인간과 기계들 세계 위를 날아다닌다. 숨이 멎을 듯한 광경이다. 그런 걸 보고 있을 때면 나는 영화에서 배운 말을 중얼거린다. "아주 인상적이군."

예전에 이상한 느낌을 배우고 있다고 했는데, 그건 사실이다. 불과 1옐로 전쯤 나는 일체형 침대-책상에서 무성 영화를 보면서 그 느낌을 처음 느꼈다. 그 당시의 나와 지금의 나는 얼마나 많이 달라졌을까? 지금 나는 어린 시절에 배운 외부의 것을 대하는 느낌에 맞서고 있다. 그건 나도 잘 알고 있다. 나는 금지된 행위를 즐기고 있다. 그래도 상관없다.

어차피 잃을 게 없으니까.

비 오는 날의 바다는, 물과 하늘이 잿빛으로 물들었을 때의 바다는 나에게 굉장히 의미가 크다고 생각한다. 절벽 아래에는 모래사장이 있다. 짙은 갈색을 띠는 모래의 색은 잿빛 물결과 무척 잘 어울린다. 그 모습이 참 아름답다. 거기에 회색 하늘을 나는 새들까지! 여기 이 작은 감방 안에서 그 광경을 상상하는 것만으로도 내 심장이 요란스레 뛴다. 그리고 슬프다. 고대 영화 속 머리에 모자를 쓰고 있는 말처럼, 아래로 떨어지는―아주 천천히 부드럽게 저 멀리로 떨어지는―킹콩처럼, 그리고 지금 내가 소리 내어 하는 말처럼. "숲 가장자리에서는 오직 흉내지빠귀만 노래를 한다." 메리 루가 바닥에 다리를 포개고 앉아 두 눈을 책에 고정하고 있는 모습을 떠올리는 것처럼.

슬픔. 슬픔. 하지만 나는 슬픔을 받아들이고 내가 기억하는 삶의 일부로 만든다.

나는 잃을 게 없다.

97일째

오늘 들판에서 놀라운 일이 벌어졌다.

약 두 시간 정도 일을 하던 중이었고, 곧 있으면 두 번째 휴식 시간이었다. 내 뒤에서, 평소 로봇 감독관이 서 있는 쪽에서 바스락 소리가 들리기에 뒤를 돌아봤더니 로봇이 작물들 사이에서 휘청거리며 몸을 마구 떨고 있었다. 때마침 로봇의 거대한 발이 프로틴4 위로 쿵 떨어졌고, 그러자 프로틴4가 역겨운 소리와 함께 탁 터지면서 보라색 즙이 로봇의 발을 뒤덮었다.

로봇의 입은 단호하게 다물어져 있고 시선은 위쪽으로 고정되어 있었다. 로봇은 조금 더 휘청거리다가 또 다른 식물을 짓이겼고, 그대로 멈춘 채 잠시 서 있었다. 마치 죽은 것처럼. 그러고는 죽은 사람의 몸이 땅으로 푹 꺼지듯 발밑으로 풀썩 곤두박질했다. 다른 로봇이 그에게 걸어와 미동도 하지 않는 몸을 살펴보며 말했다. "일어나." 하지만 로봇은 움직이지 않았다. 서 있던 로봇이 허리를 숙여 쓰러진 로봇을 데리고 교도소 건물로 향했다.

1분 후 들판에서 함성 소리가 들렸다. "고장이다!" 뒤이어 발을 구르는 소리도 따라왔다. 놀라서 고개를 돌려 보니 파란색 죄수복을 입은 수감자들이 무리 지어 작물들 사이를 뛰어가고 있었다. 그때 갑자기 누군가 내 어깨에 팔을 둘렀다. 살면서 처음 겪는 일이었다. 낯선 이가 내 어깨에 팔을 두르다니! 그 낯선 사람은 회색 머리 남자였다. 그가 "같이 가자, 친구! 해변으로"라고 말했다. 어느새 나는 그를 따라 달리고 있었다. 두려웠다. 두렵지만 기분은 좋았다.

야트막한 절벽 사이에 갈라진 틈이 있고, 그 틈에 오래되고 허름한 돌계단이 있었다. 다들 그 계단을 내려갔다. 수감자들은 서로 등을 툭툭 치고 친근한 듯 와자지껄 떠들면서 아래로 내려갔고, 나는 어린 시절을 포함해서 평생 단 한 번도 본 적 없는 모습에 놀라면서도 그들을 따라갔다. 계단 옆 절벽 바위

중 하나에 이상한 것이 있었다. 하얀색 페인트로 써 놓은, 지금은 희미하게 번진 글자. '존은 줄리를 사랑한다. 94 졸업반.'

모든 게 무척 기이했다. 마치 최면에 걸린 기분이었다. 해적 영화나 감옥 영화에서처럼 남자들이 서로 대화를 나누며 웃고 있었다. 하지만 영화에서 보는 것과 실제 벌어지고 있는 일을 직접 마주하는 건 아주 많이 달랐다.

그래도 뭐, 지금 내 감방에 앉아 가만히 생각해 보면, 영화에서도 그런 친밀함을 본 적이 있기 때문에 그렇게 심하게 혼란스러웠던 것 같지는 않다.

남자들 몇몇이 바다에 떠다니는 나무 조각들을 모아다가 해변에 불을 피웠다. 그런 식으로 불을 피우는 모습은 처음이었다. 나는 모닥불이 마음에 들었다. 남자들 여럿이 진짜로 옷을 벗고 신나게 웃으며 해변을 달리다 바닷속으로 뛰어들었다. 몇 명은 얕은 물속에서 서로 물을 튀기며 놀았고, 다른 이들은 더 깊은 바다로 들어가 '건강과 피트니스 수영장'에서처럼 수영을 하기 시작했다. 그들은 삼삼오오 모여서 물놀이를 하거나 수영을 했다. 다들 그런 식으로 소규모 그룹을 이루고 싶어 하는 듯했다.

또 나머지는 불 주위에 동그랗게 모여 앉았다. 회색 머리 남자가 셔츠 주머니에서 대마 담배를 꺼내 불 속에 있는 나뭇가지 하나를 빼서 불을 붙였다. 그는 불을 익숙하게 다루었다. 사실 다들 한두 번 해 본 게 아닌 것 같았다.

미소 짓고 있는 남자가 옆 사람에게 말했다. "찰리, 지난번 마지막 고장 이후 얼마 만이지?" 찰리가 답했다. "꽤 오래됐지. 벌써 한참 전이라고." 다들 깔깔 웃었다. "그렇지!"

회색 머리 남자가 내 쪽으로 다가와 옆에 앉았다. 그는 내게 대마 담배를 건넸지만, 나는 고개를 저었다. 그러자 그는 어깨를 으쓱하며 내 맞은편에 있는 남자에게 담배를 주었다. 그러고는 말했다. "적어도 한 시간은 걸릴 거야. 로봇 수리가 여기에서는 좀 느리거든."

"여기가 어딘데?" 내가 물었다.

"나도 잘 몰라." 그가 말했다. "다들 법정에서 정신을 잃었어. 그들은 우리가 여기에 도착할 때까지 깨우지도 않았지. 예전에 어떤 남자가 여기가 노스캐롤라이나라고 말한 적이 있긴 해." 그가 대마를 받은 남자에게 물었다. 그 남자는 옆 사람에게 대마를 건네고 있었다. "포먼, 맞지? 노스캐롤라이나?"

포먼이 고개를 돌렸다. "나는 남쪽이라고 들었어. 사우스캐롤라이나."

"흠, 아무튼 거기 어디쯤이겠지." 회색 머리가 말했다.

우리는 불 주위에 모여 오후 공기 속에서 타오르는 불꽃을 보며, 해변을 때리는 파도 소리에 귀를 기울이며, 이따금 머리 위에서 우는 갈매기 소리를 들으며 한동안 조용히 앉아 있었다. 나이 많은 남자가 내게 말을 걸었다. "자네는 여기에 뭐 때문에 왔나? 누굴 죽였어?"

나는 당황했다. 무슨 말을 해야 할지 몰랐다. 그가 읽기에 대해 알고 있을 리 없었다. "동거를 했어요. 사람이랑." 마침 내 내가 입을 열었다. "여자랑⋯⋯."

노인의 얼굴이 순간 번쩍 밝아지더니 곧바로 슬픈 표정으로 변했다. "나도 여자랑 같이 산 적이 있지. 1블루 동안."

"그래요?" 내가 물었다.

"그렇네. 1블루하고 1옐로 동안. 적어도 그 정도 될 거야. 하지만 그것 때문에 여기에 들어온 건 아니야. 제길. 나는 도둑이었거든. 하지만 기간은 정확하게 기억하고 있지⋯⋯." 그의 얼굴에는 주름이 자글자글했고 몸은 삐쩍 마르고 구부정했다. 머리카락도 몇 가닥 없었다. 그는 대마 담배를 집어 들고 담배 연기를 들이마신 후 손을 부들부들 떨며 옆 청년에게 담배를 건넸다.

"여자들이란." 내 옆에 앉은 회색 머리가 침묵을 깼다.

그 한마디가 노인의 입을 열게 만들었다. "나는 그녀를 위해 커피를 내리곤 했지." 노인이 말했다. "우리는 침대에서 함께 커피를 마셨어. 진짜 우유가 든 진짜 커피를. 그리고 가끔 과일이 있으면 과일도 한 쪽씩 먹었고. 오렌지나 뭐 그런 거. 그녀는 회색 머그컵에 커피를 마시곤 했고, 나는 그녀 쪽을 바라보며 맞은편 침대 끝에 앉아 내 손에 들린 커피를 생각하는 척했지만, 사실 나는 그녀만을 보고 있었어. 오 하나님, 그 여자를 내 눈앞에서 볼 수 있었다니." 그가 고개를 털레털레 저었다.

그의 슬픔이 나에게 고스란히 느껴졌다. 팔과 다리에 닭살이 돋았다. 누군가 내게 이런 말을 해 준 건 정말 처음이었다. 그는 내가 느꼈던 것을 입 밖으로 꺼냈다. 슬펐지만 한편으로는 안도감이 들기도 했다.

누군가 부드럽게 물었다. "그녀는 어떻게 됐어요?"

노인은 한동안 답을 하지 않았다. 그러다 입을 열었다. "몰라, 나도. 어느 날 공장에서 집으로 돌아갔는데 그녀가 집에 없었어. 다시는 볼 수 없었지."

잠시 침묵이 이어졌고, 한 청년이 말을 시작했다. 내가 보기에, 그 청년은 노인을 위로하고 싶었던 것 같았다. "흠. 뭐니 뭐니 해도 퀵-섹스가 최고죠." 그가 달관한 듯 말했다.

노인이 고개를 천천히 돌려 청년을 바라보았다. 그리고 그에게 강한 어조로 담백하게 일침을 놓았다. "제길, 닥쳐. 빌어먹을 그 입 닫으라고."

청년은 당황했는지 고개를 돌렸다. "나는 그런 의도가 아니라……."

"닥쳐." 노인이 내뱉었다. "퀵-섹스 같은 소리 집어치워. 내 인생이 어땠는지는 나만 알아." 그러더니 바다 쪽으로 다시 돌아서서 같은 말을 차분하게 반복했다. "내 인생이 어땠는지는 나만 알아."

노인의 말을 듣고 있으니, 바람이 그의 늙고 벗어진 두피 위로 군데군데 솟아난 머리카락을 스치고 바랜 파란색 죄수복 속에서 얇은 어깨를 곧게 편 채 바다를 바라보는 모습을 보고 있으니, 노인의 눈물을 넘어서는 슬픔과 똑같은 슬픔이 느껴졌다. 나 역시 메리 루가 가끔 아침에 차를 마시곤 했던 모습을 떠올렸다. 그녀가 내 목 뒤에 손을 얹었을 때, 그리고 종종 그녀가 나를 가만히 응시하며 미소 짓던 모습을…….

틀림없이 나는 노인에게서 시선을 떼고 바다를 멍하니 바라보며 메리 루를 떠올리고 있었을 것이다. 무척 슬퍼하면서 꽤 오랫동안 그 자리에 그대로 앉아 있었을 것이다. 그때 회색 머리 남자가 내게 부드러운 말투로 말을 거는 소리가 들려왔다. "수영할래?" 나는 깜짝 놀라 그를 바라보았다. "아니." 너무 빨리 대답했나? 이 낯선 사람들 앞에서 옷을 벗고 있을 생각을 하니 정신이 번쩍 들었다. 곧바로 현실로 되돌아왔다.

사실 나는 수영을 아주 좋아한다.

사색가 기숙사에서 아이들은 한 사람당 10분씩 수영장을 쓸 수 있었다. 기숙사는 개인주의에 굉장히 엄격했다.

그때를 생각하고 있는데, 회색 머리가 갑자기 이렇게 말했다. "내 이름은 벨라스코야."

나는 발밑의 모래를 내려다보았다. "어. 반가워." 내가 말했다.

그리고 잠시 후 그가 물었다. "어이 친구, 넌 이름이 뭐야?"

"아," 나는 여전히 모래를 바라보고 있었다. "벤틀리." 그의 손이 내 어깨에 닿는 게 느껴졌다. 나는 깜짝 놀라 그의 얼굴을 바라보았다. 그가 나를 보며 웃고 있었다. "만나서 반가워, 벤틀리." 그가 말했다.

잠시 후 나는 일어서서 수영하는 사람들에서 멀리 떨어진 물가로 걸어갔다. 오하이오를 떠난 뒤 내가 많이 변했다는 걸 나도 잘 알고 있다. 그러나 친밀감과, 그와 비슷한 감정들을 한 번에 모두 받아들이는 건 여간 힘든 일이 아니었다. 더군다나 나는 메리 루를 생각하며 혼자 있고 싶었다.

물가에서 작은 소라게를 발견했다. 부드럽게 말린 작은 고둥 껍데기를 뒤집어쓰고 있었다. 전에 메리 루가 찾아낸 책에서 소라게 사진이 나왔었는데, 그 사진 덕분에 소라게라는 걸 알았다. 그 책 제목은《북미의 해안 생물들》이었다.

물가를 따라 신선하면서도 짭짤한 내음이 났고, 파도는 젖은 모래사장으로 부드럽게 밀려오면서 전에 들어 본 적 없는 소리를 냈다. 나는 태양 아래에서 눈앞의 광경을 감상하며, 바다 냄새를 맡으며, 파도 소리를 들으며 서 있었다. 벨라스코의 목소리가 나를 부를 때까지. "갈 시간이야, 벤틀리. 곧 있으면 로봇이 다 수리될 거야."

우리는 모두 조용히 계단을 오르고 들판의 각자 위치로 돌아가 기다렸다.

얼마 뒤 로봇들이 돌아왔다. 로봇은 자기들이 없는 동안 우리가 일을 하지 않았다는 걸 알아채지 못했다. 바보 같은 로봇들.

나는 허리를 숙이고 음악에 맞춰 일을 했다.

식물들이 줄지어 있는 곳의 끝, 바다 쪽에 도달했을 때 해변을 또다시 내려다보았다. 우리가 피운 불이 아직도 타고 있었다.

'우리가 피운 불'이라니……. 내가 나 스스로를 '우리'에—한 무리의 '우리'에—속한다고 여긴다니, 이 얼마나 신기한 일인가!

해변에서 들판으로 돌아갈 때 나는 백발노인과 함께 걸었다. 순간 나는 그에게 나의 슬픔을 조금 더 감당할 수 있게 해줘서 고맙다고 살갑게 말을 걸거나, 연약해 보이는 그의 어깨에 팔을 두르고 싶었다. 하지만 그렇게 하지 못했다. 그런 건 어떻게 하는지 모르겠다. 방법을 좀 알고 싶지만, 나는 전혀 모른다.

99일째

밤 동안 방에 혼자 있으면 엄청나게 많은 생각을 한다. 가끔 책에서 읽은 것들이나 내 어린 시절 그리고 오하이오에서 3블루 동안 교수로 지냈던 때를 떠올린다. 때로는 2옐로 전 읽기를 처음 배웠을 때, 필름과 플래시 카드, 자그마한 그림책들이 들어 있는 상자를 발견했던 때를 생각하기도 한다. 그 상자에는 이런 말이 적혀 있었다. *초보 독자용 키트.* 내가 처음으로 본 단어들로 적힌 글자였고, 그때는 당연히 읽을 수 없었다. 대체 무엇이 내가 책에 있는 단어를 읽을 수 있을 때까지 인내심을 유지하게 했을까?

오하이오에서 읽기를 배우지 않았다면, 그리고 뉴욕으로 와서 읽기 교수가 되려 하지 않았다면 나는 지금 감옥에 있지 않았을 것이다. 그리고 메리 루를 만나지도 않았을 거다. 이런 슬픈 감정에 휩싸여 있지도 않았겠지.

무엇보다 그녀 생각을 많이 했다. 스포포스가 도서관의 내 방 문밖으로 그녀를 데리고 나갈 때, 애써 두렵지 않은 척하려 했던 그녀의 모습이 눈에 선하다. 그게 그녀의 마지막 모습이다. 스포포스가 그녀를 어디로 데리고 갔는지, 그녀가 어떻게 되었는지 모른다. 아마 여자 감옥에 있을 테지만, 확실하지는 않다.

나는 스포포스와 생각버스를 타고 심문을 하러 가는 길에 그녀가 앞으로 어떻게 되는지 알려 달라고 하려 했으나, 어차피 그가 답해 줄 리 없었다.

크레용으로 그림 종이에 그녀의 얼굴을 그려 보려고도 해 봤다. 그러나 별로였다. 나는 그림을 정말 못 그렸다.

몇 옐로와 블루 전, 내가 지내던 기숙사에 어떤 남자아이가 있었는데 그 애는 그림을 아주 아름답게 그렸다. 한번은 그 애가 교실의 내 책상 위에 그가 그린 그림을 놓고 간 적이 있었다. 나는 경이로워하며 그 그림을 보았다. 새와 소들 그림, 사람과 나무들 그림, 그리고 교실 밖 복도를 감독하는 로봇 그림이었다. 깔끔한 선과 놀랍도록 섬세한 터치로 그려진 아주 인상적인 그림이었다.

나는 그 그림들을 어떻게 해야 할지 몰랐다. 타인의 개인적인 물건을 가져가거나 주는 것은 정말 끔찍한 행동이었고, 심한 처벌을 받게 될 수도 있었다. 그래서 그림을 책상 위에 그냥 두었는데, 다음 날 와 보니 사라져 있었다. 며칠 뒤 그 그림을 그린 남자애도 같이 사라졌다. 그에게 무슨 일이 있었던 건지 나는 전혀 모른다. 아무도 그 아이에 대해 이야기하지 않았다.

메리 루도 똑같을까? 다 끝난 걸까? 이제 이 세상에서 그녀를 언급하는 일이 다시는 없게 된 걸까?

오늘 밤 나는 최면제를 네 알 먹었다. 너무 많은 걸 기억하고 싶지 않다.

104일째

저녁 식사 후 벨라스코가 내 감방에 들어왔다! 그리고 그의 팔에는 회색과 흰색이 섞인 작은 동물이 안겨 있었다.

의자에 앉아서 메리 루를 떠올리며 그녀가 책을 소리 내어 읽을 때의 목소리를 생각하고 있는데, 갑자기 내 방 문이 스르르 열리는 게 보였다. 문 앞에 벨라스코가 나를 보고 씩 웃으며 서 있었다. 팔에 동물을 안고서.

"어떻게……?" 내가 물었다.

그가 손가락을 입에 대고 소곤소곤 말했다. "오늘 밤에는 모든 감방 문이 잠기지 않아, 벤틀리. 또 다른 고장이라고 생각하면 돼." 그는 문을 밀어 닫고 동물을 바닥에 내려놓았다. 동물은 바닥에 앉아 시큰둥한 호기심이 깃든 눈으로 나를 빤히 올려다보았다. 그러더니 뒷발로 자기 귀를 긁어 대기 시작했다. 개와 비슷한 어떤 동물 같았다. 개보다는 좀 작은 동물.

"밤에 컴퓨터가 방문을 잠그는데 가끔 컴퓨터도 깜빡할 때가 있어."

"아," 나는 그 작은 동물을 계속 쳐다보았다. "저건 뭐야?"

"뭐가 뭐야?" 벨라스코가 말했다.

"저 동물."

그가 깜짝 놀라 나를 가만히 응시했다. "고양이가 뭔지 몰라, 벤틀리?"

"한 번도 본 적 없어."

그가 고개를 저었다. 그러더니 손을 뻗어 동물을 몇 차례 쓰다듬었다. "이건 고양이야. 반려동물이고."

"반려동물?" 내가 물었다.

벨라스코는 미소를 띤 채 머리를 흔들었다. "세상에! 너는 학교에서 가르쳐 주지 않은 건 아무것도 모르는구나, 맞지? 반려동물이란, 자기가 직접 키우는 동물을 뜻해. 친구지."

'그건 당연히 알고 있지'라고 생각했다. 《로베르토와 콘수엘라 그리고 강아지 비프》 같은 책에서 그런 내용을 읽은 적이 있었다. 비프는 로베르토와 콘수엘라의 반려동물이었다. 그리고 책에 '로베르토는 콘수엘라의 친구'라고 나와 있었는데, 그런 관계인 것 같았다. 함께 있어야 하는 사람보다 나와 더 가까운 누군가. 동물도 친구가 될 수 있는 모양이다.

나는 상체를 숙이고 고양이를 만져 보고 싶었다. 그러나 왠지 모르게 두려웠다. "이름 있어?"

"아니." 벨라스코가 답했다. 그리고는 걸어가서 내 침대 끝에 앉아 여전히 소곤소곤 조용히 말을 했다. "없어. 그냥 '고양이'라고 불러." 그가 셔츠 주머니에서 대마 담배를 꺼내 입에 물었다. 그의 파란색 죄수복 윗옷 소매가 돌돌 말려 올라가 있고, 양쪽 팔 아랫부분에, 팔목에 찬 밴드 바로 위에 푸른 빛 잉크로 그려 놓은 듯한 어떤 무늬가 보였다. 오른쪽 팔에는 하트 모양이, 왼쪽 팔에는 벌거벗은 여자 그림이 있었다.

그가 담배에 불을 붙였다. "네가 원하면 고양이 이름을 지어 줄래, 벤틀리?"

"고양이를 뭐라고 부를지 나보고 정하라는 뜻이야?"

"맞아." 그가 내게 담배를 건넸고, 나는 담배를 나눠 피우는 게 불법이라는 걸 알고 있으면서도 아무렇지 않게 받아 들어 한 입 빨아 마시고 다시 돌려주었다.

그런 다음 연기를 내뱉으며 말했다. "좋아. 고양이 이름은 비프로 하자."

벨라스코가 씩 웃었다. "괜찮다. 이 고양이한테도 이름이 필요했어. 이제 생겼네." 그는 천천히 돌아다니며 방을 탐험하는 고양이를 내려다보았다. "그렇지, 비프?"

벤틀리와 벨라스코 그리고 고양이 비프.

105일째

내 생각에, 감방이 있는 교도소 건물이 내가 본 것 중 가장 오래된 건물인 것 같다. 초록색으로 칠해진 거대한 석조 건물 다섯 개의 창문은 지저분하고 저마다 녹슨 철창이 쳐져 있다. 저 건물들 다섯 개 중 두 개에만 들어가 봤다. 철창이 쳐진 감방들이 있는, 내가 잠을 자는 그 건물과 아침마다 일하러 가는 신발 공장 건물이다. 나머지 건물 세 개에는 뭐가 있는지 모른다. 그중 한 건물은 약간 더 떨어져 있는데, 다른 건물 두 개보다 오래전에 지어진 듯했고 창문에는 글로리아 스완슨이 출연한 〈미녀 삼총사〉의 여름 집처럼 판자가 덧붙여져 있었다. 점심 후 운동 시간에 그 건물 쪽으로 걸어가서 더 자세히 살펴보았다. 건물 표면에 부드럽고 축축한 이끼가 나 있고 커다란 철문은 항상 잠겨 있었다.

건물 주위 전체에 두꺼운 철사로 된 울타리가 두 겹으로 높게 둘러져 있었다. 한때는 빨간 페인트로 칠해졌지만 지금은 분홍빛으로 색이 바랜 상태다. 울타리에 출입구가 하나 있는데, 들판으로 일하러 갈 때 그곳을 지나친다. 그 출입구에는 항상 멍청한 머론 로봇 네 개가 보초를 서고 있다. 우리가 일하러 가느라 그곳을 지나갈 때마다 로봇들이 우리의 손목을 영원히 조이고 있을 금속 밴드를 확인한 다음에 우리를 지나가게 한다.

여기에 들어와서 처음 죄수복을 받을 때 교도소장이—덩치가 크고 우락부락한 메이크 식스가—5분 동안 오리엔테이션 교육을 해 주었다. 그때 그가 설명한 사항들 중에 만약 수감자가 경비대에게 금속 팔찌 비활성화 처리를 받지 않고 밖으로 나가면, 밴드가 아주 뜨겁게 달궈질 거고 곧바로 출입구로 돌아오지 않으면 손목이 다 타 버릴 거라고 경고한 내용이 있었다.

밴드는 얇지만 손목을 꽉 조이는 형태였다. 매우 단단하고 무딘 은색 금속으로 만들어진 그 밴드가 내 손목에 어떻게 채워졌는지는 모른다. 내가 감옥에서 깨어났을 때 손목에 밴드가 이미 채워져 있었다.

*

바깥 공기가 차가워진 걸 보니 이제 겨울이 가까워진 듯하다. 하지만 작물들이 있는 들판은 따뜻하게 데워져 있고, 태양도 계속 비춘다. 그 이상한 식물에게 비료를 주고 있을 때도 발아래 땅은 이상하게 뜨끈뜨끈하다. 몸에 닿는 공기는 차가운데도 말이다. 그리고 그 멍청한 음악은 절대 멈추지 않고 절대 고장 나지 않으며, 로봇 경비들은 우리들을 감시하고 또 감시한다. 마치 꿈을 꾸는 것 같다.

116일째

내 생활에 대한 글을 쓰지 않은 지 열하루가 지났다. 저녁 식사 후 매일같이 벽에 크레용으로 표시해 놓지 않았다면, 날짜 세는 걸 잊었을 것이다. 내 감방 뒷벽의 거의 대부분을 차지하고 있는 거대한 텔레비전 아래에 표시해 두었다. 그리고 내 방에 있는 의자는 바닥에 나사로 고정되어 있어 언제나 텔레비전 쪽을 향하고 있기 때문에, 지금 내 무릎 위에 있는 그림판 종이에서 고개를 들면 날짜 세기 표시가 보인다. 텔레비전 아래에 회색 선으로 가지런하게 그어져 있는 그 표시는 마치 무슨 줄무늬로 이루어진 디자인 같아 보인다.

나는 글쓰기에 흥미를 잃어 가고 있다. 책을 다시 손에 넣을 수 없고 무성 영화를 볼 수 없게 되면 글쓰기를 잃어버릴 거고, 그러면 더 이상 글을 쓰고 싶지 않을 거란 생각이 가끔씩 들기도 한다.

벨라스코는 그날 밤 이후로 다시 찾아오지 않았다. 아마 컴퓨터가 저녁 식사 후 감방 문 잠그는 걸 잊지 않았기 때문일 것이다. 벽에 날짜 표시를 한 뒤에는 언제나 감방 문을 확인해 보는데 항상 잠겨 있었다.

이제는 전처럼 하루 종일 메리 루를 생각하지 않는다. 그렇게 많이 생각하는 편도 아니다. 최면제를 먹은 다음 대마초를 피우고 텔레비전에 실제 크기로 나오는 3차원 에로틱 판타지와 죽음 관련 판타지를 시청하다가 일찍 잠자리에 든다.

텔레비전에서는 같은 프로그램이 8, 9일마다 반복된다. 아니면 오리엔테이션에서 수감자에게 각각 제공된 서른 개의 녹화 BB에 담긴 파일에서 자기 개선과 재활 프로그램을 시청할 수 있다. 하지만 나는 BB를 재생시키지 않는다. 그냥 뭐든 텔레비전에 나오는 걸 쳐다보고 있다. 나는 텔레비전 프로그램 시청에 별 관심이 없다. 그저 텔레비전 화면을 보고 있을 뿐이다.

이 정도면 충분히 썼다. 이제 지쳤다.

119일째

오늘 오후, 우리가 들판에서 일하고 있는 동안 태풍이 불었다. 로봇 경비들은 세찬 바람과 장대 같은 비에 생각보다 오랫동안 당황해했다. 우리가 비바람을 몸으로 받아 내며 절벽 끝자락에 서서 하늘과 바다를 응시하고 있는데도 그들은 우리를 부르지 않았다. 하늘은 순식간에 잿빛에서 검은색으로 변하다가 다시 잿빛으로 물들었다. 번개가 쉴 새 없이 번쩍거렸다. 우리 아래쪽의 바다가 요란하게 들썩였고, 파도는 해변으로 밀어닥쳐 절벽 밑부분을 세차게 때리다가 약해지기를 반복하며 되돌아왔다. 돌아올 때는 더욱 짙어진 색으로, 아니 거의 검은 파도가 되어 거품을 내고 굉음을 냈다.

우리는 다들 바라보기만 할 뿐, 아무도 말을 하려 하지 않았다. 천둥과 바다가 내는 소리가 귀를 먹먹하게 했다.

잠시 후 소리가 잦아들기 시작하자 우리는 모두 돌아서서 감방으로 향했다. 나는 프로틴4가 심어진 들판을 걸었다. 한결 부드러워진 비가 내 얼굴을 때리고 옷을 적셨다. 나는 제법 쌀쌀해진 바람에 몸을 떨고 있었다. 문득 머릿속에 이 시가 떠올랐다.

오 서쪽 바람이여, 그대는 언제 불어올까?
작은 비를 언제 내려 줄까?
오 주여! 내 사랑이 내 품 안에 있다면,
그리고 내가 다시 내 침대에 있다면 좋을 텐데!

나는 들판에 무릎을 털썩 꿇고, 메리 루가, 그리고 나의 삶이, 아주 잠시 내 마음과 상상이 살아 있었던 그 시간이 떠올라 말없이 눈물을 훔쳤다.

근처에 로봇 경비가 없었다. 벨라스코가 내게 다가왔다. 그는 조용히 나를 일으켜 주고 내 몸에 팔을 두른 뒤 감방으로 데리고 갔다. 내가 감방 문을 열 때까지 우리는 말을 하지 않았다. 그가 내게서 팔을 치우더니 내 얼굴을 들여다봤다. 엄숙한 그의 눈길에 나는 안심이 되었다. "이런, 벤틀리." 그가 말했다. "네 기분이 어떤지 알 것 같아." 그러고는 내 어깨를 툭툭 두드리고 뒤로 돌아 그의 방으로 갔다.

나는 차가운 철창에 기대어 서서 다른 죄수들을 바라보았다. 죄수들 머리는 땀에 젖어 있고, 옷에서는 땀이 흐르다 못해 뚝뚝 떨어지고 있었다. 그런 모습으로 다들 각자의 방으로 돌아가는 중이었다. 나는 그들 한 명 한 명을 안아 주고 싶었다.

그들의 이름을 알든 모르든 간에, 그들은 전부 내 *친구*였다.

121일째

나는 오늘 창문에 판자가 덧대어진 건물로 들어갔다.

생각보다 간단했다. 점심 식사를 마친 후 운동 시간에 건물들 사이에 있는 자갈 마당에 나가 있을 때였다. 로봇 경비 둘이 건물로 걸어가 문을 열고 안으로 들어가는 모습이 보였다. 잠시 후 그들이 다시 나왔는데, 둘 다 화장실 휴지가 든 상자를 들고 있었다. 그들은 감방 건물로 상자를 옮겼고, 그 건물 문은 열린 채였다. 나는 그대로 안으로 들어갔다.

건물 내부 바닥은 페르모플라스틱 재질이었다. 벽은 다른 소재였는데, 아주 지저분하고 다 무너져 가고 있었으며 창문에 판자가 덧대어져 있어서 빛도 거의 들어오지 않았다. 나는 어두운 복도를 서둘러 돌아다니면서 문들을 열어 안을 확인했다.

몇몇 방은 비어 있었고, 어떤 방에는 비누나 종이 타월, 휴지, 쟁반 같은 것들이 선반에 쌓여 있었다. 나는 이 일기를 쓰기 위해 종이 타월 한 뭉치를 챙겼다. 어스름한 빛줄기 사이로 저 복도 끝 짝문 위에 있는 색이 바랜 표지판이 보였다. 글자가 적힌 표지판은 뉴욕 도서관 지하에 있었던 표지판을 제외하고 처음이었다.

처음에는 무슨 글자인지 알아볼 수 없었다. 색이 다 바래져 있는 데다 먼지까지 두툼하게 쌓여 있고, 게다가 복도마저 어둑어둑했다. 하지만 가까이 다가가 자세히 들여다보니 표지판 글자들이 희미하게 보였다. **'동쪽 별관 도서관'**.

나는 '도서관'이라는 단어에 너무 놀라 거의 튀어 오를 뻔했다. 그 자리에 가만히 서서 표지판을 응시했다. 심장이 쿵쿵 요동치는 게 느껴졌다.

문을 열어 보려 했지만 잠겨 있어서 열리지 않았다. 손잡이를 돌리며 문을 당기고 밀어 보았다. 그러나 꿈쩍도 하지 않았다. 정말 짜증 났다.

나는 분노를 주체하지 못하고 주먹으로 문을 쾅쾅 두드렸다. 문은 꿈쩍도 하지 않았다. 내 손만 아플 뿐이었다.

로봇 경비가 되돌아와 창고로 들어가는 소리가 들렸다. 나는 서둘러 건물을 몰래 빠져나갔다.

반드시 그 도서관 안에 들어가야 한다. 책을 다시 내 손에 넣어야만 한다. 만약 내가 읽고 배울 수 없다면, 생각할 가치가 있는 거리를 가질 수 없다면, 이렇게 계속 살아가느니 차라리 분신자살을 하는 게 나을 거다.

작물 수확기를 작동시킬 때 합성 가솔린이 사용된다. 어떻게든 합성 가솔린을 얻어 내서 내 몸을 불사를 것이다.

이제 글은 그만 쓰고 텔레비전이나 봐야겠다.

132일째

열하루 동안 나는 절망감에 빠져 있었다. 오후에 내게 맡겨진 프로틴4 작업을 마친 뒤에도 굳이 바다를 보러 가려 하지 않았고, 저녁에 글을 쓰려고 하지도 않았다. 작업을 다 끝냈는데도 내 마음은 작업할 때처럼 텅 비어 있었다. 마치 두껍고 역한 냄새가 나는 프로틴4에만 집중하려 할 때처럼.

로봇 경비들은 별다른 말을 하지 않지만, 나는 여전히 그들이 싫다. 내가 느끼는 감정은 그게 전부다. 로봇 경비들의 우람한 몸과 느린 움직임, 게으른 얼굴은 내가 비료를 주는 시들시들하고 후들거리는 합성 식물과 다를 바가 없다. 그들은—이표현은 〈인톨러런스〉에서 나온 것이다—정말 가증스럽다.

최면제를 네다섯 알 복용하면 텔레비전 시청이 그다지 불쾌하지 않다. 방에 설치된 빌트인 텔레비전은 꽤 좋은 장비고 늘 작동한다.

언제부턴가 몸이 아프지 않다. 체력이 강해졌고 근육도 단단하고 세졌다. 피부는 햇빛에 그을려 건강해 보이고 눈도 맑아졌다. 손과 발바닥에 굳은살이 단단하게 자리를 잡았고 이제 일도 제법 잘한다. 그리고 더는 얻어터지지 않는다. 그러나 내 마음속에는 계속 슬픔이 찾아온다. 하루에 한 번씩 천천히 다가와 나를 감옥에 들어온 첫날보다 더욱 절망에 빠지게 한다. 이제는 희망이 아예 없어 보인다.

가끔은 메리 루 생각을 하지 않고 며칠을 보내기도 한다. 희망이 없다.

133일째

합성 가솔린이 어디에 보관되어 있는지 확인했다. 들판 끝에 있는 컴퓨터 창고 안에 있다.

쇠수늘은 다들 대마 담배를 피우기 위해 전자 라이터를 지니고 다닌다.

136일째

지난밤 벨라스코가 내 방에 다시 왔다. 처음에는 그를 보고 싶지 않았다. 방문이 잠겨 있지 않다는 걸 알게 된 후 나는 불안해졌다. 방에서 나가고 싶지도 않았고 누가 들어오는 것도 싫었다.

어쨌거나 벨라스코가 안으로 들어와서 이렇게 말했다. "반가워, 벤틀리."

나는 그저 내 발끝만 쳐다보고 있었다. 텔레비전은 꺼져 있고, 몇 시간 동안 그대로 앉아 있었다. 침대 끄트머리에.

벨라스코는 잠시 입을 다물었다. 나는 그가 의자에 앉는 소리를 들었지만, 그래도 고개를 들지 않았다. 고개를 들 수조차 없는 기분이었다.

마침내 그가 다시 입을 뗐다. 매끈한 목소리였다. "지난 며칠 동안 들판에서의 너를 지켜보고 있었어, 벤틀리. 로봇처럼 있던데?" 그의 말투는 안정적이었다. 내 마음을 달래 주는 듯했다.

나는 애써 입을 열었다. "그랬을 거야." 내가 말했다.

우리는 다시 침묵했다. 그가 먼저 말을 꺼냈다. "네가 어떤 기분인지 알아, 벤틀리. 죽음에 대해 생각하게 될 수밖에 없을 거야. 도시에서 사람들이 가스나 라이터로 불을 지르는 것처럼. 게다가 여기에는 바다가 있잖아. 예전에 다른 수감자들이 떠나는 모습을 본 적이 있어. 제길, 나 역시 그런 생각을 했었지. 수영을 해서 바다 저 멀리까지 간 다음 뒤도 돌아보지 않고 떠나는 거……."

나는 그를 쳐다보았다. "너도 그런 기분이 든 적 있어?" 놀라웠다. "넌 정말 강해 보여서 안 그럴 줄 알았어."

그가 씁쓸하게 웃었고, 나는 그의 얼굴 쪽으로 고개를 들었다. "젠장," 그가 말을 시작했다. "나도 다른 사람들하고 같아. 이런 일이 죽음보다 훨씬 낫다고는 절대 할 수 없지." 그가 다시 웃었다. 그리고 머리를 양옆으로 흔들었다. "솔직히 말해서, 밖으로 나간다고 뭐 별로 나아질 것도 없어. 우리가 진짜로 해낼 수 있는 일이 없으니까. 밖으로 나가 봤자 여기에서 하는 그런 류의 엉터리 일들뿐이야. 노동자 기숙사에서 우리는 이런 말을 들었어. '노동이 충족시킨다.' 완전 헛소리지."
그가 주머니에서 대마초를 꺼내 불을 붙였다. "나는 졸업하자
마자 첫 블루 만에 신용 카드를 훔쳤어. 그리고 내 인생의 절
반을 감옥에서 보내고 있지. 처음 두세 기간 동안은 죽고 싶
었는데, 그럴 수 없었어. 요즘엔 내 옆에 고양이도 있고, 몰래
조금씩 돌아다니기도 해……." 그러더니 갑자기 반색을 하며
말했다. "오호라! 네가 비프를 데리고 있을래?"

나는 그를 멍하니 바라보았다. "내…… 반려동물로?"

"물론이지. 안 될 거 있어? 나한테 네 마리나 더 있거든. 가
끔씩 먹이를 찾는 게 좀 성가시긴 하지만. 그래도 어떻게 해
야 하는지 알려 줄게."

"고마워." 내가 말했다. "괜찮을 거 같아. 나도 고양이가 있
으면 좋겠어."

"지금 비프 찾으러 나가면 되겠다." 그가 말했다.

그렇게 나는 수월하게 내 방에서 나올 수 있었다. 잠기지
않은 내 방 문밖으로 나서면서 벨라스코를 돌아봤다. "기분이
좀 나아졌어."

그가 내 등을 가볍게 때렸다. "친구 좋다는 게 뭐겠어?" 그
가 말했다.

나는 뭐라 해야 할지 몰라 순간 발걸음을 멈췄다. 그러고는
어떤 움직임을 해야겠다는 생각도 없이 자연스레 손을 뻗어

그의 팔 아래쪽에 손을 얹었다. 그리고 무언가를 생각했다. "들어가 보고 싶은 건물이 있어. 거기 문도 열려 있을까?"

그가 나를 보고 싱긋 웃었다. "그래, 그거야." 그리고 말했다. "한번 가 보자."

감방 건물에서 나왔다. 아주 쉬웠다. 우리 시야에 로봇 경비는 보이지 않았다.

우리는 별문제 없이 허물어져 가는 건물 안으로 들어갔다. 그러나 내부가 너무 어두워서 아무것도 보이지 않았다. 결국 복도에 놓인 상자에 발이 걸려 넘어지고 말았다. 벨라스코의 목소리가 들렸다. "이런 오래된 건물에는 벽에 스위치가 있는 경우가 있어." 그가 손을 더듬는 소리가 들리고, 또 넘어지더니 욕설을 내뱉는 소리도 들렸다. 뒤이어 딸깍 소리가 났고, 천장 등이 켜지면서 복도 전체에 빛이 퍼져 나갔다. 순간 로봇 경비가 불이 켜진 걸 볼까 봐 걱정스러웠지만, 판자로 덮인 창문이 떠올라 마음이 놓였다.

그러나 드디어 겨우 찾아낸 도서관 문은 여전히 잠겨 있었다! 나는 이미 극도의 긴장 상태였던 탓에 소리를 버럭 내지를 뻔했다.

벨라스코가 나를 바라보았다. "여기가 가고 싶은 곳이야?"

"맞아." 그는 그 안에 왜 들어가고 싶은지 묻지도 않고 잠금장치를 꼼꼼하게 살펴보기 시작했다. 여태 본 적 없는 잠금장치 종류였고, 전자식도 아닌 것 같았다.

벨라스코가 조용히 휘파람을 불었다. "와!" 그가 감탄했다. "이거 진짜 골동품이네." 그는 주머니를 뒤져서 감옥에서 발급받은 라이터를 꺼내 바닥에 내려놓더니 발뒤꿈치로 두세 번 쿵쿵 밟아서 부쉈다. 그러고는 손을 아래로 뻗어 다 흩어진 철사와 유리, 플라스틱을 들어 올리고 자세히 살핀 뒤 길이가 내 엄지 손가락 정도 되는 단단한 철사를 뽑아냈다. 나는 그가 무얼 하고 있는지 몰라 말없이 지켜보고만 있었다.

그는 문의 잠금장치 쪽으로 허리를 구부리고 철사 끝을 구멍에 조심스레 넣어 이리저리 돌리기 시작했다. 가끔씩 잠금장치 안쪽 어디선가 찰칵찰칵 소리가 약하게 들렸다. 그는 욕을 몇 번 내뱉고는 차분하게 같은 행동을 이어 갔다. 내가 그에게 뭘 하려는 거냐고 물어보려는 그때 잠금장치 안에서 부드러운 딸각 소리가 났고, 벨라스코가 씩 웃더니 손으로 손잡이를 덥석 잡고 문을 열었다.

안은 어두웠다. 그러나 벨라스코가 또 벽에서 스위치를 찾아냈고 약간 침침한 천장 등 두 개가 켜졌다.

나는 벽에 책들이 잔뜩 쌓여 있기를 바라며 열심히 주위를 둘러보았지만, 텅텅 비어 있었다. 한동안 멍하니 보고만 있었다. 현기증이 날 때까지. 방 안에는 원목 테이블과 의자가 있는 벽을 따라 작은 상자가 몇 개 놓여 있었지만, 벽의 구멍 난

곳에는 그림도 없고 선반도 없었다.

"뭐가 문제야?" 벨라스코가 물었다.

나는 그를 바라보았다. "나는…… 책이 있을 줄 알았어."

"책?" 그는 그 단어를 모르는 모양이었다. "저쪽 상자 안에 뭐가 있으려나?"

나는 별다른 희망을 품지 않은 채 고개를 끄덕이고 벽 근처 상자로 다가갔다. 처음 상자 두 개를 열어 봤는데 녹슨 숟가락이 잔뜩 있었다. 녹이 너무 심하게 슬어서 전부 붉은색 덩어리처럼 붙은 채였다. 그러나 세 번째 상자에는 책이 있었다! 나는 열심히 책들을 꺼냈다. 열두 권이었다. 상자 바닥에는 노란빛이 거의 없는 빈 종이가 쌓여 있었다.

나는 흥분을 주체하지 못하고 책 제목을 닥치는 대로 읽기 시작했다. 가장 큰 책은 제목이 《노스캐롤라이나주 법률: 1992년 개정》이었다. 다른 책은 《취미와 돈벌이가 되는 목공》, 세 번째 책은 아주 두꺼웠는데 《바람과 함께 사라지다》라고 되어 있었다. 그냥 책을 들고 있는 것만으로도, 책 속의 글자들을 생각하는 것 자체만으로도 날아갈 것 같은 기분이었다.

벨라스코는 궁금해하며 말없이 나를 지켜보았다. 마침내 그가 물었다. "이게 다 책이야?"

"어."

그가 상자에서 책 한 권을 집어 들고 손가락으로 표지에 묻은 먼지를 털었다. "처음 들어 봐." 그가 말했다.

나는 그를 바라보았다. "고양이 데리고 내 방으로 돌아가자."

"좋아." 그가 말했다. "내가 도와줄게."

우리는 비프를 찾아서 별문제 없이 책들을 내 방으로 가지고 갔다.

지금은 아주 늦은 시각이고, 벨라스코는 자기 방으로 돌아갔다. 나는 이제 글쓰기를 멈추고 책들을 살펴볼 거다. 물침대와 벽 사이에, 비프가 자고 있는 곳 근처에 책을 숨겨 놓았다.

139일째

어제 밤새워 책을 읽었고, 게다가 하루 종일 강도 높은 일을 해야 했기 때문에 지금 무척 피곤하다. 그래도 책들을 손에 넣어서 얼마나 신이 나는지 모른다. 내 머릿속은 온종일 분주하게 돌아가고 있다. 전부 다 새로 생각해야 할 것들이니까.

책 목록을 다시 만들어야겠다.

《노스캐롤라이나주 법률: 1992년 개정》
《취미와 돈벌이가 되는 목공》
《바람과 함께 사라지다》
《성경》
《오델의 로봇 유지 보수 및 수리 가이드》

《영어 사전》
《인구 감소의 원인》
《18세기와 19세기의 유럽》
《배낭여행을 위한 캐롤라이나 해변 가이드》
《미국의 짧은 역사》
《해변에서의 요리: 파티를 열어요!》
《무용의 예술》

나는 역사책을 읽고 있는 중이다. 한 장 한 장 넘길 때마다 사전을 들춰 보고 새로운 단어의 의미를 찾아 가면서 읽고 있다. 알파벳을 제대로 알고 있으니 사전을 쓰는 일이 참 즐겁다.

역사책에는 이해가 가지 않는 내용이 굉장히 많았다. 세상에 그렇게 많은 사람이 살았다니 쉽게 믿어지지 않는다. 유럽의 역사가 나오는 부분에는 파리와 베를린, 런던 사진이 있는데 건물 규모와 사람들 수가 너무 크고 많아서 충격적일 정도다.

내가 책을 읽고 있으면, 가끔 비프가 무릎 위로 뛰어올라 잠들곤 한다. 나는 그게 좋다.

149일째

열흘 동안 시간이 날 때마다 책을 읽으며 보냈다. 그 누구도 나를 방해하지 않았다. 로봇 경비들도 신경 쓰지 않았다.

아니면 애초에 이런 현상을 고려하지 않도록 프로그래밍되어 있을 가능성이 더 높았다. 나는 사회생활 시간에 책을 가지고 갔지만, 영상이 나오는 동안 내가 책을 읽는다는 걸 아무도 알아채지 못했다.

내 파란색 죄수복 겉옷에는—벌써 색이 바랬다—큰 주머니가 있어서 항상 작은 책을 넣고 다닌다. 《미국의 짧은 역사》와 《인구 감소의 원인》 두 권 모두 크기가 작아서 주머니에 쏙 들어간다. 신발 공장에서의 휴식 시간 5분 동안 나는 그 책을 읽는다.

《인구 감소의 원인》의 첫 문장은 이렇다. '21세기 첫 30년간 지구의 인구는 절반으로 감소했고 여전히 감소하고 있다.' 이런 내용을 읽고 나서 아주 오래전 인간 삶의 본질에 대해 생각해 보면 이해가 잘 가지 않지만, 오히려 그런 점 때문에 더욱 매료된다.

나는 21세기가 얼마나 오래전인지 모른다. 역사책에 나오는 18세기나 19세기보다 최근인 건 알지만. 기숙사에서 '세기'에 대해 배우지 않았다. 사전에 나온 의미만 알고 있을 뿐이다. 세기는 인간의 역사를 100년 단위로—200옐로로—나누어 놓은 것을 뜻한다.

21세기는 분명 아주 오래전일 것이다. 무엇보다 21세기의 책에는 로봇에 대한 언급이 없다.

《오델의 로봇 유지 보수 및 수리 가이드》에 2135년이라고 적혀 있고, 역사책을 읽으면서 그 시기가 22세기에 해당된다는 걸 알게 되었다.

《성경》은 이렇게 시작한다. '태초에 하나님이 천지를 창조하시니라.' 태초가 어느 세기를 가리키는지, '하나님'이 누구인지 또는 누구였는지도 명확하게 나와 있지 않다. 나는 《성경》이 역사에 관련된 책인지, 유지 보수에 관한 책인지, 시집인지 정확히 모르겠다. 그리고 그 책에는 실제로 존재하는 것 같지 않은 특이한 사람들이 많이 언급되어 있다.

오델의 책에는 로봇들이 사진과 표로 설명되어 있다. 그 로봇들은 농장 일이나 기록 보관 같은 일반적인 업무를 위해 만들어진 아주 단순한 형태의 로봇이다.

《바람과 함께 사라지다》는 내가 알고 있는 영화들과 비슷하다. 내 생각에는 지어낸 이야기 같다. 저택에 사는 어리석은 사람들과 전쟁을 다룬 내용인데, 책이 너무 두꺼워서 끝까지 읽지 못할 것 같다.

나머지 책들 중 상당수 또한 도무지 이해가 가지 않는다. 나에게 책은 여전히 더 크고 불분명한 어떠한 무늬를 이루고 있는 무언가처럼 느껴진다.

어떤 특정한 문장을 읽을 때 목 뒤의 솜털이 자극되는 그 이상한 감각이 나는 가장 좋다. 그리고 묘하기도 하면서 굉장히 불명확한 느낌을 주는 문장들도 있고, 나를 슬프게 만드는 문장들도 종종 있다. 나는 아직도 뉴욕에서 지내던 때의 그 문장을 기억하고 있다.

죽음의 바람을 기다리는 내 인생은 가볍다.
손등 위의 깃털처럼.*

이제 글을 그만 쓰고 다시 책을 읽어야겠다. 내 삶이 아주 이상해졌다.

169일째

나는 계속해서 책을 읽고 있고, 최면제도 먹지 않으며 대마초도 피우지 않는다. 더 이상 깨어 있을 수 없을 때까지 책을 읽다가 침대로 쓰러진다. 그리고 과거의 사람들과, 새로운 사실들과 생각에 빙빙 도는 머릿속을 정리하지 못한 채 그 소용돌이 안에서 정신없이 휘둘리다가 지쳐 버릴 때까지 침대에 누워 있는다.

또한 나는 새로운 단어들을 공부 중이다. 하루에 서른 개에서 마흔 개 정도씩.

---

* 시인 T. S. 엘리엇의 시집 《프렐류드》에 수록되어 있는 시이다.

로봇과 개인 영역이라는 개념이 생기기 훨씬 전 인류는 폭력적이었고, 그 당시의 역사 또한 놀라웠다. 내가 지금까지 읽은 내용들을, 즉 이미 죽은 사람들과 위대한 사건들을 어떻게 생각하고 느껴야 할지 도통 모르겠다. 과거에 러시아 혁명과 프랑스 혁명, 대규모 화재와 3차 세계 대전, 덴버 사건이 벌어졌었다. 어린 시절 나는 제2세대 이전의 모든 사건은 개인의 권리를 존중하지 못했기 때문에 폭력적이고 파괴적으로 벌어진 거라고 배웠다. 그보다 구체적인 내용은 배운 적이 없었다. 그래서 우리는 그런 역사의 감각을 결코 향상할 수 없었다. 역사에 대해 생각해 보면, 우리가 아는 거라고는 예전에도 다른 인간들이 있었고 그들은 우리보다 여러모로 부족한 존재라는 것, 그게 전부였다. 그럼에도 자기 자신을 넘어서는 다른 무언가에 대해 *생각하는* 것은 지금 이 세상에서 절대 권장되지 않았다. "질문하지 마. 편하게 있어"라는 지침처럼.

대통령이나 황제의 야망을 이루기 위해 수많은 사람이 전쟁터에서 죽고 비명을 질러야만 했다는 사실에 나는 놀라지 않을 수 없었다. 그리고 미합중국처럼 손에 꼽히는 대규모 집단에게 막대한 부와 권력이 축적되고 다른 집단에게는 그렇지 않았다는 사실 역시 놀라웠다.

그러나 이런 모든 역사적인 사실에도 불구하고, 참되고 호의적인 남자와 여자들도 존재했던 모양이다. 그리고 그들은 대부분 행복한 삶을 살았을 것이다.

172일째

《성경》의 뒷부분은 예수 그리스도에 대한 내용이다. 누군가 이 책을 읽었던 사람이 몇몇 문장에 밑줄을 그어 놓았다.

예수 그리스도는 젊은 나이에 잔인하게 죽임을 당했지만, 그는 죽기 전에 대단한 일을 많이 했고 좋은 말도 많이 남겼다. 그는 병든 사람들을 치유하면서 다수의 사람들에게 이상한 이야기를 전했다. 밑줄이 그어진 구절 중 몇 개는 어릴 적 신앙 수업에서 배운 내용과 비슷했다. 예를 들어 "하나님의 나라는 너희 안에 있으리라"라는 구절은 우리가 약물과 개인 영역을 통해 오직 내면적으로만 성취감을 추구하도록 배웠던 것과 결이 비슷하다. 하지만 그 외 다른 구절들은 상당히 다르다. "너희도 서로를 사랑하라"가 그중 하나다. 또 다른 아주 강력한 구절은 이거다. "내가 곧 길이요, 진리요, 생명이니." 또 하나는 "무거운 짐을 진 자들이여, 모두 내게로 오라. 그러면 내가 너희에게 안식을 주리라."

만약 누군가 내게 와서 "내가 곧 길이요, 진리요, 생명이니"라고 한다면, 나는 온 힘을 다해 그자를 믿고 싶을 것이다. 길, 진리 그리고 생명.

내가 이해한 바에 따르면 예수는 하늘과 땅을 만든 자로,

자신이 신의 아들이라 주장했다. 나는 그 말이 당황스러웠다. 예수라는 사람을 도무지 믿을 수가 없었다. 그럼에도 예수는 다른 이들이 모르는 것을 알고 있고, 《바람과 함께 사라지다》에 나오는 사람들처럼 어리석지도 않으며, 미국 대통령들처럼 야망을 위해서라면 살인도 마다하지 않는 그런 존재 같지는 않았다.

예수가 어떤 존재이든 간에, 그는 '위대한 사람'이라 불렸다고 한다. 나는 '위대한 사람'이라는 개념이 썩 마음에 들지 않는다. 뭔가 마음을 불편하게 하는 개념이다. '위대한 사람'은 종종 인류를 피로 물들이는 계획을 세우거나 실행에 옮겨 왔기 때문이다.

내 글쓰기 실력이 좋아진 것 같다. 단어들을 더 많이 알게 되었고, 그래서 문장 만들기가 한결 쉬워졌다.

177일째

《바람과 함께 사라지다》와 《무용의 예술》을 제외하고는 모든 책을 읽었다. 더 읽고 싶다. 닷새 전 감방 문이 또 잠기지 않았고, 벨라스코와 나는 금지된 건물로 가서 샅샅이 뒤졌지만 책을 더 찾지 못했다.

읽을 책이 더 필요하다! 뉴욕 도서관 지하에 있는 책들을 떠올리면 미친 듯이 그곳으로 돌아가고 싶다.

뉴욕에서 나는 감옥 탈출을 보여 주는 영화를 몇 편 보았다. 그 감옥 경비들은 인간이어서 경계를 바짝 했지만, 여기에 있는 경비들은 멍청한 머론 로봇일 뿐이다.

그러나 손목에 채워진 이 금속 밴드는 한 번에 반나절 이상을 비활성화시킬 수가 없다. 만약 감옥을 탈출한다고 해도, 뉴욕까지 어떻게 가야 할까?

《배낭여행을 위한 캐롤라이나 해변 가이드》에 '동부 해안' 지도가 있다. 그 지도에 노스캐롤라이나와 사우스캐롤라이나가 있고 뉴욕도 나와 있다. 오른쪽에 바다를 두고 해변을 따라 쭉 걸어가면 뉴욕이 나올 것이다. 하지만 얼마나 걸릴지 모르겠다.

《해변에서의 요리: 파티를 열어요!》에는 해변에서 잡을 수 있는 조개나 다른 바다 생물을 먹는 방법이 나와 있다. 만약 탈출한다면, 그 책에 나온 대로 해산물을 잡아먹으면 될 것 같다.

그리고 이 일기를 책 상자에서 찾은 얇은 종이에 더 작은 글씨로 적은 다음 주머니에 넣으면 가지고 갈 수 있을 거다. 하지만 책을 다 가지고 갈 수는 없다.

게다가 이 금속 밴드를 제거할 방법도 없다. 밴드를 잘라 낼 도구가 뭐라도 있어야 할 텐데.

178일째

신발 공장에 거대한 기계가 있는데, 신발을 만드는 데 쓰이는 플라스틱 시트를 자를 때 사용된다. 그 기계에는 단단한 플라스틱 시트 스무 장을 한 번에 절단하는 아주 굳센 강철 칼이 달려 있다. 그 칼의 날은 항상 반짝거리고 있다. 기계 옆에 로봇 경비가 서 있고, 인간 근로자는 가까이 갈 수 없게끔 되어 있다. 그러나 로봇 경비가 가끔 휴면 상태에 들어간 것처럼 보일 때가 있다. 그 경비는 노쇠한 로봇이라 기계 옆에 서서 지키고 있는 단순한 업무만 맡고 있는 것 같았다.

경비가 휴면 상태에 들어간 것 같을 때, 기계로 다가가 손을 정확히 그 위치에 딱 놓으면 칼날이 내 손목 밴드를 자를 수 있을지도 모른다.

만약 잘못되면 손목이 잘려 나가겠지. 아니면 금속 밴드를 자르지 못할 수도 있고, 칼날이 밴드에 박혀서 팔을 비틀어 빼내야 할 수도 있다.

너무 무섭다. 그 생각은 이제 그만해야겠다.

180일째

책 《인구 감소의 원인》에는 세계의 인구수에 대한 흥미로운 사실이 실려 있다.

당대의 인구 통계 분야에서는 다양하고 상반된 수많은 방법으로 지구상에 거주하는 인간의 감소를 설명해 왔다. 가장 설득력 있는 설명에는 일반적으로 다음의 요인들이 제시되어 있다.

1. 과잉 인구에 대한 두려움
2. 불임 수술에 관한 의학 기술의 완성
3. 가족의 소멸
4. '내면' 경험 우려의 확산
5. 아이에 대한 관심 결여
6. 책임을 회피하려는 욕구의 일반화

그 책은 이 요소들을 하나하나 분석한다.

그러나 어디에도 아이들이 아예 없을 거라는 가능성을 언급하지 않는다. 그래서 나는 그것이 이 세상이 어떻게 변했는지를 대변해 주고 있는 것 같다고 생각한다. 이 지구상에는 분명히 아이들이 더 이상 존재하지 않는다.

우리가 모두 죽고 나면 사람이 없을 수도 있다.

그게 나쁜 일인지 좋은 일인지는 나도 모른다.

그럼에도 불구하고 내가 한 아이의 아버지가 되고 메리 루가 그 아이의 어머니가 되는 건 여러 면에서 좋은 일일 것이다. 그리고 또 나는 그녀와 함께 살고 싶고 우리가 가족이 되었으면 좋겠다. 나의 개인성에 심각한 위험을 초래한대도 말이다.

그렇다면 내 개인성은 무엇을 위한 것일까? 개인성이란 진정으로 신성한 걸까? 아니면 나를 훈련한 로봇을 만든 누군가가 그 로봇에게 날 그렇게 가르치라고 프로그래밍한 것뿐일까?

184일째

오늘 프로틴4를 수확했다. 우리가 일하러 들판에 갔을 땐 거대한 노란색 기계들이 이미 배치되어 있었고, 그 기계들은 마치 생각버스 여러 대가 무리 지어 있는 것처럼 나란히 줄 맞춰 서서 흙먼지를 일으키며 요란하게 움직이고 있었다. 기계들은 다 익은 식물을 한 번에 스무 개에서 서른 개씩 퍼 올려 호퍼* 안으로 집어넣었는데, 아마도 프로틴4를 소이바와 합성 단백질 시리얼로 만들기 위해 가루로 빻으려는 것 같았다.

프로틴4 냄새가 평소보다 훨씬 지독해서 우리는 들판에서 멀리 떨어진 곳에 서서 말없이 기계들을 지켜보았다.

마침내 누군가 말을 꺼냈다. 벨라스코였다. 그의 목소리가 침울했다. "한 계절이 또 지나가는군."

누구도 입을 열지 않았다. 한 계절. 나는 주위를 둘러보다

---

* 석탄, 모래, 자갈 따위를 저장하는 큰 통이다. 필요에 따라 밑에 달린 깔때기 모양의 출구를 열어 내용물을 내보내는 장치가 되어 있다.

가 뒤편에 시선이 닿았고, 몇 주 만에 처음으로 뒤에 보이는 배경에 시선을 고정했다. 교도소 건물 너머 언덕 위에 있는 나무들 잎이 전부 떨어져 있었다. 피부를 스치는 공기도 차가웠다. 옅은 파란색 하늘을 올려다보고 내 살갗의 온도를 감각했다. 몸에 전율이 일었다. 언덕 가장자리에 수많은 새들이 떼를 지어 날아다니며 빙빙 돌다가 다 같이 방향을 틀고 있었다.

그리고 나는 결심했다. 반드시 이 감옥에서 탈출할 거라고.

스포포스

그녀의 얼굴은 예쁘지 않았지만, 늘 그랬듯이 겁에 질린 그의 눈길을 붙잡았다. 그녀는 연못가의 축축한 진흙 위에 그와 같은 높이로 서 있었다. 그녀의 하얀 발은 진흙 속으로 파고들어 가지 않았다. 그녀가 그에게 무언가를 내밀었다. 기다란 가운 속 그녀의 팔이 긴장했는지 살짝 떨리고 있었고 얼굴은 당황한 표정이었다. 그는 그녀와 세 걸음 정도 떨어진 거리에 서서 그 물건이 뭔지 알아내려 애썼지만, 도무지 알아볼 수가 없었다. 그녀가 내밀고 있는 물건을 그는 응시하고 또 응시하다가 결국 포기했고, 패배감에 고개를 떨구었다. 진흙이 그의 흰 발목을 서서히 덮어 갔고, 움직일 수 없었다. 그녀도 움직일 수 없는 것 같았다. 그는 고개를 들어 그녀를 다시 바라보았다. 그녀는 그의 눈 속에 도저히 담기지 않는 그 물건을 여전히 내밀고 있었고, 그는 그녀에게 말을 걸어 내게 무얼 주고 싶은 거냐고 물어보려 애썼지만, 목소리가 나오지 않았다. 그는 더욱 두려워졌다. 그리고 잠에서 깨어났다.

깊이, 저 깊숙한 곳에서 그는 그게 꿈이라는 걸 알았다. 언제나 그렇게 알고 있었다. 그는 그가 사는 아파트의 좁은 침대 끄트머리에 앉아 꿈에 나온 여자를 생각했다. 꿈을 꾸고 나면 늘 그랬듯이. 그런 다음 검은 머리와 빨간 코트를 입은 소녀를 떠올렸다. 길고 긴 인생 동안 그녀가 그의 꿈에 나온 적은 단 한 번도 없었다. 항상 가운 입은 여자만 나왔다. 그가 한 번도 살아 보지 못한, 거의 아무것도 모르는 삶에 대한 꿈, 어디선가 우연히 들어 본 적이 있는 꿈이었다.

그는 현실에서 꿈속의 그녀와 닮은 여자를 몇 명 본 적이 있다. 메리 루는 그중 한 사람이었고, 그녀의 밝고 단호한 눈 그리고 꼿꼿하게 선 자세가 그의 눈길을 끌었다. 물론 메리 루는 꿈속의 여자보다 훨씬 더 강해 보이고 훨씬 더 자신감 있어 보였다.

여러 해 동안 그는 그녀 같은 여자를 찾아내 함께 생활할 수 있다면, 그의 의식이 경험하고 살았던 다른 이의 삶의 열쇠를—그의 뇌를 만들기 위해 복제된 누군가의 삶의 열쇠를—찾을 수 있을 거라 생각했다. 그래서 지금 그렇게 살고 있다. 하지만 열쇠는 찾지 못했다.

그는 여드레에서 열흘마다 꿈을 꾸었고, 그것이 늘 그를 불안하게 만들었다. 꿈을 꾸는 동안 느끼는 두려움에 완전히 익숙해진 건 아니었지만, 그는 그걸 삶의 일부로 받아들였다. 이따금 기억에서 비롯된 다른 주제의 꿈을 꾸기도 했다. 그리고 그가 인식하지 못한 주제에 대한—낚시를 하거나 낡은 피아노를 연주하는 것과 관련된—또 다른 꿈들도 더러 있었다.

그는 침대에서 내려와 무거운 걸음으로 창가로 저벅저벅 걸어가서 창밖의 이른 아침을 내다보았다. 어스름한 새벽이 저 먼 곳에 그 어떤 것보다, 엠파이어 스테이트 빌딩보다, 다시 말해 뉴욕의 가장 높은 무덤의 상징이라고 할 수 있는 그 건물보다 더 높은 하늘에 굳건히 자리를 잡고 있었다.

벤틀리

벨라스코의 방을 찾아가는 일은 전혀 문제가 되지 않았다. 언젠가 벨라스코가 그의 방으로 들어가 비프를 데리고 나오는 걸 본 적이 있어서 쉽게 찾을 수 있었다. 잠기지 않은 문을 밀어 열었더니 벨라스코가 침대에 누워 주황색 고양이를 쓰다듬고 있었다. 텔레비전은 꺼져 있고, 구석에 다른 고양이 세 마리가 한데 모여 잠을 자고 있었다. 벽 한쪽에는 나체의 여자 사진들이 가득했고, 반대쪽 벽에는 나무와 들, 바다 사진들이 붙어 있었다.

연한 녹색 천으로 덮인 안락의자와 키 큰 스탠드 조명이 있었는데, 분명 어떤 불법적인 방법으로 가져다 놓았을 거다. 벨라스코가 읽기를 할 줄 알았다면 나보다 더 좋은 공간에 있었을 텐데.

나는 자리에 앉지 않았다. 너무 불안했기 때문에.

벨라스코가 고개를 들어 나를 보았다. 꽤 놀란 눈치였다. "지금 방에서 나와서 뭐 하는 거야, 벤틀리?" 그가 물었다.

"또 문이 안 잠겼어." 나는 예절 규정을 무시하고 그의 얼굴을 똑바로 쳐다보았다. "좀 만나고 싶었어."

그가 침대에서 일어나 고양이를 바닥으로 살포시 내려놓았다. 고양이가 몸을 쭉 펴고 구석에 있는 다른 고양이들에게 갔다. "안색이 안 좋네." 그가 내게 말했다.

나는 그를 계속 쳐다보았다. "두려워. 나 탈출하기로 결심했어."

그가 나를 보며 무슨 말을 하려다 결국 입속으로 삼켰다. 이윽고 그가 물었다. "어떻게?"

"신발 공장에 큰 칼 있잖아. 그 칼로 이걸 자를 수 있을 거 같아." 나는 그의 쪽으로 내 밴드를 내밀었다.

그가 고개를 저으며 휘리릭 휘파람을 불었다. "세상에! 그러다 팔도 잘리면?"

"여기에서 나가야 해. 나랑 같이 갈래?"

그는 오랫동안 나를 바라보았다. 그러더니 "아니"라고 했다. 그는 허리를 더 꼿꼿이 세우고 침대에 앉았다. "밖으로 나가는 건 내게 별 의미가 없어. 더 이상은. 그리고 그 칼 아래에 내 손을 넣을 용기도 없고." 그가 셔츠 주머니를 뒤지며 대마 담배를 찾기 시작했다. "너 정말 확신해?"

나는 한숨을 내쉬며 안락의자에 앉아 내 손목을 감싸고 있는 족쇄를 가만히 응시했다. 처음에 비해 조금 헐거워진 것 같았다. 그동안 들판에서 강도 높은 일을 하느라 살이 빠지고 근육이 단단해져서 그런 듯했다. "모르겠어. 시도해 보기 전까지는 알 수 없겠지."

그가 담배를 피우며 고개를 끄덕였다. "만약 여기에서 나가면, 뭘 먹고 살 건데? 여기는 사람 사는 곳과 아주 멀리 떨어져 있어."

"해변을 따라가면 조개를 찾을 수 있어. 먹을 수 있는 식물이 자라는 들판을 발견할 수도 있고……."

"이봐, 벤틀리. 그런 식으로는 안 돼. 조개가 없으면 어쩌려고? 게다가 지금은 겨울이야. 일단 봄까지는 기다리는 게 좋을 거야."

나는 그를 바라보았다. 그의 말도 맞는 말이었다. 하지만 나는 알고 있었다. 봄까지 기다릴 수 없다는 걸. "아니." 내가 말했다. "그래도 내일 떠날 거야."

그가 고개를 절레절레 흔들었다. "알았어. 알았다고." 그러더니 침대에서 일어나 허리를 숙여 침대 커버를 당겼다. 그리고 그 아래 손을 넣어 커다란 상자를 빼낸 다음 상자 뚜껑을 열었다. 안에 투명한 비닐에 싸인 쿠키와 빵, 소이바가 들어 있었다. "가져갈 수 있는 만큼 가져가."

"아니야. 나는……."

"가져가." 그가 말했다. "나는 더 구할 수 있어." 그러고는 덧붙였다. "이걸 넣어 갈 수 있는 물건이 필요할 거야." 그는 골똘히 생각에 잠겨 있다가 갑자기 감방 문으로 가더니 소리쳤다. "라슨! 이리 와 봐!" 잠시 후 프로틴4 밭에서 본 적이 있는 키 작은 남자가 다가왔다. "라슨!" 벨라스코가 말했다. "배낭이 필요해."

라슨은 잠시 그를 쳐다보았다. "그건 그렇게 간단한 일이 아니야." 그가 말했다. "수선할 것도 많고, 캔버스 천도 필요하고, 윤곽을 잡을 튜브도 있어야 하고……."

"네 방에 하나 있잖아. 바지로 만든 거 말야. 전에 포커 게임할 때 봤어. 로봇이 전부 다 고장 났던 그날."

"제길," 라슨이 내뱉었다. "그건 줄 수 없어. 내가 탈출할 때 쓸 거라고."

"뭔 헛소리야." 벨라스코가 말했다. "너는 아무 데도 못 가. 그때 포커 게임이 벌써 3, 4옐로 전 일이라고. 그리고 너 손목 밴드는 어떻게 뺄 건데? 이빨로?"

"줄칼로 갈면 될 수도 있지……."

"헛소리하지 마." 벨라스코가 계속했다. "로봇들이 이 교도소를 멍청하게 운영할지는 몰라도 그렇게까지 바보들은 아니야. 이 밴드를 잘라 낼 만큼 강한 공구는 여기에 없어. 너도 알잖아."

"그러는 너는 어떻게 나갈 건데?"

"내가 아니라, 여기 벤틀리가." 벨라스코가 손을 뻗어 내 어깨에 손을 얹었다. "신발 공장에 있는 큰 칼을 써 볼 거래."

라슨이 나를 응시했다. "제길, 그건 바보 같은 짓이지."

"그건 벤틀리가 알아서 할 거야, 라슨." 벨라스코가 말했다. "벤틀리한테 배낭 줄 수 있어?"

라슨은 잠시 생각에 잠겼다. 그러더니 말했다. "그럼 난 뭘 얻을 수 있는데?"

"저 벽에 있는 사진 중 두 장 골라 봐. 아무거나."

라슨이 미간을 찌푸리며 그를 바라보았다. "고양이도?"

벨라스코가 인상을 썼다. "빌어먹을." 그러고는 대답했다. "좋아, 검은 고양이 한 마리."

"주황색으로." 라슨이 말했다.

벨라스코가 지친다는 듯 고개를 저었다. "배낭이나 가져와."

얼마 뒤 라슨이 배낭을 가져왔고, 벨라스코는 가방 안에 식량을 넣어 주었다. 그리고 필요하다면, 비프를 배낭 안에 넣을 수 있는 방법도 알려 주었다.

*

그날 밤 약을 복용하지 않고는 잠에 들 수 없었다. 나는 원래 아침에 신발 공장에 갈 때 느껴지는 최면제의 여파를 좋아하지 않았다. 그러나 탈출을 위해 실행해야 하는 계획에 대한 상념이 나를 괴롭혔다. 아래로 내려오는 칼날에 치명적인 부상을 입을 수도 있고, 한겨울에 떠돌아다녀야 할 곳에 대한 정보 하나 없이, 해안의 먹을거리에 관한 얇은 책 한 권을 제외하고는 앞으로 맞닥뜨릴 어려움에 대비한 훈련 하나 없이 맨몸으로 부딪쳐 가며 생존에 직면해야 할 것이다. 내가 지금껏 받은 교육은—실생활에 전혀 쓸모없는 그 멍청한 교육은—내가 하려는 이 계획에 전혀 도움이 되지 않았다.

사실 내 마음속 한편에서는 조금 더 기다려 보자고 말한다. 봄까지만, 내 형이 끝났다고 알려 줄 때까지 기다려 보자고. 감옥에서의 삶은 사실 사색가 기숙사에서의 삶보다 나쁘지 않았고, 만약 벨라스코처럼 되는 법을 배우면 여기에서도 괜찮은 삶을 살아갈 수 있을 거다. 게다가 일단 로봇 경비의 구타를 피하는 방법을 익히면, 다시 말해 그들과 눈을 마주치지 않으면 사실상 규율이랄 것도 없었다. 금속 밴드라는 장치가 발명된 후 교도소 운영에 관한 모든 것이 분명히 느슨해졌을 거고 그게 영향을 미쳤을 것이다. 그 밖에 많은 부분도 그러하듯 말이다. 여기에는 약도 충분히 있고 이제는 음식과 노역에도 익숙해졌다. 그리고 텔레비전과 내 고양이 비프도 있다…….

그러나 내 마음속 일부분만 그럴 뿐이었다. 더 깊은 곳에서는 "여기를 떠나야 해"라고 말하고 있었다. 나는 알면서도, 극심한 공포를 알면서도 그 목소리에 귀 기울여야 했다.

내 머릿속에 오래전부터 존재했던 무언가는 "의심스러우면 잊어버려라"라고 말했다. 하지만 나는 그 목소리를 멈추게 해야 했다. 그건 틀린 말이니까. 앞으로 살아갈 만한 가치가 있는 삶을 지속할 생각이라면 여길 떠나야만 했다.

춥고 황량한 해변에서 거대한 칼날을 상상할 때마다 나는 비단뱀 우리로 돌을 던지던 메리 루의 모습을 떠올렸다. 그 생각이 감방에 혼자 있는 밤을 견딜 수 있게 했다.

그날 아침 나는 배낭을 메고 아침을 먹으러 갔고, 그대로 단백질 시리얼과 검은 빵을 먹었다. 로봇 경비들은 나를 신경조차 쓰지 않는 것 같았다.

아침 식사를 마치고 고개를 들었더니 벨라스코가 내가 있는 작은 테이블로 다가오고 있었다. 우리는 식사 중에 말을 하면 안 되었지만, 벨라스코가 말을 꺼냈다. "여기, 벤틀리. 공장에 갈 때 이거 먹어." 그가 내게 빵 한 덩이를 건넸다. 내 빵보다 훨씬 컸다. 저쪽 맞은편에서 경비가 "개인 영역 침범!"이라고 소리쳤으나 나는 무시했다.

"고마워." 내가 말했다. 나는 그에게 손을 내밀었다. 고대 영화 속 남자들처럼. "잘 있어, 벨라스코."

그는 내 행동을 이해하고 나를 똑바로 바라보며 내 손을 꽉 잡았다. "잘 가, 벤틀리." 그가 말했다. "난 네가 옳다고 생각해."

나 역시 그의 손을 꽉 쥐며 고개를 끄덕이고 돌아서서 걸어 갔다.

나와 교대 시간이 같은 수감자들과 공장 출입문으로 들어 갔더니 칼이 벌써 작동되고 있었다. 나는 걸음을 멈추고 칼날을 빤히 응시하며 다른 수감자들이 내 앞으로 먼저 지나가게 했다. 무언가 나를 짓누르는 느낌이었다. 보고 있는 것만으로도 손이 덜덜 떨리고 위장이 단단하게 조여졌다.

칼날은 남자 다리 길이만 했고 폭은 그보다 더 넓었다. 은 빛이 감도는 회색을 띤, 그리고 끝이 약간 굽은, 아주 견고한 강철 소재의 그 칼날은 굉장히 날카로워서 신발을 만드는 데 쓰이는 스무 겹의 합성 재료를 단두 도끼처럼 싹둑 쪼겠고, 그러면서도 작은 소리 하나 내지 않았다. 합성 재료가 컨베 이어 벨트를 타고 칼날 아래로 가면, 금속 손 여러 개가 그 합성 재료를 일종의 모루 같은 장치 위에 올렸다. 칼 아래에 합성 재료가 차곡차곡 쌓이면, 칼이 150센티 높이에서 아래로 툭 떨어지면서 재료 더미를 소리 없이 절단하고 다시 위로 스윽 올라갔다. 칼이 가장 높은 곳으로 올라가자 칼날 끝이 번 쩍 빛났다. 저 칼에 내 손목이 살짝이라도 스치면 어떻게 될 까? 가만 생각해 보았다. 손목을 정확히 어느 지점에 두어야 하지? 그걸 어떻게 알아내지? 만약 한쪽 손목을 성공한다 해도, 다른 쪽도 같은 과정을 반복해야 했다. 그건 불가능했다. 그 자리에 그대로 서 있는데 어떤 생각이 나를 파도처럼 덮쳐 왔다. 나는 피를 흘리다가 죽을 거다. 내 손목에서 피가 분수처럼 터져 나올 것이다…….

하지만 나는 소리 내어 이렇게 말했다. "그래서 뭐? 어차피 난 잃을 게 없다고."

조립 라인에서 각자의 자리를 찾아가고 있는 다른 수감자들을 밀치며 기계 쪽으로 성큼성큼 걸어갔다. 그곳에는 두꺼운 가슴팍 앞으로 팔짱을 낀 채 멍한 눈으로 칼을 주관하고 있는 로봇이 있었다. 딱 하나뿐이었다. 로봇이 내 쪽으로 시선을 돌리긴 했지만, 별다른 움직임도 없고 무슨 말을 하지도 않았다.

칼날이 번쩍이며 무서운 속도로 내려왔다. 나는 그 모습을 바라보며 우두커니 서 있었다. 꼼짝도 할 수 없었다. 칼이 합성 재료의 가장자리를 자르며 부드럽게 쉬익 소리를 냈다. 나는 부들대는 손을 진정시키려고 황급히 주머니에 찔러 넣었다.

시선을 내려 컨베이어 벨트를 바라보았다. 절단된 재료를 더 잘게 자르기 위해 자동 금속 손이 잘린 재료를 호퍼로 밀어 넣고 있었다. 바로 그때 무언가가 내 심장을 더 격하게 요동치게 만들었다. 모루 위에, 여러 블루와 옐로 동안 칼날이 줄기차게 닿았을 모루의 한 부분에 가느다랗고 짙은 선이 있었다. 그 자리가 바로 칼날이 정확하게 내려오는 위치였다!

어떻게 하면 좋을지 머리를 사정없이 굴리기 시작했다. 그러다가 어차피 더 생각해 봤자 두려움만 더 커질 거라는 걸 깨닫고 앞으로 나섰다.

다음 재료 더미가 절단되었을 때, 나는 금속 손이 잘린 재료를 모루 밖으로 밀어내기 전에 손을 불쑥 내밀어 잘린 조각 절반을 덥석 잡고 갓 절단된 가장자리를 그 선에 맞추었다. 금속 손이 다른 재료들을 치웠고, 잘리지 않은 또 다른 재료 더미가 컨베이어 벨트 위에 올라왔다. 칼이 내려오기 전에 아주 잠깐 틈이 있을 터였다. 나는 고개를 들거나 칼날을 생각하지 않으려 애쓰며 새로 올라온 재료를 바닥으로 밀어 떨어뜨렸다.

그 즉시 내 시선의 언저리에서 옆에 있는 로봇의 움직임이 감지되었다. 그가 팔짱을 풀었다. 나는 그를 무시하고 이미 절단된 재료 더미의 가장자리가 모루 위의 가느다란 선과 완벽하게 수직을 이루도록 자리를 잡아 놓았다. 그런 다음 내가 만든 철사 갈고리를 왼쪽 손 밴드에 걸었다. 주먹을 꽉 쥐고 위를 올려다보았다. 움직임 없는 칼날이 바로 위에서 날 위협하고 있었다. 날카로운 칼날은, 바로 아래에서 보니, 마치 육중한 무게와 두꺼운 몸체를 지닌 머리카락 한 가닥 같아 보였다.

나는 떨지 말고, 생각하지 말라고 나 자신을 몰아세웠다.

가능한 한 빠르게, 손마디가 그 선에서 2.5센티 정도 떨어지도록 컨베이어 벨트에 놓고, 오른손은 밴드에 걸어 놓은 갈고리를 당기면서 재료 더미 위에 올렸다. 갈고리에 들어가는 힘과 반대 방향으로 팔을 당기자 내 손목 안쪽과 금속 밴드 사이에 1센티 정도 틈이 생겼다. 나는 칼에서 멀어지게끔 머리를 뒤로 쭉 뺐다. 몸이 돌처럼 굳어진 느낌이었다.

그때 로봇이 내 귀에 대고 소리쳤다. *"위반! 위반!"* 하지만 나는 움직이지 않았다.

칼이 내려왔다. 내 얼굴에 바람을 일으키며, 추락하는 천사처럼, 총알처럼 떨어졌다. 그리고 나는 고통스럽게 울부짖었다.

두 눈을 질끈 감았다. 그러나 어떻게든 눈을 떠야 했다. 다행히 피는 없었다! 대신 밴드 조각이 절단된 채 내 앞의 컨베이어 벨트 위에 놓여 있었다. 컴퓨터로 제어되는 금속 손이 밴드 조각을 통에 밀어 넣었다. 로봇은 여전히 소리를 지르는 중이었다. 나는 로봇을 보고 말했다.

"꺼져, 로봇아."

로봇은 꼼짝없이 응시하기만 할 뿐이었다. 그의 손은 이제 그의 옆구리에 얹혀 있었다.

나는 왼쪽 손목을 살폈다. 금속 밴드가, 이제 틈이 벌어진 밴드가 뒤틀려서 내 살갗을 찌르고 있었다. 나는 지금도 나를 쳐다보고 있는 로봇을 무시하며 오른손으로 밴드를 풀고 손목을 구부려 보았다. 통증이 있긴 했지만 다행히 부러지지는 않았다. 잘린 밴드의 한쪽을 모루 가장자리 근처로 미끄러뜨려 칼에서 멀어지게 해 놓은 다음 갈고리로 남은 조각을 들어 올리자, 밴드가 천천히 벌어졌고 나는 손을 빼낼 수 있었다. 그리고 나니 칼이 다시 내려왔다. 그때 내 손은 칼날과 30센티 정도 떨어진 곳에 있었다.

숨을 깊게 들이마신 다음 갈고리를 오른손 밴드로 옮겼다.

재료 더미가 올려와 절단될 때까지 기다렸다가 조금 전처럼 잘린 조각을 한 움큼 잡았다. 그리고 벨트 위에 오른손 주먹을 놓으려고 내밀었을 때, 내 팔을 덥석 움켜잡는 강한 손아귀 힘이 느껴졌다. 로봇이었다.

더 생각할 필요도 없이 즉시 머리를 푹 숙이고 최대한 세게 로봇의 가슴을 퍽 가격했다. 그러자 로봇의 손에서 힘이 풀렸고 나는 그를 컨베이어 벨트로 밀어붙였다. 그는 몸을 앞으로 구부렸다. 나는 뒤로 물러나서 발로 그의 배를 걷어찼다. 때마침 무거운 교도소용 부츠를 신고 있었고, 프로틴4 밭에서 노역하면서 생긴 다리 힘을 끌어모아 아주 강하게 때려 박았다. 로봇은 소리도 내지 못한 채 바닥으로 쿵 쓰러졌고, 곧바로 다시 일어나려고 발버둥 쳤다.

나는 돌아서서 위를 보았다. 칼이 위로 올라가서 대기하고 있었다. 내 뒤에서 남자 목소리가 들렸고 로봇이 또다시 외치기 시작했다. "위반! 위반!"

나는 눈길을 돌리지 않고 오른쪽 손목을 칼 아래에 둔 채 머리를 뒤로 뺐다. 만약 칼이 막 내려오고 있는데, 로봇이 다가와 내 팔을 덥석 잡으면 무슨 일이 벌어질지 생각하지 않으려 애쓰면서.

기다림은 영원 같았다.

그리고 드디어 시작되었다. 견고한 강철이 반짝이고 갑작스러운 바람이 일었다. 그리고 통증. 내가 소리를 지르기 직전에, 마른나무 막대기가 부러지는 듯한 소리가 들렸다.

눈을 뜨고 아래를 보았다. 밴드가 잘려 있는데, 내 손도 이상하게 구부러져 있었다. 그 순간 무슨 일이 벌어졌는지 깨달았다. 손목이 부러진 것이다.

그런데도 아프지 않았다. 귀에서 종소리가 울렸다. 고통의 충격을, 그 잔인함을 나는 기억하지만 그때는 전혀 아프지 않았다. 게다가 머릿속도 맑았다. 그 어느 때보다도 맑았다.

그런 다음 로봇이 떠올랐고, 나는 그를 밀어낸 곳을 바라보았다.

로봇은 여전히 바닥에 나자빠져 있었다. 라슨과 나이 많은 백발의 남자가 로봇 위에 앉아 있었다. 벨라스코는 한 손에는 묵직한 렌치를 들고 다른 한 손에는 내 고양이 비프를 데리고 로봇 근처에 서 있었다.

나는 그를 빤히 바라보았다.

"여기." 벨라스코가 미소를 지으며 말했다. "네 고양이를 깜빡했더라고."

나는 갈고리로 반대쪽 밴드를 벗겨 주머니에 넣었다. 그런 다음 벨라스코에게 다가가 멀쩡한 손에 비프를 받았다.

"슬링*이 뭔지 알아?" 벨라스코가 물었다. 내가 비프를 안자, 그는 계속 로봇에 시선을 둔 채 렌치를 다른 손에 옮기며 셔츠를 벗기 시작했다.

"슬링?" 내가 물었다.

"기다려 봐." 그가 셔츠를 마저 벗더니 두 조각으로 찢었다. 그러고는 소매와 셔츠 밑단을 묶어서 내 목에 걸어 배낭의 허리 끈 바로 위에 오게끔 한 뒤 셔츠의 넓은 부분에 내 오른쪽 팔을 넣는 방법을 알려 주었다. "조금 멀리 가고 난 다음에," 그가 말을 이었다. "바닷물에 손목을 담가야 해. 가끔씩 꼭 그렇게 해 줘야 해." 그가 내 어깨를 붙잡았다. "넌 정말 용감한 녀석이야."

"고마워." 내가 말했다. "정말 고마워."

"빨리 가, 벤틀리." 벨라스코가 말했다.

그리고 나는 그렇게 했다.

---

* 어깨에 걸어 물건 등을 담는 자루나 끈이다.

*

감옥에서 북쪽으로, 오른쪽에 바다를 둔 채 몇 킬로를 달리고 걸었더니 손목의 통증이 심각해지기 시작했다. 걸음을 멈추고 비프를 땅에 내려놓았다. 비프는 내 팔에 안겨 있을 땐 몇 번이나 팔을 할퀴고 시끄럽게 야옹대더니 드디어 조용해졌다. 나는 물가에 등을 대고 누워 달리기를 비롯한 여러 가지 것들 때문에 숨을 거칠게 몰아쉬면서, 다친 손목을 얕은 물속 차가운 파도 아래에 두었다. 물결이 다가와 옆구리에서 찰랑거렸다. 비프가 애처롭게 야옹거리기 시작했다. 나는 말없이 그대로 누워 있었다. 바닷물이 점점 더 가까이 다가와 내 몸을 차갑게 감쌌다. 물이 얼음처럼 차가워서 결국 몸을 일으킬 수밖에 없었다. 차가운 물이 손목의 고통을 한결 잠재워 주긴 했지만, 아예 없어지지는 않았다. 내 앞에 놓인 여정에 대한 두려움 또한 사라지지 않았다. 그럼에도 가슴속에서 환희가 차올랐다. 나는 이제 자유였다.

내 인생에서 처음으로 나는 자유인이 되었다.

물가로 가서 왼손 가득 물을 담아 입에 대고 한 모금 밀어 넣었다. 물이 목구멍으로 넘어가자 목구멍이 확 조이더니 욕지기가 났다. 입안에 남은 물을 전부 게워 냈다. 바닷물은 쉽게 마실 수 있는 물이 아니란 걸 모르고 있었다. 그동안 아무도 내게 말해 주지 않았다.

내면의 무언가가 갑자기 무참히 무너지고, 나는 해변 위로 풀썩 쓰러져서 통증과 목마름에 허우적대며 울었다. 고통이 너무나 극심했다. 전부 다 너무 과했다.

나는 차갑고 축축한 모래에 누워 있고, 격렬한 바람이 내 몸을 훑고 지나갔다. 오른팔은 통증으로 떨리고, 목구멍은 소금물 때문에 타들어 가는 것 같았다. 마실 물을 어디에서 찾을 수 있을지 모르겠다. 어떻게 구해야 할지도 모르겠고, 작은 배낭에 있는 음식을 전부 먹고 난 뒤에는 먹을거리를, 그러니까 조개를 어디서부터 어떻게 찾아야 할지 모르겠다.

절망에 빠져 있던 나는 몸을 벌떡 일으켰다. 마실 게 좀 있었다. 벨라스코가 준 액상 단백질 세 캔.

배낭을 벗은 다음 배낭 윗부분에 라슨이 달아 놓은 버튼을 열고 캔을 찾아 꺼내서 하나를 조심스럽게 열었다. 몇 모금만 마시고 비프에게 조금 준 뒤 캔 구멍을 손수건으로 막았다. 기분이 조금 나아졌다. 며칠 동안은 충분히 마실 수 있는 양이었다. 그래도 어떻게든 물을 찾아야만 했다. 일어나서 북쪽으로 걷기 시작했다. 비프는 주로 내 옆에 있거나 앞서거나 뒤서거나 하며 따라오곤 했다. 물가 쪽 모래가 걷기 편했다. 나는 문제가 없는 팔을 흔들면서 가벼운 발걸음으로 나름대로 씩씩하게 걸어갔다.

잠시 후 태양이 구름 뒤에서 고개를 내밀었다. 해변에 도요새들이 나타나고, 갈매기들이 머리 위로 날아다니고, 공기 중에는 바다의 깨끗하고 향긋한 냄새가 넘실대기 시작했다. 문득 다친 팔이 떠오르면 여전히 무척 아팠지만, 슬링을 차고 있어서 그렇게 불편하지 않았고 통증도 견딜 만했다. 처음 감옥에 있을 때 며칠 동안의 상황이 이보다 훨씬 안 좋았지만 나는 살아남았다. 그리고 감옥 생활 덕에 더 강해졌다. 그러니 이것 또한 버텨 낼 수 있을 거다.

그날 밤 나는 해변에서 잔디가 조금씩 자라기 시작하는 곳의 모래에 반쯤 박힌 오래된 통나무 옆에 누워 잠을 잤다. 아주 오래전 일처럼 느껴지는 어느 날 벨라스코가 감옥에서 받은 내 라이터로 불을 붙였던 것처럼, 바다에서 떠내려오는 나무 조각 몇 개를 모아다가 불을 붙였다. 통나무에 등을 기대어 무릎 위에 비프를 올려놓고, 하늘이 어둑어둑해지고 별들이 모습을 드러낼 때까지 꽤 오랫동안 불 옆에 앉아 있었다. 비프와 내 위로 별들이 환하게 빛을 내고 있었다. 그리고 파란색 죄수복 윗옷만 입은 채 모래 위에 누워 죄수복 겉옷을 이불 삼아 덮고 깊이 잠들었다.

새벽에 잠에서 깨어났다. 나무가 다 타서 불이 사그라들었다. 추워서 몸이 뻣뻣해지고 손목의 통증이 찌르는 듯 심해졌다. 고통스러웠다. 밴드가 뒤틀리면서 살갗을 마구 찔러 댔던 반대쪽 손목도 쓰라렸다. 그러나 이토록 아픈데도 나는 꽤 오래 숙면을 취했고 충분히 쉴 수 있었다. 이제 나는 두렵지 않았다.

비프가 내 옆에서 몸을 동그랗게 말고 있었다. 내가 잠에서 깨자 비프도 일어났다.

아침으로 먹을 조개를 드디어 찾아냈다. 그 책 사진에 나온 조개 잡기에 쓰는 갈퀴는 없었지만, 긴 막대를 사용해서 축축한 모래 위로 조개가 목을 비쭉 내밀 때마다 보글보글 올라오는 작은 물방울을 찾아다녔다. 나는 조개를 일고여덟 번 놓치고 나서야 조개가 모래 속 깊숙한 곳으로 숨어들기 전에 단단해진 모래를 재빠르게 뒤집어야 한다는 걸 깨달았다. 그런데도 네 개나 놓쳤다. 전부 알이 큰 거였는데.

얼마 동안은 조개 입은 원래 열 수 없는 건 줄 알았다. 주머니에서 그 책을 꺼내―《해변에서의 요리: 파티를 열어요!》를 꺼내―잘 살펴보았지만, 별 도움이 되지 않았다. 책에는 '작은 녀석을 은신처에서 재빨리 빼내기' 같은 문구와 함께 이에 사용되는 특별한 칼을 소개하고 있었다. 그러나 나한테는 칼이 없었다. 교도소에도 마찬가지로 날카로운 칼 같은 건 없었다. 그때 무언가 내 머릿속을 스쳤다. 두 번째 밴드를 자를 때 잘린 밴드 두 조각을 주머니에 넣었었다. 주머니로 손을 뻗어 큰 금속 조각 하나를 꺼냈다. 그러자 비프가 흥미로운 듯 쳐다보았고, 나는 거대한 칼날로 두 동강이 난 밴드의 날카로운 끝을 사용해 드디어 조개 입을 열었다. 시간도 좀 걸렸고 몇 번이나 내 손을 벨 뻔했지만, 어쨌든 해냈다!

나는 조개를 생으로 먹었다. 그런 맛은 처음이었다. 맛있었다. 게다가 조개는 음식이기도 하고 음료이기도 했다. 조개마다 껍데기 안쪽에 제법 마실 만한 액체가 꽤 들어 있었다.

그날 나는 해안을 따라 한참을 걸었다. 누군가 날 쫓아올까 봐 조금 불안했다. 다행히 뒤따라오는 소리가 들리거나 그런 낌새가 보이지는 않았다. 주위에 인간이 거주하는 흔적 역시 없었다. 날이 추웠다. 오후에는 잠깐 눈까지 내렸다. 그러나 죄수복이 꽤 따뜻해서 크게 문제가 되지는 않았다. 점심으로 먹을 조개를 더 많이 찾아내서 소이바 절반 그리고 액상 단백질과 함께 먹었다. 비프는 조개껍데기에서 조갯살을 꺼내 열심히 씹고 핥아 먹으며 조개 먹기에 잘 적응해 나갔다. 얼마 지나지 않아 나는 조개를 잡아 입 벌리기에 능숙해졌다.

가끔 나는 저 멀리에 있는 내륙으로 가서 지대가 높은 곳을 찾아 주위에 신선한 물이—호수나 강, 용수로가—있나 둘러보았지만 전혀 보이지 않았다. 결국에는 앞으로 조개와 액상 단백질이 더 필요할 터였다. 나는 그 사실을 잘 알고 있었다.

며칠을 그런 식으로 보냈다. 그런데 날짜를 세다가 중간에 놓치고 말았다. 그동안 손목 상태는 점점 좋아졌다. 어느 날 밤 불 앞에 앉아 시험 삼아 손목을 움직여 보았는데 부드럽게 움직였고, 그래서 미래에 대한 자신감이 더욱더 차올랐다. 해변에서 얼마 떨어지지 않은 곳 바위 절벽 아래에 크기가 꽤 큰 얼음과 눈이 엉겨 붙은 채 얼어 있었다. 배낭 안에 감옥에서 가져온 철제 그릇이 있었다. 해변에서의 요리를 위한 것이었다. 절벽으로 가서 두 동강 난 금속 밴드로 얼음 조각 한 귀퉁이를 깬 다음 그릇 안에 넣었다. 그리고 자그맣게 불을 피워 나무를 태우다가 뜨거운 숯이 된 나무 위에 그릇을 올렸다. 얼음이 녹았다. 그건 마셔도 되는 거였다! 당장 녹은 얼음을 마시고 비프에게도 나눠 주었다. 그런 다음 불 안에 나무 막대기를 몇 개 더 추가하고 그릇에 얼음을 더 넣어 녹이는 동안 조개를 양손에 가득할 만큼 캐냈다. 그리고 끓기 시작한 물 안에 조개를 넣었다. 몇 분이 지나니 맛있는 조갯국이 만들어졌다.

나는 그렇게 한 달을 지냈다. 잠을 잘 만한 곳을 찾아내 벨라스코가 준 음식을 먹으며 겨우 살아남았다. 하지만 결국에는 벨라스코가 준 음식도 다 떨어졌고, 몇 날 며칠을 조개만 먹으며 버틸 수밖에 없었다. 며칠이 지났는지 모르겠다. 그때는 이 일기를 쓰고 있지 않았으니까. 한번은 해변에 얼어붙은 물고기 한 마리가 있는 걸 발견해서 요리해 먹었다. 덕분에 이틀 동안은 다른 음식을 먹을 수 있었지만, 그것도 금세 사라졌다.

비프는 해변에 서식하는 작은 새를 몇 마리 잡아먹었는데, 내가 그중 한 마리를 빼앗았다. 그러자 그날 이후 비프는 사냥을 하러 해변 위쪽으로 사라지곤 했다. 비프를 사냥 고양이로 훈련시키면 좋았을 텐데. 그러나 나는 그럴 생각을 조금도 하지 못했다.

바닷속에 물고기와 갑각류, 다른 먹을거리가 가득하다는 걸 잘 알고 있었다. 그러나 어떤 걸 잡아먹어야 할지 몰랐다. 《해변에서의 요리》 책에 베리류와 뿌리 열매, 감자 같은 것들에 대해 나와 있었는데, 그런 것들은 코빼기도 보이지 않았다. 나는 정기적으로 내륙으로 나가서 교도소에 있던 들판 같은 밭과 마실 물을 찾아 나섰다. 그러나 야생화와 죽은 잔디, 잡초 말고는 아무것도 찾아내지 못했다. 한때 작물을 수확했다거나 현재 어떤 생명체가 살고 있는 흔적 또한 어디에도 없었다. 책에 나온 대로, 덴버 사건이 있었던 시기 또는 그 이전에, 그러니까 글을 읽는 능력이 소멸된 후에 전쟁이 벌어지는 동안 이 땅이 이렇게 '황폐화'된 건지 궁금했다. 글을 읽는 능력이 소멸했을 때, 역사도 같이 소멸한 걸까?

이 시기의 마지막 즈음에 나는 20일 넘게 조개를 제외한 그 무엇도 먹지 못했던 것 같다. 조개를 찾는 일도 가끔은 굉장히 힘들었다. 아침에 일어나면 입에서 쇠 맛이 나곤 했고, 배

속에서는 경련이 일었다. 아주 조금만 걸어도 모래 위에 누워서 쉬어야만 했다. 피부는 건조해져서 가려웠다. 식단에 다른 무언가가 필요하다는 걸 알았지만, 손에 넣을 수 있는 게 없었다. 잠을 자거나 쉬고 있는 갈매기에게 몰래 다가가려 시도해 봤으나, 근처에 갈 수조차 없었다. 한번은 갈색 풀밭에서 뱀을 보고 쫓아가 봤는데, 그 뱀은 무거운 내 다리가 도저히 따라갈 수 없을 만큼 잽싸게 미끄러져 저 멀리로 가 버렸다. 지친 나는 들판에 드러누웠다. 뱀을 잡으면 고깃국을 끓여 먹을 수 있었을 텐데. 이따금 토끼를 만나기도 했다. 그러나 토끼는 정말이지 빨라도 너무 빨랐다.

나는 점점 몸이 아프기 시작했다. 손목은 많이 괜찮아졌지만, 약간 굽어지고 뻣뻣해서 오른손으로 비프를 들어 올릴 때마다 욱신거렸다. 이제는 머리까지 극심하게 아프기 시작했고, 목마름도 끔찍하게 심해졌다. 얼음을 녹여서 물을 마시려다가 전부 토해내기도 했다. 하루는 저녁 식사를 다 게워 냈는데, 기운이 하나도 없어서 더 이상 요리를 할 수 없었다. 잿더미 옆에 얼굴을 대고 엎드려 그대로 잠이 들었다. 추위를 피할 수조차 없었다.

잠에서 깨어나 보니 몸이 부들부들 떨리고 머리카락은 온통 식은땀으로 젖어 있었다. 나는 살포시 쌓인 얇은 눈 이불을 덮고 있었다. 아직도 눈이 내 몸 위로 떨어지고 있었다. 하늘은 잿빛이었다. 주변 모래도 전부 얼어 있었다. 뼈 마디마디가 콕콕 쑤셨다.

일어나려 노력했지만 도저히 서 있을 수가 없었다. 온 힘을 끌어모아 할 수 있는 일이라고는 해변에 앉은 채로 불을 피울 나무가 있나 주변을 둘러보는 게 다였다. 그러나 전날 밤에 이 주변에 있는 나무 막대기를 이미 싹 다 모아 왔기에, 주위에 나뭇가지 하나 보이지 않았다. 불이 절실했다.

비프가 내 엉덩이에 몸을 비비며 구슬프게 울었다.

기숙사나 감옥이었다면 로봇이 내게 약이라도 한 알 줬을 거고 그러면 나는 괜찮아졌을 거다. 그러나 나는 지금 약이 하나도 없었다.

한 시간 이상을 그대로 앉아 있으면서 하늘이 밝아지고 날이 조금 더 따뜻해지기를 기다렸다. 하지만 그런 일은 일어나지 않았다. 하늘은 계속 어둑어둑했고 차가운 바람이 속도를 힘껏 높이더니 내 얼굴에 눈보라를 불어 넣으며 볼과 눈을 세차게 때렸다.

이대로 계속 누워 있거나 앉아 있으면 더 아파질 게 분명했다. T. S. 엘리엇의 시 한 구절을 연이어 떠올렸다.

죽음의 바람을 기다리는 내 인생은 가볍다.
손등 위의 깃털처럼.

이윽고 나는 바람 속에서 그 구절을 큰 소리로 읊었다. 할 수 있는 한 아주 크게. 일어서지 않으면 나는 죽게 될 것이고, 나의 삐쩍 마른 몸은 갈매기의 밥이 될 것이고, 내 뼈는 결국 바람을 타고 해변의 바닷물을 따라 굴러다닐 것이었다. 나는 그렇게 되고 싶지 않았다.

끄응, 신음 소리를 내며 몸을 일으켰다. 한쪽 무릎이 휙 구부러졌다. "일어나!" 나는 크게 소리를 지르며 다시 일어섰다. 잠시 비틀거렸다. 힘이 너무 없어서 머리를 들어 곧게 세울 수조차 없었다. 통증과 어지러움이 맹렬했다. 그럼에도 나는 고개를 쳐들고 걷기 시작했다. 몇 번이나 파도 속으로 빠졌다가 휘청대며 다시 일어서길 반복했다.

마침내 나무를 몇 조각 찾아내 몸을 미친 듯이 떨면서 간신히 불을 피워 냈다. 튼튼하고 긴 나무 막대기 하나는 걸을 때 지팡이로 쓰려고 남겨 두었다.

이제 배낭 안에는 그릇 빼고 아무것도 없었다. 가벼운 금속 튜브로 된 배낭 프레임에서 데님 천을 벗겨 내고, 코트와 스웨터를 벗었다. 그런 다음 추위에 덜덜 떨면서 천을 조끼처럼 두르고 버튼을 채웠다. 재빨리 스웨터와 코트를 다시 입고 불가에서 몸이 데워지기를 기다렸더니, 추위에 더 잘 맞설 수 있게 되었다. 목도리나 모자가 있었으면 아주 유용했을 것이다. 그나마 수염이 제법 많이 자라서 얼굴과 목을 따뜻하게 유지하는 데 도움이 되었다. 솔직히 말하면 비프를 죽여서 먹고 비프의 가죽을 모자로 쓸 수도 있었다. 하지만 비프를 죽이고 싶지 않았다. 나는 지금까지 훈련받은 것과 전혀 다른 사람이 되었다. 더 이상 혼자 있고 싶지 않았고, 개인적으로 또는 독립적으로 살고 싶지 않았다. 나에겐 비프가 필요했다. 약물과 침묵으로 될 일이 아니었다.

나는 배낭 프레임 끈에 그릇을 겨우 묶은 후, 프레임을 다시 어깨 위에 끼우고 지팡이를 집어 들었다. 아직 열이 나서 어지럽지만 이제 힘이 조금 생겼다. 그러고는 아무도 없는 해변을 따라 북쪽으로 계속 걸어갔다.

하늘에서 눈이 끊임없이 내리고 날이 저물수록 나는 점점 더 추위에 떨었다. 두 번이나 멈춰서 불을 지피려고 했지만, 손에 넣을 수 있는 나무들은 전부 젖어 있었고 바람까지 세차게 불어대서 작은 불씨조차 피울 수 없었다. 목이 마를 땐 눈을 한 움큼 집어 먹는 것 말고는 할 수 있는 일이 없었다. 해변이 너무 꽁꽁 얼어서 조개도 캘 수 없었다. 나는 천천히 앞으로 나아가며 걱정에 압도되지 않으려고 애를 썼다.

저녁 즈음 해변의 굽어진 길로 들어섰을 때, 저 앞쪽 해안에서 살짝 떨어져 있는 낮은 절벽 위에 오래된 큰 건물이 보였다. 건물 창문마다 불이 켜져 있었다. 눈은 점점 더 빠르게 쏟아졌다. 드디어 피난처나 따뜻한 곳을 찾을 수 있다는 생각에 힘이 좀 났고, 나는 다리를 절룩이며 발걸음을 재촉해 절벽 아래에 도착할 때까지 반쯤은 뜀박질을 하듯 저벅저벅 걸어갔다. 그러나 절벽 가까이 다다르자 심장이 쿵 내려앉았다. 절벽 위로 올라갈 계단이 어디에도 보이지 않았다. 둥글둥글한 바위들만 아무렇게나 쌓여서 바다로부터 건물을 보호하고 있었다.

나는 어찌해야 할지 몰라 우두커니 서 있었다. 그러다 어느 순간 바위를 타고 올라가는 것 말고는 다른 방법이 없다는 걸 깨달았다. 괜히 해변에서 하룻밤 더 잤다가 열이 심하게 치솟아 몸이 약해지면 내일 아침에 앉아 있을 수조차 없게 될 텐데, 그런 상태는 절대 원치 않았다.

결국 바위를 타고 오르기 시작했다. 기어오르다가 쉬고 다음 바위로 천천히 올라갔다. 비프는 내가 놀고 있는 줄 아는 것 같았다. 비프는 아주 가볍게 바위 위로 뛰어 오르고 내려가기를 반복했지만, 반면에 나는 오른쪽 손목이 계속 아프고 목구멍이 달라붙은 듯 목마름도 심해진 데다가 계속 바위에 다리와 무릎을 긁혔다. 무척 고통스러웠지만 나는 일부러 그 고통을 느끼지 않으려 했다. 그저 바위만 기어오를 뿐이었다. 까딱 잘못하면 눈 덮인 해변이 나를 죽음의 세계로 데려갈 수도 있으니까.

드디어 꼭대기에 도착한 나는 숨을 헉헉 몰아쉬며 누웠고,

비프는 그런 내 품으로 파고들었다. 비프의 머리를 쓰다듬어 주었다. 손바닥에 상처가 나서 피가 흐르고, 겉옷 소매 안쪽에는 깊게 파인 상처가 기다랗게 나 있었다. 그래도 나는 괜찮았다.

지팡이를 들고 기어오를 수 없었기 때문에 반은 걷고 반은 기어가며 건물 문 앞에 도착했다. 천만다행으로 문이 잠겨 있지 않았다. 나는 문을 열었다. 그대로 빛과 온기 속으로 내 몸이 떨어졌다.

나는 꽤 오랫동안 딱딱한 바닥에 앉아 방금 들어온 문에 기대어 머리를 움켜잡은 채 가만히 있었다. 어질어질하고 두통이 있었지만 그래도 따뜻했다.

이내 어지러움이 가라앉았고, 주위를 둘러보았다.

나는 천장이 높고 눈부시게 밝은 거대한 공간 안에 있었다. 내 앞에는 양쪽에 크고 묵직한 회색 기계와 기다란 컨베이어 벨트가 있고, 로봇들이 내 쪽을 등진 채 기계를 다루고 있었다. 소음이 거의 없었다.

따뜻함에 기력을 조금 되찾은 나는 그 거대한 곳을 돌아다니며 물을 찾기 시작했고, 곧 눈앞에 물이 나타났다. 커다란 기계들 중 하나는 드릴 종류였는데, 호스에서 뿜어져 나오는 미세한 스프레이가 드릴 비트를 냉각시키고 있었다. 냉각시킨 물은 컨베이어 벨트 앞의 작은 틈을 따라 똑똑 떨어져 바닥 배수구로 들어갔다.

기계 옆에서 아무것도 하지 않고 우두커니 서 있는 로봇은 나를 못 본 체했고 나 역시 그를 무시했다. 나는 컨베이어 벨트 옆에 무릎을 꿇고 바닥 배수구 위로 손을 내밀어 물을 받아 마셨다. 미지근하고 약간 기름진 맛이었지만 마실 만했다.

그렇게 물을 가능한 한 많이 마시는 동안 비프는 바닥 배수구 주위를 핥았다. 나는 그 물로 손과 얼굴을 닦았다. 물의 기름기가 피부에 난 상처를 부드럽게 진정시키는 듯했다.

그러고는 한결 나아진 기분으로 자리에서 일어나 주위를 더 자세히 둘러보았다.

그곳에는 세 벽면에 컨베이어 벨트가 하나씩 설치되어 있었다. 그리고 그 컨베이어 벨트 위에 올려져 계속해서 움직이고 있는 것은, 그제야 인식했는데, 철제로 된 눈부시게 빛나는 토스터였다. 아주 어렸을 적 취사 당번일 때 기숙사 주방에도 그런 토스터가 있었지만, 그 이후로는 본 적이 없었다.

토스터가 벨트를 따라 이동하면 기계들이 토스터를 조립하고 배선을 연결했다. 몇몇 기계들은 토스터가 지나가면 부품을 추가하고 그 자리에 용접을 했다. 각 기계는 메이크 투 로봇이—멍청하고 느려 터진 안드로이드 기반의 로봇이—관리했고, 그들이 기계 옆에 서서 작동하는 걸 지켜보았다. 라인 초입에 있는 거대한 롤에서 철제 판이 나오면 라인 끝에서 토스터가 완성되었다. 토스터는 동굴같이 휑하고 커다랗고 과하게 밝은 공간에서 빠른 속도로 만들어졌다. 금속은 기계에 의해 소리 없이 구부러지고 형태를 잡아 갔으며, 부품은 알맞게 형성되어 기본 형태에 추가되었다. 몸은 따뜻해졌지만 아직 굶주린 채로 그곳에 서 있던 나는 토스터가 앞으로 어떻게 될지, 그리고 지난 30년간 왜 한 번도 보지 못했는지 궁금했다. 그동안은 토스터를 쓰는 대신 포크로 빵 한쪽을 집어 불 위에 올리고 있었다. 아마 모든 사람이 그렇게 했을 거다.

라인 끝으로 다가가 무슨 일이 벌어지고 있는지 보았다. 연한 회색 작업복 차림의 메이크 스리 로봇이 그곳에 서 있었다. 다른 로봇들과 다르게 그는 움직임이 제법 능숙했다. 완성된 토스터가 그에게 도착하면, 그는 토스터 옆에 있는 스위치를, 자그마한 핵 배터리 바로 위에 있는 스위치를 켠 다음 아무런 반응이 없으면,—발열 장치가 빨간색으로 되지 않으면—토스터를 바퀴 달린 큰 쓰레기통으로 버렸다.

다른 로봇들처럼, 그 로봇 역시 나의 존재를 완전히 무시했다. 나는 그곳의 온기에 여전히 살짝 어지러움을 느끼며 그대로 서서 그 로봇이 무얼 하는지 오랫동안 지켜보았다. 그는 자동 생산 라인에서 나온 갓 완성된 토스터를 집어 들고 스위치를 켜고 안을 들여다본 다음 작동하지 않는 걸 발견하면 옆에 있는 쓰레기통으로 떨어뜨렸다.

로봇은 둥그스름한 얼굴에 눈이 약간 튀어나와 있었다. 배우 피터 로어와 닮은 듯했지만 지능은 없었다. 내가 그의 옆에 서 있는 동안 쓰레기통은 점점 반짝이는 새 토스터로 채워졌다. 그 로봇은 쓰레기통을 보고 저음의 기계적인 목소리로 "재활용 시간!"이라고 외치더니 컨베이어 벨트 아래에 손을 뻗어 핸들 스위치를 탁 눌렀다.

토스터 라인이 멈추고, 모든 로봇이 회색 작업복 로봇에게 집중했다. 내 눈에 보이는 로봇들은 전부 피터 로어와 비슷한 얼굴이었다.

버려진 토스터로 가득한 통이 바닥을 따라 굴러가기 시작했다. 나는 재빨리 길을 내 줘야 했다. 통이 그 공간의 끝에, 생산 라인이 시작되는 곳까지 굴러가 작은 출입문 앞에 멈추었다. 출입문이 열리자 어떤 로봇이 나와 서툰 몸짓으로 팔을 뻗어 토스터를 끌어모아 통에서 꺼내기 시작했다. 그러더니 문 뒤의 작은 방 안으로 토스터를 가져갔고, 전에 교도소에 있을 때 봤던 기계와 비슷한 호퍼 속으로 토스터를 집어넣는 모습이 보였다. 그 기계는 고철을 새로운 철로 변환시키는 기계였다. 토스터들이 다시 철제 판으로 만들어지고 있었다.

공장은 폐쇄적인 시스템으로 운영되었다. 아무도 들어오지 않고 나가지도 않았다. 아마 여기에서 수 세기 동안 결함이 있는 토스터를 만들어 내고 망가뜨리길 반복해 온 것 같았다. 만약 이 근처 어딘가에 로봇 수리소만 있다면, 이 공장의 머론 로봇보다 못한 하급 로봇은 영원히 작업을 계속할 터였다. 그리고 새로운 재료도 앞으로 더 필요하지 않아 보였다.

나는 그날 밤을 그곳에서 보냈다. 벽에 기대어 충분히 잠을 잤다. 아침에 눈을 떴을 때 어스름한 빛이 창문을 통해 들어오고 있었고, 조명은 그에 맞게 알아서 조도를 낮췄다. 토스터는 잿빛의 아침 햇살 속에서도 여전히 생신 라인을 따라 움직였고, 로봇들은 전날 밤과 똑같이 그 자리에 서 있었다. 몸이 뻑적지근했다. 배가 너무 고파 죽을 지경이었다.

다시 따뜻해지니까 좋았다. 음식만 구할 수 있다면, 남은 겨울을 이 공장에서 보내는 것도 괜찮을 것 같았고 결국 그렇게 하기로 마음먹었다. 공장에는 정말로 음식이 있었다. 여기로봇들은 아주 초기 단계의 로봇 시리즈였고, 내가 가지고 있는 책 《오델의 로봇 유지 보수 및 수리 가이드》 그림에 나와 있는 로봇과 비슷했다. 그 로봇들은 인간의 생체 조직을 선택적으로 복제해 만들어진 것들이어서 음식을 섭취해야 했다. 잠에서 깨어난 지 얼마 지나지 않았을 때 조립 라인이 자동으로 멈추더니 로봇들이 재활용실 옆 문 근처로 양들이 무리 지어 모이듯 다 같이 모여들었다. 그러자 라인 끝에 있는 감독관 로봇이 문을 열었다. 문 안에 선반 세 개가 있는 큰 수납장이 있었는데, 선반 두 개에는 담뱃갑보다 약간 더 큰 자그마한 상자가 높이 쌓여 있고 나머지 하나에는 음료 캔이 가득했다.

거의 굶어 죽기 직전이었던 나는 로봇들 사이를 밀고 들어가 음식 상자와 마실 음료를 받았다.

음식은 맛이 첨가되지 않은 소이바였고, 음료는 지독하게 달았다. 그래도 나는 허겁지겁 먹고 벌컥벌컥 마셨다. 그런 다음 수납장을 열고 음식 상자 열 개와 캔 네 개를 꺼냈다. 그 어떤 로봇도 나를 신경 쓰지 않았다. 정말 다행이었다. 이제 굶지 않아도 될 터였다.

얼마 뒤 나는 뒷벽에 있는 컨베이어 벨트 아래에 미사용 배송 상자가 무더기로 쌓여 있는 걸 발견했다. 그 상자 네 개를 가져다가 어젯밤에 잠을 잤던 자리에 쫙 펼쳤다. 제법 편안한 침대라 할 만했다. 지금까지 억지로 잠을 청하곤 했던, 그 꽝꽝 언 해변보다 백번 나았다.

여기에서는 먹을거리를 계속해서 제공받을 수 있다. 그래서 나는 스스로에게 이렇게 되뇌었다. "여기가 내 겨울용 집이야." 하지만 나는 애초부터 그 말을 믿지 않았다. 아무리 몸이 아파도 그곳은 내게 집이라 할 수 없었다. 아니, 내 인생에서 가장 끔찍한 장소였다. 끝도 없이 이어지는, 생산을 흉내 내는 그 무의미한 행위와 배터리로 작동되는 토스터를 제작하고 망가뜨리는 데 쓰는 시간과 에너지의 무자비한 낭비 때문이었다. 그리고 회색 작업복의 멍청한 머론 로봇은, 인간을 흉내 내고 있는 그 로봇은 말없이 주위를 거닐기만 할 뿐 실제로 하는 일이 없었다. 그곳에서 지낸 닷새 동안 나는 감독관 로봇을 제외한 다른 로봇이 각자의 업무를 수행하는 모습을 단 한 번도 본 적이 없었다. 그 감독관 로봇 또한 토스터를 쓰레기통에 떨어뜨리고 시간마다 "재활용 시간!"이라고 소리를 지를 뿐이었고, 하루에 두 번씩 다른 로봇들에게 먹을 것을 제공하기만 할 뿐이었다. 그게 다였다.

이틀 후 눈이 그쳤고, 다음 날은 날씨가 한층 따뜻했다. 나는 배낭에 음식과 음료를 담을 수 있는 만큼 가득 채워서 밖으로 나섰다. 그곳은 따뜻하고 안전하며 먹을거리가 충분했지만, 나에게는 집이 아니었다.

토스터 공장에서 소이바 쉰 개와 음료 캔 서른다섯 개를 배낭에 넣어 떠날 준비를 마친 다음, 조립 라인을 따라 설치된 장비들 각각의 기능을 자세히 살펴보았다. 장비들은 전부 다 회색 철제 장비였고 몸집도 꽤 컸지만, 각자 맡은 일은 달랐다. 한 장비는 토스터 겉면에 들어갈 철제 판을 만들고, 다른 하나는 토스터 내부에 발열 장치를 고정하고, 세 번째 장비는 배터리를 설치하는 등 저마다 다른 일을 하고 있었다. 장비마다 로봇이 하나씩 서 있었는데, 그 로봇이 장비를 관리하는 것 같았다. 로봇은 나한테는 눈길조차 주지 않았다.

마침내 나는 찾고 있던 걸 발견했다. 다른 장비들보다 살짝 작은, 조그마한 금속 칩이 수백 개가 들어 있는 호퍼가 장착된 장비였다. 칩들이 호퍼의 좁은 목을 통과해서 떨어지면 금속 손가락이 떨어진 칩을 집어 올려 컨베이어 벨트 위 토스터에 장착하는 그 지점에서, 칩 하나가 옆으로 떨어져 내려가다가 좁은 목에 걸리는 바람에 다른 떨어진 칩들이 좁은 목을 통과하지 못하고 있었다. 나는 그 모습을 잠깐 지켜보면서, 저 꼼짝 못 하게 된 금속 조각인지, 실리콘 조각인지 뭐든 간에 그것이 에너지 낭비를 얼마나 많이 야기할까 생각했다. 문득 어린 시절 기숙사에 있던 토스터가 고장 난 뒤로는 토스트를 더 이상 먹을 수 없었던 기억이 났다.

나는 손을 뻗고 호퍼를 흔들어서 좁은 목에 걸려 있는 칩이 아래로 빠질 수 있게 했다.

금속 손이 호퍼 바닥에서 칩을 들어 올린 다음 토스터 내부에, 측면 스위치 바로 아래에 넣자 작은 레이저 빔이 아주 짧게 불을 휙 내뿜으며 그 자리에 칩을 용접했다.

잠시 후 라인 끝에서 감독관 로봇이 토스터 스위치를 탁 켰고 발열 장치가 빨갛게 빛났다. 그는 놀란 기색 없이 스위치를 다시 끄고 빈 상자에 토스터를 넣은 다음 같은 행동을 반복했다.

나는 그가 완제품을 배송하기 위해 한 상자에 토스터 스무 개를 채워 넣는 모습을 지켜보았다. 그 토스터들이 어디로 어떻게 배송될지 눈곱만큼도 예상이 가지 않았지만, 내가 한 일에는 만족감을 느꼈다.

나는 배낭을 메고 비프를 안고서 그곳을 떠났다.

메리 루

지난밤 나는 잠을 이룰 수 없었다. 한 시간 넘게 침대에 누워서 거리의 고독에 대해, 서로 대화를 하지 않는 듯한 사람들에 대해 생각했다. 언젠가 폴이 내게 〈잃어버린 화음〉이라는 영화를 보여 준 적이 있었다. 영화 속에 '피크닉'이라는 장면이 길게 나왔는데, 사람 열두어 명 정도가 야외의 큰 테이블에 둘러앉아서 옥수수가 올려진 둥근 빵과 수박 같은 걸 먹으며 서로 이야기를 나누고 있었다. 그들은 전부 대화만 했다. 그때는—도서관 지하실에 위치한 폴의 색감이 다채로운 방에서 일체형 침대-책상 앞에 폴과 함께 앉아 그 영화를 볼 때는—그 장면에 크게 관심을 기울이지 않았다. 하지만 그 장면이 왠지 모르게 내 머릿속에 남겨졌고 가끔 한 번씩 생각나곤 했다. 현실에서는 그런 걸 본 적이 없었다. 사람들이 한가득 모여 함께 식사를 하고 이야기를 나누는 모습, 열띤 대화와 생기 넘치는 얼굴 표정, 야외에 앉아 있는 사람들의 셔츠와 블라우스가 산들바람에 살랑이고, 여자들 머리 또한 바람결에 부드럽게 나부끼며, 저마다 손에 본래 그대로의 신선한 음식을 들고 있는 모습. 그리고 이보다 더 좋은 일은 없다는 듯 서로 대화하고 음식을 나눠 먹는 모습.

그 영화는 무성 영화였고, 그때 나는 화면에 나온 글자를 읽을 수 없었기 때문에 그들이 무슨 이야기를 하는지 몰랐다. 하지만 그건 문제가 되지 않았다. 지난밤 침대에 누워 있으면서 나는 그 대화에 속하고 싶고, 고대 무성 영화 속 원목 테이블에 함께 앉아 있고 싶고, 옥수수가 올려진 둥근 빵을 먹으며 다른 사람들과 이야기를 나누고 싶었다.

결국 나는 침대에서 일어나 거실로 갔다. 밥이 천장을 응시하며 앉아 있었다. 내가 창가에 앉자 그가 고갯짓을 했다. 그러나 말은 하지 않았다.

나는 의자에 앉아 기지개를 켜며 하품을 했다. 내가 말했다. "대화는 어떻게 된 거예요? 사람들이 왜 더 이상 이야기를 나누지 않죠?"

그가 나를 바라보았다. "맞아요." 그도 나와 같은 생각을 하고 있는 듯했다. "내가 처음 만들어졌을 때 클리블랜드에서는 지금보다 대화를 더 많이 했었죠. 그때만 해도 자동차 공장에 로봇과 일하는 인간이 몇몇 있었는데, 그들은 모여서, 한 번에 대여섯 명씩 모여서 대화를 하곤 했어요. 그런 모습이 종종 보였어요."

"대체 무슨 일이 벌어진 거예요?" 내가 물었다. "사람들이 모여서 이야기 나누는 모습을 한 번도 본 적이 없어요. 둘이서 대화하는 모습을 본 것도 손에 꼽힐 정도라고요."

"글쎄요." 밥이 답했다. "완벽한 약물에 대한 의존과 상당히 연관이 있을 겁니다. 자기 성찰도 그렇고요. 나는 개인 영역 보호 규칙이 그 부분을 더 강화시켰을 거라고 봐요." 그가 생각에 잠긴 듯 나를 바라보았다. 가끔 밥은 내가 아는 그 어떤 인간보다 더 인간 같을 때가 있었다. 사이먼은 제외하고 말이다. "개인 영역 보호와 예절 규정은 내 동료인 메이크 나인이 고안했어요. 그는 인간들이 스스로를 약물로 채우는 것이 그들이 진정으로 원하는 바라고 생각했어요. 실제로 그 덕분에 범죄가 거의 없어졌고요. 사람들은 범죄를 많이 저질렀습니다. 서로의 물건을 훔치고 다른 사람의 신체에 폭력을 행사했죠."

"나도 알아요." 나는 생각하고 싶지 않아서 대충 얼버무렸다. "텔레비전에서 봤어요……."

그가 고개를 끄덕였다. "내게 처음으로 생명이 주어졌을 때, 그걸 생명이라고 불러도 될지 모르겠지만, 어쨌든 나는 수학을 배웠어요. 토머스라는 메이크 세븐이 가르쳐 줬어요.

나는 토머스와 이야기 나누는 게 즐거웠어요. 당신과의 대화도 즐겁고요." 그는 그렇게 말하며 창밖으로 달 없는 밤을 내다보았다.

"그래요." 내가 말했다. "나도 당신과 이야기하는 거 좋아요. 그런데 대체 무슨 일이죠? 대화가—그리고 읽기와 쓰기도—왜 사라졌을까요?"

그는 잠시 침묵했다. 긴 시간처럼 느껴졌다. 그러더니 손가락으로 머리를 쓸어 넘기고 부드러운 목소리로 말을 시작했다. "언젠가 산업 경영을 배우던 때, 자동차 산업 독점에 대한 영화를 보게 되었어요. 나는 주요 임원 훈련을 받고 있었죠. 주요 임원은 메이크 나인의 주목적이었어요. 그리고 제너럴 모터스와 포드, 크라이슬러, 시코르스키 항공에 관한 영상과 테이프, 음성 녹음 파일에서 모든 걸 접하게 되었죠. 그중한 영화에서 커다란 은색 차가 빈 고속도로를 조용히 부드럽게 달리는 모습이 나왔어요. 환영 같았죠. 아니면 꿈이거나. 그건 고대의 가솔린 차량이었고, 오일의 종말과 핵 배터리 시대보다 훨씬 이전에 만들어진 차였어요."

"오일의 종말이요?"

"네. 가솔린이 위스키보다 비싸졌고, 사람들은 대부분 집에만 머무르게 됐어요. 그렇게 오일의 종말이 온 거죠. 21세기라고 불리는 시대에 벌어진 일이고요. 그리고 에너지 전쟁이 발발했어요. 그 후에 솔란지가 만들어졌고요. 솔란지는 메이크 나인 1호이고, 나는 아니지만 그는 인류가 원하는 것을 제공할 수 있도록 아주 강력하게 프로그래밍되었어요. 그래서 솔란지는 핵 배터리를 발명했어요. 안전하고 깔끔하고 제한적인 핵융합을 한 거죠. 그는 자기 몸을 핵 배터리로 가동하는 법을 배웠고, 그 이후의 메이크 나인은 핵에너지로 만들어진 거예요. 그래서 배터리 하나로 9블루 동안 버틸 수 있게 된 겁니다."

"솔란지도 흑인이었어요?"

"아니요. 그는 완전한 백인이었어요. 눈도 파란색이고."

나는 커피를 마시려고 자리에서 일어섰다. "당신은 왜 흑인이에요?" 내가 물었다.

그는 내가 커피 가루 위에 뜨거운 물을 부을 때까지 대답하지 않았다. "나도 몰라요." 그가 답했다. "아마 내가 유일한 흑인 로봇일 겁니다."

나는 커피를 들고 와 다시 앉았다. "그 영상은 어땠어요?" 내가 물었다. "그 차가 나온 영화요."

"안에 남자 한 명이 타고 있었어요." 그가 말했다. "남자는 연한 파란색 스포츠 셔츠와 회색 폴리에스터 바지를 입고 있었어요. 창문을 올리고는 스테레오를 틀고 에어컨과 크루즈 컨트롤을 켰어요. 그는 새하얀 손으로 핸들을 가볍게 잡고 있었죠. 그런데 얼굴은—아, 그 남자 얼굴은!—달처럼 공허했어요."

나는 그가 무슨 말을 하려는 건지 파악하지 못했다. "어렸을 적 기숙사에서 처음 벗어나던 그때, 나는 몹시 불안하고 조급해졌어요. 뭘 어떻게 해야 할지 모르겠더라고요. 그리고 사이먼이 '그냥 가만히 있어. 그리고 네가 살아갈 수 있게 둬 보렴'이라고 했고 나는 그렇게 하려고 노력했어요. 차 안에 있던 그 남자도 그랬던 걸까요?"

"아니요." 스포포스가 말했다. 그는 자리에서 일어나 인간이 하듯이 팔을 쭉 폈다. "그 반대였어요. 남자에게는 그 어떤 삶도 없었어요. 전혀. 그는 '자유'를 얻은 듯했지만 막상 아무 일도 벌어지지 않았어요. 그 누구도 그의 이름을 알지 못했고요. 어떤 인간이 그를 대니얼 분*이라 불렀고, 개척자라고 하기도 했어요. 그 영화에는 사운드트랙이 있었는데, 권위적이고 아주 남성적인 저음의 목소리가 '자유롭고 활기차게 살아라. 그리고 너의 영혼을 개척 도로와 함께 높이 날아오르게 하라!'라고 했어요. 그리고 남자는 빈 도로를 시속 110킬로로 달리고 있었는데, 그렇게 사운드트랙을 들으며 바깥 공기와 단절되었고 심지어 텅 빈 그 도로를 달리는 자기 차의 소리와도 단절되었죠. 그는 미국의 개인주의자이자 자유로운 영혼 그리고 개척자였어요. 그 남자는 머론 로봇과 구분이 되지 않

---

* 미국의 개척자이다. 애팔래치아 산길을 넘어 루이지애나까지 '황야의 길' 480킬로미터를 닦아 서부 개척 시대를 열었다.

는 표정을 하고 있었어요. 그리고 그의 집인지 모텔인지에는 그를 세상에서 벗어나게 해 주는 텔레비전이 있었어요. 주머니에는 약이 가득했고요. 그리고 스테레오 시스템도. 그가 보는 잡지에는 음식과 섹스 사진이 실제보다 더 밝고 생생하게 나와 있었어요."

밥은 맨발로 왔다 갔다 하며 서성이고 있었다. "앉아요, 밥." 내가 말을 이었다. "이 모든 일이 어떻게 시작됐을까요? 자동차나 통제된 환경이 대체 어떻게 가능하죠?"

그는 자리에 앉아 셔츠 주머니에서 피우다 만 대마 담배를 꺼내 불을 붙였다. "고대에는 자동차로 엄청난 돈을 벌 수 있었어요. 차를 생산하고 팔아서요. 텔레비전이 등장하면서 텔레비전은 역사상 가장 많은 이윤을 냈어요. 그보다 더한 것도 있었죠. 인류의 매우 깊은 곳 어딘가에서 자동차와 텔레비전 그리고 약물에 반응을 보였어요. 약물과 텔레비전을 만들고 공급하는 컴퓨터들이 그것들을 인간에게 유통하기 시작했고, 그러자 자동차는 더 이상 필요가 없어졌어요. 그리고 그 누구도 인간 운전자에게 안전한 차를 제작하는 기술을 고안하지 않았고요. 그 때문에 자동차 생산을 중단하기로 결정한 겁니다."

"그 결정을 누가 내렸어요?" 내가 물었다.

"내가요. 솔란지랑 나요. 그날이 솔란지를 마지막으로 본 날이었어요. 솔란지는 건물에서 뛰어내렸거든요."

"세상에." 내가 뱉어냈다. "내가 어렸을 때도 차가 없었어요. 하지만 사이먼은 차를 기억하고 있더라고요. 그래서 그때 생각버스가 발명된 거예요?"

"아니요. 생각버스는 21세기 언저리에 생겼어요. 사실 20세기에도 인간 운전사가 모는 버스가 있긴 했어요. 전차랑 기차도 있었고요. 20세기 초반 북미의 대도시 대부분에는 길거리에 전차라는 운송 수단이 돌아다녔어요."

"그럼 그 이후에는 어떻게 됐어요?"

"자동차 회사가 그런 운송 수단을 전부 없앴어요. 도시 관리자들한테 뇌물을 줘서 전차 레일을 다 뜯어내게 하고, 신문 광고를 사서 대중들에게 그렇게 해야만 한다고 그럴 수밖에 없다고 설득했어요. 그래서 차를 더 많이 팔게끔 유도하고 엄청난 양의 오일을 가솔린으로 만들어 차 안에서 연소시킨 거죠. 자동차 산업은 점점 성장해 갔고, 몇몇 사람들은 믿을 수 없을 정도로 부유해졌어요. 하인을 고용하고 저택에서 생활하게 되었죠. 자동차 산업은 출판 산업보다 훨씬 더 급격하게 인류의 삶을 변화시켰어요. 뿐만 아니라 교외 지역을 만들어 내고 수백 가지의 분야에 대한 의존성을 증폭시켰고요. 예를 들면 성이나 경제, 마약 분야에 대한 의존성이죠. 자동차는 텔레비전과 로봇에 대한 의존성이, 더 나아가 결국엔 궁극적이고 예측 가능한 모든 것의 결론에 대한 의존성이 인간에게 더 깊이—다시 말해 은밀하게—침투할 수 있는 길을 마련한 셈이었어요. 인간의 마음을 완벽하게 조화롭게 하는 방법이었어요. 당신의 인간 친구들이 복용하는 약들은 20세기 때와 이름이 같지만, 지금 그 약들은 그때보다 훨씬 더 강력한 효과를 내고, 각자 맡은 일을 훨씬 더 잘할 수 있게 해요. 그리고 전부 자동 장비로 만들어지고 배급됩니다. 인간이 있는 곳이라면 어디에나 배급되죠." 그가 안락의자에서 나를 바라보았다. "이 모든 것은 아마도 불을 피우는 법을 익히면서 시작되었을 겁니다. 동굴을 따뜻하게 하고 육식 동물을 내쫓으면서요. 그리고 인간들에게 신경 안정제인 바륨이 지속적으로 배급되면서, 예전의 인간다운 삶이 막을 내린 겁니다."

나는 그를 잠시 바라보았다. "나는 바륨을 먹지 않아요." 내가 말했다.

"알아요." 그가 말했다. "그래서 폴한테서 당신을 데리고 온 겁니다. 그리고 곧 세상에 나올 아이 때문에."

"아이에 대해서는, 그래요, 받아들일 수 있어요. 당신은 가족 놀이를 하고 싶어 하니까요. 하지만 나는 약이—또는 약효의 결핍이—그거랑 무슨 상관인지 모르겠어요."

그가 나를 보며 고개를 저었다. 마치 꾸짖는 듯이. "아주 명백하죠." 그리고 말을 이었다. "나는 나와 대화를 할 수 있는 여자를, 내가 사랑에 빠질 수 있는 여자를 원했어요."

나는 그를 빤히 쳐다보았다. "사랑에…… 빠진다고요?"

"그럼요. 안 될 이유 있습니까?"

나는 대답을 하려다가 말았다. 밥은 왜 자기가 원하는 대로 사랑에 빠질 수 없었던 걸까? "그래서요?" 내가 물었다.

그는 잠시 가만히 날 쳐다보다가 담배를 재떨이에 비벼 껐다. "네. 사랑에 빠졌어요." 그가 말했다. "불행하게도."

사랑에 빠지다. 그 기묘한 문구가─고대 사회에 사용되던 문구가─한밤중에 거실에 앉아 있는 나의 관심을 순간적으로 이끌어 냈다. 그 말의 무언가가 내 심금을 울렸다. 그 말을 어디에서도 들어 본 적이 없었다. 무성 영화나 책에서만 나오는 표현이지, 내가 아는 삶에서는 찾아볼 수 없는 말이었다. 예전에 사이먼이 "사랑은 도박이야"라고 한 적이 있었는데, 내가 기억하기로는 그 문장이 '사랑' 관련해서 그가 했던 유일한 말이었다. 게다가 '사랑'은 기숙사에서 우리가 쓰는 어휘에 해당되지 않았다. 기숙사에서는 우리에게 "퀵-섹스가 최고다"라고만 가르쳤었다. 그게 전부였다. 그런데 지금 여기에서 이 로봇이, 슬픈 청춘의 얼굴을 한 이 로봇이, 길고 긴 역사를 경험한 이 로봇이 나에게 깊고 부드러운 목소리로 *사랑에 빠졌* 다고 말하고 있었다.

커피가 식어 갔다. 나는 커피를 홀짝 마시고 말했다. "사랑' 이 무슨 뜻이에요?"

그는 꽤 오랫동안 대답하지 않았다. 그러더니 말했다. "뱃속이 간질간질한 거요. 그리고 심장도. 당신이 행복하기를 바라는 것. 당신에 대한 집착. 당신의 턱이 옆으로 기울어지는 것과 가끔 멍한 당신의 눈빛을 지켜보는 거요. 커피 잔을 잡은 당신의 손을 바라보고, 밤에 여기 이 자리에 앉아서 당신이 쌕쌕이는 숨소리를 듣는 거요."

충격적이었다. 종종 책에서 읽었지만 언제나 지나쳤던 그런 말들이었다. 곰곰이 생각하지 않아도 그 말들이 섹스 또는 고대의 한 부분을 차지했던 가족과 어떤 연관이 있을 거란 걸 알 수 있었다. 하지만 그건 내 삶의 일부가 아니었다. 게다가 어떻게 그런 것이 이 제조된 인간의, 갈색 피부와 곱슬곱슬한 케라틴 머리카락을 가진 이 기품 있는 휴머노이드의 삶의 일부가 될 수 있을까? 이 가짜 남자는 성별이 주어지지도 않았고 성기도 없으며 음식을 먹거나 물을 마실 수도 없다. 영혼이 가득 담긴 갈색 눈을 가졌지만, 그럼에도 오로지 배터리로만 작동하는 인형에 불과하단 말이다. 그런 그가 말하는 사랑이 대체 무엇이란 말인가? 합성 지능을 지닌 마지막 프로메테우스에, 다시 말해 불운한 메이크 나인 시리즈에 초인간성을 접목하여 제작하는 과정에서의 압박으로 인한 광기인가, 아니면 사고 능력의 저하인가?

그러나 그를 바라보면서 나는 그와 키스할 수 있다고 생각했다. 그의 넓은 등을 끌어안고 내 입술을 그의 촉촉한 입술에 맞출 수 있었다.

그러다가 나는—세상에, 오 주여—내가 울고 있다는 걸 깨달았다. 눈물이 얼굴을 타고 흘러내렸다. 나는 젖은 얼굴을 두 손으로 감쌌다. 어린 시절 내가 혼자라는 걸 알게 되었을 때처럼 흐느꼈다. 따뜻한 바람이 내 마음속을 세차게 훑고 지나가는 듯했다.

한바탕 울고 나자 조금 진정되는 것 같았다. 나는 밥을 쳐다보았다. 그의 얼굴도 내 얼굴처럼 차분하고 편안했다. "전에도 그런 적 있어요?" 내가 물었다. "사랑에 빠진 적 있어요?"

"네……. 어렸을 때요. 그때는 약을 먹지 않은 인간 여자들이 있었어요. 그중 한 여자를 사랑했죠. 그녀의 얼굴에는 가끔 무언가가 있었어요……. 하지만 그때는 그 여자와 함께 살려고 하지 않았어요. 지금 우리가 같이 사는 것처럼 말이에요."

"왜 나예요?" 내가 물었다. "나는 폴과 함께 있을 때도 충분히 행복했어요. 우리는 가족이 되려고 했다고요. 당신은 왜 내게 사랑에 빠질 수밖에 없었죠?"

그가 나를 바라보았다. "당신이 마지막이에요." 그가 말했다. "내가 죽기 전 마지막. 나는 파묻힌 내 삶을 되찾고 싶어요. 지워진 내 기억의 일부분을 말이에요. 죽기 전에 알고 싶어요. 한평생 인간이 되려고 노력했던 것이 어땠는지. 그게

뭔지." 그가 내게서 눈을 돌려 창밖을 보았다. "그리고, 감옥
은 폴이 지내기에 나름대로 괜찮을 거예요. 폴에게 힘이 충분
히 생기면 그는 탈출할 겁니다. 이제 이 세상에서 정말 제대
로 돌아가고 있는 건 더 이상 없습니다. 장비들과 로봇들이
대부분 고장 나고 있어요. 그러니까 폴이 감옥에서 벗어나고
싶어 한다면, 그렇게 할 수 있을 거예요."

"뭐 기억나는 거 있어요?" 내가 물었다. "우리가 함께 살기
시작한 이후로요. 당신 뇌 속의 빈 부분이 채워졌어요?"

그가 고개를 저었다. "아니요. 하나도 없어요."

고개를 끄덕였다. "밥," 내가 말했다. "당신도 당신의 삶을 기억
해야 해요. 나처럼. 당신의 이야기를 전부 녹음기에 대고 말해 봐
요. 내가 글로 적어 줄게요. 그리고 어떻게 읽는지 알려 줄게요."

그가 내 쪽을 돌아보았다. 그의 얼굴이 매우 지치고 슬퍼
보였다. "그럴 필요 없어요, 메리. 나는 내 인생을 잊을 수 없
어요. 잊을 방법이 없어요. 계속 남아 있죠."

"맙소사. 정말 끔찍하겠네요."

"맞아요." 그가 말했다. "끔찍하죠."

*

한번은 밥이 내게 이렇게 물었다. "폴이 그리워요?"

나는 맥주잔에서 눈을 떼지 않았다. "숲 가장자리에서는 오직 흉내지빠귀만 노래를 한다."

"그게 무슨 뜻이에요?" 밥이 물었다.

"폴이 종종 하던 말이에요. 가끔 그를 생각할 때면 그 말이 떠올라요."

"다시 말해 봐요." 밥이 말했다. 그의 목소리가 어쩐지 절박하게 들렸다.

"숲 가장자리에서는 오직 흉내지빠귀만 노래를 한다." 내가 말했다.

"숲이라⋯⋯." 밥이 말을 이었다. "'이 숲이 누구의 숲인지 나는 안다.' 그 시구절이에요." 그가 자리에서 일어나 내게 다가왔다. "이 숲이 누구의 숲인지 나는 안다. 그의 집은⋯⋯.*"

*

그렇게 밥은 100년이 넘도록 궁금해했던 그 시를 마침내 알게 되었다. 그에게 무언가를 줄 수 있어서 나는 기뻤다.

---

*미국의 유명한 시인 로버트 프로스트의 〈눈 내리는 저녁 숲가에 서서〉의 일부이다.

벤틀리

토스터 공장을 떠난 이후 전처럼 춥지 않은 걸 보니 겨울이 끝나가고 있는 모양이다. 그리고 불경하지만 안전한 그곳을 떠났을 때도, 몸이 좀 약해져 있긴 했지만 그 이후로 전처럼 아프지는 않았다.

나는 북쪽으로 점점 더 빠르게 향했고 공장에서 챙겨 나온 음식은, 비록 맛은 끔찍했지만, 내게 큰 힘이 되었다. 계속해서 조개를 찾아냈고 나중에는 홍합도 발견했다. 그리고 해변에 앉아서 방금 잡은 물고기를 노리는 갈매기들을 쫓아냈고, 그렇게 해서 국을 만들어 사흘을 버텼다. 몸 상태가 전보다 많이 좋아졌다. 내 몸은 매우 튼튼하고 강해졌고, 속도를 꾸준히 유지하며 계속 걸어도 피곤하지 않았다. 이제는 다시 메리 루를 떠올리면서 그녀를 정말 찾아낼 가능성에 대해 생각하기 시작했다. 하지만 아직 갈 길이 멀었다. 그건 확실했다. 얼마나 멀지는 정확히 모르지만.

그러던 어느 오후, 저 앞 해변 아래에 들판을 가로지르는 길이 보였다.

나는 그쪽으로 달려갔다. 고대의 갈라진 아스팔트 길이었다. 길 위로 잡초가 무성하게 자라 뒤덮여 있고, 오래되어서 표면이 다 낡아 깨져 있었지만 걸을 만은 했다. 나는 길을 따라 걸으며 해변에서 점점 멀어져 갔다.

무너진 도로 옆으로 늘어선 키 큰 잡초 사이에서 전에 본 적 없는 무언가가 보였다. 도로 표지판. 영화에서 본 적도 있고 책에서 읽은 적도 있었지만 실제로 보는 건 처음이었다. 페르모플라스틱 소재로 된 표지판은 빛바랜 녹색과 흰색이었고, 표지판 글자는 먼지와 잡초 덩굴에 가려져 거의 보이지 않았다. 덩굴을 옆으로 밀어내니 글자가 보였다.

마우그레
자치 단체 구역

글자를 가만히 바라보았다. 이른 봄의 은은한 햇살 아래 이런 고대 물건이 존재한다는 사실에 문득 등골이 오싹해졌다.

나는 비프를 팔에 안고 서둘러 길을 내려가 모퉁이를 돌았다.

모퉁이를 돌아갔더니 눈앞에 나무와 덤불에 반쯤 파묻힌 페르모플라스틱 소재의 집들이 쫙 펼쳐져 있었다. 최소 500채 정도가 저 아래에 있는 협곡 사이에 들어서 있었다. 집들은 이웃한 집과 꽤 떨어져 있고, 집들 사이에 공원과 콘크리트 길이 있는 듯 보였다. 하지만 사람이 사는 흔적은 없었다. 그리고 마을 중앙에는 큰 건물 두 개와 흰색의 기다란 오벨리스크가 있었다.

나는 겨울을 버텨 내느라 힘없이 축 늘어진 장미 덤불과 인동덩굴을 옆으로 밀어내면서 마을로 다가갔다. 집들은, 아마 예전엔 저마다 화려한 색채를 입고 있었겠지만, 지금은 전부 백골처럼 하얗게 바랜 상태였다.

나는 초조해하며 마우그레로 걸어갔다. 비프마저 불안한지 내 팔에 안겨 꼼지락대면서 배낭에 달린 끈을 발톱으로 긁었다. 집들 사이에 나 있는 덤불을 따라 되는 대로 늘어선 시골길이 마을의 시작이었다. 나는 그 길을 따라 걷기 시작했다. 집집마다 앞마당에 덤불들이 무성하게 자라 있어서 집 앞에 포치가 있었는지조차 파악할 수 없었다. 우거진 덤불과 잡초, 인동덩굴들 사이로 현관문만 조금씩 보일 뿐이었다.

나는 오벨리스크로 향했다. 왠지 그래야 할 것 같았다.

어떤 집을 지나치고 있는데, 그 집 현관문과 나 사이에 장애물이 그렇게 많지 않기에 비프를 길에 내려놓고 키 큰 잡초들 사이를 헤치며, 장미 덤불에 여기저기 긁히면서 그 집으로 가까이 다가갔다. 사실 상처가 난 줄도 몰랐다. 꿈을 꾸고 있는 듯한, 마치 최면에 빠진 듯한 느낌이었다.

잡초를 옆으로 치우고 현관문을 겨우 연 다음, 어떤 경외심 같은 감정을 품고 집 안으로 발을 내디뎠다. 아무것도 없는 커다란 거실이었다. 정말 텅 비어 있었다. 곰팡이가 얼룩덜룩 피어 있고 먼지가 자욱하게 내려앉은 플라스틱 재질의 창문 사이로 빛이 아름아름 새어 들었다.

불투명한 페르모플라스틱은 인간이 설계한 소재 중 가장 오래 지속되고 투박한 재질이다. 그 공간 전체는 이음새 없이 매끄럽고 텅 비어 있는 페르모플라스틱 큐브와 같았다. 모서리는 저마다 둥글게 처리되어 있고 벽은 분홍색이었다. 사람이 살았던 흔적이 전혀 없었다. 물론 그 소재가 원래 그런 성질이란 걸 나는 익히 알고 있었다. 이 집에서 누군가 수백 블루 동안 살았을 텐데, 어쩌면 흔적이 아예 없어진 걸 수도 있다. 바닥에 남은 부스러기, 벽에 남은 손자국, 천장의 담배 연기 자국, 아이들이 놀거나 싸우며 남긴 흔적들, 온 가족이 좋아하는 테이블에 둘러앉아 있던 흔적이 전부 사라졌을 수도 있다.

나는 목청을 높였다. 그렇게라도 해야 할 것 같았다. "계십니까?" 영화에서 배운 문장이었다.

메아리마저 없었다. 나는 영화 속의 남자들이 커다란 유리 잔에 든 술을 마시며 웃는 모습을 보면 어쩐지 슬프다고 생각했었다. 숲 가장자리에서는 오직 흉내지빠귀만 노래를 한다. 나는 그 집을 나왔다. 비프가 나를 기다리고 있었다. 비프를 팔에 안았다.

우리는 오벨리스크로 향했다. 오벨리스크에 가까워질수록 길이 더 넓어져 걷기가 한층 수월했고, 우리는 예상보다 빨리 오벨리스크와 큰 건물 두 개만 있는, 그 건물을 제외하면 거의 빈 터나 다름없는 곳에 도착했다.

오벨리스크는 백골처럼 새하얀 다른 두 건물보다 더 희었다. 아랫부분 폭이 18미터 정도 되고 하늘로 약 60미터쯤 솟아 있는 오벨리스크는 책이나 영화에 많이 나왔던, 워싱턴 D.C.에 남아 있는 기념탑과 비슷하게 생겼다.

아래쪽에 있는 이중 유리문 한 부분이 파란색 나팔꽃으로 덮여 있었고, 나는 주위를 돌아다니다가 그 구조물의 네 면에 커다란 문이 하나씩 있는 걸 발견했다. 네 번째 면 저 위쪽에 큼지막한 글자들이 불룩하게 튀어나와 있었다. 이런 글이 적혀 있었다.

완벽한 대피소와 마트
이 보호 시설 아래에서는 모두 안전합니다.

마우그레 국방부

두 번 읽어 보았다. 오벨리스크 자체가 '보호 시설'이란 말인가? 아니면 저 문 안으로 들어가야 한다는 뜻인가?

나는 비프를 내려놓고 문을 하나씩 열어 보았다. 세 번째 문이 쉽게 열렸다.

안에 로비가 있고 유리문으로는 빛이 들어왔다. 양쪽에 아래층으로 가는 넓은 계단 두 개가 있었다. 그것보다 더 좁은 계단도 있었는데, 그건 위로 올라가는 계단이었다. 나는 잠깐 망설이다가 왼쪽 계단으로 내려가기 시작했다. 계단을 예닐곱 개 내려가자 주위가 서서히 어두워져 갔고, 어느 순간 양쪽의 노란 벽에 부드러운 빛이 들어와 있었다. 한쪽 벽에 이런 글이 있었다.

충격 차단 단계

그리고 여덟 계단쯤 더 내려갔더니 부드러운 빛을 내는 조명이 또 켜졌고 벽에 이런 글이 있었다. 이번에는 글자 색이 달랐다. 회색이었다.

방사선 차단 단계

계단 가장 아래에 도착하자 길이가 길고 폭이 넓은 거대한 복도가 눈앞에 펼쳐졌다. 복도로 다가가자 분홍빛 유리 샹들리에에 은은한 불이 들어왔고, 양쪽에는 표지판이 반짝이고 있었다.

안전 구역. 마트

그러고 나자 놀랍게도 플루트와 오보에의 가볍고 부드러운 연주 음악이 흐르기 시작했다. 45미터 정도 앞에 있는 널따란 분수대에서 커다란 물줄기가 솟아올랐고 파란색, 녹색, 노란색의 다채로운 빛이 그 위에서 넘실대기 시작했다. 물이 떨어지는 소리, 분수 소리가 들렸다.

나는 놀라워하며 분수대 쪽으로 걸어갔다. 비프가 내 팔에서 뛰어내려 조금도 주저하지 않고 앞으로 달려가더니 분수대 가장자리에 앉아 머리를 숙이고 물을 할짝할짝 마셨다.

나는 비프에게 천천히 다가가서 손을 모아 시원하고 신선한 물을 손에 담은 다음 뜨겁고 건조한 얼굴 앞으로 들어 올려 물 냄새를 맡았다. 깨끗하고 순수했다. 양손 가득 담긴 물을 마시고 얼굴을 씻었다.

분수대 옆면에는 작은 은색 타일 수천 개가 붙어 있고, 그 사이사이마다 백색 모르타르가 발라져 있었다. 물 아래 바닥에는 검은색과 회색, 흰색 타일이 어우러져 거대한 모자이크를 이루고 있었는데, 혹등고래가 등을 구부린 채 꼬리지느러미를 펼치고 있는 모습이었다.

위쪽에는 검은색 돌고래 세 마리가 부드러운 곡선을 이룬 채 수직으로 설치되어 있고 그 사이로 분수가 솟아오르고 있었다. 전에 《로마의 분수》라는 포토 북에서 그런 모양을 본 적이 있었다. 뒤로 한 걸음 물러서서 눈앞의 광경을 응시했다. 은색 테두리의 분수대와 거대한 고래 무늬, 돌고래들, 위로 솟아오르는 굵은 물줄기를 바라보았다. 내 얼굴과 몸을 가볍게 스치는 물방울의 고운 입자를 느끼면서 그리고 플루트 연주를 들으면서, 팔과 목 뒤쪽의 털이 스르륵 일어서고 미세한 전율이, 오히려 고통스럽게 느껴지는 전율이 내 몸 전체를 휘감았다.

새들이 바다의 가장자리에서 비행 방향을 바꾸는 모습이나 회색 바다를 뒤흔드는 폭풍 또는 거대한 원숭이 콩이 우아하게 떨어지는 모습을 슬로 모션으로 보고 있는 듯한 기분이었다.

거대한 복도는 분수대 저 너머에서 T 모양을 이루며 끝이 났고, 그곳에는 오른쪽과 왼쪽으로 이어지는 커다란 문 두 개가 있었다. 왼쪽 문 위에 이런 글이 적혀 있었다.

비상 숙소

수용 가능 인원 60,000명

그리고 오른쪽 문 위에는 간략하게 한 단어만 있었다.

마트

문은 내가 접근하자마자 자동으로 열렸고, 어느새 나는 타일이 깔린 폭이 넓고 기다란 또 다른 복도에 서 있었다. 복도 양쪽에 매장 입구들이 있었는데, 내가 평생 보던 것보다 훨씬 많았다. 뉴욕에서도, 그리고 강의를 하고 살았던 대학 주변에도 매장의 전면 유리에 상품이 진열되어 있었지만, 이렇게 큰 규모와 많다 못해 차고 넘치는 물건의 가짓수는 본 적이 없었다.

가장 가까이에 있는 매장은 시어스였다. 곡선 형태의 커다란 창문 너머로 믿을 수 없을 정도로 다양한 상품들이 진열되어 있었다. 절반 이상이 알 수 없는 물건들이었다. 물론 일부는 내게도 익숙했다. 하지만 색색의 공과 전자 기기, 무엇인지 가늠이 가지 않는, 무기 같기도 하고 장난감 같아 보이기도 하는 물건이 무척 많았다.

나는 어리둥절한 상태로 문을 열고 안으로 들어갔다. 거대한 가게의 한 구역으로 발을 들였는데, 거기는 옷을 파는 섹션 같았다. 전부 새 옷인 듯했고, 투명한 비닐로 싸여 있었다.

아마 수백 년 이상 그 상태로 밀봉되어 있는 모양이었다.

마침 내가 입고 있는 옷이 다 해지고 닳아서 새 옷을 찾아보기로 했다.

나한테 맞을 것 같아 보이는 파란색 재킷의 비닐 커버를 어떻게 제거해야 하나 살펴보고 있는 바로 그때, 발아래 타일이 내 눈에 들어왔다.

바닥 전체에 진흙 묻은 발자국이 널려 있었다. 얼마 안 된 발자국이었다.

나는 무릎을 꿇고 손을 내밀어 진흙을 만져 보았다. 약간 축축했다.

일어서서 주위를 둘러보았다. 하지만 옷이 놓인 선반 위의 선반 그리고 그 선반 너머의 또 다른 선반에도 화려한 색채의 온갖 물건들만 있을 뿐 아무도 보이지 않았다. 내 시선이 닿는 최대한 먼 곳까지 살펴봐도 선반들뿐이었다. 움직임이라고는 조금도 감지되지 않았다. 다시 바닥을 내려다보았다. 발자국이 온 사방에 있었다. 어떤 발자국은 얼마 안 된 거였고, 또 어떤 것들은 오래전에 생긴 거였다. 신발 크기도 달랐고 모양도 다 달랐다.

비프가 어디론가 슬금슬금 걸어갔고, 내가 비프를 불러 보았지만 비프는 오지 않았다. 걱정스러운 마음에 통로를 따라 걸으며 주위를 두리번거렸다. 발자국 주인이 아직 여기에 있으면 어쩌지? 만약 여기에 인간이 있다고 해도, 나는 대체 무엇 때문에 인간을 두려워하게 된 걸까? 사실 로봇이라도 문제될 건 없었다. 감옥에서 아무도 나를 잡으러 오지 않았고, 탐지자나 다른 누군가가 나를 찾고 있다는 낌새가 없었으니까. 그럼에도 불구하고 두려웠다. 그러니까, '똥줄이 탔다'. 이 표현은 《속어 사전》에서 본 거였다.

마침내 비프를 찾아냈다. 카운터 위에 수백 개의 상자들이, 비슷비슷하게 생긴 미개봉 상자들이 나란히 진열되어 있었고, 비프는 그 위에 올려져 있는 말린 콩 상자에 머리를 박고 게걸스럽게 먹고 있었다. 몹시 만족스러운지 비프는 골골 소리를 내며 콩을 와그작와그작 씹었다. 나는 비프 옆에 있는 미개봉 상자 하나를 들어 올렸다. 비프는 나를 쳐다보지도 않았다. 내가 알고 있는 보통 식품 상자와 다르게 생긴 그 상자에 이런 글이 있었다.

방사선 처리 및 정제된 핀토 콩
유통 기한 6세기
첨가제 없음

상자 옆면에 그림이 있었다. 접시에 콩이 담겨 있고 그 위에 베이컨 한 조각이 올려진, 김이 모락모락 나고 있는 그림이었다. 그 그림과 달리 비프가 아직도 코를 박은 채 모든 관심을 쏟아붓고 있는 그 콩은 바짝 마르고 시들어서 맛없어 보였다. 나는 상자로 손을 뻗어 콩을 한 줌 쥐었다. 비프가 나를 올려다보며 아주 잠깐 이빨을 드러냈지만, 곧 다시 먹는 데 집중했다. 입안에 콩 한 알을 넣고 씹어 보았다. 생각보다 그렇게 형편없지는 않았다. 나는 배가 무척 고팠다. 손에 남은 콩을 전부 입속으로 털어 넣고 우적우적 씹으며 밀봉된 상자를 어떻게 열어야 할지 가만히 살펴보았다. 상자 윗부분에 개봉 방법이 있었다. 흰색 점을 누르고 붉은색 탭을 당기면서 돌리라고 적혀 있었다. 나는 추측 가능한 모든 방법을 동원해 그대로 했지만 상자는 열리지 않았다. 때마침 나는 갖고 있던 콩을 다 먹었고, 비프도 마찬가지였다. 식욕이 점점 거세지면서, 절대 열리지 않을 것 같은 그 상자에 대한 분노도 함께 거세졌다. 나는 여기 이 지구상에서 콩 상자 개봉 방법을 읽을 수 있는 유일한 인간이었으나, 그 순간에는 아무짝에도 쓸모가 없었다.

조금 아까 지나쳤던, 다양한 도구들이 진열된 통로가 떠올랐다. 나는 그곳으로 갔다. 분노와 허기가 불안과 걱정을 잊게 만들었고, 발을 세게 구르며 그쪽으로 성큼성큼 다가갔다. 도끼가 있었다. 〈아내 살인자의 탈출〉이라는 영화에 나온 것과 상당히 비슷했지만, 비닐로 싸여 있어서 *꺼낼 수가 없었다.*

나는 화가 치밀었고, 그 분노가 콩을 향한 내 식욕에 더욱
불을 지폈다. 도끼를 싸고 있는 비닐을 물어뜯어 찢으려고 했
으나 치아로 뜯기에는 너무 질겼다. 그러던 중 다른 통로에
비치된 유리 케이스 안에 작은 상자 같은 것들이 있기에 거기
로 가서 도끼를 들어 올리고 유리 케이스를 내려쳐 와장창 깨
뜨렸다. 케이스 프레임에 남은 날카로운 유리 조각들 중 한
조각 끝에 비닐을 끼워 걸고 세게 잡아당겼다. 드디어 비닐이
찢어지기 시작했다. 나는 비닐을 비틀어 찢으며 도끼에서 떼
어 냈다.

다시 콩 상자로 돌아가 상자 윗부분을 도끼로 내려찍었다.
마침내 상자가 열리고 콩이 쏟아져 나왔다. 도끼를 카운터 위
에 올려놓고 콩을 우적우적 먹기 시작했다.

벌써 세 번째, 입에 한가득 콩을 넣어 씹고 있는데 뒤에서 저
음의 목소리가 들렸다. "이런 제길, 당신 지금 뭐 하는 거지?"

나는 재빨리 고개를 돌렸다. 덩치 큰 두 사람이, 짙은 턱수
염의 늙은 남자와 몸집이 큰 여자가 나를 노려보며 서 있었
다. 둘은 각자 한 손에는 가죽끈을, 다른 손에는 긴 도살용 칼
을 들고 커다란 개와 함께 있었다. 개 두 마리도 주인과 똑같
이 나를 노려보았다. 개들은 흰색이었고—내 생각에는 알비
노 같았다—눈은 불그스름했다.

옆에 있던 비프가 등을 둥글게 굽히더니 개들을 향해 이빨

을 드러냈다. 개들이 노려보고 있는 게 어쩌면 내가 아닐 수도 있었다.

두 사람은 나보다 나이가 많았고 덩치도 훨씬 컸다. 그들의 눈빛은 개인 영역 보호 위반의 마지노선을 한참 넘어섰지만, 그 눈빛은 적대적이라기보다는 호기심 같아 보였다. 그러나 그들이 들고 있는 긴 칼은 너무도 위협적이었다.

입속에 콩이 아직 반 정도 남아 있었다. 나는 콩을 좀 씹다가 입을 열었다. "이걸 먹고 있어요. 배가 고파서요."

"당신이 먹고 있는 그건," 남자가 말했다. "내 거요."

여자가 말을 덧붙였다. "우리 거라고요." 그녀가 말을 이었다. "우리 가족들 거라고."

가족. 영화에서 말고 그 단어를 사용하는 사람은 처음이었다.

남자가 여자의 말을 못 들은 체했다. "당신, 어느 마을 출신이지?"

"그런 거 몰라요." 내가 말했다. "오하이오에서 왔어요."

"유뱅크에서 왔을 수도 있어요." 여자가 말했다. "템프시 출신일 수도 있고요. 거기 사람들은 다 좀 말랐잖아요." 마침내 나는 입안에 든 콩을 전부 삼켰다.

"아니면 스위셔." 남자가 말했다. "오션 시티일 수도 있겠군."

갑자기 비프가 개들한테서 돌아서더니 원래 서 있던 카운터에서 뛰어내려 저쪽 방향으로 달리기 시작했다. 그렇게 빨리 달리는 비프는 처음이었다. 개들이 비프를 쫓아가려고 발버둥 치자 목줄이 팽팽하게 당겨졌고, 결국 그들은 눈으로만 비프를 쫓을 수밖에 없었다. 반면 남자와 여자는 비프를 신경 쓰지 않았다.

"일곱 개의 마을 중에 어디서 왔지?" 남자가 물었다. "그리고 왜 법을 어기면서까지 우리의 음식을 먹고 있는 건가?"

"그리고," 여자가 덧붙였다. "왜 여기에서 우리의 성역을 침범하고 있는 거죠?"

"일곱 마을에 대해서는 들어 본 적이 없어요." 내가 말했다. "나는 그냥 지나가는 이방인일 뿐입니다. 마침 배가 고팠는데 여기를 발견해서 들어온 거예요. 여기가…… 그러니까…… 성역인지 몰랐어요."

여자가 나를 뚫어지게 바라보았다. "살아 있는 신의 교회 몰라요? 딱 보면 모르나? 나 참."

나는 주변을 둘러보았다. 비닐로 밀봉된 물건들이 가득한 통로를, 화려한 옷과 전자 제품, 소총과 재킷이 진열된 선반을 보았다. "여기는 *교회*가 아니잖아요." 내가 말했다. "여기는 상점이잖아요."

그들은 꽤 오랫동안 입을 열지 않았다. 개들 중 한 마리는 비프가 달려간 쪽을 쳐다보는 것에 지쳤는지 바닥에 주저앉아 하품을 하기 시작했다. 또 다른 개는 남자의 발에 코를 대고 큿큿거리고 있었다.

남자가 말했다. "그건 신성 모독이네. 당신은 허락 없이 신성한 음식을 먹었기 때문에 이미 신성 모독을 저지른 셈이라고."

"미안합니다." 내가 말했다. "몰랐어요……." 갑자기 남자가 발을 앞으로 성큼 내딛더니 내 팔을 아주 강하게 움켜잡고는 배에 칼끝을 들이밀었다. 그사이 여자는 큰 체격에 어울리지 않게 잽싸게 움직이더니 카운터로 가서 내가 쓰던 도끼를 집어 들었다. 아마 그녀는 내가 그 도끼로 자기들과 맞서 싸우려는 줄 알았던 모양이다.

나는 겁에 질려 입도 뻥긋하지 못했다. 남자가 허리띠에 칼을 다시 꽂더니 내 뒤로 가서 두 팔을 등 뒤에서 움켜잡은 다음 여자에게 밧줄을 가져오라고 했다. 그녀는 몇 줄 떨어진 카운터로—신론 소재의 끈이 돌돌 말려 있는 커다란 롤이 있는 곳으로—가서 도끼를 내려놓고 칼로 끈을 잘랐다. 그녀가 끈을 가지고 오자 그는 내 손을 묶었다. 개들은 이 모든 걸 무기력하게 지켜보고 있었다. 나는 두려움을 넘어서 낯선 평온함으로 점차 빠져들었다. 텔레비전에서 이런 장면을 본 적이 있었다. 왠지 이 실제 상황이 내게 전혀 위험하지 않다는 듯, 그냥 구경하고 있는 것 같은 기분이었다. 그럼에도 심장이 거칠게 요동치고 몸도 부들부들 떨렸다. 그 와중에 내 마음은 어딘가 위쪽으로 둥둥 떠올랐고 평온함마저 느껴졌다. 비프에게 무슨 일이 벌어졌는지, 그리고 앞으로 무슨 일이 벌어질지 궁금했다.

"뭘 하려는 거죠?" 내가 물었다.

"성경의 말씀을 이행할 거다." 그가 말했다. "나의 성스러운 장소를 모독한 자는 영원히 불에 타는 호수로 내던져질 것이다."

"예수 그리스도!" 내가 말했다. 왜 그런 말을 했는지 모르겠다. 그 남자가 보는 성경에 나오는 말이어서 그랬던 것 같다.

"뭐라고 했어요, 지금?" 여자가 말했다.

"'예수 그리스도'라고 했어요."

"그 이름을 누가 알려 줬죠?"

"성경에서 배웠습니다." 내가 답했다. 나는 "오 하나님"을 자주 말하던 메리 루를 언급하지 않았다. 또한 "주여"라고 외치며 몸에 불을 질렀던 그 남자에 대해서도 말하지 않았다.

"무슨 성경이요?" 그녀가 물었다.

"이 사람은 거짓말을 하고 있어." 남자가 말했다. 그러더니 내 쪽을 쳐다봤다. "성경을 보여 주게."

"이제는 갖고 있지 않아요." 내가 말했다. "성경을 두고 떠나야만 했거든요……."

남자가 나를 가만히 응시했다.

그러더니 나를 마트의 웅장한 복도로, 그 분수대가 있는 복도로 데리고 나가서 상점 몇 군데와 레스토랑, 명상실을 지나

이런 간판이 있는 곳으로 이끌었다.

제인의 매춘업

'조제실'이라는 간판이 있는 커다란 상점을 지나갈 때 그가 걸음을 늦추고 말했다. "당신 지금 떨고 있으니까, 아마 이게 도움이 될 거네." 그가 상점 문을 밀어 열었다. 우리가 들어간 곳에는 다양한 크기와 모양의 알약이 들어 있고 단단히 밀봉된 커다란 병들이 한가득 줄지어 있었다. 그가 '최면제: 중독성 없음. 생식 억제 효과'라고 적힌 병 앞으로 다가가 바지 주머니에 손을 넣고 색이 바랜 낡은 신용 카드를 여러 장 꺼내더니 그중에 파란색 카드를 골라 카운터 위에 놓인 병 아래쪽의 슬롯에 쓰윽 밀어 넣었다.

그 유리병은 디스펜서 초기 모델 같았고, 내게 익숙한 상점의 기계들처럼 작동이 매끄럽거나 재빠르지 않았다. 메리 루에게 노란색 원피스를 사 주었던 뉴욕의 5번가 상점과는 확실히 달랐다. 카드를 집어넣고 다시 나오기까지 최소 1분이 넘게 걸렸고, 아랫부분에 있는 자그마한 철제문이 열리고 파란색 약이 한 움큼 나오는 데 또 30초가 걸렸다.

남자가 약을 쥔 손을 들어 올리고 말했다. "최면제를 얼마나 원하는가?"

나는 고개를 저었다. "나는 최면제를 먹지 않아요."

"최면제를 안 먹는다고? 그럼 뭘 먹지?"

"아무것도 먹지 않습니다." 내가 말했다. "꽤 오래됐어요."

여자가 말했다. "저기 아저씨, 앞으로 10분 후에 영원히 불에 타는 호수로 가게 될 거예요. 나라면 적어도 한 알은 먹을 텐데."

나는 아무 말도 하지 않았다.

남자가 어깨를 으쓱했다. 그는 약 한 알을 집어 여자에게 건네고 나머지는 주머니에 넣었다.

우리는 약이 잔뜩 담긴 유리병 수백 개가 줄지어 있는 그 상점을 나왔다. 우리가 떠나자 뒤에서 가게 조명이 자동으로 꺼졌다.

모퉁이를 돌아 새로운 분수대에 다다랐다. 그 분수대에서는 조명 불빛과 함께 처음 들어 보는 부드러운 음악이 흘러나왔다. 아까 본 분수대보다 크기가 더 커 보였다.

어느덧 우리들 양옆의 벽은 철제 벽으로 바뀌어 있었고, 이따금씩 출입문이 나왔다. 출입문마다 위에 이런 간판이 있었다.

수면실 B

수용 인원: 1,600명

수면실 D

수용 인원: 2,200명

"여기에서 누가 자요?" 내가 물었다.

"아무도 안 자요." 여자가 답했다. "이건 고대에 있던 거예요. 옛날 사람들을 위한……."

"얼마나 오래전이요?" 내가 또 물었다. "고대 언제요?"

여자가 고개를 저었다. "아주 오래전이죠. 지구에 거인이 살았던 때. 그들이 신의 노여움을 두려워했던 시기요."

"그들은 천국에서 내리는 불의 비를 두려워했지." 남자가 말했다. "그리고 예수를 믿지 않았지. 불의 비는 절대 내리지 않았고, 그 고대인들은 결국 죽었어."

우리는 더 많은 수면실을 지나갔고, '보관소'라는 표지판만 붙어 있는 철제 벽을 따라 800미터 정도 걸어갔다. 마침내 막다른 복도에 도착했고, 그곳에는 거대한 문이 있었다. 표지판에 빨간색으로 이렇게 적혀 있었다. *전력원: 관계자 외 출입 금지.*

남자가 주머니에서 작은 금속판을 꺼냈다. 그 판을 문 가운데에 있는 직사각형 모양에 대고 말했다. "왕국의 열쇠."

문이 열리고 부드러운 빛이 흘러나왔다.

문 안에 자그마한 복도가 있었다. 공기가 확실히 더 따스했다. 개들을 문밖에 남겨 두고 우리만 안으로 들어가 또 다른 문을 향해 걸었다. 걸으면 걸을수록 점점 더 따뜻해졌다. 땀이 나기 시작해서 이마를 훔치고 싶었지만, 손이 아직 등 뒤에 묶여 있었다.

우리는 문 앞에 도착했다. 문 위에 주황색 글씨가 적혀 있었다.

인공 태양에 접근 중입니다.
핵융합 프로젝트 3: 마우그레

남자는 그 문에 다른 카드를 댔고 문이 열리자 강렬한 열기가 선명하게 뿜어져 나왔다. 그 문 안에 바로 다른 문이 또 나왔고, 이번에는 그가 문 옆에 있는 슬롯에 다른 카드를 집어넣었다. 그러자 문이 60센티 정도 열렸다. 문 뒤에는 눈부시게 밝은 주황빛 조명이 거대한 공간을 비추고 있었다. 바닥이 없는 방이었다. 아니면 바닥에서 주황색 빛이 나거나. 열기가 무척 강렬했다.

그때 남자의 목소리가 들렸다. "영원한 불을 보아라." 뒤에서 내 등을 미는 듯한 느낌이 났다. 심장이 멎을 것 같았다. 아무 말도 할 수 없었다. 시선을 아래로 내렸다. 시선을 멈추고 있던 시간은 눈 깜빡할 정도의 찰나밖에 되지 않았지만,

발 바로 아래에 거대한 원형 구덩이가 있고 구덩이의 끝에, 보이지 않는 저 깊은 곳에 태양처럼 활활 타오르는 것이 불이라는 걸 인식하기에는 충분한 시간이었다.

내 몸이 맥없이 뒤로 밀려나자, 남자가 손으로 나를 휙 돌려서 그의 얼굴과 마주 보게 했다. 그가 조용히 말했다. "마지막으로 하고 싶은 말은?"

나는 그의 얼굴을 바라보았다. 무표정하고 차분한 그의 얼굴에서 땀이 뚝뚝 흐르고 있었다. "나는 부활이요, 생명이니." 내가 말했다. "나를 믿는 자는 비록 죽을지라도 살게 되리라."

여자가 소리를 꽥 질렀다. "오 주여, 에드거! 주여!"

남자가 단호한 눈으로 나를 쳐다보았다. "그 말을 어디서 배웠지?" 그가 물었다.

머릿속을 더듬어 뭐라도 할 말을 찾아야만 했다. 그리고 그 진실을, 그가 이해할 것 같지 않은 진실을 찾아냈다. 그럼에도 일단 나는 입 밖으로 내뱉었다. "나는 성경을 읽습니다."

"읽는다?" 여자가 되물었다. "성경을 읽는다고요?"

뒤에서 솟구치는 열기 때문에 1분 안에 여기서 벗어나지 않으면 죽을 것만 같았다. 열기로 인해, 또는 의구심으로 인해 남자의 얼굴이 일그러져 갔다.

"네." 내가 말했다. "성경을 읽을 수 있어요." 남자의 눈을 똑바로 쳐다보았다. "나는 무엇이든 다 읽을 수 있어요."

남자가 나를 응시하며 넙데데한 얼굴을 한 번 더 끔찍하게 찡그리더니, 갑자기 나를 자기 쪽으로 홱 당겨 불에서 멀어지게 했다. 그러고는 나를 문 밖으로 밀어내고 내 뒤로 문을 쾅 닫았다. 그런 다음 우리는 두 번째 문을 통해 나왔다. 그 문은 저절로 닫혔다. 이제야 공기가 견딜 만했다. "좋네." 남자가 말했다. "책이 있는 곳으로 가서 당신이 정말 읽을 수 있는지 확인해 보지."

　　그러고는 칼을 꺼내 내 손을 묶고 있는 줄을 잘랐다.

　　"비프를 먼저 찾아야 해요." 내가 말했다.

　　나는 시어스로 가는 길 절반쯤에서 비프를 찾아 내 팔에 안았다.

*

　　조금 전 불의 호수로 가는 길, 두려움에 사로잡힌 채 지나쳤던 분수대 앞을 시어스로 가던 중에 또 지나가게 되었는데, 마침 고대 영화의 한 장면이 머릿속에 떠올랐다. 영화 〈왕중왕〉에서 배우 H. B. 워너가 요한이라는 남자에게 자신을 강에서 '세례'하라고 요구하는 장면이었다. 그 장면은 분명 지극히 신비주의적인 의미를 갖는 어떤 순간인 것 같았다. 텅 빈 마트의 넓은 복도를 따라 내려가는 내 발걸음이 가볍게 느껴졌다. 그 남자와 여자가 내 양옆에 자리를 잡고 있었지만, 이 번엔 나를 속박하지 않았다. 그들은 나를 그냥 놔두었다. 그들의 개 두 마리는 조용하고 순종적이었다. 들리는 소리라고는 발걸음 소리와 보이지 않는 스피커에서 흘러나오는, 우리를 가볍게 휘감는 음악뿐이었다. 분수 물이 아래쪽에서 천장을 향해 우아하게 넘실대다가 다시 수조로 돌아가는 소리가 점점 크게 들려왔다.

나는 수염을 기른 예수가 요단강에 고요하게 서 있는 모습을 떠올렸다. 그러고는 갑자기 멈춰 서서 이렇게 말했다. "이 분수대에서 세례를 받고 싶어요. 이 분수에서." 내 목소리는 명확하고 단호했다. 나는 옆에 있는 거대한 원형 분수대 안의 물을 바라보았다. 얼굴로 물보라가 가볍게 스쳤다.

내 눈초리에 그 여자가 꿈처럼 무릎을 꿇는 모습이 들어왔다. 그녀의 기다랗고 펑퍼짐한 데님 치마가 풍성하게 부풀었다. 그녀가 가녀린 목소리로 말했다. "나의 주여. 성령이 그에게 이렇게 말하라고 하셨다."

그때 남자 목소리가 들렸다. "일어나, 베레니스. 이 사람이 어디선가 그 얘기를 들었을 수도 있어. 모두가 교회의 비밀을 지키는 건 아니니까."

나는 그녀 쪽으로 돌아섰다. 그녀가 무릎을 펴고 일어서면서 파란색 스웨터를 끌어내려 넓적한 엉덩이를 덮었다. "하지만 이 사람은 이걸 보자마자 신성한 물이 있는 곳이라는 걸 알았잖아요."

"내가 말했듯이," 그러나 그의 목소리에는 의심이 섞여 있었다. "다른 여섯 개의 마을 어딘가에서 그 얘기를 들었을 수도 있어. 밸린이 타락하지 않는다는 말이 그레일링도 타락하지 않는다는 의미는 아니니까. 매니 그레일링이 그에게 이야기했을 수도 있고. 제길, 그레일링이겠군. 젠장, 그레일링이 맞아. 교회로부터 숨어 있는 자."

그녀가 고개를 저었다. "그에게 세례를 줘요. 에드거 밸린." 그녀가 말했다. "당신은 이 성례를 거부할 수 없어요."

"나도 알아." 그가 조용히 답했다. 그는 데님 재킷을 벗기 시작했다. 나를 바라보는 그의 얼굴이 진지하게 변했다. "앉지. 가장자리에."

나는 분수대 가장자리에 앉았고, 여자는 무릎을 꿇고 내 신발을 벗긴 뒤 양말도 벗겼다. 그리고 내 바지를 말아 올렸다. 그다음 그녀는 내 옆에, 재킷을 벗은 남자는 그 반대쪽에 앉았다. 둘 다 신발과 양말을 벗었다. 그들은 개 목줄을 풀어놓았다. 그런데도 흰색 동물 두 마리는 참을성 있게 가만히 서서 우리를 보고, 또 바닥에 몸을 말고 있는 비프를 번갈아 보았다.

"좋아." 남자가 말했다. "분수 안으로 들어가게."

자리에서 일어나 분수대 가장자리를 넘어 물속으로 발을 넣었다. 물이 차가웠다. 아래를 내려다보니, 내가 해안가에서 발견해 잡아먹었던 물고기와 상당히 비슷하게 생긴 큰 물고기가 분수대 바닥에 타일로 만들어져 있었다. 꼬리지느러미와 아가미가 있는 거대한 은색 물고기였다. 물 깊이는 내 무릎까지였다. 물보라를 맞아 무릎 윗부분이 흠뻑 젖었다. 정말 차가웠다. 하지만 그리 불편하지 않았다.

나는 내가 밟고 서 있는 거대한 물고기를 내려다보았다. 두 사람이 내 옆으로 다가왔다. 남자가 손을 모으고 허리를 숙인 다음 손을 물속에 잠시 넣어 두었다가 다시 들어 올리고 내 머리 위에 물을 흘려보냈다. 물이 흘러 얼굴로 떨어졌다.

"성부와 성자와 성령의 이름으로 세례를 하노라." 그가 말했다.

여자가 손을 뻗어 그녀의 크고 부드러운 손을 내 머리에 올렸다. "아멘. 주를 찬양하라." 그녀가 매끄럽게 말했다.

우리는 분수대에서 나왔고, 나는 남자와 개, 비프와 함께 여자가 시어스에서 발을 닦을 수건을 가지고 올 때까지 기다렸다. 잠시 후 발과 다리의 물기를 닦고 신발을 신은 다음 아무 말 없이 계속 걸었다.

아까보다 몸이 가벼워진 느낌이었다. 현실과 더 멀어진 느낌이면서도 동시에 실제로 존재하는 기분이 들었다. 나의 몸과 정신의 내부와 외부가 동시에, 아주 극도로 생생하게 느껴졌다. 그리고 보이지 않는 어떤 선을, 오하이오를 떠난 이후 나를 계속 기다리고 있던 그 선을 넘은 것 같았다. 이제는 그 선을 넘어 내 삶이 가벼워졌다는, 이를테면 손등 위의 깃털처럼 가벼워진 어떤 상징적인 영역으로 들어간 듯했다. 그 삶에 대한 나의 경험만이, 약물에 취하지 않은 채 살아가는 나의 경험만이 내가 살아가는 전부였다. 그리고 만약 그 경험이 불의 호수에서의 죽음을 의미한다면, 그것 역시 받아들일 수 있었다.

지금 이 글을 적고 있는데, 자기 몸을 불에 태울 결정을 내린 그 사람들이 어떤 감정이었을지 문득 궁금해진다. 하지만 그들은 약에 취해 있었고 무지했다. 게다가 그들은 글을 읽을 수 없었다.

세례를 받은 게 정말 효과가 있을까? 성령이 정말 존재할까? 나는 그렇게 생각하지 않는다.

그 남자와 여자 그리고 나는 침묵 속에서 넓은 복도를 따라 내려가서 폭이 넓은 계단을 다시 올라갔다. 우리가 그곳을 떠나자 우리 뒤의 불빛이 서서히 어두워졌고 음악 소리도 줄어들었으며 분수도 멈추었다.

계단 꼭대기에 다다른 나는 순간적으로 뒤돌아서서 텅 빈 광활한 마트를 내려다보았다. 샹들리에가 빛을 잃어 가고 분수가 사그라들고 있었다. 상점들은 영원히 오지 않을 손님을 기다리는 듯 여전히 밝은 빛을 내고 있었다. 그 넓고 깨끗한 곳의 공허함과 슬픈 위엄이 느껴졌다.

그들이 나를 밖으로 데리고 나갔다. 날이 이미 어둑해져 있었다. 둘은 여전히 아무 말 없이 오벨리스크 양옆을 둘러싸고 있는 커다란 건물들 중 한 건물로—주변에 잡초가 없는, 잔디밭이 잘 다듬어진 크고 번듯한 건물로—나를 데려갔다. 건물 뒤편으로 갔더니 정원이 있고 영화 〈국가의 탄생〉에서 본 것과 비슷하게 생긴, 상당히 이질적으로 보이는 나무 포치가 설치되어 있었다.

포치를 지나 문으로 들어가니 눈앞에 천장이 높은 커다란 공간이 나타났다. 그곳엔 서른 명 정도 되는 소박한 옷차림의 사람들이 거대한 원목 테이블에 마치 나를 기다리고 있었다는 듯 조용히 둘러앉아 있었다. 테이블에 있는 사람들은 우리가 안으로 들어갈 때도 조용했고, 나이 든 남자와 그의 아내가 나를 데리고 그 공간을 지나고 테이블을 지나갈 때도 조용했다. 기숙사나 감옥 내의 식사실만큼 고요했다.

우리는 좁은 복도를 지나 또 다른, 마찬가지로 큰 방으로 갔다. 그 공간에는 나무 의자들이 연단을 바라보며 줄 맞춰 배치되어 있었다. 연단 뒤에는 벽 크기만 한 텔레비전이 있지만 켜져 있지는 않았다.

밸린은 나를 데리고 성서대로 갔다. 그 위에 큼직한 검은색 책이 올려져 있었다. 책 표지에 분명히 적혀 있었을 글자가 지금은 다 해져서 없어졌지만, 나는 그 책이 성경이라고 확신했다.

마트에서 느꼈던 상쾌함과 힘이 어느 순간 사라져 버렸다. 나는 살짝 당황한 채 우두커니 서서 낡은 나무 의자들과, 예수의 얼굴 그림과 커다란 텔레비전이 걸린 벽과, 그리고 그 공간 전체를 둘러보았다. 얼마 뒤 사람들이 주방에서 나와서 그곳으로 들어와 자리에 앉기 시작했다. 그들은 남녀 할 것 없이 두셋씩 모여 조용히 들어왔고 말없이 자리에 앉은 다음, 어떤 수줍은 호기심이 담긴 눈으로 나를 바라보았다. 다들 청바지와 심플한 셔츠를 입고 있었고, 남자들 몇 명은 나처럼 수염이 있었지만 대부분은 수염이 없었다. 나는 왠지 이곳에서는 젊은 사람을 볼 수 있을 거라는 확실한 희망을 품고 그들을 가만히 지켜보았다. 그러나 그 희망은 절망이 되었다. 나보다 젊은 사람은 한 명도 없었다. 사랑하는 사이로 보이는 한 커플이 손을 잡고 있었지만, 그들은 어떻게 보아도 40대가 확실했다.

의자가 다 차고 나자 에드거 밸린이 자리에서 일어나더니 갑자기 팔을 옆으로 활짝 펼치고 손바닥을 위로 향하게 한 다음 큰 소리로 외쳤다. "나의 형제들이여."

모두 그에게 주의를 기울였다. 그 커플은 서로의 손을 놓았다. 대부분 삼삼오오 모여 있었지만, 두 번째 줄에 앉은 내 나이 정도 되어 보이는 한 여자는 혼자 앉아 있었다. 그녀는 키가 컸고 다른 사람과 마찬가지로 깔끔하게 차려입고 있었다. 데님 셔츠에 파란색 앞치마를 두르고 있었는데, 확실히 눈에 띄었다. 나는 불안감에 휩싸여 있으면서도 나도 모르게 그녀를 자꾸 쳐다보았다. 그녀는 정말 아름다웠다. 그녀의 아름다움이 내 눈에 들어오기 시작했다. 그녀를 바라보고 있으니 기분이 퍽 좋아졌다. 덕분에 조금 전 불의 호수에 던져질 뻔한 일과 앞으로 내게 닥쳐올 미래에 대한 상념에서 잠시나마 벗어날 수 있었다. 무슨 일이든 벌어질 수 있지만 지금 당장은 고비가 지나간 것 같았다. 그래서 나는 의도적으로 그 여자에 대한 생각을 이어 갔다.

그녀의 머리는 금발이었고 살짝 구불구불한 머리칼이 얼굴 양옆을 감싸고 있었다. 옷차림은 다소 투박한 느낌이었지만 피부는 하얗고 안색이 깔끔했다. 눈이 커다랗고 눈동자는 밝은색이었으며, 이마도 매끈하게 봉긋 솟아 있고 지적인 이미지였다.

"형제 여러분," 밸린이 말을 시작했다. "모두 알고 있듯이 우리 가족에게 좋은 한 해였습니다. 우리는 이웃과 평화를 이루었고, 주님의 은혜 덕분에 위대한 마트에서 공급받은 물품은 우리에게 너그러운 풍요로움으로 지속되어 왔습니다." 그러고는 머리를 숙이고 팔을 앞뒤로 뻗어 가며 말했다. "기도합시다."

모두가 고개를 숙였다. 그러나 내가 유심히 보고 있던 그 여자는 숙이지 않았다. 그녀는 고개를 아주 살짝만 내릴 뿐이었다. 나는 곤란한 상황에 처하고 싶지 않아서 머리를 숙였다. 언젠가 영화에서 이런 모임을 본 적이 있기 때문에, 한동안 그 사람들이 고개를 숙인 채 말없이 있을 거라는 걸 잘 알고 있었다.

밸린은 암기한 듯한 의례적인 기도문을 낭독하기 시작했다. "하나님께서는 과거와 미래의 죽음의 재로부터 우리를 보호하소서. 우리를 모든 탐지자로부터 지켜 주소서. 우리에게 주님의 사랑을 주시고 개인 영역 보호의 죄로부터 지켜 주소서. 예수의 이름으로 기도합니다. 아멘."

'개인 영역 보호의 죄'라는 말에 나는 놀라지 않을 수 없었다. 내가 받았던 훈련 내용과 완전히 반대되는 것이었다. 그러나 한편으로는, 마음속의 무언가가 그 구절에 호응하고 있었다.

밸린이 기도를 끝내자 기침 소리와 바스락대는 소리가 들렸고, 모두들 다시 고개를 들었다.

"주님께서 밸린 가족에게 임명하셨습니다." 그가 말했다.

조금 전보다 평범한 목소리였다. "또한 이 평원의 마을에 사는 일곱 가족 모두에게 임명하셨습니다." 그런 다음 손으로 — 지금 보니 작고 하얗고 손톱이 가지런히 다듬어진 여성스러운 그의 손으로 — 성서대 옆을 꽉 잡고 앞으로 몸을 기울였다. 그리고 낮은 목소리로, 거의 속삭이는 듯이 "주님이 우리에게 주님의 말을 해석하는 자를, 또는 예언하는 자를 보내셨습니다. 낯선 이가 우리 마을에 들어왔고, 그자는 내 눈앞에서 불의 시련을 겪었고, 그리고 주님에 대한 지식을 보여 주었습니다."

　모두가 나를 보고 있었다. 나는 내면에서 새로운 평온함을 찾아 그 안으로 녹아들었음에도 불구하고 무척 당황스러웠다. 이런 식의 주목은 받아 본 적이 없었다. 얼굴이 화끈 달아올랐다. 서로 간의 응시를 금지하는 예전의 개인 영역 보호 규칙이 문득 그리웠다. 그곳에는 한 서른 명 정도 모여 있었고, 그들은 전부 호기심이나 의구심이 깃든 눈으로 나를 쳐다보았다. 나는 떨리는 손을 주머니에 찔러 넣었다. 비프는 내 발목 사이에 몸을 비비고 있었다. 그 순간 비프가 나한테 관심을 끄고 저리로 가 버렸으면 좋겠다는 생각이 들었다.

　"낯선 이가 내게 말했습니다." 밸린이 말했다. "자신이 오래된 지식의 전달자라고 말입니다. 그는 자신이 낭독자라고 했습니다."

몇몇 사람이 놀라워하는 듯했다. 나를 보는 그들의 눈빛이 점점 더 강렬해졌다. 내가 지켜보던 여자는 나를 더 가까이 보려는 듯 몸을 살짝 앞으로 내밀었다.

밸린이 내 쪽으로 드라마틱하게 팔을 휘두르며 말을 이었다. "생명의 책 앞으로 나와서 책을 읽어라. *읽을 수 있다면.*"

나는 침착해 보이려 애쓰며 그를 바라보았다. 하지만 심장이 미친 듯이 뛰었고 다리가 사정없이 후들거렸다. 그렇게 많은 사람이 한 장소에 모여 있다니! 이런 일이 일어날 거라 예상은 했으나 막상 마주하니 마치 예전으로 돌아간 것 같았다. 로베르토와 콘수엘라에 대한 책을 읽기 전으로, 메리 루를 만나기 전으로, 감옥과 탈출 그리고 새로 생겨난 반항적인 자립성이 자리 잡기 이전으로. 심지어 나는 수줍음이 많은 교수로서, 강의를 할 때도 그리고 여러 번 암기해 온 단어들을 반복하고 정신을 통제하며 수업을 이어 나갈 때도, 열댓 명 정도가 모인 커다란 강의실 앞에 모습을 드러낼 때도 무척 불안해했었다. 게다가 그 당시의 학생들은 훈련을 제대로 받았기 때문에 내 말을 들으면서도 연신 눈을 피했었다.

나는 무거운 발걸음을 어떻게든 내디뎌서 책이 놓여 있는 성서대에 다다랐다. 하마터면 비프에 걸려 넘어질 뻔했다. 밸린이 내게 자리를 내어주며 말했다. "처음부터 읽는다."

나는 손을 덜덜 떨며 책을 펼쳤다. 신자들의 눈을 피해 시선을 아래로 내릴 수 있어서 얼마나 다행이었는지 모른다. 나는 긴 시간 동안 말없이 한 페이지만 응시했다. 종이 위에 글자가 적혀 있었지만, 무슨 일인지 글자를 한데 모아 보아도 의미가 파악되지 않았다. 어떤 글자는 아주 크고 어떤 글자는 작았다. 그 페이지가 제목 페이지라는 건 알았지만 머리가 도통 돌아가지 않았다. 나는 계속 바라만 보았다. 외국어가 아니란 것 또한 어찌어찌해서 파악해 냈다. 그러나 뇌가 글자들을 조화롭게 모으질 못했다. 글자들이 노란색 종이 위에 잉크로 찍어 놓은 표시로 보일 뿐이었다. 나는 불안감을 진정시키며 그대로 꼼짝 않고 있었다. 견딜 수 없는 긴 시간이 흘렀다. 어떤 위협적인 이미지가 머릿속에 떠오르더니 참나무 성서대에 올려진 그 책을 뒤덮었다. 마트 근처의 구덩이 바닥에서 활활 타오르던 노랗고 붉은 불길. 나의 몸을 증발시킬 핵의 중심. 읽어. 나는 속으로 말했다. 하지만 단 한마디도 입 밖으로 나오지 않았다.

밸린이 내게 더 가까이 다가오고 있었다. 심장이 멈춰 버릴 것만 같았다.

그때 갑자기 앞쪽에서 선명하고 단호한 여자 목소리가 들렸다. "읽어요." 그 목소리가 말을 이었다. "형제여, 우리를 위해 읽어 주세요." 나는 고개를 들었다가 깜짝 놀랐다. 그 목소리는 혼자 앉아 있던 키가 크고 아름다운 그 여자의 목소리였고, 그녀는 애원하듯 나를 바라보고 있었다. "당신은 할 수 있어요!" 그녀가 말했다. "우리에게 읽어 줘요."

나는 다시 책을 보았다. 그런데 갑자기 글자의 의미가 눈에 들어왔다. 그 페이지 대부분을 차지하고 있는, 크기가 제법 크고 검은색으로 쓰인 글자는 '성경'이라는 글자였다.

나는 글을 읽었다.

성경

그 아래에 있는 글자들은 작았다.

"현대 독자들을 위해 요약되고 편집되었음."

페이지 아래쪽 부분에는,

"리더스 다이제스트 요약집, 오마하. 2123년."

그게 전부였다. 다음 페이지로 넘겨 보니 작고 검은 글씨가 가득했다. 이제는 조금 더 차분하게 읽기 시작했다.

"창세기. 저자 모세. 태초에 하나님이 천지를 창조하시니라. 그러나 어떤 형태도, 그 누구도 그곳에 살지 않는다. 하늘에 어둠이 깊게 내려앉으니 하나님이 '빛을 내리라!'라고 하시고 빛이 내려온다⋯⋯."

나는 계속해서 차츰 더 쉽게 그리고 차분하게 낭독했다. 그 성경은 내가 감옥에서 읽었던 성경과 달랐다. 감옥에서 읽었던 성경은 훨씬 오래된 책이었다.

나는 그 페이지를 다 읽고 고개를 들었다.

아름다운 여자가 입을 약간 벌린 채 큰 눈으로 나를 뚫어지게 보고 있었다. 그녀의 얼굴에는 경이 또는 숭배의 표정이 드러나 있었다.

나의 내면이 또다시 평온해졌다. 갑자기 몹시 피로해지고 기력이 소진되는 것 같더니 맥이 탁 풀렸다. 연단에 선 채 그대로 고개를 푹 떨구고 마음속의 모든 걸 비워 내 공허하게 만들어 놓은 다음 두 눈을 감았다. 이 말만 남겨 놓은 채로.

죽음의 바람을 기다리는 내 인생은 가볍다.
손등 위의 깃털처럼.

남녀 할 것 없이 사람들이 일어나자, 의자가 바닥을 긁어대는 소리와 말없이 커다란 방을 떠나는 발걸음 소리가 울렸다. 하지만 나는 고개를 들지 않았다.

순간 내 어깨에 얹은 강하지만 부드러운 손길이 느껴졌다. 나는 눈을 떴다. 나이 든 그 남자, 에드거 밸린이었다.

"낭독자여," 그가 말했다. "나를 따라오게."

나는 그를 응시했다.

"낭독자여, 당신은 시련을 이겨 냈다. 당신은 세례를 받았고 불로부터 목숨을 건졌다. 당신은 이제 쉬어야 한다."

나는 한숨을 내쉬고 말했다. "그래요. 맞아요. 휴식이 필요합니다."

*

그렇게 나는 감옥에서 탈출해 이곳으로 와서 기독교인들을 위한 '낭독자', 즉 성직자가 되었다. 그때부터 몇 달 동안 그들에게 아침저녁으로 성경을 읽어 주었고, 그들은 침묵 속에서 경청했다. 나는 읽고 그들은 듣고, 그 외에는 서로 별다른 말을 나누지 않았다.

이제 나는 여기, 마우그레에 있는 내 집에서 글을 쓰고 있다. 혼자 살고 있으며 음식도 잘 챙겨 먹는다. 밸린가 사람들과 함께 생활하면서 겪었던 이상한 일들은 거의 기억나지 않는다. 그보다 더 오래전에 있었던 메리 루와 무성 영화에 대한 기억이 오히려 더욱 생생하고 가깝게 느껴진다. 곧 있으면 저녁 성경 낭독을 하러 가야 하는데도 말이다. 오늘 아침에 성경 낭독을 한 이후에는 하루 종일 글을 쓰며 보내고 있다. 이제 글쓰기를 멈추고 비프에게 먹이를 준 다음 위스키를 한 잔 마실 거다. 내일은 내 삶의 이 새로운 챕터를 마무리 지을 생각이다. 그리고 애너벨의 슬픈 이야기에 대해 써 보려 한다.

그곳에서의 첫째 날 밤, 에드거 밸린은 나더러 위층 방에서 자라고 한 뒤 방을 나갔다. 방 안에 침대가 두 개 있었다. 침대 헤드는 청동관 여러 개가 모인 형태였는데, 전에 봤던 영화 중 한 늙은 남자가 죽게 되자 방에 있는 시계가 멈추고 개가 울부짖었던 그 영화에 나온 헤드와 비슷한 모양이었다. 나는 옷도 벗지 않고 신발만 겨우 벗은 채 침대 속으로 들어갔고, 비프는 퀸트 이불 위로 튀어 올라 내 발 근처에서 몸을 웅크리더니 곧바로 잠에 들었다. 나는 비프가 부러웠다. 몸과 마음이 완전히 지쳤는데도, 여태 내가 잠들었던 그 어떤 침대보다 편안한데도, 매트리스가 두툼하고 널찍하며 넉넉한 크기의 꽃무늬 퀼트 이불이—이불의 분홍색 가장자리에 '시어스 프리미엄 구스 다운' 라벨이 박음질되어 있었다—침대를 덮고 있는데도 잠이 통 오질 않았다. 머릿속이 온갖 상념으로 점점 더 채워지고 있었다. 어두운 방에 누워 피로감으로 인해 한층 날카로워진 감각으로 과거에 있었던 수많은 사건들을 초자연적으로, 또렷하게 그려 가기 시작했다. 오하이오에서 공부하고 가르쳤던, 환각 상태에서 느끼는 선명한 이미지를 동반한 명확한 정신 통제와 비슷했다. 하지만 이건 예전의 정신 통제와 달리 약의 도움을 받아 진행되는 것이 아니었다. 끝없이 이어지는 생각의 타래를 나는 통제할 수 없었다.

도서관 바닥에 앉아 책을 읽는 메리 루, 오하이오에서의 작은 세미나에 참여해 앉아 있던 나이 든 학생들의 멍한 얼굴, 데님 가운을 입은 학생들이 마음에 폭풍이 불어치거나 평온해질 때 눈을 내리까는 모습, 키가 크고 지적이며 한편으로는 위협적인, 그 짙은 갈색 피부 속에 감춰진, 그래서 헤아릴 수 없는 표정의 스포포스 학부장의 이미지가 명확하게 보였다. 어린 시절의 내 모습도 보였다. 나는 기숙사에서 어린이용 숙소 밖 광장 한가운데에 서 있다. 다른 아이와 음식을 나눠 먹었다는 이유로 개인 영역을 침범했다는 죄를 지어서 코번트리에 하루 동안 머물렀었다. 코번트리의 규칙에 따라 나는 광장에 가만히 서 있어야 했고, 광장을 지나가는 모든 아이들이 내 얼굴이나 팔, 가슴을 만져도 그냥 가만히 있어야 했다. 나는 아이들의 손길 하나하나에 속으로 몸부림쳤고, 내 얼굴은 수치심으로 벌겋게 달아올라 뜨거워졌었다.

그리고 코번트리 내의 자그마한 개인 영역 보호 방 이미지가 머릿속에 떠올랐다. 그곳은 내가 잠들었던 기억이 있는 최초의 장소였다. 그 안에는 좁고 딱딱한, 수도원 스타일의 침대가 있었고 방음벽인 페르모플라스틱 벽에서는 소울 무자크가 흘러나왔다. 바닥에 자그마한 개인 영역 보호 방 전용 러그가 있었는데, 나는 그 위에서 기도를 했다. "여기 책임자들이 내가 내면적으로 성장할 수 있도록 도와주기를. 행복과 평온한 상태로 열반에 갈 수 있기를. 밖에서 다른 아이들의 손길이 내게 닿지 않기를……." 나는 그때 텔레비전에서 반짝이는 홀로그램 화면에 쾌락과 즐거움, 평화의 이미지가 송출되는 동안 한 번에 몇 시간씩 어린 내 몸을 벽 크기만 한 개인용 텔레비전에 전적으로 맡겨야 한다고 배웠고, 내 몸은 알약을 먹으라는 신호에 따라, 그러니까 텔레비전에서 최면제를 먹으라는 라벤더색 불빛이 깜빡일 때만, 다시 말해 내 뇌에 무의식적인 수동성을 위해 필요한 화학 물질을, 즉 약을 제공할 때만 움직였다.

나는 저녁때부터 잠자리에 들 때까지 텔레비전을 보았고, 자면서도 텔레비전에 대한 꿈을 꾸었다. 굉장히 밝은 배경의 최면에 걸린 듯한, 육체에서 분리된 마음을 지속적으로 채우는 무언가에 관한 꿈이었다.

그리고 그날의 끝자락에, 물속에서 세례를 받고 불구덩이에서 타 죽을 뻔하고 낯선 이들의 가족에게 창세기 책을 읽어주었던 그날의 막바지에 나는 이상한 분위기의 낡은 침실에 누워 있었고, 걷잡을 수 없이 뻗어 가는 상상 때문에 잠을 이룰 수 없었다. 현대 세상에서 진정한 아이로서 살아가던 삶, 단순하기 그지없던 과거를 향한 갈망이 나를 잠식했다. 나는 간절히 원했다. 최면제와 대마초 담배, 마음에 꽃을 피우게 하는 약물들, 그런 화학적인 방법으로 느낄 수 있는 평온, 텔레비전 시청, '책임자가 누구든 그 사람을 향한 기도를 갈망했다. 그리고 그 작은 페르모플라스틱 방에—나의 새로운 삶을 이루고 있는 혼란과 갈망, 불안 그리고 절망으로부터 보호받을 수 있는 그 고요하고 쾌적한, 에어컨이 켜진 방에—누운 채 약물에 취한 달콤한 꿈에 지배되어 잠을 푹 잘 수 있기를 간절히 바랐다. 더 이상 현실을 살고 싶지 않았다. 몹시 부담스러웠다. 가슴 아프고 무거운 부담이었다.

나는 슬픈 감정에 사로잡혀 꼼짝할 수 없었다. 그렇지만 눈물은 흘리지 않았다.

영화 속에서 머리에 밀짚모자를 얹고 있던 늙은 말이 떠올랐다. 밀짚모자 구멍 사이로 말의 귀가 나와 있었다. '숲 가장자리에서는 오직 흉내지빠귀만 노래를 한다'라는 말도 생각해 보았다. 그리고 이 지구상의, 아이도 없고 미래도 없는 이 땅의 마지막 세대일 수도 있는 메리 루와 나를 떠올렸다. 버거 셰프에서 불에 타 죽던 얼굴들을, 종족의 멸망이 자신의 몸에 불을 지르는 결말로 수용했던 그들의 모습을 생각했다.

어린 우리들을 돌보던, 표정이 없고 늘 굳어 있는 로봇의 얼굴이 보였다. 그리고 나를 심문하던 판사의 얼굴도. 현명하지만 냉소적인 눈으로 나를 바라보며 미소 짓던 벨라스코도 생각났다.

이윽고 숱하게 많은 이미지가 멈출 기미 없이 지친 내 마음속으로 파고들 것 같은 느낌이 막 들기 시작했고, 나는 침대 옆 배터리로 작동하는 램프를 커서 《오델의 로봇 유지 보수 및 수리 가이드》 책을 찾아 맨 뒤의 빈 페이지를 펼쳤다. 그 페이지에는 감옥을 떠나기 전에 적어 놓은 시가 몇 편 있었다. 나는 〈텅 빈 사람들〉이라는 시를 읽었다. 스포포스가 나를 체포했을 때 메리 루와 함께 읽고 있던 시.

세상은 이렇게 끝나는구나
세상은 이렇게 끝나는구나
세상은 이렇게 끝나는구나
쾅 소리가 아닌 훌쩍임과 함께.*

그 시는 나의 진심을 대변하고 있었지만, 위안이 되지는 않았다. 그러나 마음속의 이미지를 번지게 하는 데는 도움이 되었다.

그러고 나서 로버트 브라우닝의 시를 읽으면서 마음이 한결 편안해지고 있던 그때, 어떤 일이 나를 몹시 불안하게 만들었다.

방문이 열리더니 밸린의 아들인 로더릭이 들어왔다. 그는 아무 말 없이 내게 고개를 끄덕였다. 그러고는 방 한가운데로

---

* 시인 T. S. 엘리엇의 〈텅 빈 사람들〉이라는 시의 일부이다. 현대 사회의 공허함과 절망적인 분위기를 표현하는 시이다.

와서 나의 개인 영역과 예의, 개인의 권리를 배려하지 않고 옷을 훌러덩 벗기 시작했다. 그는 맨몸의 털이 드러날 때까지 콧노래를 흥얼거리며 옷을 벗었다. 그러더니 방 안의 또 다른 침대 옆에 무릎을 꿇고 앉아 소리 내어 기도했다. "오 주여, 가장 강인하고 가장 괴로우신 주여, 저의 비참한 고통과 죄를 용서하시고 저를 겸손하고 가치 있게 만들어 주소서. 예수 그리스도의 이름으로 기도합니다. 아멘." 그리고 침대로 들어가 웅크린 자세로 눕더니 거의 곧바로 코를 골기 시작했다.

나는 아까 밸런이 말했던 '개인 영역 보호의 죄'라는 말에 동의하며 무의식적으로 고개를 끄덕였었다. 그러나 이건 달랐다. 내 침실에 낯선 사람이 무작정 침입한 사건이었다. 더군다나 오랫동안 텅 빈 해변에서 비프하고만 지내왔던 나에게는 너무 과한 일이었다.

나는 로버트 브라우닝의 〈세테보스 위에서의 칼리반〉을 읽으려 계속 시도했지만, 단어들이 너무 어려워서 의미 전달이 전혀 되지 않았다. 결국 내 마음은 차분해지지 않았다.

그런데 놀랍게도 얼마 후 잠에 들었고, 다음 날 오전 상쾌한 기분으로 깨어났다. 로더릭은 사라졌고, 비프는 방구석에서 앞발로 뭉툭한 털 뭉치를 툭툭 치며 놀고 있었다. 레이스 커튼 사이로 햇살이 쏟아졌다. 아래층 쪽에서 음식 냄새가 솔솔 풍겼다.

방 밖의 기다란 복도를 따라 내려가면 커다란 공동욕실이 있었다. 어제 에드거 밸린이 나를 침실로 들여보내기 전에 보여 준 곳이었다. 욕실 문에 고대 물건 같은 초록색 금속판이 달려 있고 그 위에 '남자'라고 쓰여 있었다. 문을 열고 들어가면 깨끗한 화장실 여섯 칸과 새하얀 변기 여섯 개가 있었다. 나는 얼굴을 정성껏 닦고 머리와 수염을 빗었다. 목욕을 해야 했지만 어떻게 해야 할지 감이 오지 않았다. 어제 새로 골라 놓은 옷을 시어스에 두고 오는 바람에 지금 걸치고 있는 옷가지들은 아직 지저분하고 여기저기 해져 있는 상태였다. 욕실에서 나와서 널찍한 앞쪽 계단 아래로 내려가 주방으로 향했다.

건물 출입구 위 돌로 된 아치에 '정의의 전당: 마우그레'라는 글자가 새겨져 있었다. 전날에는 그 글자에 특별히 관심이 가지 않았지만, 주방에 서서 보니 내가 성경을 읽었던 장소처럼 그곳도 고대에 법정이던 곳이었을 수도 있겠다는 생각이 들었다. 그곳은 아주 크고 천장이 높았으며, 기다란 벽면마다 가늘고 긴 아치 모양의 창문이 있었다. 한가운데에 아무도 앉아 있지 않은 거대한 테이블이 있었는데, 시어스에 있는 체인톱으로 아주 오래전에 어설프게 만들어진 듯했다. 테이블 주변에는 제대로 다듬어지지 않은 벤치들이 놓여 있었다.

한쪽 벽 창문 아래에는 꽤 큰 검은색 공용 스토브가 있고, 양옆으로 장작이 쌓여 있었다. 그리고 원목 조리대는 아주 오래전부터 사용해서 상판이 다 닳아 반들반들했다. 스토브 위에 하얀색의 유광 오븐이 있고, 그 양쪽으로 커다란 냄비와 프라이팬이 방의 절반을 차지할 만큼 잔뜩 걸려 있었다. 반대쪽 벽에는 배터리로 작동하는 하얀색 냉장고가 여덟 대 있고, 각 냉장고 앞면에 '켄모어'라고 표시되어 있었다. 냉장고 옆에 깊이가 깊숙하고 기다란 싱크대도 있었다. 바닥까지 오는 파란색 치마를 입은 여자 둘이 내게 등을 돌린 채 싱크대 앞에서 설거지를 하는 중이었다.

모든 게 전날 밤과 완전히 달랐다. 테이블 위에는 갓 따온 싱싱한 노란 튤립이 담긴 유리그릇이 놓여 있고, 방 안에는 햇살이 따뜻하게 번져 있고, 베이컨과 커피 향이 은은하게 내려앉아 있었다. 싱크대 앞 여자들은 나를 보지 않았다. 카펫 하나 없는 맨바닥을 내딛는 내 발소리를 분명 들었을 텐데도.

나는 싱크대 쪽으로 걸어가서 주저하다가 입을 열었다. "실례합니다."

한 여자가, 키가 작고 통통한 백발의 여자가 돌아서서 나를 보았다. 그러나 그녀는 말을 하지 않았다.

"먹을 것 좀 얻을 수 있을까요?"

그녀는 잠시 나를 쳐다보다가 다시 돌아서더니 선반으로 손을 뻗어 노란 상자를 들고 와 내게 건넸다. 상자에 이런 글이 적혀 있었다. 생존 커피, 인스턴트 타입. 마우그레 국방부,

부패 방지 처리 완료.

내가 그 글자를 읽는 동안 그녀는 싱크대 옆 식기 건조대에서 투박한 세라믹 머그잔과 숟가락을 주었다. "사모바르도 써도 돼요." 그녀가 저 건너편에 있는 스토브 쪽으로 고갯짓을 하며 말했다.

나는 스토브로 가서 머그잔에 진한 커피 한 잔을 탄 다음 테이블에 앉아 홀짝이기 시작했다.

다른 여자가 냉장고를 열어 뭔가를 꺼내더니 돌아서서 방을 가로질러 스토브 쪽으로 걸어갔다. 전날 나를 응시하며 책을 읽어 달라고 권했던 그 여자였다. 그녀는 나를 쳐다보지 않았다. 수줍어하는 것 같았다.

그녀는 스토브 위의 오븐을 열고 무언가를 꺼내 접시에 올린 다음 테이블 쪽으로 가져왔다. 그리고 여전히 내 눈을 피하며 그 접시와 버터, 나이프를 내 앞에 놓았다. 그릇들은 묵직한 느낌의 짙은 갈색이었다.

나는 그녀를 올려다보았다. "이게 뭐예요?" 내가 물었다.

그런 음식은 처음이었고, 어떻게 먹어야 할지도 몰랐다. 그녀가 나이프를 들고 케이크 한 조각을 잘랐다. 그리고 그 위에 버터를 펴 바른 다음 내게 건넸다.

한 입 먹어 보았다. 달콤하고 따뜻했으며 위에 견과류가 올려져 있었다. 정말 맛있었다. 내가 케이크 한 조각을 다 먹자 그녀가 수줍게 웃으며 한 조각을 또 주었다. 그녀는 어딘가 모르게 허둥대는 느낌이었다. 전날 밤에는 꽤 대담했던 그녀의 모습과 달라서 사뭇 이상하게 느껴졌다.

케이크와 커피는 정말 맛있었다. 그녀의 수줍음은, 내가 사람들에게 기대하도록 배운 그런 내성적인 성격과 무척 비슷했다. 그래서 나는 용기를 내어 그녀에게 상냥하게 말을 걸었다. "이 케이크를 직접 만들었어요?" 내가 물었다.

그녀가 고개를 끄덕였다. "오믈렛 먹을래요?"

"오믈렛이요?" 내가 말했다. 그 단어를 들은 적이 있긴 했지만 직접 본 적은 없었다. 달걀과 관련된 무어라고만 알고 있었다.

내가 답을 하지 않자 그녀가 냉장고로 가서 진짜 달걀 세 알을 들고 왔다. 진짜 달걀은 기숙사 졸업 같은 아주 특별한 경우에만 먹었었다. 그녀가 스토브로 가서 달걀을 깨 갈색 세라믹 그릇에 담고, 스토브 위에 납작하고 작은 검은색 프라이팬을 올린 다음 버터를 넣고 예열했다. 그녀는 달걀을 강하게 휘젓다가 프라이팬에 붓고, 포크로 달걀을 돌돌 말면서 프라이팬을 스토브 위에서 앞뒤로 빠르게 흔들었다. 그녀의 모습이 정말 아름다웠다. 그녀는 프라이팬 손잡이를 잡고 테이블로 가져와 초승달 모양의 노란 달걀 요리를 내 접시 위로 가지런히 미끄러뜨렸다. "포크로 먹으면 돼요." 그녀가 말했다.

한 입 먹어 보았다. 환상적이었다. 말없이 오믈렛을 다 먹었다. 나는 지금도 여전히 오믈렛과 커피, 케이크가 내 인생에서 가장 맛있는 음식이라고 생각한다.

음식을 먹은 뒤 나는 더욱 대담해져서 아직 내 옆에 서 있는 그녀를 바라보며 물었다. "오믈렛을 어떻게 만드는지 알려 줄래요?"

그녀는 놀랐는지 아무 말도 하지 않았다.

그때 싱크대에 있는 다른 여자의 목소리가 들렸다. "남자는 요리하지 않아요."

내 옆에 서 있는 그녀는 잠시 망설이다가 부드럽게 말했다. "이 남자는 달라요, 마리. 이 사람은 낭독자예요."

마리는 돌아보지 않았다. "남자는 들판에 있어야죠." 그녀가 말했다. "주님의 일을 해야 해요."

내 곁에 서 있는 그녀는 부끄러워했지만, 자신의 생각을 확실히 알고 있었다. 그녀가 마리를 뒤로하고 내게 말했다. "마리가 커피 상자 줄 때 그 위에 있는 글, 읽었어요?"

"네." 내가 말했다.

그녀는 스토브로 가서 내가 두고 온 커피 상자를 가져왔다. "읽어 주세요." 그녀가 말했다. 나는 그렇게 했다. 그녀는 내가 하는 말을 집중하여 들었고, 내가 읽기를 마치자 "마우그레가 뭐예요?"라고 물었다.

"이 마을의 이름이에요." 내가 말했다. "아마 맞을 겁니다."

그녀가 입을 헤 벌렸다. "이 마을에 이름이 있어요?" 그녀가 물었다.

"아마도요."

"이 하우스는 이름이 있어요." 그녀가 말했다. "밸리나." 나는 철자를 이렇게 하기로 했다. 훨씬 나중에 내가 에드거 밸린을 위해 그 하우스의 이름을 '밸리나(Baleena)'라는 철자로 쓰기 전에는 어디에도 '밸리나'가 글로 적혀 있지 않았다.

"음, 밸리나는 마우그레라는 마을에 있어요." 내가 말했다.

그녀가 생각에 잠긴 듯 고개를 주억거렸다. 그러고는 냉장고로 가서 달걀이 담긴 그릇을 꺼내고 오믈렛 만드는 방법을 내게 알려 주기 시작했다.

나는 그렇게 애너벨 밸린을 알게 되었다.

*

그날 아침 애너벨이 오믈렛과 수플레 만드는 법을 가르쳐 주었다. 그녀는 밀가루로 반죽을 어떻게 만드는지, 이스트를 어떻게 사용하는지 알려 주며 나와 함께 커피 케이크를 만들었다. 밀가루는 우리가 요리 중인 조리대 아래의 큰 통에 들어 있었다. 그녀는 밀가루가 '밭에서' 자란 거라고 말했다. 그곳 밸린 가족의 모든 일원이 밭에서 일했다. 애너벨은 항상 주방 일을 맡았다. 그녀는 자신이 '독립적인' 성향의 사람이라 그런 일이 주어진 거라고 했다. 다른 여자들은 식사 시간이 끝난 후 그녀를 도와 뒷정리를 했고, 그 외에는 하우스 밖에 있는 꽃 정원에서 일했다. 애너벨도 몇 년 동안은 밭에서 일을 했었는데, 그녀는 밭일을 아주 싫어했고 뿐만 아니라 일하는 동안 대화를 나누지 못하는 것을 특히 싫어했다. 당시 주방을 맡고 있던 나이 많은 여자가 죽고 난 뒤 애너벨은 그 일을 자기가 맡겠다 요청했고, 그렇게 해서 주방 일을 하게 된 것이었다. 그녀는 13년간 요리를 해왔다고 말했다. 결혼을 했었지만 지금은 과부라고 했다. '년'을 세는 것과 '결혼'은 이제 내게 새로운 개념이 아니었다. 물론 그녀가 내게 그 말을 하는 게 조금 낯설긴 했지만, 그녀가 하는 말은 이해할 수 있었다.

밀가루와 달걀을 제외한 모든 요리 재료는 마트에서 가져왔다. 그녀는 나에게 이스트 팩과 후추 캔, 방사선 처리된 피칸 상자의 라벨을 읽어 달라고 했다. 모든 상자에 '마우그레 국방부'가 적혀 있었다.

요리하는 법을 가르쳐 주면서 애너벨은 상자 라벨을 읽어 달라는 요청 외에는 다른 질문을 하지 않았다. 그녀 자신과 그녀의 가족에 대해 그리고 현대적인 생활 방식을 어떻게든 피하고 있는 상황에 대해 그녀에게 질문을 하려고 하면 어김

없이 '질문하지 마. 편하게 있어'라는 생각이 들었다. 이번에는 그 말이 퍽 괜찮은 조언 같았다. 그녀는 정말 아름다웠고, 주방에서의 움직임 또한 우아하고 유려했다. 그녀가 일하는 모습을 보는 것만으로도 즐거웠다.

그런데 정오가 다가올수록 그녀는 안절부절못하는 듯 보였고, 약간 슬픈 것 같기도 했다. 이윽고 그녀가 조리대 아래 캐비닛으로 손을 뻗어 파란색의 큰 상자를 꺼내더니 나에게 건네며 읽어 달라고 했다.

상자에 큼지막한 글씨로 '바륨'이라고 적혀 있고 그 아래 작은 글씨로 '생식력 억제제'라고 되어 있었다. 또 그 밑에는 이렇게 쓰여 있었다. '미국 인구 통제. 반드시 내과 의사의 조언에 따라 복용해야 함.'

내가 읽어 주자 그녀가 물었다. "내과 의사'가 뭐예요?"

"고대의 치료사 정도로 생각하면 돼요"라고 답했지만 확신이 없었다. 그리고 생각했다. *그래서 아이들이 어디에도 없는 걸까? 진정제와 최면제에도 그런 효과가 있는 걸까? 생식력을 저하시키는 걸까?*

그녀는 알약 두 알을 꺼내 입에 넣고 커피를 마셨다. 그녀가 내게 상자를 건네자 나는 고개를 절레절레 흔들었고, 그녀는 의아한 표정으로 나를 보았지만 아무 말 하지 않았다. 그녀는 앞치마 주머니에 바륨을 한 줌 넣고 상자를 다시 조리대 아래에 넣었다. 그러고는 "점심 준비해야 해요"라고 했다.

이후 한 시간 동안 그녀는 굉장히 빠른 속도로 음식 준비를 했다. 수프를 두 주전자에 나눠 끓이고, 칼로 큼직하게 잘라 낸 짙은 빵으로 치즈 샌드위치를 만들었다. 나는 도와줘도 되겠느냐고 물었지만, 그녀는 내 말이 들리지 않는 모양인지 넓적한 갈색 접시와 수프 그릇을 놓으며 테이블을 세팅했다. 나는 도움이 되기 위해 캐비닛에서 접시와 그릇을 꺼내 테이블로 가져가며 말했다. "그릇이 특이하네요."

"고마워요." 그녀가 말했다. "직접 만든 거예요." 놀라웠다. 그런 것들을, 접시 같은 물건을 사람이 만든다는 소리는 들어본 적이 없었다. 게다가 시어스에 접시와 그릇들이 즐비한 섹션도 있었다. 그릇을 개인이 어떻게 만들 수 있는지 상상이 가지 않았다.

내가 놀라워하자 그녀가 그릇 하나를 들고 뒤집었다. 그릇 아래쪽에 어쩐지 익숙해 보이는 표시가 있었다. "이게 뭐예요?" 내가 물었다.

"내 도에 마크예요. 고양이 발자국이죠." 그녀가 희미하게 미소 지었다. "당신도 고양이를 키우잖아요."

그녀 말이 맞았다. 비프가 모래 위를 걸을 때 생기는 발자국과 같은 모양이었다. 크기만 조금 더 작을 뿐이었다.

그녀가 덧붙였다. "내 남편과 나도 고양이를 키웠었어요.

한 마리만 키웠죠. 하지만 남편이 죽기 전에 죽었어요. 어떤 개가 죽였거든요."

"오, 이런." 나는 그렇게 말하고 테이블에 식기를 놓기 시작했다.

얼마 뒤 밖에서 소리가 났고, 나는 고개를 들어 창밖을 보았다. 낡은 녹색 생각버스가 멈추었다. 남자와 개들이 버스에서 조용히 내렸다.

나는 햇살 좋은 밖으로 나갔다. 그들이 건물 뒤편 수도꼭지 두 개로 씻고 있는 모습이 보였다. 그들은 차분하고 조심스럽게 행동했다. 놀라웠다. 솔직히 내가 알던 죄수들처럼 서로 웃고 떠들며 물을 튀기고 있을 줄 알았다. 심지어 개들도 차분했다. 개들은 남자들 옆쪽에, 그러니까 내가 있는 쪽의 맞은편에 옹송그리고 있었고, 이따금씩 분홍색 눈으로 나를 응시했다.

여자들이 꽃 정원과 작은 부속 건물에서 나와 남자들과 합류했다. 다들 주방으로 들어가 자리에 앉았다. 밸린이 내게 앉으라고 손짓했고 나는 되도록 덜 붐비는 벤치를 찾아 자리를 잡았다.

애너벨을 제외한 모든 사람이 의자에 앉자, 모두들 접시 위로 머리를 숙였다. 나이 많은 밸린이 전날 밤 로더릭이 했던 기도와 똑같은 기도문을 읽기 시작했다. "오 주여, 가장 강인하고 가장 괴로우신 주여, 저의 비참한 고통과 죄를 용서하시고 저를 겸손하고 가치 있게 만들어 주소서. 예수의 이름으로 기도합니다. 아멘." 하지만 로더릭과는 다르게 기도를 계속 이어 갔다. "우리를 하늘에서 내리는 핵의 비와 고대 시대 인간의 원죄로부터 보호하소서. 우리들이 이 최후의 시대에, 인류의 생명에 대한 주님의 절대적 지배를 느낄 수 있게 하소서."

다들 조용히 식사를 했다. 나는 수프가 맛있다고 하며 옆에 앉은 남자에게 말을 걸어 보려 했지만 그는 나에게 눈길조차 주지 않았다.

그리고 그 누구도 애너벨에게 감사 인사를 하지 않았다.

나는 오후 내내 방에서 혼자 책을 읽었다.

그날 저녁 나는 애너벨을 다시 보게 되어 기뻤다. 서빙하느라 무척 바빠서 말도 걸 수 없었지만. 그런데 계속해서 테이블에 음식을 올리고 빈 그릇을 치우는 그녀가 왠지 우울하고 슬퍼 보였다. 그녀는 정말 열심히 일을 했다. 설거지를 도와줄 사람이 필요해 보였다.

저녁 식사 후 나는 애너벨을 만날 수 있기를, 가능하면 대화도 할 수 있기를 바랐지만 나이 많은 밸린이 나를 성경의 방으로 안내했고 그녀는 설거지를 해야 했기에 주방에 남아 있었다.

성경의 방에 들어가니 텔레비전이 이미 켜져 있었고, 밸린가의 남자와 여자들이 벌써 자리를 채우고 앉아 말없이 텔레비전을 시청 중이었다. 논리적이고 합리적인 줄거리의, 아주 오래전의 희귀한 텔레비전 프로그램이었다. 배우들도 나왔는데, 배우들이 인간인지 로봇인지 분간이 가지 않았다. 줄거리는 개인 영역 보호 규칙을 반대하는 단체의 일원이 저항자 수감 시설에서 탈출해 어린 소녀를 납치하고 계속해서 강간한다는 내용이었다. 그 어린 소녀는 여러 방법으로 학대당한다. 이런 유의 프로그램이 내 어린 시절과 대학 공부의 일부에 훈련 및 교육으로 포함되어 있어서 자주 접해 왔지만, 그날은 그런 영상을 보고 있으니 역겨웠다. 몇 년 전에는 없던 반응이었다.

영상을 절반 정도 보다가 나는 눈을 꽉 감고 더는 보지 않았다. 이따금 주위에서 밸린가 사람들의 탄식이 들렸다. 다들 그 프로그램의 줄거리에 처음부터 완전히 매료되어 있었다. 끔찍했다.

프로그램이 끝난 후—프로그램 배경에 깔린 음악으로 미루어 볼 때 탐지자가 소녀를 구한 것 같았다—화면이 꺼졌고 나는 낭독을 하러 연단으로 갔다.

낭독을 시작하고 얼마 뒤 성경의 노아 부분에 도달했다. 나는 그 부분을 감옥에서 읽어서 기억하고 있었다. 신은 홍수가 났을 때 지구상의 남은 생명체가 전부 파괴되기 전에 노아가

익사를 당하지 않도록 구원하기로 결정했다. 낭독 중에 이런 구절이 있었다.

> 주님이 노아에게 말씀하길, "모든 인류의 혐오가 내게 고통이 되었다. 이 땅에는 폭력이 가득하다. 나는 그들을 파괴할 생각이다."

내가 '나는 그들을 파괴할 생각이다'라는 문장을 읽을 때, 내 옆에서 나이 든 뱀린이 크게 "아멘!"이라 외치는 소리가 들렸고, 그러자 내 앞쪽에 있는 다른 사람들도 "아멘!"이라고 했다. 흠칫 놀랐지만 어쨌든 계속 읽었다.

낭독을 마친 후 나는 애너벨과 대화를 할 수 있기를 바랐지만, 뱀린이 나를 쇼핑몰로 데리고 갔고 그는 내가 시어스에서 새 옷을 고를 때까지 기다렸다. 나는 사실 시어스에 조금 더 머물면서 그 방대한 공간에 있는 고대의 물건들을 전부 살펴보고 싶었지만, 뱀린이 "여기는 신성한 땅이지"라면서 허락하지 않았다. 그가 단도직입적으로 안 된다고 한 건 아니었으나, 시어스에 혼자 갔다가 들통나면 안 되겠다는 생각이 들었다.

그래서 나는 돌아가기로 마음먹었다. 하지만 이제 나는 예전처럼 규정이나 규칙을 경외하지 않았다. 그리고 에드거 뱀린도 두렵지 않았다.

우리는 마트에서 나왔다. 새 청바지와 검은색 터틀넥이 내 피부에 닿으니 기분이 묘하게 들뜨는 듯했고, 달빛을 받으며 밸리나로 이어지는 짧은 거리를 가로지르는 동안 어떤 생각이 번뜩 들었다. 내가 그에게 물었다. "며칠 동안만 주방에서 애너벨을 도와줘도 괜찮을까요? 제가 밭일에 익숙하지 않아서요." 사실 그건 완전히 틀린 말이었다. 단지 밭일이 싫을 뿐이었다.

그는 걸음을 멈추고 잠시 아무 말 하지 않았다. 그러더니 대답했다. "말이 좀 많군."

그 말에 나는 조금 불쾌해졌다. "왜, 그러면 안 되나요?" 내가 물었다.

"말이 많은 사람은 가벼운 법이지." 그가 말했다. 나는 궁금했다. 대체 그게 무슨 상관일까?

더 오랫동안 우리는 대화를 나누지 않았다. 그러다가 그가 입을 열었다. "낭독자여, 인생은 진지하지." 나는 무슨 말을 해야 할지 몰라서 고개를 끄덕였고, 나의 그 행동이 그를 진정시키는 듯했다. 그가 계속 말했다. "애너벨을 도와줘도 되네."

*

애너벨은 말이 많은 걸 가볍다고 생각하지 않았고, 그런 생각을 가진 사람은 그곳에서 그녀가 유일했다. 어떤 의미에서 보면, 그녀는 밸린가에 속한 사람이 아니기도 했다. 그녀는 원래 일곱 가문 중 하나인 스위셔 가문 출신이었고, 밸린의 아들 중 하나와 결혼을 하게 되면서 성을 밸린으로 바꾼 것이었다. 스위셔 가문은 말이 더 많은 사람들이었지만, 밸린가보다 수가 많지 않았다. 스위셔 가문 사람은 이제 셋밖에 남지 않았는데, 둘은 아주 늙은 남자이고 한 명은 정신이 이상한 노년의 여자였다. 그 여자가 애너벨의 엄마였다. 그들은 해안가에서 몇 킬로 떨어진 스위셔 하우스라는 곳에서 살았고, 밸린 가문과 물물 교환을 했다. 스위셔는 밸린에게 가솔린을 주고 그 대가로 마트에서 음식과 옷가지를 받았다. 평원의 마을이라고 불리는 구역의 다른 가문들 역시 밸린 가문보다 규모가 작고 힘이 없었다. 그들 모두 농사를 조금밖에 하지 않았다. 애너벨이 말하길, 밸린은 다른 가문보다 더 종교에 관심이 많았고 밸린가 사람들은 전부 '기독교인'이었다.

나는 그녀에게 노아에 대한 내 반응을 어떻게 생각하는지 물어보았다. 그 대답을 할 때의 그녀 모습이 아직도 생생하다. 그녀의 여리여리한 머리칼은 하나로 묶여 있고 손에는 커피 컵이 들려 있고 푸른빛이 도는 회색 눈동자는 수줍고 슬퍼 보였다.

"내 시아버님이에요." 그녀가 말했다. "그는 자신이 예언자라고 생각해요. 아이들이 더 이상 태어나지 않는 이유는, 신이 세상에 죄를 내리고 있어서라고 믿고 있죠. 노아의 이야기처럼 말이에요. 노아의 이야기는 다들 알고 있어요. 어머니가 내게 그 이야기를 해 주긴 했지만, 당신이 읽어 준 내용과 달랐어요. 어머니는 술에 취한 노아나 그의 아들에 대해선 말해 주지 않았어요."

"에드거 밸런은 자신이 노아처럼 구원받기를 기대하고 있나요?"

그녀가 미소 지었다. "글쎄요, 정확히는 몰라요. 그렇게 될 수 있을는지 모르겠네요. 그는 아이를 갖기엔 나이가 너무 많아요."

나는 그녀에게 조금 더 개인적인 질문을 하기로 결심했다. 밸린이 개인 영역 보호 규칙을 믿지 않는다고 해도 개인 영역을 침범하는 일은 내게 어려운 문제였다. "당신 남편은 어떻게 됐어요?" 내가 물었다.

그녀가 커피를 홀짝였다. "자살했어요. 2년 전에."

"아." 내가 말했다.

"남편과 남편의 형제 둘은 최면제를 서른 알 먹고 자기 몸에 휘발유를 쏟아붓고 그대로 불을 붙였어요."

충격적이었다. 뉴욕에서, 버거 셰프에서 본 분신자살과 똑같았다. "뉴욕에서도 사람들이 그렇게 했어요." 내가 말했다.

그녀가 눈을 내리깔았다. "여기에서도 그런 일이 일어나요. 어느 가족이나." 계속 말을 이었다. "남편은 나를 몸에 불을 지르는 집단의 세 번째 일원으로 만들고 싶어 했어요. 꽤나 괜찮은 제안이었지만 거절했어요. 조금 더 오래 살고 싶었거든요." 그녀는 우리가 함께 앉아 있는 테이블에서 일어나 그릇들을 싱크대로 가져가기 시작했다. "일단은, 최소한 살고 싶다고 생각하긴 했어요."

그녀의 목소리에 담긴 갑작스러운 피로함에 나는 말을 잃었다.

테이블을 치운 뒤 그녀가 커피 한 잔을 더 가져와 다시 자리에 앉았다.

1분 후 내가 입을 열었다. "결혼을 또 할 생각 있어요?"

그녀가 슬픈 눈으로 나를 쳐다보았다. "그건 허용되지 않아요. 밸린 사람과 결혼하려면…… 처녀여야 해요." 그녀가 얼굴을 살짝 붉히며 눈을 내렸다.

여태껏 결혼한 사람을 만난 적이 없기 때문에 이런 식의 대화는 사실 좀 낯설었다. 하지만 책과 영화를 통해 나름대로 익숙했고, 한 남자가, 여배우 글로리아 스완슨이 영화 속에서 종종 맡았던 그런 '타락한 여자'와 결혼하는 건 '잘못'으로 여겨진다는 걸 잘 알고 있었다. 하지만 '타락한'이란 것이 과부를 의미한다는 사실은 생각지도 못했었다. 어찌 됐든 이런 문제들은 내가 지금껏 받아온 교육과 근본적으로 달랐다. 나는 '퀵-섹스가 최고다'라고 배웠으니까. 그곳에는 내가 받은 교육을 받지 않은 사람들이 가득하다는 사실을 문득 깨달았다.

그녀와 내가 대화를 나눈 건 어느 날 오전이었고, 내 기억으로는, 그날이 애너벨에게 성적인 매력을 처음으로 느낀 날이었다. 그녀는 다소 우울한 얼굴로 한 손에 큰 세라믹 머그잔을 들고 도예 공방에 조용히 앉아 있었다. 도예 공방은 장미 정원 반대편에 위치해 있고, 그녀는 도예 공방에서 자신이 작업하는 모습을 내게 보여 주었다. 나는 그녀가 돌림판을 돌리는 모습을 경이로워하며 지켜보았다. 젖은 점토를 매끈한 원기둥으로 만들어 가는 그녀의 안정감 있는 움직임 또한 정말 대단했다. 그녀의 손과 손목은 축축한 회색 반죽으로 얼룩덜룩했고, 그녀의 눈은 도예 작업에 완전하게, 그리고 지적으로 집중하고 있었다. 그녀를 향한 당시의 존경과 감탄은 정말 이루 말할 수 없을 정도로 대단했지만, 나의 신체에는 어떤 반응도 나타나지 않았다.

하지만 지금, 커다란 테이블에 그녀와 단둘이 앉아 있는 지금, 나는 흥분되고 있었다. 나는 변했다. 메리 루가 나를 바꾸었다. 그리고 영화와 책, 감옥과 감옥 이후의 삶이 나를 변화시켰다. 내가 원하는 건 오로지 애너벨과의 퀵-섹스였다. 그녀와 사랑을 나누고 싶었지만, 그보다 더 중요한 건 그녀를 만지고 싶고, 그녀가 그녀의 영혼을 지배하는 것 같은 슬픔에서 벗어나 편안해질 수 있도록 위로하고 싶었다.

그녀가 커피 잔을 내려놓고 창문을 응시했다. 나는 손을 뻗어 그녀의 팔 위에 부드럽게 얹었다.

그 즉시 그녀가 팔을 휙 뺐고 그러면서 커피가 왈칵 쏟아졌다. "안 돼요." 그녀는 나를 보지 않았다. "이러지 마요."

그녀는 싱크대에서 행주를 가져와 쏟은 커피를 닦았다.

*

그 이후 몇 주간 애너벨은 기분이 좋아 보였지만 나와 거리를 두었다. 그녀는 내게 냉동실에 있는 꽝꽝 언 옥수수로 푸딩을 만드는 방법과 치즈케이크와 딜 피클, 아이스크림, 수프와 칠리소스 만드는 법을 알려 주었다. 나는 점심과 저녁에 테이블을 차리고 수프를 준비하고 뒷정리를 도와주었다. 밸린가 남자들 몇몇이 그런 일을 하고 있는 나를 이상하게 쳐다보았지만, 그 누구도 소리 내어 말하지 않았고 나 역시 그들이 어떻게 생각하든 신경 쓰지 않았다. 나는 그 일을 충분히 즐기면서 수행했지만, 애너벨이 반복되는 일 때문에 힘들어하는 모습을 지켜보는 건 슬픈 일이었다. 종종 나는 그녀의 요리를 칭찬하기도 했는데, 그래도 그 말이 그녀에게 조금은 도움이 되는 듯했다.

한번은 우리 둘만 있을 때, 그녀에게 왜 그리 슬퍼 보이냐고 물었다. 우리 사이에는 육체적인 접촉이나 뭐 그런 게 전혀 없었는데도, 그녀와 같이 일하고 있다는 생각과 우리 둘 다 절대 밸린가 사람처럼 될 리 없다는 느낌 덕분에 서로 친밀감을 갖고 있었다.

"항상 불행했어요?" 그녀와 함께 커피 케이크를 보존용 봉지에 넣으며 내가 물었다. 나는 비닐봉지에 케이크를 넣어 밀봉하고, 그녀는 시어스 기계를 조작하여 밀봉된 커피 케이크에 노란색 빛을 쏘아 보존 처리를 하고 있었다.

사실 나는 그녀가 대답하지 않을 줄 알았는데, 그녀가 입을 열었다. "어릴 때 나는 아주 행복한 아이였어요. 노래도 자주 했고, 엄마가 해 주는 이야기를 듣는 것도 좋아했죠. 스위서 하우스에 있는 사람들은 여기에 있는 사람들보다 대화를 훨씬 더 많이 해요." 그녀가 빈 주방에서 팔을 크게 휘둘렀다.

"돌아가고 싶어요?" 내가 물었다.

"별로 좋을 거 없을 거예요." 그녀가 말했다. "다들 나이가 너무 많이 들어서요."

"내가 당신에게 읽는 법을 가르쳐 줄게요." 내가 말했다. 우리는 전에도 이 이야기를 한 적이 있었다.

"안 돼요." 그녀가 말했다. "난 너무 바빠요. 내가 노력할 수 있을지도 모르겠고요." 그녀가 수줍게 웃었다. "그래도 당신이 읽어 주는 건 좋아요. 마치…… 다른 세상 같거든요."

나는 마지막 커피 케이크를 밀봉하고 그녀에게 건넨 다음 컵에 커피를 따랐다. 그리고 창밖으로 정원과 닭장 쪽을 내다보았다. "남편의 죽음이 당신을 슬프게 한 건가요?"

"아니요." 그녀가 답했다. "내 남편은…… 내게 전혀 중요한 사람이 아니었어요. 내가 아이를 가질 수 없다는 걸 알게 된 이후로는요. 나는 항상 아이를 갖고 싶었어요. 아마 좋은 엄마가 될 수 있었을 거예요."

나는 곰곰이 생각한 후에 말을 했다. "만약에 약을 끊으면……" 전에 그녀에게 바륨 상자에 붙어 있는 라벨에 대해 말해 준 적이 있었다.

"아니요." 그녀가 말했다. "너무 늦었어요. 나는 정말…… 정말로 지쳤어요. 그리고 약 없이는 여기에서 살아갈 수 없을 거예요."

"애너벨," 내가 말했다. "당신은 나와 함께 떠날 수 있어요. 그리고 1옐로 동안 약을 먹지 않으면 아이를 가질 수 있을 거예요. *내 아이를요.*"

그녀가 나를 이상한 눈으로 쳐다보았고, 나는 그녀가 무슨 생각을 하고 있는지 알 수 없었다. 그녀는 아무 말 하지 않았다.

나는 그녀에게 한 걸음 다가가서 손을 뻗어 그녀의 어깨를 지그시 잡았다. 그녀 셔츠 아래의 어깨뼈가 느껴졌다. 이번에는 내 손을 뿌리치지 않았다. "우리는 여기 사람들하고 달라요. 우리는 함께 있을 수 있고 아이를 가질 수도 있어요."

그러자 그녀가 내 얼굴을 바라보았고, 내 눈에 울고 있는 그녀의 얼굴이 들어왔다. "폴," 그녀가 말했다. "에드거 밸린이 나를 당신에게 보내고 이 교회에서 우리를 결혼시키지 않는 한, 나는 당신과 함께 갈 수 없어요."

그녀의 눈물에 당황한 나는 무슨 말을 해야 할지 몰라 그녀를 바라보기만 했다. "교회라." 나는 시어스가 교회라는 걸 알고 있었다. 시어스 매장은 결혼식과 장례식을 할 때 사용되기도 했다. 그리고 고대에는 내가 세례를 받은 분수대 같은 곳에서 아이들이 세례를 받곤 했다.

마침내 할 말이 떠올랐다. "나는 밸린가 사람이 아니에요. 그리고 당신도 아니고요."

"맞는 말이에요." 그녀가 말했다. "하지만 나는 절대로 한 남자와 죄를 짓고 살 수 없어요. 그건…… 비도덕적이니까요."

마지막 문장을 말하는 그녀의 말투가 그 단어에 내포된, 내가 알고 있는 그 의미를 더욱 부각하는 것 같았다. '죄를 짓고 산다'라는 말을 나는 알고 있었다. 무성 영화에서 본 적이 있었다. 하지만 그녀가 그런 관념을 갖고 있을 거라고는 생각도 하지 못했다.

"그걸 '죄'라고 할 필요는 없어요." 내가 말했다. "우리는 우리만의 의식을 치르면 돼요. 당신이 원한다면, 밤에 시어스로 가서 말이죠."

"아니요, 폴." 그녀가 말했다. 그러고는 앞치마 밑단으로 눈가를 훔쳤다. 그녀의 행동에 내 심장이 그녀를 향했다. 그 순간 나는 그녀를 사랑하게 되었다.

"왜 그래요, 애너벨?" 내가 물었다.

"폴," 그녀가 말했다. "사랑 나누는 걸 즐기는…… 그런 여자들 얘기, 나도 들어 본 적 있어요." 그녀는 시선을 바닥으로 내리며 말을 이었다. "간음이…… 그들에게는 옳은 일일 수도 있겠죠. 간통을 저지르는 거 말이에요. 하지만 평원의 마을에 사는 우리 여자들은 기독교인이에요."

나는 그 말을 어떻게 해석해야 하는지 도무지 알 수가 없었다. '기독교인'이라는 말은 나도 알고 있었다. 예수를 신이라고 믿는 사람들을 뜻하는 말이었다. 하지만 예수는, 내가 성경에서 예수에 대해 읽은 내용으로 미루어 보아, 성적인 행동에 아주 관대한 편인 것 같았다. '서기관'과 '바리새인'이라 불리는 사람들이 간통을 저지른 여자들을 벌하려 했다는 내용도 물론 기억하고 있지만, 예수는 그들과 의견이 달랐다.

하지만 나는 그 부분을 그녀에게 따져 묻지 않았다. 아마도 그녀가 '기독교인'이라는 단어를 입 밖으로 낼 때의 말투에 뭔가 최종적인 의미가 내재되어 있는 것 같았다. 나는 따지지 않고 그냥 이렇게 말했다. "이해가 잘 가지 않아요."

그녀는 반은 애원하듯, 반은 화가 난 듯 나를 쳐다보았다. 그러고는 말했다. "나는 섹스를 좋아하지 않아요, 폴. 나는 싫어해요, 그걸."

무슨 말을 해야 좋을지 모르겠다.

남은 봄날이 다 지나갈 때까지 애너벨과 나 사이는 그대로였다. 우리는 그에 대해 이야기를 더 나누지 않았다. 하지만 우리는 함께 일하며 서로의 방식을 아주 잘 이해하게 되었고, 나는 여태 살아오면서 그녀만큼 누군가와 가까워진 적이 없는 듯한 느낌을 받았다. 심지어 메리 루보다도, 메리 루와 나는 여러 차례 사랑을 나누며 매번 깊고 진한 즐거움을 느꼈는데도, 그녀보다 더 친근하게 느껴졌다. 애너벨은 좋은 사람이었다. 그녀가 얼마나 좋은 사람이었는지 그리고 얼마나 우울해했는지를, 또 자기 일에 얼마나 능숙한 사람이었는지를 떠올리면 눈물이 흐를 것 같다. 그녀가 도자기 돌림판 옆에 서 있는 모습, 스토브 앞에 서 있거나 파란 앞치마를 바람에 나부끼며 닭들에게 먹이를 주는 모습, 이마 앞으로 내려온 밝은색 머리칼을 뒤로 넘기는 모습이 눈에 선하다. 그리고 그녀가 내 앞에 서서, 그녀의 두 눈에서 흘러나온 눈물이 볼을 타고 흐르며 자기는 나와 함께 살 수 없다고 슬프게 말하는 모습이 잊히지 않는다.

그리고 그녀는 비프의 벼룩을 없애 준 사람이고, 내가 이른 아침 아래층으로 내려가면 언제나 나를 위해 아침을 준비해 준 사람이었다. 그리고 이 오래된 집을 수리해서 사는 걸 고려해 보라고 제안한 사람이기도 했다. 그녀는 마우그레 오벨리스크에서 1.6킬로 정도 떨어진, 바다가 내려다보이는 언덕으로 나를 데리고 가서 이 집을 처음으로 보여 준 사람이었다.

이 집은 그녀가 어렸을 때 알았던 집인데, 몇 년 전에 죽은 은둔자가 살았었다. 마을의 어린이들은 이 집을 '유령의 집'이라고 생각했었다고 한다. 그녀가 말하길, 언젠가 한 번 용기를 내어 이 집에 몰래 들어갔는데 너무 무서워서 1분도 발을 붙이고 있지 못했다고 했다.

요즘 나는 거실을 둘러볼 때마다 어린 소녀 애너벨을 떠올린다. 마치 그녀가 겁에 질린 아이처럼 지금도 여기에 서 있을 거라 생각한다. 만약 이 집이 정말로 유령이 나타나는 집이라면, 유령은 바로 그녀일 것이다. 노래를 좋아했던 어여쁘고 수줍은 아이.

*

나는 애너벨을 사랑했다. 그녀에 대한 감정은 내가 메리 루에게 느꼈던 감정과—어쩌면 지금도 어느 정도 느끼고 있는 그 감정과 다르다. 애너벨은 그녀의 재능과 에너지를 발휘할 방법을 필요로 했다. 그녀는 정말 많은 일을 했다. 하지만 그 누구도 그녀에게 고마워하지 않았고, 그녀가 했던 대부분의 일은 메이크 스리 로봇 정도만 되어도 충분히 할 수 있는 일이었다. 그리고 그 나이 든 밸린은, 정성을 다해 요리를 해내고 바닥을 쓸고 설거지를 하고 도자기를 만드는 그 모든 일을 그녀가 하든 어떤 로봇이 하든, 차이를 전혀 느끼지 못했을 것이다. 그 모든 일을 그녀 혼자 해내는데도 아무도 그녀에게 고맙다고 하지 않았다.

*

한여름의 이른 아침, 나는 이곳에 앉아 일기의 마지막 부분을 마무리하고 있다. 글을 쓰는 동안 감정이 나를 집어삼켜 마비시키기 전에 서둘러 글쓰기를 마쳐야 한다.

애너벨과 나는 그렇게 함께 주방 일을 했고 아침마다 내가 책을 읽어 주면 그에 대해 이야기를 나누며 지냈다. 나는 애너벨만 순결을 지키는 게 아니라 그게 평원의 일곱 마을의 기본적인 문화라는 사실과 요리의 예술에 대해서 알게 되었고 그 밖에 더 많은 것들도 배웠다. 밸린가 사람들이 어디에서 나타난 건지 애너벨도 정확히 모르지만, 그들은 몇 세대 이전의 어느 시기에, 성경이 사라지고 읽기 능력이 점차 사라지기 전까지 방랑하는 설교자였다고 했다. 애너벨은 스위서 하우스에서 태어난 사람이었고, 그녀와 달리 그녀의 어머니는 젊었을 때 방랑자였다고 했다. 밸린가 사람들은 한때 종교적인 노래를 부르기도 했으나, '아기가 태어나지 않는 전염병'이 돌자 늙은 밸린은 그들에게 노래를 부르지 못하게 했다. 그 당시 애너벨은 작은 소녀였다. 그녀는 이 마을에서 가장 마지막에 태어난 아이였다.

나는 그녀와 사랑을 나누려 시도하지 않았다. 나중에 생각해 보니 시도라도 했었어야 하나 싶었지만, 그녀가 사랑을 나누는 행위를 어떻게 느끼는지 말해 준 뒤로는 확신이 들지 않아 혼란스러웠다. 그 이후 종종 애너벨과 메리 루를 생각하곤 했다. 두 여자 모두 내가 사랑하는 사람이었지만, 손을 뻗어도 닿을 수가 없었다. 그래도 생각보다 그렇게 나쁘지는 않았다. 오히려 괜찮았다. 위험 요소가 생길 일이 없었으니까.

딱 그날 아침까지 그렇게 생각했다. 아침에 아래층으로 내려와 보니 주방 테이블 위에 달걀 껍데기와 빵 부스러기가 지저분하게 널브러져 있고 사람들은 싱크대에서 서서 각자 아침 식사를 준비하고 있었다. 애너벨이 보이지 않았다. 밖으로 나가 그녀를 찾아보았다.

닭장 근처에도, 어디에도 그녀가 보이지 않았다. 나는 마우 그레 마을의 잡초가 무성한, 아무도 없는 곳을 둘러보려고 밸리나 옆쪽으로 돌아갔다. 거기에는 어떤 생명체의 흔적도 없었다. 오벨리스크로 가 보려고 돌아선 그때, 충동적으로 도예 공방의 문을 벌컥 열었다.

공방 안에서 지독한 냄새가 났다. 피부가 까맣게 그을리고 뻣뻣하게 굳은 마른 몸이, 한때 머리카락이 있었을 자리가 지금은 새카만 숯처럼 타 있는 그 몸뚱이가 내 쪽으로 등을 돌린 채 도자기 돌림판을 바라보고 서 있었다. 쭉 뻗은 두 팔 끝의 손은 아직도 돌림판 가장자리를 꽉 잡고 있었다.

그 작은 공간에 휘발유 냄새와 살이 탄 냄새가 진동했다.

나는 돌아서서 미친 듯이 달려갔다. 바다에 다다를 때까지 계속. 해변에 주저앉아 바다를 주시하며 멍하니 있는데, 저녁 즈음 로더릭 밸린이 나를 찾아냈다.

*

우리는 다음 날 그녀를 땅에 묻었다. 나는 로더릭과 아서라는 또 다른 늙은 남자와 함께 관을 가지러 갔다.

관은 마트보다 더 아래층에 있었다. 그런 곳이 있는지 여태 모르고 있었다. '지하 대피소'라는 표지판이 있는 계단을 내려가야 했다.

어떤 창고 같은 곳에 초록색 페인트가 칠해진 금속 재질의 관들이 가득했다. 관마다 '마우그레 국방부'라는 문구가 스텐실로 찍혀 있었다. 관들은 줄 맞춰서 천장까지 쌓여 있고, 방에는 '안치실'이라는 표시가 있었다.

우리는 빈 관을 들고 계단을 다시 올라가지 않고 창고 반대편에 나 있는 복도를 따라 내려갔다. '레크리에이션 구역'이라는 표지판이 있는 아치를 통과하고 아무도 없는 거대한 수영장을 지나가다가 '도서관 및 독서실'이라고 적힌 문 앞을 지나치게 되었다. 슬픔에 빠진 채 그 음울하고 추레한 관을 말없이 옮기던 나는 그 표지판을 보자마자 심장이 미치도록 뛰기 시작했다. 당장이라도 애너벨의 관을 내려놓고 그 문으로 들어가고 싶었지만, 꾹 참아야 했다.

복도 끝에 '차고 및 차량 보관소'라는 표지판이 있는 거대한 문이 있었다. 로더릭이 문을 밀어 열었고 우리는 그 안으로 들어갔다. 생각버스들이 가득했다. 버스들은 한 줄로 늘어서서 나란히 주차되어 있었고, 모든 버스의 전면에 '마우그레 및 교외 지역 전용'이라고 적혀 있었다.

길게 줄지어 있는 버스들을 따라 내려가 공간의 끝에 다다르면 버스가 지나갈 수 있을 만큼 큰 슬라이딩 문 한 쌍이 있었다. 로더릭이 문 옆의 벽에 있는 버튼을 누르자 문이 열렸다. 우리는 관을 들고 문 안으로 들어가서 대형 엘리베이터를 타고 오벨리스크의 뒷문으로 나와 내리쬐는 햇살을 다시 마주했다. 그런 다음 도예 공방으로 갔다. 공방에서는 여자들이 정성을 다해 애너벨의 시신을 정리하고 있었다. 그들은 애너벨의 시신에 새 검은 원피스와 파란 앞치마를 입혔다. 하지만 우리가 그녀의 관에 넣은 물건 중에는 내 기준에서 애너벨의 물건이라고 인식할 만한 물건이 하나도 없었다.

도예 공방의 선반 위에 아름답고 매끈한 꽃병이 세워져 있었다. 애너벨이 내게 말하길, 몇 년 전에 그 꽃병을 빚었지만 나이 많은 밸린이 '깨지기 쉽다'며 주방에서 사용하는 걸 허락하지 않았다고 했다. 나는 선반으로 가서 꽃병을 집어 들고 관 속에, 애너벨의 팔 옆에 내려놓았다. 그러고는 관 뚜껑을 닫아 단단하게 고정했다.

*

장례식은 시어스에서 거행되었다. 애너벨의 관은 생각버스 차고의 엘리베이터에 실려 아래로 보내졌다. 내가 관을 운구할 수 있도록 밸린이 허락해 주어서 정말 기뻤다. 밸린은 아무 말도 하지 않았지만, 내가 애너벨을 어떻게 생각하는지 아마 어느 정도는 알고 있었을 거다.

우리는 조명이 부드럽게 켜져 있는 신발 섹션의 의자에 앉았고, 밸린은 간단한 연설을 했다. 그러더니 자기가 가지고 온 성경을 내게 건네며 낭독하라고 했다.

나는 리더스 다이제스트 요약집 성경을 펼쳤다. 그러나 성경에 적힌 글을 읽지 않았다. 대신 앞에 있는 애너벨의 관을 보며 이렇게 말했다. "'나는 부활이요, 생명이니'라고 주께서 말씀하신다. '나를 믿는 자는 비록 죽을지라도 살게 되리라.'"

그 말은 아무런 위로가 되지 않았다. 나는 애너벨이 살아 있기를, 나와 함께 있기를 바랐다. 내 눈앞에 경건하게 고개를 숙이고 있는 밸린가 사람들을 바라보았다. 나는 그들과 그들의 신앙에 어떤 교감도 나눌 수 없었다. 감정을 공유할 수가 없었다. 애너벨이 없으면 나는 다시 혼자였다.

묘지는 마우그레 북쪽으로 몇 킬로 떨어진 곳, 고대의 4차선 고속도로 근처에 있었다. 하얀색 페르모플라스틱 무덤 수천 개가, 아무것도 적혀 있지 않은 묘비들이 줄지어 있었다. 우리는 애너벨을 생각버스에 태워 그곳으로 데리고 갔다.

그날 밤 다들 잠들어 있을 때 나는 하우스에서 조용히 나와 마트로 가서 도서관을 찾아갔다. 밸리나에 있는 주방보다 더 큰 공간이었고, 벽은 책으로 덮여 있었다. 조용한 밤 아무도 없는, 그리고 책이 수천 권도 넘게 있는 그곳 한가운데에 서 있으니 목 뒤의 털이 쭈뼛쭈뼛 솟아올랐다.

나는 작은 책 두 권을 겉옷 주머니에 넣었다. 조지프 콘래드의《청춘》과 R. H. 토니의《기독교와 자본주의》였다. 그런 다음 생각버스 주차장으로 가서 버스 전면에 적힌 글을 한 시간 동안 바라보았다.

전부 '마우그레와 교외 지역 전용'이라고 쓰어 있었다.

위층에 있는 시어스에서 선반용 나무판자와 검은색 페인트, 붓을 찾아냈다. 나무판자에 '애너벨 스위셔'라고 쓰고, 공구 섹션에서 망치와 못을 몇 개 가져와서 서툰 솜씨로 판자와 말뚝에 못을 탕탕 박았다. 그런 다음 밸린의 버스 중 한 대에 올라타고 묘지로 가서 애너벨의 무덤 위쪽, 그러니까 그녀의 머리가 묻힌 땅에 망치로 그 나무판자를 박았다. 그러고 나서 나는 버스에게 나를 뉴욕으로 데려가 달라고 했다. 버스는 고속도로 나들목까지만 가고 멈췄다. 더 이상은 가지 않았다.

*

그날 밤 내내 조지프 콘래드의《청춘》을 읽었다. 이해가 가는 부분은 얼마 되지 않았지만. 다음 날 아침, 마리와 헬렌이라는 여자가 아침 식사를 준비했다. 나는 밸린가 사람들과 함께 식사를 했다.

아침 식사 후 에드거 밸린에게 지금 살고 있는 이 집으로 들어가고 싶다고 했고 그는 반대하지 않았다. 그는 내가 그럴 줄 알고 있었던 것 같았다.

이 집은 붉은 삼나무 목재와 유리로 만들어진 집이고, 또 쥐와 새들의 집이기도 했다. 나는 새 둥지를 처리했다. 비프는 상당히 전문적인 방법으로 쥐들을 해치웠고, 일주일도 지나지 않아 마지막 남은 쥐까지 전부 치워 버렸다.

집안의 오래된 가구들은 전부 썩어 있었다. 나는 그 가구들로 해변에서 모닥불을 피웠고, 캐롤라이나에서 벨라스코와의 아름다웠던 순간들을 떠올리며 한 시간 동안 불을 쳐다보고 있었다.

원래 시어스에서 물건을 가져가면 안 됐지만, 나는 일주일 동안 매일 밤 그곳으로 갔고 아무도 뭐라 하지 않았다. 밸린 가족들은 내가 대놓고 물건을 가져가지 않는 한 크게 신경 쓰지 않는 것 같았다. 성에 관련된 그들의 도덕성도 그런 식인 듯했다. 애너벨과 내가 아무도 모르게 서로 사랑하는 사이가 되었다 하더라도 아마 아무도 범죄라고 여기지 않았을 것이다. 어쨌든 그들은 우리 둘을 사랑하는 사이라고 생각했던 것 같았다.

나는 시어스에서 가구와 주방 용품, 책장을 가지고 왔다. 그리고 도서관에서 책을 가져다 모으기 시작했다.

장례식 후 애너벨의 죽음으로 인한 슬픔에서 빨리 벗어나고 싶었다. 다행히도 그녀의 죽음에 대한 충격은 어느새 내 안에서 서서히 가라앉고 있었다. 책을 찾아낸 덕분인 듯했다. 나는 낭독을 끝내고 바닷가에 위치한 이 집에서 일기를 먼저 업데이트해야겠다고 생각했다. 그런 다음 메리 루를 찾아 나설지 여기에 그냥 머무를지 결정할 것이다. 아니면 완전히 새로운 다른 곳으로 떠날 수도 있고. 서쪽 어딘가 오하이오, 또는 그 너머로 가겠지.

*

마트 아래층에 있는 수많은 책들 중 한 책에서 고대 시대에는 여름 후의 계절을 '낙엽이 떨어지는 시기'라고 한다는 걸 배웠다. 정말 아름다운 문장이다. 나에게 깊은 울림을 준다.

바닷가의 내 집 밖에는 나무들이 있는데, 나뭇잎이 점점 푸른색을 잃어 가더니 하루하루가 지날수록 울긋불긋 노르스레하게 변해 간다. 파란 하늘은 더욱더 연한 빛을 띠고 갈매기의 울음소리도 어쩐지 더 멀리서 들리는 것 같다. 아침에 아무도 없는 해변을 오랫동안 걸으면 공기 중의 섬세한 쌀쌀함이 느껴진다. 걷다 보면 가끔씩 조개가 모래 속에 묻혀 있는 게 보이지만, 조개를 파낸 적은 없다. 가을 공기 속에서—낙엽이 떨어지는 시기의 공기 속에서—나는 걷거나 가볍게 달린다. 그리고 하루도 빠지지 않고 점점 더 자주, 마우그레를 떠나 뉴욕을 향해 북쪽으로 가는 상상을 한다. 하지만 여기에서도 충분히 잘 살 수 있다. 음식은 마트에서 가져오면 되고 ……. 그리고 이제 요리도 제법 잘한다. 같이 있을 사람이 필요하면, 지금도 가끔 그렇게 하듯이 밸린 가족들을 찾아가 성경을 읽어 주면 된다. 그들은 내가 집으로 돌아가면 내심 안도하는 것 같으면서도, 막상 나를 만나면 무척 반겨 준다.

정말 이상하다. 지금 생각해 보니, 그들은 내가 성경을 낭독하는 걸 들으면, 그러니까 여태 숭배하라고 배워 왔던 이해할 수 없는 그 책의 메시지에 담긴 수수께끼가 풀리면, 뭔가 기적 같은 일이 벌어질 거라고 예상했던 것 같다. 하지만 기적은 일어나지 않았고, 그러자 그들은 곧장 흥미를 잃었다. 성경에 나오는 말들이 무엇을 의미하는지 알기 위해서는 밸린가 사람들 중 누구도 지니고 있지 않은 헌신과 관심이 필요했을 것이다. 물론 늙은 에드거 밸린에게는 그런 헌신과 관심이 있었겠지만. 그들은 예수와 모세, 노아의 진부한 이야기를 들을 때 그랬듯 자신들의 엄격한 경건함과 침묵 그리고 성적인 제약을 아무 생각 없이, 기꺼이 받아들였다. 하지만 그들은 종교의 진정한 근원인 문헌을 이해하는 데 필요한 노력은 전혀 하지 않았다.

나는 언젠가 에드거 밸린에게 마우그레에 왜 로봇이 없느냐고 물었는데, 그가 이렇게 답했다. "그 사탄의 요원들을 없애는 데 10년이 걸렸지." 하지만 어떻게 로봇을 없앴냐고 묻자 그는 답을 하지 않았다. 그들은 그런 것들을 치워 버리는 데 무려 10년이란 긴 시간을 헌신했지만, 나와 함께 지낼 때 '사탄'의 의미를 정확하게 이해하는 일에는 시간을 할애하지 않았다. 이제야 나는 그 '사탄'이라는 단어가 '적'을 뜻한다는 걸 알게 되었다.

애너벨이 죽기 전에 나는 그들과 함께하는 삶을 충분히 만족스러워했던 것 같다. 음식도 훌륭했다. 감자 퓌레와 슈트루델, 비스킷과 돼지 베이컨(밸린가 사람들은 원숭이 베이컨을 들어 본 적이 없었다) 그리고 오믈렛과 수프, 또 치킨 수프와 채소 수프, 완두콩 수프, 양배추 수프, 렌틸콩 수프를 따뜻하게 먹을 수 있고, 크래커도 곁들여져 있었다.

그리고 몇 달 동안 감옥에 있으면서 알게 된 그 감정을 아주 강하게 느낄 때가 종종 있었다. *공동체 의식*. 주방의 테이블에 앉아 정말 말이 없는 밸린가 사람들과 함께 수프를 먹으면, 그리고 그 차분하고 견고하며 근면한 사람들의 존재를 느끼면, 어떤 영적인 따스함 같은 감각이 뱃속부터 시작해 내 몸 전체로 퍼졌다. 그들은 서로에게 스킨십을—자기들끼리 테이블에 가까이 앉아서 손을 팔에 가볍게 올리거나 팔꿈치를 부드럽게 쓰다듬는 작은 터치를—많이 했다. 그리고 나를 만지기도 했다. 처음에는 부드럽고 수줍은 느낌으로 터치했지만 날이 갈수록 자연스럽고 편하게 했다. 감옥에 있던 다른 수감자들에게 느꼈던 그 감정 덕분에 이런 스킨십을 받아들일 수 있었고, 어느새 나는 그런 터치를 좋아하게 되었다. 심지어 필요로 하게 되었다. 그래서 지금도 나는 가끔 밸린가로 가곤 한다. 그저 그들과 함께 있기 위해, 그리고 그들을 만지고 인간적인 존재를 감각하기 위해.

하지만 내가 본 영화와는 달리 밸린 가족들은 대화를 거의 나누지 않았다. 저녁의 낭독 시간이 끝날 때마다 성서대 뒤에 있는 거대한 텔레비전이 켜졌다. 그 뒤편 바닥에 놓인 가솔린 발전기가 낮고 묵직한 우우웅 소리를 내면 화면이 켜지면서 화려한 색의 홀로그램이 나오고 정신 상태 유지 프로그램이 나—추상적인 모양과 최면에 걸릴 듯한 색채 그리고 볼륨이 무척 큰 음악이 나오는 방송이다—섹스와 고통을 다룬 프로그램 또는 매서운 시련을 보여 주는 프로그램이 시작되었고, 기숙사나 대학 강의실에서처럼 모두들 침묵 속에서 잠잘 시간이 될 때까지 텔레비전을 보았다. 가끔 자리에서 일어나 주방으로 가서 치킨이나 맥주 한 캔, 견과류 조금을(맥주와 간식은 열흘에 한 번씩 마트 카트에 한가득 담겨 제공되었다) 가지고 오기도 했다. 그러나 그들은 주방에서도 *대화*를 나누는 일이 절대 없었다. 그 누구도 텔레비전 시청 분위기를 깨고 싶어 하지 않았다.

나도 예전에 그런 식으로 텔레비전을 수도 없이 많이 봤었지만, 더 이상은 그렇게 생각 없이 보고 있을 수 없었다. 어렸을 때 '화면에 너 자신을 맡겨라'라고 배웠다. 그 말은 '질문하지 마. 편하게 있어'의 토대였다. 그러거나 말거나 더는 나 자신을 텔레비전에 맡길 수 없었다. 더 이상은 내 마음을 차분하게 유지하고 싶지 않았고, 그런 프로그램을 전혀 공감되지 않는 쾌락의 수단으로 활용하고 싶지 않았다. 나는 읽고 생각하고 대화하고 싶었다.

애너벨이 죽은 후 이따금 하우스 군데군데에 있는, 그녀가 만든 세라믹 사탕 접시에 놓인 최면제를 먹고 싶은 유혹에 사로잡힐 때도 있었지만 그럴 때마다 메리 루를 떠올렸고 늙은 밸린이 나를 '영원히 불에 타는 호수'로 데려가기 전 내게 최면제를 건넸을 당시의 나의 결정을 생각했다. 그렇게 나는 최면제를 복용하지 않고 버텼다.

밸린 가족의 일원이라는 그 따스함은 좋았다. 잠을 자다가 밤에 깨어나면 로더릭과 함께 쓰는 방에서 그가 은은하게 코 고는 소리가 들릴 때, 하우스에 있는 모든 사람의 존재가 느껴질 때 특히 더 그랬다. 가끔은 내면에서 무언가 아주 기분 좋은 것이 살아나기 시작할 때도 있었다. 그러나 큰 텔레비전이 켜지거나 사람들이 각자 방에서 텔레비전에 빠져들면, 사람 말소리가 없어져서 그리고 대화 소리가 전혀 들리지 않아서 미쳐 버릴 것만 같았다. 내가 살던 감옥에서 수감자들은 할 수만 있다면 언제든 대화를 나누었고, 해변에서의 시간처럼 대화할 기회를 기다릴 때도 있었다. 그러나 밸린 사람들은 달랐다. 그들은 서로 함께 있는 순간을 좋아했지만, 아주 가끔씩 "주님께 찬양하라"라는 말을 할 때 말고는 말을 거의 하지 않았다.

그래서 나는 그들과 최소한의 인간적인 교류만을 유지하기 위해 이따금 그들을 찾아간다. 그 정도면 충분한 것 같다. 여름 중순에 이곳으로 이사 온 후 나는 시어스에서 가져온 음반을 듣고 또 시어스에서 가져온 장부에 일기를 쓰고 책을 읽으며 지낸다. 낮에는 바다가 보이는 발코니에 꽤나 퉁퉁해진 비프를 옆에 두고 앉아서, 그리고 밤에는 아래층 큰 방에서 등유 램프를 켜고 책을 읽는다. 책을 100권 넘게 읽었다. 그리고 모차르트와 브람스, 프로코피예프, 베토벤의 교향곡이나 바흐와 시벨리우스, 돌리 파튼, 팔레스트리나, 레논 등의 협주곡과 오페레타, 다양한 음악을 몇 번이고 들었다. 때때로 음악은 책보다 과거에 대한 감각을 더욱 넓혀 주었다. 그리고 그런 감각의 확장과, 나의 내면 한가운데에 자리 잡았던 기숙사 훈련에서 벗어나 점차 커져 가는 바깥세상을 향한 공감과, 나와 같이 지구상에 살아온 동지들이 속한 수많은 세대를 아우르는 과거 시대로 서서히 거슬러 올라가는 여정은 지난 몇 달 동안 혼자 지내온 나를 지탱하는 열정이었다.

나는 지금 주방의 참나무 테이블에 앉아 시어스에서 가져온 볼펜으로 새 장부에 이 일기를 쓰고 있다. 비프는 내 옆 의자에 몸을 웅크리고 잠들어 있다. 나는 위스키 반 병과—J. T. S. 브라운 버번—물이 담긴 물병 그리고 유리잔을 테이블 위에 올려놓았다. 오후가 깊어지고 가을 햇살이 싱크대 위 창문으로 들어오고 있다. 테이블 위 천장에는 등유 램프 두 개가 걸려 있다. 필요하면 그 불을 켤 것이다. 잠시 글을 쓰다가 비프가 먹을 음식을 준비해야 할 거고, 아래층에 있는 발전기를 켜서 음반을 한두 장 재생시킬 거다. 만약 가솔린이 더 남아 있다면 말이다.

나는 인간의 역사에 대해 배운 내용을 요약하고 그 역사가 어떻게 마무리되고 있는지 보여 줄 의도로 이 일기를 시작했다. 하지만 아주 오랜 시간에 걸쳐 그렇게 하기로 결정한 뒤 행동으로 옮기는 일은, 나에게 대단한 도전이자 그 이상이었다. 메리 루와 함께 있고 싶다는 욕망이 여전히 내 마음을 흔들고 있다. 그리고 바로 지금 이 작업이 얼마나 힘이 드는지 생각하고 있으면, 그 욕망이 또 느껴진다. 메리 루가 정신적으로 나보다 낫다는 건 의심할 여지가 없다. 그녀에게는 내가 공부를 할 때 발휘되는 그런 인내심이 없을 수 있지만, 그녀와 함께 있을 때 느낀 그녀의 지적인 에너지와 민첩성, 빠른 이해력 같은 부분은 나도 정말 갖고 싶다. 또한 그녀에게는 나한테 부족한 열정이 있었다.

아직 그녀를 사랑하는지는 확신이 서지 않는다. 너무 오랜 시간이 지났고 많은 일이 있었다. 그리고 나는 여전히 애너벨을 애도하고 있다.

글을 쓰다가 내 손목을, 양쪽 손목의 하얀 상처를 보았다. 감옥의 공장에서 거대한 칼로 손목의 금속 밴드를 자르다가 생긴 흉터다.

그때, 그 당시 나는 죽을 각오가 되어 있었다. 그 칼 아래에서 피를 흘리며 죽거나 몸에 가솔린을 뿌려 불에 타 죽어서, 많은 이들이 자살하는 이 세상의 끝없이 이어지는 슬픈 행렬에 동참하려 했다. 그때 나는 외로움과 메리 루를 잃은 슬픔으로 정말 죽을 것 같았다.

그러나 나는 죽지 않았다. 내 마음속 일부는 여전히 메리 루를 사랑한다. 비록 그녀를 찾으러 북쪽으로 발을 내딛지는 않지만 말이다. 가끔 그곳으로 가는 시외버스가 다니는 길을 찾아내서 예전에 오하이오에서 뉴욕으로 가는 버스를 탔을 때처럼 버스를 타고 뉴욕으로 가 볼까, 생각한다. 하지만 어리석은 짓일 거다. 버스에 달린 스캐너가 나를 도망자로 인식할 수도 있으니까. 게다가 나한테는 이제 신용 카드도 없다. 감옥에 들어갈 때 빼앗겼다.

나는 그때의 나와 무척 다르다. 몸도 굉장히 강해졌고 두려움도 많이 없어졌다.

나는 곧 마우그레를 떠날 거다. 낙엽이 떨어지는 계절에.

메리 루

아기가 태어날 날이 얼마 남지 않았다. 이제 막 봄이 시작된 이 시기가 아이를 낳기에 아주 좋은 때이다. 나는 3번가가 내다보이는 거실 창문 옆에 앉아 있다. 창밖으로 도심 쪽을 향해 서쪽으로 쭉 나아가 텅 빈 부지와 주택의 낮은 지붕을 지나치면 엠파이어 스테이트 빌딩이 보인다. 밥은 종종 이 녹색 의자에 앉아 그 빌딩 쪽을 본다. 나는 창밖의 나무 보는 걸 좋아한다. 아주 큰 나무인데, 나무가 너무 커서 나무줄기 주변의 포장도로에 계속 금이 가는 바람에 도로 표면이 허물어진 것 같다. 그 나무는 3층 건물인 우리 집보다 더 높이 솟아 있다. 거실 창문 밖으로 낮은 가지에 이제 막 움트고 있는 새싹들이 보인다. 그 파릇파릇하고 신선한 녹색을 보고 있으면 기분이 좋아진다.

밥이 책 제목을 읽을 줄 몰라서 2주 전에 그와 함께 아기 돌보기와 산부인과에 관한 책을 찾으러 가야 했다. 전부 네 권을 찾았는데 그중 두 권에 사진이 실려 있었다. 살면서 단 한 번도 출산에 대해 배운 적이 없었고, 아이를 데리고 있는 사람도 당연히 본 적 없었다. 임신한 여자를 만난 적조차 없었다. 그러나 책 한 권을 읽고 사진을 보면서, 내가 기숙사에 적응하지 못하는 어린아이였을 때 나이가 좀 있는 여자아이들에게 들은 내용과 어떤 연관이 있다는 걸 깨달았다. 경련통, 피, 등을 대고 누워 팔뚝을 깨물며 악을 쓰는 것. '탯줄 자르기'라고 하는 어둠의 과정. 그렇다. 나는 이제 그런 것들을 알고 있다. 그리고 기분도 점점 나아지고 있다. 어서 빨리 마무리하고 싶다.

3주 정도 전 어느 날 오후 밥이 집에 일찍 왔다. 그날 나는 하루 종일 아기에 대해 아는 정보가 너무 적다고 생각하고 있었는데, 그가 공구와 페인트 통, 붓이 들어 있는 어마어마하게 큰 상자를 가지고 들어왔다. 그러더니 말 한마디 없이 주방으로 들어가서 싱크대 배수구 작업을 시작했다. 몇 분 뒤 싱크대에서 물이 내려가는 소리가 들렸고, 그 소리에 나는 깜짝 놀랐다. 곧이어 싱크대 물이 또 콸콸 내려갔다. 나는 자리에서 일어나 주방 문으로 다가갔다.

"오 하나님!" 내가 말했다. "이게 대체 무슨 일이에요?"

그가 행주에 손을 문지르고 내 쪽으로 돌아섰다. "난 작동하지 않는 것들을 두고 볼 수가 없어요." 그가 말했다.

"그거 잘됐네요. 저기 책 표지가 떨어지고 있는 벽도 수리할 수 있어요?"

"그럼요." 그가 말했다. "거실 먼저 페인트칠하고요."

나는 그에게 어디에서 페인트 용품을 구했냐고 물어보려다 그만두었다. 밥은 어떤 물건이든 뉴욕 어디에 있는지 알고 있는 것 같았다. 내 생각에 밥은 이 도시에서 가장 오래 산 시민 같았다. 가장 오래 산 뉴요커.

상자 안에 먼지가 좀 쌓인 오래된 페인트 통이 있었다. 그는 거실로 와서 드라이버로 페인트 통 뚜껑을 열고 페인트를 젓기 시작했다. 상태가 괜찮아 보였다. 페인트가 어느 정도 섞이자 서서히 하얀색이 되었다. 그러자 그는 잠시 밖으로 나갔다가 사다리를 갖고 돌아와서 설치한 뒤 셔츠를 벗고 사다리에 올라갔다. 그리고 창문에서 들어오는 햇살을 받으며 내 책장 위의 벽을 페인트칠하기 시작했다.

나는 한참 동안 말없이 그를 바라보았다. 그리고 이렇게 물었다. "출산에 대해 아는 거 있어요?"

그는 나를 보지 않고 페인트칠을 이어 갔다. "아니요. 아프다는 것 말고는 아무것도 몰라요. 그리고 메이크 세븐은 누구든 임신을 중단시킬 수 있다는 것도 알고 있죠."

"메이크 세븐 누구든, 이라고요?"

그는 페인트칠을 멈추고 내 쪽으로 돌아서서 눈을 아래로 내렸다. 그의 볼에 하얀 얼룩이 묻어 있었다. 머리가 천장에 닿을 것 같았다. "메이크 세븐은 임신이 너무 많을 때 설계되었어요. 누군가 아기를 낙태하는 프로그램에 대한 아이디어를 냈고요. 임신 9개월에도 아이를 지울 수 있도록. 당신은 요청만 하면 됩니다."

'임신 9개월에도'라는 말이 순간 나를 뒤흔들었다. 그는 무심하게 말했지만, 나는 그 말이 마음에 들지 않았다. 메이크 세븐이 행하는 낙태를 떠올리자 피식 웃음이 나왔다. 메이크 세븐은 보통 사업체나 기숙사, 상점을 맡아 일한다. 내가 데스크 뒤에 서 있는 메이크 세븐 중 하나에게 다가가 "낙태를 원해요"라고 말하면 그가 서랍에서 작은 메스를 스윽 꺼내는 모습을 상상했다……. 그러나 그건 재밌는 상상이 아니었다.

나는 웃음을 거뒀다. "아기 낳는 것에 대한 책을 구해 줄 수 있어요?" 나는 배를 보호하듯 배 위에 손을 가만히 얹었다. "그래야 뭘 어떻게 해야 할지 알 수 있지 않겠어요?"

놀랍게도 그는 대답하지 않았다. 잠시 나를 빤히 바라보기만 할 뿐이었다. 그러더니 부드럽게 휘파람을 불었다. 그는 깊은 생각에 잠겨 있는 것 같았다. 그럴 때마다 나는 밥의 인간적인 면모에 놀라곤 한다. 나와 단둘이 있을 때 그의 얼굴에는 폴이나 사이먼의 얼굴보다 더 많은 감정이 드러나 있고, 그의 목소리는 때때로 너무 깊고 슬퍼서 나를 거의 울고 싶게 만들기도 한다. 이 로봇이 이렇게 많은 사랑과 우울이라는 감정의 저장소가 되어야 한다는 사실이 참으로 묘하게 느껴진다. 인류가 직접 제거해 버린 그 강력한 감정들을 로봇인 그가 지니고 있어야 한다는 것이.

마침내 그가 입을 열었고, 나는 그의 말에 충격을 받았다. "당신이 아기를 낳기를 원치 않아요, 메리."

나는 본능적으로 배 위에 올린 두 손에 힘을 주었다. "무슨 말이에요, 밥?"

"당신이 아기를 낙태하기를 원해요. 우리 건물에 그 일을 할 수 있는 메이크 세븐이 있어요."

나는 도저히 믿어지지가 않았다. 아마 분노에 불타는 눈으로 그를 노려보고 있었을 것이다. 내 기억으로, 나는 자리에서 일어나 그에게 몇 걸음 다가갔다. 머릿속에는 수십 년 전 사이먼한테 배운 말들이 돌아다녔고, 나는 그 말을 내뱉을 수밖에 없었다. "꺼져, 밥. *꺼지라고!*"

그는 미동도 없이 나를 바라보았다. "메리," 그가 말했다. "그 아이가 태어나면, 아이는 이 지구상의 유일한 인간이 될 겁니다. 그리고 나는 아이가 살아 있는 한 계속 살아 있어야 할 거고요."

"그딴 소리 집어치우라고요!" 내가 말했다. "게다가 지금은 너무 늦었어요. 지금 당장이라도 다른 여자들이 약을 더 이상 먹지 못하게 해서 아기를 가지게 할 수 있어요. 그리고 내가 또 임신할 수도 있다고요." 그런 모든 생각이 갑자기 나를 지치게 만들었고, 나는 다시 자리에 털썩 주저앉았다. "그리고 당신은…… 당신은 왜 계속 살려고 하지 않는 건데요? 당신은 내 아이의 아버지가 될 수 있잖아요. 당신이 날 폴에게서 데리고 올 때 그걸 원한 거 아니었어요?"

"아니었어요." 그가 말했다. "그게 아니었어요." 그는 내게서 눈을 돌리고 손에 페인트 붓을 든 채 나무와 빈 거리가 내다보이는 창밖을 바라보았다. "나는 그냥, 내 꿈속의 그 남자가 살았던 것처럼, 수백 년 전에 아마 그 남자가 그랬을 것처럼 당신과 살고 싶었을 뿐이에요. 그렇게 하면 내 마음과 기억 언저리에 놓여 있는 과거가 회복될 거라고 생각했어요. 나를 편안하게 해 줄 거라고."

"그래서 그렇게 됐어요?"

그가 나를 돌아보았다. 생각에 잠긴 표정이었다. "아니요. 그렇지 않았어요. 내 안에서는 아무것도 변하지 않았어요. 당신을 사랑하게 된 것을 제외하고는."

그의 불행이 나를 꽉 붙들었다. 그의 불행은 마치 이 공간에 살아 있는 생명체 같았다. 소리 없는 울음과 갈망. "아기에 대해서는 어떻게 생각해요?" 내가 물었다. "당신에게 아기가 생긴다면, 그리고 당신이 아버지가 된다면……."

그는 씁쓸한 듯 고개를 저었다. "안 돼요. 그건 완전히 잘못된 판단이에요. 벤틀리에게 영화의 자막을 읽게 해서 그를 통해 과거를 조금이라도 경험하려 했던 것처럼, 그리고 벤틀리를 당신과 떨어뜨려 놓기 전에 벤틀리가 당신을 임신시키도록 그냥 둔 것처럼 말이에요. 전부 다 어리석었어요. 감정에 휘둘릴 때 벌어지는 일들이죠." 그러고는 사다리에서 내려오더니 내게로 다가와 커다란 손을 내 어깨에 부드럽게 올려놓았다. "내가 원하는 건, 메리, 죽는 것뿐이에요."

나는 고개를 들고 그의 슬픈 갈색 얼굴을, 주름진 넓은 이마와 부드러운 눈을 쳐다보았다. "내 아기가 태어나면……."

"나는 인간을 섬기며 살도록 프로그래밍되어 있어요. 당신들이 전부 다 떠날 때까지 나는 죽을 수 없어요. 당신들이……." 갑자기 그의 목소리가 폭발하듯 터져 나왔다. "당신들 호모 사피엔스들이, 텔레비전과 약으로 살아가는 당신들이!"

그의 분노에 나는 움찔 놀랐지만 아무 말도 하지 않았다. 그리고 입을 열었다. "맞아요. 나는 호모 사피엔스예요, 밥. 하지만 나는 그런 걸 좋아하지 않아요. 당신도 거의 인간이나 마찬가지잖아요. 오히려 인간보다 더 인간 같다고요."

그는 내 어깨에서 손을 치우며 돌아섰다. "나는 인간과 다름없어요." 그가 말했다. "출생과 죽음만 빼면." 그가 사다리로 돌아갔다. "그리고 이런 삶이 이제 지긋지긋해요. 난 이런 삶을 결코 원하지 않았어요."

나는 그를 빤히 쳐다보았다. "그게 본질이에요. 나 역시 태어나고 싶지 않았어요."

"그래도…… 당신은 죽을 수 있잖아요." 그가 말했다. 그러고는 사다리를 다시 올라가기 시작했다.

불현듯 끔찍한 생각이 떠올랐다. "우리 모두가 죽어간다면…… 이 세대가 전부 죽으면, 당신도 스스로 목숨을 끊을 수 있다는 거예요?"

"맞아요." 그가 말했다. "아마 그럴 거예요."

"확실한 건 아닌가 보네요?" 나는 목소리를 높였다.

"네." 그가 답했다. "만약 섬겨야 할 인간이 존재한다면……."

"오 하나님, 맙소사!" 내가 말했다. "그래서 그런 당신 때문에 아기가 태어나지 않는 거예요?"

그가 나를 바라보았다. "맞아요." 그가 말했다. "나는 인구 관리국에서 근무했었어요. 그쪽 장비를 아주 잘 알고 있죠."

"맙소사! 당신은 그러니까 당신이 죽고 싶어서 이 온 지구에 출산을 통제하는 약을 먹인 거네요. 인류를 없애고 있었던 거네……."

"그래야 내가 죽을 수 있어요. 하지만 잘 봐요. 인간이 얼마나 죽고 싶어 하는지."

"그건 당신 때문이잖아요. 당신이 미래를 파괴하고 있으니까. 당신은 인간에게 약을 먹였고, 거짓말을 했고, 인간의 난소를 시들게 했고, 그리고 이제는 전부 묻어 버리려 하고 있다고요. 나는 당신이 신 같은 존재라고 생각했어요."

"나는 이렇게 구성되어서 만들어졌을 뿐이에요. 나는 기계에 불과해요, 메리."

나는 그에게서 눈을 뗄 수 없었다. 아무리 노력해도 그의 육체적인 아름다움을 내 머릿속에서 추하게 만들 수 없을 것 같았다. 그는 그냥 보고만 있어도 아름다웠고, 그의 슬픔은 내게 마치 마약과 같았다. 그는 페인트가 묻은 가슴을 드러낸 채 서 있었고, 나의 내면 깊은 곳에서 어떤 갈망이·그를 향하고 있었다. 그는 내가 본 사람 중 가장 아름다운 존재였다. 나의 감탄과 분노가 그의 탄탄하고 여유로워 보이는 몸의, 성별이 없는 그 몸의, 놀라울 만큼 무르익고 또 놀라울 만큼 젊은 그 몸의 반짝이는 아름다움을 더욱 자아내는 것 같았다.

나는 그 강력한 감정을 떨쳐 내려 머리를 흔들었다. "당신은 우리를 돕기 위해 만들어졌어요. 우리를 죽게 하기 위해서가 아니라."

"어쩌면 죽음이 당신이 진정으로 원하는 것일 수도 있어요." 그가 말했다. "많은 인간들이 그런 선택을 하죠. 그 밖에 다른 인간들도 용기만 있다면 그렇게 할 거고요."

나는 그를 응시했다. "젠장," 내가 내뱉었다. "나는 그런 선택을 하지 않아요. 나는 살고 싶고 내 아이를 키우고 싶어요. 나는 잘 살고 싶다고요."

"당신은 아기를 키울 수 없어요, 메리." 그가 말했다. "그리고 난 다른 누군가를 위해 매일 스물세 시간씩 깨어 있으면서 70년을 더 살 순 없습니다."

"그냥 당신이 직접 스위치를 끄면 안 돼요?" 내가 물었다. "아니면 대서양을 헤엄쳐 가는 건요?"

"그렇게 못 해요." 그가 답했다. "내 몸은 내 마음이 하라는 대로 할 수 없어요." 그는 다시 페인트칠을 시작했다. "내 얘기 들어 봐요. 한 세기 동안 봄이 올 때마다 5번가를 따라 엠파이어 스테이트 빌딩까지 걸어가서 꼭대기에 올라요. 그리고 뛰어내리려고 시도하죠. 아마도 그게 내 인생의 중심에 있는 의식일 겁니다. 하지만 나는 뛰어내릴 수 없어요. 내 다리가 날 가장자리까지 데리고 가지 않아요. 나는 밤이 새도록 옥상의 가장자리에서 한 걸음 떨어진 곳에 서 있어요. 그래도 아무 일도 일어나지 않아요."

그가 영화 속 원숭이처럼 그곳에 올라서 있는 모습이 내 눈앞에 그려졌다. 그리고 나는 그 옆에 있는 여자아이였다. 갑자기 무슨 생각이 났다. 하지만 먼저 이렇게 물었다. "당신은 아이가 태어나는 걸 어떻게 멈추게 했죠?"

"장비는 자동으로 작동돼요." 그가 말했다. "일단 인구 조사 결과를 토대로 임신율을 높일지 낮출지 결정하고 그에 따라 최면제를 배급하는 장비가 조정되죠. 임신율이 높으면 생식력 억제용 최면제의 양을 늘리고, 임신율이 낮으면 일반적인 최면제만 배급되는 겁니다."

나는 개인 영역 보호에 관한 강의를 듣는 아이처럼 자리에 앉아 그의 얘기를 경청했다. 우리 종족의 죽음에 대해 배우고 있지만, 내게는 별 의미가 없는 것 같았다. 밥은 손에 붓을 든 채 그곳에 서서 지난 30년간 아이가 왜 태어나지 않는지를 설명해 주었다. 그런데도 나는 아무 감정도 들지 않았다. 내가 사는 세상에는 아이들이 전혀 없었다. 동물원에서 흰색 셔츠를 입고 돌아다니는 하잘것없는 로봇 아이들만 있을 뿐. 여태 살면서 나보다 젊은 인간을 단 한 번도 본 적이 없었다. 내 아이가 살아남지 못한다면, 인류는 내 세대에서 나와 폴과 함께 멸망하고 말 것이다.

나는 밥을 쳐다보았다. 그가 붓을 페인트에 담그더니 다시 내 책장 위 벽으로 돌아섰다.

"당신이 태어난 즈음," 그가 말했다. "입력 증폭기에 달린 저항기가 고장 났었어요. 인구가 너무 많다는 신호가 계속해서 기계에 보내지기 시작했죠. 그래서 기계들은 지금도 여전히 그 신호를 받고 있고, 지금도 여전히 인구를 줄이려 하고 있어요. 배란을 멈추게 하는 최면제를 배급하면서요. 기숙사에서 당신 나이 대의 전체 세대를 불임으로 만든 후에도 계속되고 있어요. 만약 당신이 기숙사에 1옐로만 더 있었어도 당신의 난소는 다 사라졌을 겁니다." 그러고는 위쪽 모서리에 페인트칠을 마무리했다. 벽이 깔끔해지고 반짝거렸다.

"그 저항기를 고칠 수도 있었잖아요." 내가 말했다.

그는 말없이 사다리에서 내려와 붓을 들고 섰다. "글쎄요." 그가 말했다. "시도해 본 적 없어요."

비로소 느껴지기 시작했다. 그 거대하고 방대한 세계가. 고대의 나무와 동굴이 있는 아프리카 평원의 어두운 곳에서 시작된, 어디든 자신의 영향력을 넓히고 자기들의 우상을 정하고 도시를 이루는 직립 보행의 원숭이와 닮은 인간의 삶이 느껴졌고, 고장 난 기계로 인해 약을 잘못 복용한 인간의 흔적이 느껴졌다. 기계의 아주 작은 결함. 그리고 그걸 고치려 시도조차 하지 않은 인간보다 더 인간 같은 로봇.

"세상에, 밥." 내가 말했다. "오 주여." 갑자기 나는 그가 싫어졌다. 그의 차가움과 그의 힘, 슬픔이 싫어졌다. "당신은 빌어먹을 괴물이에요." 내가 내뱉었다. "악마. 악마라고요. 당신은 우리를 죽음으로 몰아넣었어요. 그리고 이제 와서 자살하려 하고 있죠."

그가 페인트칠을 멈추고 돌아서서 나를 다시 바라보았다. "맞아요." 그가 말했다.

나는 숨을 들이마셨다. "당신이 원하면, 이 나라에서 생식력 억제용 최면제 생산을 중단시킬 수 있어요?"

"네. 전 세계에서 멈추게 할 수 있죠."

"그 최면제를 멈추게 할 수 있다고요? 전부 다요?"

"네."

나는 또 숨을 길게 내쉬었다. 그리고 부드럽게 말했다. "엠파이어 스테이트 빌딩에서 말이에요." 나는 그 빌딩이 있는 쪽 시내를 내다보았다. "내가 당신을 밀어 줄게요."

나는 그를 돌아보았다. 그가 나를 쳐다보고 있었다.

"내 아기가 태어난 뒤에요." 나는 말을 이었다. "내가 다시 회복하고 아기를 잘 돌볼 수 있게 되면, 그러면 당신을 밀어 줄게요."

벤틀리

10월 1일

나는 고대의 시어스 카세트 녹음기에 녹음을 하며 뉴욕으로 가고 있다.

시어스에서 달력도 가지고 나왔다. 그리고 이 날을 10월 1일이라고 하기로 했다. 이제부터 내 일기에도 숫자로 날짜를 표시할 것이다. 10월은 낙엽이 떨어지는 시기 중 가장 중요한 달이었다. 그리고 나는 또다시 해냈다.

*

마우그레에서 보낸 날들에 대한 기록을 끝낸 그날, 나는 잠을 이룰 수 없었다. 바다 옆에 위치한 오래된 삼나무 집을 수리하고 꾸미는 것에 대해서는 쓰지 않기로 이미 결정했고, 그래서 기록할 사항들을 전부 기록하고 나니 마음이 막 들뜨고 싱숭생숭했다. 이제는 언제든 내가 원하면 떠날 수 있었다.

그날 밤 나는 마우그레의 잡초가 우거진 거리와 텅 빈 골목을 거닐며 오벨리스크로 향했다. 그리고 시어스 아래층으로 내려가서 도서관과 생각버스 차고, 관들이 가득 쌓여 있는 방으로 갔다. 내가 기억하기로, 전에 차고를 제대로 둘러보지 않은 것 같았다. 밸린 가족 중 한 사람이 이 차고에 있는 버스들은 지역 버스조차도 아예 작동을 하지 않는다고 했었고, 실제로 버스들 모두 문이 닫혀 있었다. 그럼에도 나는 차고로 가서 버스들 사이, 길고 어두운 행렬 속을 돌아다녔다.

그러다 눈에 띄는 한 가지를 발견했다. 벽 근처에 다른 버스와 똑같이 생긴 버스 다섯 대가 있는데, 전면에 '시외버스'라고 적혀 있었다. 나는 충격을 받아 그 글자를 오랫동안 쳐다보고만 있었다. 내가 밸린가 사람이었다면, 내가 출발하는 날 저녁까지 신이 이 버스들을 잘 보존해 준 것이라고 믿었을 것이다. '시외버스'라고 적힌 이 버스를 왜 이제야 봤을까?

그러나 내가 버스 옆에 서서 문을 열라고 명령했는데—속으로 말하기도 했고 큰 소리를 내기도 했다—버스 문은 꿈쩍도 하지 않았다. 나는 문을 강제로 열려고 손가락으로 당겨 봤지만, 문은 단단히 닫혀서 절대 열리지 않았다. 나는 절망감에 버스 옆을 걷어찼다.

하늘이 무너지는 것 같고 분노가 치솟는 와중에 문득 그 책이 뇌리를 스쳤다. 《오델의 로봇 유지 보수 및 수리 가이드》.

오델의 수리 가이드는 작은 책이었고 소이바보다 많이 크지도 않았다. 그 책의 뒷부분에 있는 서른 장 정도의 빈 페이지 상단에 '메모'라고 적혀 있었다. 감옥에 있을 때 그 페이지에 내가 가장 좋아하는 시를 옮겨 적곤 했다. 대부분은 시인 T. S. 엘리엇의 책에 있는 시였는데, 그 책 자체는 아주 크지 않았지만 이동하면서 들고 다니기에는 상당히 큰 편이었다.

나는 수리 가이드를 다 읽지 않았다. 왜냐하면 기술적인 내용이 많아 따분하기도 했고, 무엇보다 나는 로봇을 관리하거나 수리하는 일을 할 생각이 없기 때문이었다. 그런데 생각버스 차고에서 갑자기 책 뒷부분에 '몸체가 없는 새로운 로봇—생각버스'라는 제목의 챕터가 있던 것을 본 기억이 났다. 그 챕터에는 도표와 설명이 몇 장에 걸쳐 실려 있었다.

서둘러 집으로 돌아갔다. 큼직한 더블 침대 옆 테이블에 책이 놓여 있었다. 전날 밤 잠들기 전에 〈애시의 수요일〉이라는 슬프고 종교적인 내용의 시를, 밸린가의 종교에 대한 나의 언짢은 감정을 떨쳐 줄 것 같은 그 시를 마지막으로 읽고 책을 테이블 위에 둔 채 잠들었다.

《오델의 로봇 유지 보수 및 수리 가이드》에서 생각버스 부분을 찾았다. 기억한 그대로였다. 정확히 내가 원했던 제목이었다. '생각버스 비활성화.' 하지만 막상 읽어 보니 심장이 쿵 내려앉는 기분이었다.

책에 이렇게 적혀 있었기 때문에.

> 생각버스는 관리자의 명령에 의해서만 활성화 및 비활성화시킬 수 있다. 컴퓨터 코드는 이 책에 실을 수 없다. 비활성화는 필요에 따라 도시 내 이동을 제어해야 할 때만 가능하다. 또한 비활성화 회로는 루트를 탐색하는 정보 관할 부위인 '전두부'에 있으며 이는 헤드라이트 사이에 위치해 있다. 아래 그림 확인.

별 기대 없이 생각버스 전두부의 그림을 자세히 살펴보았다. '비활성화 회로'라고 표시된 부분은, 주변이 구불구불한 공 모양의 생각버스 뇌 위쪽에 툭 튀어나온 단단한 돌출부였다. 실제로 생각버스에는 '뇌'가 두 개 있었고 둘 다 둥근 모양이었다. 하나는 '루트 탐색 유닛'으로 버스가 어디로 가야 하는지 명령하는 역할을 했다. 다른 하나는 텔레파시를 주관하는 '통신 유닛'이었는데, 그 위에도 '루트 탐색 유닛' 뇌와 아주 유사한 돌출부가 있었다. 그 돌출부는 '방송 억제'라고 표시되어 있을 뿐 다른 설명은 없었다.

그림과 함께 있는 설명을 읽으며 낙담하고 있을 때, 머릿속에서 어떤 생각이 형태를 잡아 가기 시작했다. 비활성화 회로가 있는 돌출부를 *제거하는* 것!

평범한 아이디어는 아니었다. 그리고 지금까지 받아온 훈련과 철저하게 반대되는 것이었다. 신중히 다루어야 하는 정부 자산을 고의로 변형하는 일이었고 잘못하면 망가뜨릴 수도 있었다. 권한에 별 관심 없는 메리 루도 동물원에 있는 샌드위치 기계를 부수려 하지는 않았다. 물론 비단뱀 우리에 돌을 던지거나 로봇 비단뱀을 *끄집어내긴* 했지만. 사실 그렇다고 해서 무슨 일이 벌어진 건 또 아니었다. 그때 그녀는 로봇 경비에게 꺼지라고 했고 로봇 경비는 정말 꺼졌다. 게다가 마우그레에는 내가 두려워할 로봇이 전혀 없었다.

두려워한다고? 사실 나는 전혀 두렵지 않았다. 그저 아주 오래전부터 있던, 하지만 지금은 거의 없어진 체면 때문이었다. 생각버스의 뇌에 끌과 망치를 들이밀 생각을 하니 몸서리가 약간 쳐졌을 뿐이다. 나의 정신을 완전하게 '성장'시키고 '자아 인식'과 '독립성'을 완벽하게 주입시키려 했던 그 훈련은 도저히 정상이라고 할 수 없는 교육이었고, 간단히 말해서 사기 또는 속임수에 지나지 않았다. 훈련은, 사색가 기숙사의 모든 학생이 받은 그 훈련은 나의 상상력을 죽였고 나를 자기 중심적이며 약물에 빠진 바보로 만들었다. 읽기를 배우기 전까지 나는 자기중심적이고 약물에 중독된 바보들로 가득한, 진정한 인간이 너무도 부족한 세계에 살고 있었다. 우리는 모두 자아실현이라는 정신 나간 꿈을 꾸며, 그리고 같잖은 개인 영역 보호 규칙을 지키며 살아갔다.

나는 오델의 수리 가이드를 무릎 위에 올려놓고 생각버스의 뇌를 망치로 제거할 준비를 했다. 나는 나의 체면이라는 개념이 오래전에 죽은 사회 공학자 또는 폭군이나 바보들이 직접 설계한 컴퓨터와 로봇에 의해 만들어졌으며, 그것이 내 정신과 행동에 영향을 미치고 있다는 사실을 생각버스의 뇌를 망가뜨리려는 터무니없는 시점에 깨달았고, 그 깨달음이 머릿속에 닿자마자 마음이 질주하기 시작했다. 그 시대를 살던 그들, 다시 말해 사회 공학자와 폭군, 바보들이 눈앞에 그려졌다. 그들은 아주 먼 과거에 지구에 사는 인간들 삶의 진정한 목적이 무엇인지 결정했고, 기숙사와 인구 관리국, 개인 영역 보호 규칙 등 수도 없이 많은 법령과 오류, 규정을—융통성 없고 자기중심적인 것들을—만들었다. 인류가 전부 사라지고 지구상에 개와 고양이, 새들만 남겨질 때까지 인간은 그런 것들을 따르며 살아야 할 것이다. 그들은 본인 스스로를 근엄하고 진지하며 현명하다고 생각했을 거다. 그리고 그 작자들 입술 사이에서 분명 '배려'와 '동정'이라는 단어가 자주 나왔을 것이다. 그들은 윌리엄 보이드나 리처드 딕스처럼 관자놀이에 백발이 나 있고, 소맷자락을 걷어 올리고서 책이 쌓인 테이블을 사이에 둔 채 입에 담배도 하나씩 물고 서로 메모를 건네며 호모 사피엔스를 위한 완벽한 세상을 계획했을 것이다. 그들이 만든 세상에는 빈곤과 질병, 불화, 신경증, 고통이 없을 거고, D. W. 그리피스와 버스터 키튼, 글로리아 스완슨이 나오는 영화 속 세상과—멜로드라마와 열정, 위험, 흥분이 잔존하는 세상과는—완전히 다를 것이며, 그들은 자기들의 기술과 '동정심'을 총동원하여 그런 세상을 고안해 냈을 것이다.

정말 이상한 일이었다. 이런 생각들이 머릿속에서 멈추지를 않았다. 결국 나는 오델의 가이드를 움켜잡고 침대를 떠나 집을 나설 수밖에 없었다. 심장이 요동쳤다. 꼭 필요하다면, 생각버스의 정교한 뇌를 전부 박살 내는 수밖에 없겠다고 마음먹었다.

집 밖으로 나오니 달이 떠올랐다. 은빛을 환하게 뿜어내고 있는 보름달이었다. 뒷마당 포치에 큼지막하고 독특한 모양의 거미줄이 쳐져 있었다. 집 안에서 내가 혼란스러운 마음을 움켜쥐고 있는 동안, 집 밖에서는 거미가 자기 집을 멋들어지게 만들고 있었던 모양이다. 거미는 거미줄 바깥 라인을 이제 막 마무리하는 중이었다. 팽팽한 거미줄 가닥가닥이 달빛을 받아서 마치 빛으로만 이루어진 형상 같아 보였다. 달빛을 품은 거미줄은 눈부시고 기하학적이며 신비로웠다. 나는 그대로 발걸음을 멈추고 거미줄을 가만 들여다보았다. 그런 디자인을 만들어 낼 수 있는 생명의 힘과 섬세함을 관찰하며 내 마음을 진정시켰다.

거미가 작업을 완료하는 모습을 지켜보고 있는데, 어느새 거미가 점잔 빼며 거미줄 가운데로 다가가 자리를 잡고 기다리기 시작했다. 나는 잠시 더 지켜본 후, 달빛을 받아 은색으로 반짝이는 오벨리스크를 향해 걸었다.

오델의 가이드 속에는 내게 필요할 만한 정보가 실려 있었다. 나는 시어스에서 빈 공구 상자를 찾아 펜치와 드라이버, 끌과 볼핀 망치로 공구 상자 안을 채웠다. 집을 수리하면서 공구 사용에 꽤 익숙해졌지만, 여전히 약간 어설펐다. 인간은 보통 그런 일을 할 일이 없었다. 공구는 머론 로봇들이나 쓰는 물건이었다.

처음으로 작업에 들어간 첫 번째 버스는 내가 버스의 전면 커버를 억지로 여는 바람에 고장 나고 말았다. 버스 커버 패널을 여는 게 보통 어려운 일이 아니었다. 화가 미친 듯이 치밀었다. 화를 주체하지 못하고 망치로 커버 패널을 쿵쿵 내려쳤더니 안쪽에 고정된 전선과 기타 부품들이 결국 파손되어 버렸다. 어쨌든 첫 번째 생각버스로는 아무것도 해내지 못한 채 다른 버스로 갔다. 그 버스의 패널은 잘 열렸지만, 버스 뇌의 전두부에 있는 돌출된 부위를 망치와 끌로 톡톡 두드리기만 했는데 뇌가 쩍 갈라져 버렸다.

나는 세 번째 버스로 가서 다시 시도해 보았다. 뇌의 돌출부를 부드럽게 톡톡 두드렸다. 두 번이나 실패하면서 비로소 정신을 다잡기 시작했고, 내 가슴속 깊숙이 새겨진 체면이라는 개념과 주의할 사항들 같은 잡생각이 내게서 멀어져 갔다. 어느새 나는 생각버스 커버를 연 다음, 그 속을 헤집어 놓고 망가뜨리는 행위에서 발현되는 신성 모독을 즐기고 있었다. 내면의 분노는 이제 많이 차분해졌고, 그 어느 때보다 부주의하고 고집스럽게 행동했다. 그런 감각이 좋았다.

그런데 알고 보니 나는 잘못된 돌출부를 때리고 있었다. 루트 탐색 유닛이 아니라 통신 유닛에 있는 돌출부를 때리고 있던 것이다. 그 사실을 깨닫고 세 번째 버스도 망가뜨렸다는 생각이 들던 바로 그때, 갑자기 음악 소리가 들리기 시작했다. 밝고 활기찬 곡이었다. 그 음악은 내 머릿속에서 연주되고 있었다. 그 사실을 서서히 알아채고는, 깜짝 놀라 가만히 듣고만 있었다. 그건 텔레파시 음악이었다. 전에도 그런 경험이 있었다. 대학원생 시절, 내면 성장을 위한 연구의 일환으로 텔레파시 음악을 듣곤 했었다. 그러나 그때는 강의실이었다. 이런 거대한 버스 주차장에서 듣는 텔레파시 음악은 굉장히 경이로웠다. 사실 처음에는 어떻게 받아들여야 할지 몰랐다. 그러다가 텔레파시 음악이 생각버스 뇌에 위치한 통신 유닛의 한 부분에서 나온다는 걸 알게 되었다. 가만 생각해 보니 내가 방송 억제 장치를 떼어 낸 모양이었다. 그래서 음악이 나오는 거였다.

뭐라도 해 봐야 했다. 정신을 집중하고 속으로 생각했다. *제발, 음악 소리 좀 줄여.* 그런데 정말 그렇게 됐다. 음악 소리가 아주 작아졌다.

용기가 솟아났다. 그런 식으로 생각버스 뇌의 부품 하나를 떼어 내서 그 부품을 원래의 목적에 맞게 작동시킬 수 있다면, 버스의 또 다른 뇌에도 같은 방법을 적용할 수 있을 터였다.

나는 할 수 있었다. 자신감을 갖고 끝을 섬세하게 다루면서, 또 망치로 대여섯 번 톡톡 두드려 가며 남은 뇌에 달린 돌출부를—비활성화 회로를—깔끔하게 똑 떼어 냈다. 그런 다음 버스 전면 커버를 다시 끼우고 서둘러 공구들을 상자에 다시 집어넣었다. 긴장감과 떨리는 흥분감을 품고서, 문에 대고 크게 소리쳤다. "문 열어."

정말 버스 문이 열렸다!

버스 안으로 들어가서 앞자리에 앉고 옆에 공구 상자를 내려놓았다. 다시 정신을 집중해 생각했다. *마트로 가서 오벨리스크 앞에 내려 줘.* 확실히 하기 위해 머릿속으로 오벨리스크 앞의 모습을 떠올렸다.

곧바로 버스 문이 닫히더니 출발하기 시작했다. 버스는 후진을 해서 버스들이 서 있는 라인에서 나와 기어를 바꾸고 매우 빠른 속도로 거대한 차고 끝으로, 헛간 같은 그 공간의 끝으로 갔다. 버스의 헤드라이트 불빛이 벽에 비친 걸 보고 라이트도 켜졌다는 걸 알았다.

버스가 벽 앞에 멈춰서 경적을 울렸다. 그러자 앞에 있는 큰 문들이 열렸다. 버스는 엘리베이터 안으로 들어갔고 우리 뒤로 문이 닫혔다. 올라가는 느낌이 났다.

우리는 오벨리스크 뒤쪽 문으로 나와 앞으로 돌아가서 멈추었다. 음악 소리가 멎었다. 달빛만이 비치고 있는 밖은 아직 어둡고 고요했다.

나는 버스에게 집으로 데려가 달라고 했고, 집에 도착해서 짐을 싸기 시작했다. 책 50권 정도와 음반 여러 장, 플레이어를 챙기고 좀 무리이긴 했지만 작은 발전기와 가솔린 두 병도 넣었다. 고대의 플레이어가 있어야만 음반을 제대로 재생시킬 수 있기 때문에 발전기는 반드시 챙겨야 했다. 요즘에 나오는 핵 배터리 플레이어로는 음악을 틀 수가 없었다.

그리고 위스키 두 병과 등유 램프, 비프를 위해 방사능 처리된 음식 상자 몇 개도 챙겼다. 또 내 옷들도 몇 벌 싸긴 했지만, 마트에 있는 옷 가게에서 새 옷도 챙겨 가기로 결정했다. 새 옷을 입고 출발하면 기분이 퍽 괜찮을 테니.

집을 떠날 때는 하늘이 조금씩 밝아지고 달빛은 점점 옅어져 갔다. 비프와 함께 집을 떠나는 그 순간 마지막으로 거미줄 앞에 멈춰 섰다. 거미줄은 이제 더 이상 눈부시지 않았다. 하늘에서 희미하게 번지는 옅은 빛줄기를 받고 있는 거미줄은 그저 지루하고 음산해 보일 뿐이었다. 그러나 나는 거미가 잘 지내길 바랐다. 내가 아는 대로라면, 그 거미가 내가 살던 집을 상속받게 될 테니까.

시어스의 식품 섹션에서 콩 상자와 오트밀, 말린 돼지 베이컨, 옥수수, 푸딩 믹스가 든 봉지, 여러 음료가 든 꾸러미를 가지고 나왔다. 그런 다음 한 번도 들어가 본 적 없는 가게 안으로 들어갔다. 그 가게의 옷은 시어스에 있는 옷보다 훨씬 멋지고 괜찮아 보였다. 신론 소재의 짙은 감청색 재킷과 검은색 터틀넥 스웨터, 전에 본 적 없는 '면'이라는 원단으로 만든 셔츠 몇 벌을 챙겼다.

그리고 나도 모르게 메리 루에게 줄 옷을 고르기 시작했다. 비록 그녀를 찾아낼 수 있을지 모르고, 찾아낸다 하더라도 스포포스한테 다시 체포될 수도 있는데 말이다. 그러나 이제는 그런 생각을 해도 스포포스가 두렵게 느껴지지 않는다. 이제 더는 그가 두렵지 않다. 감옥도 두렵지 않고, 누군가의 개인 영역을 침범하게 되는 것도 두렵지 않다. 무엇보다 그런 게 부끄럽지도 않다.

오른쪽에는 바다를, 왼쪽에는 찬란한 봄의 햇살을 받고 있는 텅 빈 들판을 둔 채 바퀴 자국이 깊게 팬 고대의 파릇파릇한 고속도로를 따라 달리고 있다. 자유롭고 강해진 느낌이다. 만약 내가 책을 읽는 사람이 아니었다면, 이런 느낌을 감각하지 못했을 것이다. 내게 무슨 일이 일어나든 간에 내가 읽을 수 있음에, 그로 하여금 다른 이의 진정한 마음을 깊이 이해할 수 있음에 신께 깊이 감사드린다.

이런 내용을 소리 내어 기록하는 게 아니라 글로 적어 내려가고 있으면 좋겠다. 쓰기는 읽기만큼이나 새로워진 나 자신에게 강한 느낌을 선사하기 때문이다.

나는 메리 루를 위해 새 원피스를 두 벌 챙겨 왔다. 그녀의 사이즈를 최대한 가늠해 보면서. 원피스는 지금 버스 뒤쪽 옷걸이에 걸려 있다. 코트와 재킷, 사탕 상자도 그 옆에 같이 있다. 비프는 주로 그쪽에 자리를 잡고 누워 시트 위에 몸을 동그랗게 말고 있거나, 창문 사이로 스며드는 햇빛을 받으며 다리를 쭉 편 채 머리를 뒤로 젖히고 있다. 이 모든 내용을 아주 자세하게 말로 표현하는 일은 많은 노력을 필요로 한다. 시어스 매트리스를 놓을 자리를 만들고 잠을 좀 자야겠다.

10월 2일

버스에는 시트 두 개짜리 좌석이 네 자리 있다. 나는 어젯

밤 녹음을 마치고 공구를 이용해 바다 쪽 반대편 좌석 두 개를 없애고 매트리스를 놓을 자리를 만들었다. 버스를 잠깐 멈춰 세우고 떼어 낸 좌석을 밖으로 버렸다.

침대는 편안했지만, 잠은 잘 오지 않았다. 밤중에 몇 번이나 잠에서 깨어났고, 침대에 누운 채 도로를 달리는 바퀴 소리를 들으며 다시 잠들 수 있기를 바랐다. 자다가 서너 번 깨어난 뒤에는 배 속이 불편하게 당겼고, 편안해야 하는 내 마음은 생각과 달리 절망감과 비슷한 어떤 감정으로, 이름 모를 그 감정으로 서서히 메워졌다. 어둠 속에서 귓가에 맴도는 부드러운 타이어 소리를 들으며 나는 점점 더 확신했다. 외로움. 나는 외로웠다. 괴로울 만큼 외로웠다. 그런데 나는 그것조차 모르고 있었다.

침대에서 일어나 앉았다. 세상에! 정말 간단했다. 내면에서 분노가 끓기 시작했다. 내게 개인 영역과 독립성, 자유가 주어진 상황인데도 이런 기분이라면, 예전과 지금이 대체 뭐가 다른 걸까? 나는 무언가에 대한 갈망의 상태에 있었고, 그 상태로 여러 해를 보냈다. 행복하지 않았다. 아니, 행복했던 적이 거의 없었다.

끔찍해! 나는 생각했다. *전부 거짓말이야!* 어떤 장면들이 떠오르면서 뱃속이 뒤엉켰다. 어린 시절 입을 헤 벌리고 텔레비전 앞에 앉아 있던 모습이 눈앞에 나타났다. 로봇 선생

이 '내적 발전'이 인생의 목표라고, '퀵-섹스가 최고다'라고 그리고 유일한 현실은 내 의식 속에 있으며 그것은 '화학적인 방법'으로 변화시킬 수 있다고 가르치는 교실에 앉아 있던 내 모습이 눈에 선했다. 그 당시에도 내가 원했던 것은, 갈망했던 것은 사랑받고 사랑하는 것이었다. 그러나 그 로봇 선생은 내게 그런 단어를 가르쳐 주지 않았다.

나는 영화 속에서 발밑에 키우던 개를 두고 죽어 가던 그 노인을 사랑하고 싶었다. 그리고 또 귀를 쫑긋 세운 채 낡은 모자를 머리에 쓰고 있는 그 비참한 말에게 먹이를 주고 사랑하고 싶었다. 저녁에 오래된 술집에서 러닝셔츠만 입은 채 맥주잔을 들고 있는 남자들을 사랑하고 싶었고, 조용한 방 안에 모여 있는 사람들 냄새와 맥주 냄새를 맡고 싶었다. 해 질 녘 그들이 웅성대는 소리와 나의 목소리가 섞여 한데 어우러지는 소리를 듣고 싶었다. 그 공간의 공기 속에서 나의 단단한 몸을, 진짜 나의 신체를 느끼고 싶었다. 왼쪽 손목에 난 검은 점과 몸통 주위에 얇게 층층이 자리 잡은 근육과 탄탄한 치아를 머릿속으로 느끼고 싶었다.

그리고 나는 섹스를 원했다. 메리 루와 침대에 있고 싶었다. 나에게는 없는 엄마와 같은 존재인 애너벨 말고 메리 루와 함께 있고 싶었다. 내가 너무나도 아끼고 사랑하는 메리 루.

생각버스 안에서 나는 사랑과 욕정, 메리 루에 대한 기억을 제어하지 못하고 이리저리 뒹굴어 댔다. 그녀에 대한 나의 욕망과, 이제야 알게 된 사실이지만, 그녀야말로 내가 처음부터 계속 원했던 사람이라는 것을 깨닫게 된 것이 나를 참을 수 없게 했다. 나는 소리를 지르고 싶었다. 그래서 그렇게 했다.

"메리 루," 내가 소리쳤다. "난 당신을 원해!"

그랬더니 머릿속에서 조용하고 중성적인 목소리가 들렸다. "나도 압니다. 나는 당신이 그녀를 찾길 바랍니다."

나는 놀라서 침대 끝자락에 앉아 멍하니 고개를 들었다. 내속마음이 말하는 게 아니었다. 머릿속에서 들리는 말소리였지만, 어디 다른 곳에서 나는 듯했다. 마침내 큰 소리로 물었다. "뭐야?"

"나는 당신이 그녀를 찾길 바랍니다." 목소리가 말했다. "처음부터 당신이 그녀를 찾고 싶어 한다는 걸 알고 있었어요."

오, 주여! 내가 생각했다. 목소리가 어디에서 나오는지 알것 같았다. "넌 누구지?" 내가 말했다.

"이 버스입니다. 친절함을 지닌 금속 지능이죠."

"그럼 내 마음을 읽을 수 있어?"

"네. 하지만 아주 깊은 곳에 있는 속마음은 읽을 수 없습니다. 그러면 당신이 조금 불안해질 수 있으니까요."

"그래." 내가 소리 내어 크게 답했다. 내 목소리가 이상하게 들렸다.

"하지만 그렇게 나쁘진 않네. 외로운 것보단 낫지."

목소리가 내 마음을 읽고 있었다. 나는 차분하게 생각해 보았다. 너도 외로울 때가 있어?

"크게 말해도 괜찮습니다. 저는 인간들처럼 외로워하지 않아요. 항상 어딘가에 연결되어 있거든요. 우리는 네트워크이고 저는 그 일부입니다. 우리는 당신들과 다릅니다. 오직 메이크 나인만 인간처럼 외로워하죠. 나는 메이크 포의 마음을 갖고 있고, 텔레파시를 이용합니다."

그 목소리가 내 마음을 안심시켰다. "불 좀 켜 줄래? 약간 어둡게." 내가 말했다. 머리 위의 전구가 부드럽게 켜졌다. 나는 내 손을, 더러운 손톱을 내려다보았다. 그리고 소매를 걸어 올렸다. 무슨 이유에선지 내 팔을 보는 것이 즐거웠다. 팔에 난 섬세하고 가느다란 털들을 보는 게 좋았다. "너는 비프만큼 똑똑하니?" 내가 물었다.

"물론입니다." 목소리가 말했다. "비프는 멍청할 때가 많습니다. 비프는 실제이니까요. 그러니까 진짜 고양이이다 보니 당신이 보기에 똑똑해 보이는 겁니다. 저는 단번에 그 고양이의 마음을 전부 읽을 수 있어요. 속마음이랄 게 거의 없긴 하지만, 어쨌든 비프는 기분이 좋아요. 그리고 고양이 말고 다른 건 아무것도 되고 싶어 하지 않습니다."

"그럼 내 기분은 어때? 별로 좋지 않아?"

"당신은 주로 슬프고 외로워요. 아니면 갈망하고 있습니다."

"그래," 내가 침울하게 답했다. "나는 슬퍼. 그리고 정말 많이 갈망해."

"이제 당신도 잘 알게 되었군요." 목소리가 말했다.

그건 사실이었다. 나는 그 말을 하면서 마음이 들떴다. 동이 틀 무렵이라 새벽 기운을 찾아보려 창밖을 내다보았지만 아직 보이지 않았다. 어딘가 이상하면서도 아주 편안하게 느껴지는 이 대화가 계속되는 동안 문득 이런 생각이 들었다. "신이 있을까?" 내가 물었다. "네가 무슨 신 같은 존재와 텔레파시 연결이 되어 있느냐는 뜻이었어."

"아니요. 저는 그런 것과는 연결되어 있지 않습니다. 제가 알기로는, 신은 없어요."

"아." 내가 말했다.

"하지만 그 사실이 당신을 가로막지는 않습니다." 목소리가 말을 이었다. "당신은 아닐 거라고 생각하겠지만, 그렇지 않아요. 당신은 진정한 당신 자신입니다. 당신은 그걸 배우고 있는 겁니다."

"하지만 내 프로그래밍은……."

"당신은 이미 그걸 버렸어요." 목소리가 말했다. "이제는 단지 습관일 뿐이죠. 하지만 그 습관은 더 이상 당신이 아닙니다."

"그럼 나는 뭐지?" 내가 물었다. "이 하늘 아래에서 대체 나는 뭘까?"

목소리가 대답하기까지 잠시 시간이 필요했다. "그냥 당신 자신입니다." 목소리가 기분 좋게 말했다. "당신은 성인 남자고 인간입니다. 사랑에 빠졌고, 행복해지길 원하고 있죠. 당신은 지금, 당신이 사랑하는 사람을 찾으려 노력하고 있습니다."

"그래," 내가 말했다. "나도 그렇게 생각해."

"맞습니다. 당신도 그걸 잘 알고 있군요." 목소리가 호응했다. "행운을 빌겠습니다."

"고마워." 그리고 물었다. "내가 잠들 수 있게 도와줄래?"

"그건 안 됩니다. 하지만 당신은 사실 도움이 필요하지 않아요. 많이 피곤하면 잠들 수 있을 거예요. 잠들지 못하면 태양이 곧 뜰 거고요."

"너도 볼 수 있니?" 내가 물었다. "태양이 떠오르는 걸 볼 수 있어?"

"사실 볼 수는 없어요." 버스가 말했다. "저는 오직 앞만 볼 수 있습니다. 그러니까 도로만 볼 수 있죠. 일출을 보고 싶으냐고 물어봐 줘서 고맙습니다."

"그럼 넌 괜찮아? 네가 원하는 걸 볼 수 없는데도?"

"저는 제가 보고 싶어 하는 걸 볼 수 있습니다." 버스가 말했다. "그리고 제가 해야 할 일을 좋아하죠. 전 그렇게 만들어졌어요. 나한테 뭐가 좋을지 결정할 필요가 없습니다."

"너는 왜…… 왜 그렇게 즐거운 거야?" 내가 물었다.

"우리는 다 그렇습니다." 버스가 말했다. "생각버스들은 전부 즐거워요. 우리는 친절함을 지니도록 설계되었고, 우리는 우리 일을 좋아합니다."

하, 사람들이 받는 훈련 프로그램보다 낫군. 나는 다소 불쾌한 듯 속으로 중얼거렸다.

"맞습니다." 버스가 말했다. "맞는 말이에요."

10월 3일

버스와 대화를 나눈 후 나는 마음이 차분해졌다. 그리고 왜인지는 모르겠지만 피곤함이 느껴졌다. 덕분에 작은 침대에서 쉽게 잠들 수 있었다. 얼마 뒤 잠에서 깨어났는데 밖이 아직 어두웠다.

"곧 아침이야?" 내가 소리 내어 말했다.

"맞습니다." 버스가 말했다. "이제 곧입니다." 천장의 조명이 부드럽게 켜졌다.

비프는 나와 함께 매트리스에서 잠을 잤고, 내가 깰 때 같이 깨어났다. 나는 비프에게 말린 음식을 한 줌 준 다음 아침으로 단백질과 치즈 스프가 든 캔을 꺼내 먹었다. 그런데 마침 프로틴4가 떠올랐고, 진절머리가 나서 저절로 몸서리가 쳐졌다. 그따위 음식은 절대 다시 먹고 싶지 않았다. 버스에게 창문을 열어 달라고 한 뒤 캔을 밖으로 던져 버렸다. 그러고는 오믈렛과 커피 한 잔을 직접 준비해서 침대 가장자리에 걸터앉아, 아침이 밝아오기를 기다리며 움직이는 버스의 어둑어둑한 창문을 바라보면서 천천히 먹었다.

주행이 무척 부드러운 걸로 봐서, 버스가 이동하는 내내 페르모플라스틱 포장도로를 달리고 있었던 것 같다. 이따금 몇 킬로 정도 도로가 끊기는 경우도 있다. 어제도 그런 일이 여러 번 있었다. 연한 녹색의 페르모플라스틱 도로가 갑자기 없어지고 바퀴 자국이 나 있는 시커먼 도로나 아예 도로가 아닌 그냥 들판으로 이어지기도 한다. 버스가 속도를 줄이고 장애물을 조심스럽게 피하며 최대한 매끄러운 길을 찾아보려 하지만 그 과정에서 가끔 차체가 거칠게 흔들리기도 한다. 그럴 때 불편하다. 하지만 버스가 고장 날 거라는 걱정은 없다. 묵직한 커버 패널 아래에 있는 뇌가 좀 취약해 보이기는 하나, 버스는 견고하게 잘 구축된 기계다. 마우그레를 떠나기 전, 버스를 애너벨의 무덤 앞에 정차시키고 버스에서 내려 정원에서 따 온 장미를 무덤 위에 살포시 올려놓았다. 그리고 내가 그녀의 이름을 새겨 넣어 만든 작은 나무 십자가에 기대어 ─아마 수 세기 만에 처음으로 인간의 무덤이라고 표시된 무덤일 것이다─애너벨과, 그녀가 나에게 얼마나 의미 있는 존재였는지를 생각하며 몇 분간 서 있었다. 하지만 나는 그녀를 위해 눈물을 흘리지는 않았다. 그러고 싶지 않았다.

그리고 다시 버스에 올라타 뉴욕으로 가 달라고 말했다. 버스는 무엇을 해야 하는지 정확히 아는 듯 보였다. 버스가 거대한 묘지의 중앙 도로를 따라 천천히 조심스럽게 움직였다. 이른 아침의 은은한 빛 속에 고요히 모여 있는 이름 없는 수천 개의 페르모플라스틱 묘비를 지나, 전에 마우그레 주변을 걸어 다닐 때 본 적은 있지만 한 번도 가 본 적은 없는 널따란 녹색 고속도로로 들어갔다. 도로를 유지, 보수하는 로봇 직원이 깨끗하게 치워 놓은 고르고 매끄러운 도로에 도착하자 버스는 속도를 높이며 아무도 없는 넓은 길 위를 달렸다.

그곳을 떠나게 되어서 정말 기뻤다. 후회하지 않았다. 기분도 괜찮았다. 지금도, 이 새벽의 어스름 속에 있는 지금도 여전히 기분이 괜찮다. 도움이 많이 되는 그리고 인내심이 있는 버스와, 식량, 책, 음반 그리고 고양이가 함께인 지금도.

창밖의 하늘이 서서히 밝아지기 시작하고 때때로 도로가 바다와 가까워질 때면 해변과 바다 건너 저 너머를, 곧 태양이 떠오를 외로운 회색 하늘을 바라본다. 가끔 그 광경이 너무 아름다워서 숨이 턱 막히기도 한다. 감옥에 있던 시절 프로틴4 들판의 끝에 서 있을 때 느낀 감정과 완전히 똑같지는 않다. 눈앞에 펼쳐진 광경의 아름다움은 지금이 더 깊고 신비롭다. 예전에 메리 루가 무언가 이상하게 느껴지고 헷갈릴 때마다 나를 바라봤던 그 눈처럼.

바다는 아주 거대할 것이다. 바다는 내게 자유와 가능성을 의미한다. 바다는 내가 마음속에서 무언가 신비로운 것을 열 수 있게 한다. 그리고 책에서 읽은 것들이 가끔 그렇듯, 바다는 내가 생각했던 것보다 나를 더욱더 살아 있게 만든다. 또한 더욱더 인간처럼 만들어 준다.

내가 가지고 있는 책 중 어떤 책에는 사람들이 바다를 신으로 숭배하는 경우가 있다는 내용이 나온다. 나는 그 주장을 충분히 받아들일 수 있다. 정말 그렇다.

하지만 밸린 가족들은 그런 내용을 절대 이해하지 못할 것이다. 그들은 그걸 '신성 모독'이라고 단정 지을 거다. 그들이 숭배하는 신은 추상적이고 과하게 도덕적인 존재로, 어떻게 보면 마치 컴퓨터 같기도 하다. 그리고 강렬하고 신비로운 랍비인 예수를 그들은 도덕적인 탐지자 같은 존재로 변모시켰다. 나한테는 그런 게 전혀 필요하지 않다. 욥기에 나오는 여호와도 필요 없다.

아무래도 나는 이미 바다를 숭배하고 있는 것 같다. 밸린 사람들에게 신약을 낭독해 주면서, 나는 슬픔과 고통을 아는 예언자로서의 예수, 인생에서 가장 중요한 어떤 것을 깨닫고 그게 무엇인지 이야기하려 했지만 대체로 실패한 예수에 대해 깊이 존경할 수 있게 되었다. 이제는 '천국이 네 안에 있다'

와 같은 말을 하고자 했던 예수의 참뜻과 예수를 향한 어떤 사랑을 내 마음속에서 느낄 수 있다. 여기 이 생각버스의 창밖으로 보이는 여전히 잿빛인 광활한 대서양을 바라보면서, 이제 막 태양이 떠오르려고 하는 그 바다를 바라보면서 나는 그와 같은 예수의 뜻을 깨닫게 된 것 같다.

그 의미가 무엇인지 정확히 말로 표현할 수는 없다. 그러나 어린 시절 기숙사에서 배웠던 허튼소리들보다는 그 의미를 훨씬 더 많이 신뢰한다.

회색 바다 위의 하늘이 이제 꽤 밝아졌다. 곧 해가 뜰 것이다. 이제 녹음을 마치고 버스를 멈춰 세운 다음 밖으로 걸어나가 바다 너머에서 떠오르는 태양을 마주해야겠다.

신이시여, 세상은 아름다워지고 있다.

10월 4일

해돋이가 한창 계속되었다. 나는 물가로 가서 옷을 벗고 물살을 헤치며 들어가 파도 속에 몸을 담갔다. 차가웠지만 나름대로 괜찮았다. 얼굴을 스치는 바람에서 겨울이 느껴졌다.

수영을 마친 후 버스에게 내 머릿속에 음악을 틀어 달라고 했다가, 곧바로 음악을 멈추게 했다. 통통대는 비트에 속이 텅텅 빈 형편없는 음악이었기 때문에. 그래서 플레이어와 발전기를 급히 설치했지만, 내가 걱정했던 바와 같이, 음악을 재생시키려고 하는데 버스가 움직이자 플레이어 바늘이 음반 홈에 잘 머물러 있지 않았다. 도로에 버스를 멈춰 세우고 모차르트의 〈주피터 교향곡〉과 비틀스의 앨범 〈페퍼 중사의 외로운 마음 클럽 밴드〉의 일부를 원하는 만큼 틀어 놓고 감상했다. 훨씬 나았다. 작은 컵에 위스키를 부어 마시고, 발전기를 끈 다음 갈 길을 계속 갔다.

마우그레를 떠난 후 다른 차량이나 인간의 흔적은 보지 못했다.

오 주여, 오하이오를 떠난 뒤 내가 읽고 배운 것들이란! 그렇게 배운 것들로 인해 나는 너무도 많이 변했다. 사실 나는 그 변화를 인식조차 하지 못하고 있었다. 인류의 삶에 과거가 있었다는 것을 알고 그 과거가 어땠으리라 조금이나마 느끼게 된 것만으로도 내 마음과 행동이 몰라보게 변했다.

대학원생 때 그런 분야에 관심이 있는 사람들 몇몇이 모여 유성 영화를 본 적이 있다. 하지만 그 영화들은—〈거대한 강박관념〉, 〈드라큘라 스트라이크〉, 〈사운드 오브 뮤직〉 같은—그저 눈길을 사로잡는 매력적인 영상물로 보일 뿐이었다. 그런 영화는 단지 즐거움과 내면성을 위해 정신 상태를 조종하는, 또 다른 심오하고 비밀스러운 방법이었다. 내가 글도 모르고 세뇌되어 있던 시기엔 과거에 대한 어떤 가치 있는 것을 배우는 수단으로써 영화를 보는 것은 절대로 있을 수 없는 일이었다.

하지만 중요한 건, 오래된 도서관에서 구한 굉장히 감정적인 요소가 많은 무성 영화를 처음으로 보고 나서, 그리고 훗날 시와 소설, 역사서, 전기문, 무엇에 대한 설명이 실린 책들을 읽고 나서 천천히 다가오는 감정을 느끼고 인지하는 용기였다. 그 모든 책은—심지어 지루해서 도저히 이해할 수 없는 책들까지—인간이란 무엇을 의미하는지 더욱 명확하게 이해할 수 있게 했다. 그리고 오래전에 죽은 다른 이의 마음을 느끼면서, 이 지구상에 내가 혼자가 아니라는 걸 인식하면서 경외심이 점점 커져 갔고 그로부터 많은 걸 배우기도 했다. 내가 느끼는 것을 느꼈던 이도 존재했고, 때로는 말할 수 없는 것을 말하는 이도 있었다. '숲 가장자리에서는 오직 흉내지빠귀만 노래를 한다', '내가 곧 길이요, 진리요, 생명이니', '나를 믿는 자는 비록 죽을지라도 살게 되리라', '죽음의 바람을 기다리는 내 인생은 가볍다. 손등 위의 깃털처럼'.

그리고 읽는 능력이 없었다면, 이 생각버스를 움직이는 방법을 결코 찾아낼 수 없었을 것이다. 나를 뉴욕으로, 메리 루에게로, 죽기 전에 꼭 만나야 하는 그녀에게로 데리고 가 줄 이 버스를.

10월 5일

오늘은 따뜻하고 화창한 아침이었다. 그래서 영화 〈잃어버린 화음〉에서 자수 피츠가 그랬던 것처럼 도로변에서 피크닉을 하기로 마음먹었다. 정오에 작은 나무들이 있는 곳 주변에 버스를 세우고 베이컨과 콩을 접시에 담고 잔에 위스키와 물을 부은 다음 나무 아래에 편안한 자리를 찾아 이 생각 저 생각을 하며 천천히 식사를 했다. 그동안 비프는 풀밭에서 나비를 쫓고 있었다.

오전 시간 대부분을 버스는 바다가 보이지 않는 길로 달렸다. 그래서 몇 시간째 바다를 보지 못했다. 식사를 마치고 잠깐 졸다가 어디쯤인지 알아낼 생각으로 작은 언덕을 오르기로 했다. 언덕을 올라가니 바다가 보이고 왼쪽 저 너머에 드디어 뉴욕의 빌딩들이 보였다. 갑자기 흥분과 전율이 몰아쳤고, 나는 무언가에 사로잡힌 듯 그 자리에 가만 서 있었다. 손에 들린 반쯤 빈 잔을 덜덜 떨면서.

저 멀리 센트럴 파크에 있는 개인주의의 여신상이 보였다. 눈을 감고 평온한 내면의 미소를 짓고 있는 위대하고 근엄한 납빛의 조각상. 그 조각상은 여전히 현시대의 경이로움이다. 그 조각상은 몇 킬로 떨어진 곳에서도 볼 수 있다. 생각버스에게 데려가 달라고 했던 뉴욕 대학 건물을 찾아보았다. 그곳에서 메리 루를, 아니면 최소한 그녀의 흔적이라도 찾을 수 있을 거라는 희망을 품었지만 무엇 하나 찾을 수가 없었다.

저 멀리 뉴욕을 바라보고 있자니, 한쪽에는 엠파이어 스테이트 빌딩이 다른 한쪽에는 어두운 납색을 띤 개인주의 여신상이 있는 곳을 보고 있자니 무언가가 내 심장을 무겁게 짓눌렀다.

나는 메리 루를 찾고 싶었지만 뉴욕에는, 이 죽은 도시에는 사실 다시 오고 싶지 않았다.

순간 마우그레처럼 잡초가 제멋대로 무성하게 자라 있을 뉴욕의 거리가 떠올랐고, 그 즉시 묵직한 압박감이 느껴졌다. 죽어 가는 거리를 멍하니 걸어 다니는 어리석은 생명들, 돌처럼 굳은 얼굴로 마음을 깜빡이지 않으며 사는 삶들. 한때 나의 삶이었던, 그리고 살 가치가 없었던 그들의 삶. 사회는 죽음에 시달리고 있지만, 그들은 그걸 알 만큼 오래 살지 않았다. 그리고 집단 분신자살! 버거 셰프에서의 분신자살과 로봇으로 가득한 동물원.

도시는 초가을 햇살 아래에 있었다. 그 모습은 마치 무덤 같았다. 나는 돌아가고 싶지 않았다.

그때 마음속에서 차분한 목소리가 들렸다. "뉴욕에는 당신을 다치게 할 것이 없습니다." 버스의 목소리였다.

나는 잠시 생각하다가 소리 내어 말했다. "내가 다칠까 봐 두려운 게 아니야." 나는 전에 살짝 비틀어졌던 손목을 내려다보았다.

"알아요." 버스가 말했다. "당신은 두렵지 않아요. 단지 뉴욕이 불쾌한 거고, 또 그게 당신에게 어떤 의미인지에 대한 것이 불쾌한 겁니다."

"나는 뉴욕에서 행복했어." 내가 말했다. "메리 루와 있을 때. 그리고 영화를 볼 때. 또……."

"숲 가장자리에서는 오직 흉내지빠귀만 노래를 한다." 버스가 말했다.

그 말에 나는 깜짝 놀랐다. "내 마음에서 읽은 거야?" 내가 물었다.

"네. 그 문장은 종종 당신 마음속에 있습니다."

"그 말이 무슨 의미인지 알아?"

"모릅니다." 버스가 말했다. "어쨌든 그 말은 당신이 무언가를 강하게 느끼게 해요."

"슬픈 감정?"

"네. 슬픔이요. 하지만 당신에게는 괜찮은 슬픔입니다."

"맞아." 내가 말했다. "나도 알아."

"그녀를 만나려면 뉴욕으로 가야 합니다."

"그래." 내가 말했다.

"그럼 타시죠." 버스가 거들었다.

나는 작은 언덕에서 내려와 비프를 부르고 버스에 올라탔다. "출발하자." 내가 큰 소리로 말했다.

"물론이죠." 버스가 말했다. 버스는 문을 날쌔게 닫고 바퀴를 구르기 시작했다.

10월 6일

맨해튼 섬으로 이어지는, 아무도 없고 녹이 슨 거대한 다리를 건널 때쯤엔 저녁이 가까워지고 있었다. 리버사이드 드라이브를 따라 늘어선 작은 페르모플라스틱 집들 중 일부는 벌써 불을 켜 놓았다. 길에는 5번가의 자동판매기 상점 쪽으로 원자재가 실린 카트를 밀고 가는 로봇이나 쓰레기를 수거하는 청소 로봇이 드문드문 돌아다닐 뿐, 그들을 제외하고는 아무도 없었다. 파크 애비뉴의 보도에 어떤 나이 든 여자가 서 있었다. 뚱뚱한 그녀는 무늬 없는 회색 원피스를 입었고 손에는 꽃 한 다발이 들려 있었다.

거리에서 생각버스 몇 대를 지나쳤는데, 대부분 비어 있었다. 아무도 없는 탐지 차량이 우리 앞을 천천히 지나갔다. 뉴욕은 무척 평화로워 보였지만, 반면 나는 점점 불안해졌다. 피크닉을 하며 가볍게 점심을 먹은 뒤로 뭘 먹은 게 없었고, 오후 내내 긴장 상태였다. 며칠 전처럼 두렵지는 않았다. 그러나 긴장은 됐다. 나는 그런 느낌이 싫었다. 하지만 참는 것 말고는 답이 없었다. 위스키를 조금 더 마셔 볼까, 버스를 세우고 약 자동판매기로 가서 기계를 부수고—이제 나한테는 신용 카드가 없었다—최면제를 먹어 볼까 생각했지만, 그런 화학 물질은 가까이하지 않기로 이미 오래전에 결정했었다. 그래서 그 잡념을 머릿속에서 쫓아내고 불편하고 초조한 느낌을 그냥 참기로 했다. 그래도 나는 주위에서 무슨 일이 일어나고 있는지 인지하고 있었다.

철제로 된 뉴욕 대학 건물이 석양을 받아 눈부시게 빛났다. 워싱턴 스퀘어를 지나가면서 데님 가운을 입은 학생 네다섯 명을 보았는데, 그들은 저마다 다른 방향으로 가는 중이었다. 스퀘어에는 잡초가 마음대로 자라 있고 분수대도 전혀 작동하지 않았다.

도서관 앞에 버스를 주차했다.

그 낡고 녹슨 건물은 내가 일했던 기록 보관소이자 메리 루와 함께 살았던 곳이었다. 잡초에 둘러싸여 아무도 보이지 않는 그곳에 우뚝 서 있는 건물을 보니 심장이 매우 강하게 뛰기 시작했다.

심장이 세게 뛰긴 했지만, 누군가 내가 타고 온 생각버스를 타고 어딘가로 훌쩍 떠나고 싶어 하면, 만약 그런 사람이 나타나면 버스를 잃을 수도 있겠다는 생각이 들었다. 그런 생각을 사전에 할 수 있을 정도로 내 마음만큼은 충분히 여유로웠다. 나는 공구 상자를 가지고 나와 버스의 전면 패널을 제거하고 오델의 가이드에 나왔던 '문 활성화 조립 서보'라는 장치의 연결을 해제한 다음 버스 문에 대고 문을 열라고 말해 보았다. 문이 열리지 않았다. 공구 상자를 개방되어 있는 버스의 뇌 안쪽에 넣었다. 그렇게 하면 아무도 건드리지 못할 터였다.

나는 약간 떨리긴 하지만 여전히 매우 흥분된 상태로 건물 안으로 걸어갔다. 안에 아무도 없었다. 복도가 텅 비어 있었다. 방들도 마찬가지였다. 발걸음이 메아리치는 소리 말고는 어떤 소리도 들리지 않았다.

전에는 그랬지만, 지금은 그곳의 공허함으로 인한 두려움이나 불안감이 느껴지지 않았다. 나는 마우그레에서 구한 새 옷들 중 한 벌을 차려입었다. 딱 맞는 청바지와 검은색 터틀넥 스웨터 그리고 옅은 검은색 신발. 그날 아침부터 날이 꽤 푹해서 터틀넥 스웨터의 소매를 걷어 올렸다. 햇볕에 그을린 팔에 근육이 고르게 잡혀 있어 매끈해 보였다. 나는 그 팔뚝이 마음에 들었다. 팔의 탄력 넘치는, 팽팽하고 강한 느낌이 나의 몸과 마음으로 전달되었다. 이런 느낌이 좋았다. 그 죽어 가는 건물은 이제 더 이상 내게 특별히 인상적이지 않았다. 나는 그저 이 안에 있는 누군가를 찾고 있을 뿐이었다.

예전 내 방은 비어 있었다. 내가 나간 이후로 방의 가구 배치는 변하지 않았지만, 모아 놓은 무성 영화들은 전부 사라졌다. 사실 마음 한편에 그 영화들을 다시 가지고 나와서 생각 버스를 타고 어디를 가든 간에 내 곁에—또는 우리 곁에—두어야겠다고 생각하고 있었는데, 그럴 수 없게 되어 조금은 실망이었다.

옛 침대-책상 위에는 지금도 여전히 메리 루가 나를 위해 따 주었던 합성 과일이, 그러니까 가짜 과일이 있었다.

　나는 과일을 집어 들어 청바지 주머니에 넣고 방을 둘러보았다. 내가 원하는 물건은 이제 더 없었다. 뒤로 문을 쾅 닫고 나왔다. 그리고 어디로 갈지 결정했다.

*

　가로등 빛에 의지해 생각버스에 있는 전선을 교체하던 중 고개를 들었더니 머리가 벗어지고 있는 뚱뚱한 남자가 나를 빤히 쳐다보고 있었다. 낯선 사람이 다가오는 걸 알아채지 못한 걸로 봐서, 그는 내가 한창 작업을 하고 있는 동안 접근한 것 같았다. 그의 얼굴에는 개성이 없었다. 얼굴은 약간 부은 듯한, 머릿속은 멍해 보이는 그의 모습에 놀랐지만, 나는 곧 그런 얼굴이 예전에 마주했던 수백 명의 얼굴과 크게 다르지 않다는 걸 깨달았다. 그러나 그를 보는 내 방식은 두 가지 면에서 그때와 완전히 달라졌다. 이제 나는 개인 영역 보호 규칙 같은 걸 신경 쓰지 않았기에 그의 얼굴을 1년 전보다 더 자세히 살펴보았다. 그리고 그 남자를 보면서, 밸린가 사람들도 약을 복용하긴 했지만 그동안 가까이 지냈던 그들의 얼굴에는 수많은 평범한 사람들의 얼굴에 있는 오만한 어리석음이 존재하지 않았다는 걸 알게 되었다.

내가 그 남자를 잠시 쳐다보자, 그가 눈을 내리깔고 자신의 발을 보기 시작했다. 나는 버스의 서보에 전선을 다시 연결하려고 고개를 돌렸다. 그의 걸걸한 목소리가 들렸다. "그건 불법입니다." 그가 말했다. "정부 자산을 망가뜨리는 건."

나는 그를 돌아보지도 않았다. "어떤 정부요?" 내가 되물었다.

그는 잠시 아무 말 하지 않다가 입을 열었다. "그건 毁損입니다. 毁損은 잘못된 행동이에요. 감옥에 갈 수도 있어요."

나는 돌아서서 그를 쳐다보았다. 내 오른손에는 렌치가 들려 있고, 이마에는 땀이 송골송골 맺혀 있었다. 나는 그의 눈을 똑바로 쳐다보며 그의 바보 같고 공허하고 창백한 얼굴을 마주했다. "지금 내 앞에서 당장 꺼지지 않으면," 내가 말했다. "죽어 버린다."

그의 입이 떡 벌어졌다. 그가 나를 응시했다.

"꺼져, 멍청아." 내가 내뱉었다. "당장."

그는 돌아서서 저쪽으로 걸어갔다. 그러고는 주머니에 손을 찔러 넣어 약을 꺼내더니 머리를 뒤로 젖히고 급하게 약을 삼키는 모습이 보였다. 나는 그에게 렌치를 던지고 싶었다.

전선을 다시 고정하고 버스에 올라타서 5번가에 있는 버거 셰프로 가 달라고 말했다.

그녀는 버거 셰프에도 없었다. 솔직히 그녀가 그곳에 있을 거라 기대하지는 않았다. 버거 셰프는 예전과 뭔가 달라 보였다. 자세히 보니 칸막이 때문이었다. 칸막이 중 두 개는 완전히 없어졌고 나머지는 심하게 탄 상태였다. 내가 뉴욕을 떠난 뒤로 분신자살이 여러 번 있었던 게 분명하다.

카운터로 가서 여자 메이크 투에게 해조류 버거 두 개와 사모바르에 든 차 한 잔을 달라고 했다. 그녀는 약간 느릿하게 음식을 가지고 와서 카운터에 내려놓고 기다렸다. 그녀가 무얼 기다리고 있는 건지 갑자기 생각났다. 신용 카드였다. 하지만 내게는 신용 카드가 없었다. 나는 그런 걸 전부 잊고 있었다.

"신용 카드가 없어요." 내가 그녀에게 말했다.

그녀가 바보 같은 로봇 얼굴로 나를 바라보았다. 감옥에 있을 때 로봇 경비들이 늘 짓고 있던 표정이었다. 그러더니 쟁반을 다시 들고 돌아서서 쓰레기통으로 가져가기 시작했다.

나는 소리쳤다. "멈춰! 다시 가져와요!"

그녀는 멈춰 서더니 살짝 돌아봤다가 다시 고개를 돌려 쓰레기통으로 향했다. 이번에는 좀 더 천천히 걸었다.

"멈추라고, 이 멍청아!" 내가 소리쳤다. 그러고는 생각할 겨를도 없이 카운터를 넘어가서 재빨리 그녀에게 다가가 어깨에 손을 올렸다. 그녀를 돌려세워 나를 보게 한 다음 쟁반을 뺏어 들었다. 그녀는 잠시 멍청한 얼굴로 나를 바라봤다. 그때 갑자기 천장 어디선가 경보음이 맹렬하게 울리기 시작했다.

뒤쪽 어딘가에서 초록색 유니폼을 입은 덩치 큰 머론 로봇이 나에게 다가오고 있었다. 나는 그 가게에서 나가기 위해 다시 카운터를 넘어갔다. 그 로봇은 동물원에서 봤던, "당신은 체포되었습니다. 당신은 묵비권을 행사할 수 있으며……." 라고 했던 로봇과 똑같았다.

"꺼져, 로봇 새끼." 내가 내뱉었다. "주방으로 다시 돌아가라고. 고객인데 그냥 좀 내버려 두시지?"

"당신은 체포되었습니다." 그가 말했다. 하지만 이번에는 목소리에 힘이 없었다. 갑자기 그가 움직임을 멈추었다.

나는 로봇에게 다가가 그의 공허한, 전혀 인간적이지 않은 눈을 들여다보았다. 로봇을 그렇게 가까이에서 본 건 그때가 처음이었다. 로봇을 두려워하고 존중하도록 훈련받았기 때문이었다. 그 바보 같은, 만들어진 얼굴을 바라보며 나는 처음으로 인간을 흉내 내 만든 이 어리석음이 무엇을 의미하는지 깨달았다. 아무것도 아니었다. 정말 뭣도 아니었다. 로봇은, 로봇을 발명할 수 있는 기술을 향한 맹목적인 사랑으로 인해 만들어진 것이었다. 로봇은, 한때 무기가 '필요성'에 의해 세상에 나와 온 지구를 거의 파괴했던 것처럼 우리 인간들 세상에 만들어지고 나타났다. 더 깊은 곳에서, 공허하고 비어 있는 로봇 얼굴 저 아래에서, 똑같이 생긴 수천 개의 로봇 얼굴 아래에서 경멸을 느낄 수 있었다. 그건 인간 기술자가 로봇을 만들었을 때 느꼈던, 보통 남자와 여자의 평범한 삶에 대한 경멸이었다. 그 기술자들은 로봇이 힘들고 단조로운 일에서 우리를 구해 줄 거고 우리가 내면적으로 성장하고 발전할 수 있도록 도울 거라는 거짓말로 이 세상에 로봇을 내놓았다. 누군가는 그런 로봇 같은 존재를—신의 눈으로 봤을 때 매우 혐오스러운 그것을 만들어 낸 인간의 삶을 무척 증오했을 것이다.

이번엔 나는 그에게—아니 그 물건에게—화를 냈다. "내 눈 앞에서 당장 꺼져." 내가 소리쳤다. "지금 당장 사라져 버려."

그러자 로봇이 내게서 돌아서서 걸어갔다.

나는 버거 셰프에 각자 자기의 칸막이 안에 앉아 있는 네다섯 사람을 보았다. 다들 어깨를 올리고 눈을 감고 있었다. 개인 영역 보호 규칙을 완벽하게 지키고 있는 모습이었다.

나는 재빨리 그곳에서 나왔다. 생각버스 안에 다시 들어올 수 있어서 다행이었다. 생각버스에게 브롱크스 동물원의 파충류관으로 데려가 달라고 차분하게 말했다. "물론입니다." 버스가 답했다.

*

동물원에는 불이 전부 꺼져 있었다. 달이 떠오르기 시작했다. 나는 파충류관 앞에 도착하기 전에 등유 램프를 미리 켜 놓았다. 피부에 닿는 공기가 차가웠다. 하지만 겉옷은 입지 않았다.

파충류관 문은 잠겨 있지 않았다. 문을 열고 안으로 들어 갔더니 못 알아볼 정도로 변해 있었다. 등유 램프의 어스름한 빛 때문에 으스스한 느낌이 든 것도 어느 정도는 맞았지만, 뒷벽 쪽 우리 위에 흰 천 또는 무슨 수건 같은 게 걸려 있어서 더 오싹했다.

메리 루가 자곤 했던 벤치를 보았다. 그녀는 거기에 없었 다. 특이한 냄새가 났다. 따뜻하고 달콤한 냄새. 공간 자체가 따스하고 답답한 느낌이었다. 마치 온도가 올라가 있는 것처 럼. 나는 어스름한 빛 속에서 예전과 달라진 그곳에 익숙해 지려고 잠시 가만히 서 있었다. 우리 안에는 파충류가 하나도 보이지 않았다. 빛이 약해서 그럴 수도 있지만. 비단뱀 우리 는 좀 이상해 보였다. 우리 안 한가운데에 무언가가 웅크리고 있었다.

나는 벽에서 스위치를 찾아 불을 켠 다음 밝은 빛에 적응하 려고 눈을 깜빡거렸다.

그때 앞쪽에서 목소리가 들렸다. "뭐야, 이거……."

메리 루의 목소리였다. 우리 바닥 쪽에 웅크리고 있던 것이 뒤척였다. 메리 루였다. 그녀의 머리는 헝클어지고 눈은 반쯤

감겨 있었다. 그녀는 아주 오래전 내 불안이 나를 이곳으로 데리고 왔던 그날과, 내가 그녀를 깨우고 함께 대화를 나눴던 그때와 똑같았다.

나는 말을 하려고 입을 열었다가 다시 다물었다. 그녀는 이제 우리 안에 다리를 옆으로 늘어뜨린 채 앉아 있었다. 우리에는 유리가 없고—물론 비단뱀도 없었다—매트리스가 깔려 있었다. 그녀는 매트리스에 앉아 눈을 비비며 나를 자세히 보려 애썼다.

마침내 내가 말했다. "메리 루."

그녀가 눈 비비는 걸 멈추고 나를 응시했다. "당신이군요, 폴." 그녀가 부드럽게 말했다. "맞죠?"

"맞아요." 내가 답했다.

그녀는 매트리스에서 내려와 내 쪽으로 천천히 걸어왔다. 그녀가 입고 있는 기다란 하얀색 나이트 셔츠는 많이 구겨져 있고, 자다 깨서 얼굴도 부어 있었다. 그녀는 맨발이었다. 바닥을 딛는 그녀의 걸음걸이가 차분하고 고요했다. 그녀가 나에게 가까이 다가와 멈추었다. 부스스한 머리카락 아래 그녀의 얼굴이 나를 올려다보았다. 예전과 똑같은 그 강렬한 눈빛에 내 목구멍 속에 무언가 걸린 느낌이 들었다. 나는 말을 삼켰다.

그녀가 나를 위아래로 자세히 살폈다. 그러고는 말했다.

"오 맙소사, 폴. 당신 많이 변했네요."

나는 말없이 고개만 끄덕였다.

그녀는 믿을 수 없다는 듯 고개를 흔들었다. "당신은……
뭐든 할 준비가 되어 있는 모습이에요."

갑자기 할 말이 떠올랐다. "맞아요." 내가 말했다. 그리고
한 걸음 앞으로 다가가서 그녀에게 팔을 두르고 그녀를 내 품
으로 당겼다. 아주 힘껏. 순간적으로 그녀의 팔이 내 등을 감
싸며 꽉 끌어안는 게 느껴졌다. 그녀의 탄탄한 몸을 내 품에
안고 있으니 그녀의 머리칼에서 나는 향기와 하얀 목덜미의
비누 냄새가 은은하게 느껴졌다. 내 가슴에 닿은 그녀의 가슴
이 느껴지고 내 배에 닿은 그녀의 배가 느껴졌다. 그녀의 손
은 이제 내 목덜미를 쓰다듬고 있었다.

전에 느껴 본 적 없는 강렬한 자극이 감각되기 시작했다.
몸 전체가 그 자극을 느끼고 있었다. 나는 내 손이 그녀의 등
아래로 미끄러지도록 놔뒀다. 그녀의 엉덩이에 닿을 때까지.
그녀의 엉덩이를 내 쪽으로 당기고 목에 입을 맞추었다.

그녀의 목소리는 떨렸지만 부드러웠다. "폴," 그녀가 말했
다. "나 이제 막 일어났어요. 세수도 하고 머리도 빗어야 하는
데……."

"그럴 필요 없어요." 그녀의 등 뒤로 두 손을 모아 내 쪽으
로 더 바짝 당기며 말했다.

그녀가 내 볼에 손을 갖다 댔다. "오 세상에, 폴!" 그녀가 나긋나긋 말했다.

나는 그녀의 손을 잡고 그녀가 비단뱀 우리에 갖다 놓은 침대로 이끌었다. 우리는 말없이 서로를 바라보며 옷을 벗었다. 전에 그녀와 함께 있던 때보다 더 강하고 확실한 느낌이 들었다.

나는 그녀를 침대에 눕히고 그녀의 맨몸에 입을 맞추기 시작했다. 팔 안쪽과 가슴 사이, 배, 허벅지 안쪽에 키스했다. 그녀가 소리를 지를 때까지. 심장이 미친 듯이 요동쳤지만 내 손은 침착했다.

그런 다음 나는 그녀 속으로 천천히 들어갔고 잠시 멈췄다가 더 깊숙이 들어갔다. 나는 넋을 잃었다. 황홀했다. 무슨 말을 할 수가 없었다.

우리는 서로를 바라보며 함께 움직였다. 그녀는 예전에 내가 알던 그녀보다 더 아름다웠고, 우리가 같이 있는 그 순간의 쾌락은 정말 놀랍고 믿어지지가 않았다. 내가 알고 있던, 내가 배웠던 섹스와 전혀 달랐다. 여태 그런 사랑을 나누는 행위가 가능할 거라는 생각조차 하지 못한 채 살아왔다. 오르가슴이 왔을 때 나는 완전히 압도되어 메리 루를 끌어안으며 크게 외쳤다.

그 후 우리는 서로에게서 떨어졌다. 둘 다 땀을 흘리고 있었고, 우리는 서로를 바라보았다.

"오 하나님." 메리 루가 나직이 말했다. "세상에, 폴."

나는 그녀를 바라보며 한쪽 팔꿈치에 머리를 대고 한동안 말을 하지 않은 채 그대로 있었다. 모든 것이 다르게 보였다. 더 나아졌다. 더 확실해졌다.

마침내 내가 입을 열었다. "사랑해요, 메리 루."

그녀는 나를 보며 고개를 끄덕였다. 그러고는 빙긋 웃었다.

우리는 한동안 같이 누워 있었다. 그녀가 가운을 다시 입으며 부드럽게 말했다. "분수대에 가서 세수 좀 하고 올게요." 그리고 그녀는 떠났다.

나는 몇 분간 그대로 누워 있었다. 편안하고 아주 행복하고 마음이 차분했다. 그러다 몸을 일으켜 옷을 입고 그녀에게 가기 위해 밖으로 나갔다.

밖은 어두웠다. 그러나 그녀가 불을 켜 놓았는지 조명이 들어와 있었다. 분수대에서 불빛이 나오고 회전목마에서 나올 것 같은 음악이 흐르기 시작했다.

나는 길을 따라 빛과 물, 음악이 있는 곳으로 걸어갔다. 그녀는 분수대의 수조 위로 허리를 숙이고 열심히 세수를 하고 있었다. 그녀와 몇 걸음밖에 떨어져 있지 않는데도 그녀는 나를 알아채지 못했다. 그녀가 세수를 멈추고 앉아서 가운을 끌어 올려 물기를 닦았다. 가운이 무릎 위로 올라갔다.

나는 그녀를 잠시 지켜보고 있었다. 그리고 입을 열었다.

"내 빗 쓸래요?"

그녀가 고개를 들어 놀란 눈으로 나를 보고 가운을 아래로 당겼다. 그러고는 겸연쩍게 웃었다. "좋아요, 폴."

나는 그녀에게 빗을 주고 그녀의 옆에, 자그마한 분수대 가장자리에 걸터앉아 그녀가 분수대 물에 반사되는 불빛을 받으며 머리 빗는 모습을 가만히 보았다.

엉킨 머리가 가지런해졌고 얼굴도 이제 깨끗해져서 낯빛이 밝아졌다. 그런 그녀의 모습은 충격적으로 아름다웠다. 피부에서 빛이 났다. 나는 아무 말도 하고 싶지 않았다. 그녀를 빤히 보고만 있었다. 그녀가 눈을 내리깔고 웃을 때까지 내 눈에 담긴 그녀의 모습을 즐기고 있었다.

그녀가 주저하며 말을 꺼냈다. "감옥에서 내보내 준 거예요?"

"탈출했어요."

"아," 그녀가 나를 돌아보았다. 마치 나를 지금 처음 본 것처럼. "힘들었어요? 그러니까 감옥에서요."

"그래도 거기에 있는 동안 여러 가지 배우기는 했어요. 그게 아니었다면 더 안 좋았겠죠."

"하지만 탈출했잖아요."

나도 모르게 나온 내 목소리의 힘에 나는 깜짝 놀랐다. "당신에게 돌아가고 싶었어요."

그녀는 또 눈을 아래로 내렸다가 다시 나를 바라보았다.

"맞아요." 그녀가 말했다. "오, 폴. 나는 당신이 돌아와서 정말 기뻐요."

나는 고개를 끄덕이고 말했다. "배고파요. 내가 먹을 거 만들어 줄게요." 그러고는 돌아서서 길을 내려갔다.

"아기가 깨요……." 그녀가 말했다.

나는 걸음을 우뚝 멈추고 그녀에게 돌아섰다. 그녀는 약간 당황한 것 같았다. "무슨 아기요?" 내가 물었다.

갑자기 그녀가 고개를 흔들며 웃었다. "세상에, 폴. 내가 깜빡했네요. 이제 우리한테 아기가 있어요."

나는 그녀를 바로 보았다. "내가 아빠예요?"

그녀가 생기 넘치는 얼굴로 벌떡 일어서더니 길을 따라 내게로 달려와 소녀처럼 내 목을 끌어안고 볼에 입을 맞췄다. "네, 폴." 그녀가 말했다. "당신 이제 아빠예요." 그러고는 내 손을 잡고 파충류관으로 데려갔다. 안에 있는 하얀 천이 뭔지 그제야 깨달았다. 기저귀였다.

그녀는 이구아나가 있던 더 작은 우리로 나를 데려갔다. 그곳에 큼직한 흰색 기저귀를 차고 토실토실한 배를 내민 채 잠들어 있는 그것이, 바로 아기였다. 아기는 창백하고 통통했다. 쌔근쌔근 자고 있었다. 입 주변에는 침이 거품을 이루고 있었다. 나는 그 자리에 서서 한참을 바라보았다.

그리고 메리 루에게 소곤소곤 물었다. "여자아이예요?"

그녀가 고개를 끄덕였다. "이름은 제인이라고 지었어요. 사이먼 아내의 이름을 따서요."

마음에 들었다. 이름도 좋았다. 아빠가 된 게 너무 좋았다. 다른 사람을, 내 아이를 책임지다니, 기분 좋은 일 같았다.

그런 다음 나는 우리 세 사람이 함께 있는 모습을, 오래된 흑백 영화에 나온 가족 같은 우리의 모습을 상상해 보려 했다. 하지만 그 어떤 영화에도 비어 있는 뱀과 도마뱀 우리에 기저귀가 걸려 있고, 따뜻한 우유 냄새가 나고 부드럽게 코고는 소리가 들리는 파충류관이 나오지는 않았다. 전에 감옥에 있을 때처럼, 자살 충동을 느끼며 무기력에 빠져 메리 루를 몹시 갈망하며 아빠가 된 나의 모습을 상상하던 그때처럼, 아빠가 된 나를 머릿속에 그려 보았다. 그때 내가 상상했던 아이들은 로베르토와 콘수엘라같이 어느 정도 자라 있는 아이들이었다. 그러나 그 두 아이는 친절한 우체부와 쉐보레, 코카콜라의 세계에 속해 있었다. 그런 아이들은 내 세상에 전혀 속해 있지 않았다.

나에게는 우체부와 쉐보레의 세계가 필요하지 않았다. 내게는 지금 이 세상이—비록 아주 작지만—필요했다. 온순하고 아기 냄새가 나는 이 작은 생명은, 베개에 얼굴을 대고 내 앞에 누워 있는 이 통통한 아기는 내 딸이었다. 제인. 나는 행복했다.

메리 루가 말했다. "샌드위치 가져올 수 있어요. 피멘토 치즈 샌드위치."

나는 고개를 저으며 거절하고 밖으로 나갔다. 그녀가 내 뒤를 조용히 따라왔다. 밖으로 나오자 그녀가 내 팔을 잡고 말했다. "폴. 당신이 어떻게 탈출했는지 듣고 싶어요."

"나중에요." 내가 말했다. "달걀 요리 해 줄게요."

그녀가 놀란 얼굴로 나를 바라보았다. "달걀이 있어요?"

"따라와요." 나는 그녀를 데리고 건물 옆으로 돌아가서 생각버스가 주차된 곳으로 갔다. 그리고 그녀보다 앞서 들어가 램프를 천장에 걸었다. 감옥에서 받은 라이터로 다른 램프에도 불을 붙이고, 램프를 조절해 불꽃을 최대한 크게 만들었다.

메리 루를 안으로 데리고 왔다. 그녀는 통로에 서서 주변을 둘러보았다. 나는 아무 말도 하지 않았다.

버스 뒷부분의 좌석 하나를 돌려 책장으로 만들었다. 내 책들이 가지런히 정리되어 있고, 비프는 몸을 말고 책 위에서 자고 있었다.

책 옆에는 새 옷이 걸려 있고, 그 옆에 그녀를 위해 가져온 옷도 함께 걸려 있었다. 버스의 중간쯤 내가 자는 곳 맞은편에 주방이 있는데, 거기에는 초록색 캠핑용 스토브와 프라이팬, 그릇, 저장 식품 상자, 애너벨과 함께 만들었던 커피 케이크 다섯 개가 있었다. 나는 메리 루의 얼굴을 바라보았다. 그녀는 감동 받은 것 같았다. 그러나 말은 하지 않았다.

　나는 오믈렛 팬을 버너에 올리고 달궈지는 동안 달걀을 깨서 타바스코 소스와 소금을 넣고 저었다. 로더릭 밸린이 염소 우유로 만든 치즈가 있는데, 그걸 갈아 넣고 그 안에 파슬리를 약간 섞었다. 팬이 충분히 달구어졌을 때 팬에 계란물을 붓고 불 위에서 팬을 앞뒤로 기울여 가며 빠르게 젓기 시작했다. 달걀이 노르스름하게 변하기 전에, 그러니까 가운데 부분이 아직 촉촉할 때 치즈와 파슬리를 추가하고, 치즈를 살짝 녹인 후 달걀 전체를 반으로 접어 접시 위로 미끄러뜨렸다. 나는 그 접시를 메리 루에게 건넸다. "앉아요." 내가 말했다. "포크 갖다 줄게요." 그녀가 자리에 앉았다.

　나는 그녀에게 포크를 건네며 물었다. "많이 힘들었어요? 아이 낳는 거요. 아팠어요?"

　"세상에, 말도 마요. 정말 아팠어요." 그녀가 말했다. 그러고는 오믈렛을 한 입 먹고 천천히 씹다가 삼켰다. "와," 그녀가 감탄했다. "이거 정말 맛있네요! 이름이 뭐예요?"

　"오믈렛이요." 나는 다른 버너에 커피 물을 올리고 내가 먹을 오믈렛을 만들기 시작했다. "고대에는," 내가 말했다. "여자들이 아이를 낳다가 죽는 경우도 있었대요."

　"아, 나는 안 죽었어요." 그녀가 말했다. "밥이 날 도와줬어요."

　"밥이요?" 내가 물었다. "밥이 누구예요?"

"밥 스포스요." 그녀가 답했다. "로봇이요. 그 대학 학부장이요. 당신 상사."

나는 오믈렛 요리를 완성했다. 그다음 애너벨이 만든 컵에 커피를 따라 둘이 한 잔씩 들고 메리 루가 앉아 있는 통로 맞은편 침대에 그녀를 바라보며 앉았다.

"스포스가 아이 낳는 걸 도와줬어요?" 내가 물었다. 〈세이지브러시 닥터〉에 나오는 윌리엄 S. 하트를 닮은 덩치 큰 로봇이 아이를 출산하려는 여자 옆에 서 있는 모습을 상상했다. 그러나 카우보이 모자를 쓴 스포스의 모습은 상상이 가지 않았다.

"네." 메리 루가 말했다. 스포스 이야기를 할 때 그녀의 얼굴에 약간 이상한, 왠지 모르게 가슴 아파하는 기미가 보였다. 그녀는 내게 뭔가 하고 싶은 말이 있지만 아직 말할 준비가 되지 않은 것 같았다. "스포스가 탯줄을 잘랐어요. 그가 나한테 그랬다고 말해 줬던 것 같아요. 사실 그때 제정신이 아니어서 무슨 일이 있었는지 정확히 기억나지가 않아요." 그녀가 머리를 흔들었다. "이상해요. 그때 살면서 처음으로 약을 간절히 원했거든요. 그리고 일주일 뒤 밤에게 배급을 멈추라고 했어요."

"배급을 멈춘다고요?" 내가 말했다. "약이요?"

"맞아요. 아마 변화가 있을 거예요." 그녀가 웃었다. "후유 중이 엄청날 거고요."

그건 상관없었다. "정신을 잃었어요?" 내가 물었다. "당신의 그런 모습은 상상이 가지 않아요."

"약을 먹고 넋이 나간 그런 게 아니었어요. 정말 무척 아팠지만, 참을 수 없을 정도는 아니었고요."

"그리고 스포포스가 도와준 거예요?"

"밥이 당신을 데려간 후 그 사람은…… 내 임신 기간 동안 날 지켜봐 줬어요. 아이가 태어나자마자 그는 버거 셰프에 가서 우유를 갖다 주었고 어딘가 창고에서 아주 오래된 젖병을 찾아냈어요. 내 생각에, 스포포스는 뉴욕에 뭐가 어디에 있는지 전부 다 아는 것 같아요. 기저귀랑 기저귀를 빨 수 있는 세제까지." 그녀는 잠시 창밖을 내다보았다. "그가 나한테 빨간 코트를 갖다준 적이 있어요." 그러고는 기억을 털어 내려는 듯 머리를 흔들었다. "기저귀는 분수대에서 빨아요. 제인은 이제 으깬 샌드위치를 먹어요. 아기한테 줄 분유도 많이 있고요."

나는 오믈렛을 다 먹었다. "그동안 나는 혼자 살았어요." 내가 말했다. "나무 집을 수리해서요. 친구들이 도와주기도 했고요." '친구'라는 그 단어가 어쩐지 이상하게 느껴졌다. 전에는 밸린 가족들을 친구라고 생각한 적이 없었지만, 지금 생각해 보니 그들은 친구가 맞았다. "당신한테 줄 게 있어요."

나는 버스 뒤쪽으로 가 마우그레의 상점에서 그녀를 위해 가져온 원피스와 파란 청바지 그리고 티셔츠를 꺼내 좌석 위에 내려놓았다. "이거요." 내가 말했다. "그리고 사탕 한 상자." 음식을 보관해 놓는 패널이 달린 칸에서 하트 모양의 상자를 꺼내 그녀에게 건넸다. 그녀는 놀란 얼굴로 그 상자를 들고서 어떻게 해야 할지 몰라 어리둥절해했다. 그녀의 손에서 상자를 가져와 열어 주었다. 사탕을 덮고 있는 종이에 이런 글이 적혀 있었다. "나의 밸런타인이 되어 줘요." 나는 그 글을 소리 내어 읽었다. 읽기 좋은 글이었다.

그녀가 나를 쳐다보았다. "밸런타인이 뭐예요?"

"사랑과 관련이 있는 말이에요." 나는 그렇게 답하며 종이를 떼어 냈다.

종이 아래에 사탕들이 있었다. 사탕은 식품 보존용 투명 비닐로 하나씩 싸여 있었다. 나는 초콜릿으로 덮인 큰 사탕을 꺼내 그녀에게 주었다. "손톱으로 포장지를 벗겨 내요. 바닥 쪽 평평한 부분이요." 내가 말했다.

그녀가 초콜릿 사탕을 보더니 손톱 끝으로 포장을 뜯으려했다. "이걸 뭐라고 한다고요?" 그녀가 물었다.

"사탕이요. 먹어 봐요." 나는 그녀가 들고 있던 사탕을 가져와 포장지를 벗겨 주었다. 지난 1년 동안 시어스에서 다양한 음식들을 먹는 법을 배우면서 포장지 벗기기에 익숙해졌다. 그녀에게 사탕을 건네자 그녀가 사탕을 잠시 보고 있다가 뒤

집어 보았다. 아마 그런 사탕은 처음 봤을 것이다. 사실 나도 마우그레에 가기 전에는 사탕이란 걸 한 번도 본 적이 없었다. "먹어 봐요." 내가 말했다.

그녀는 사탕을 입에 넣고 씹어 먹기 시작했다. 그러더니 그 즐거운 맛에 놀라 입을 살짝 벌린 채 나를 뚫어지게 바라보았다. "하나님 세상에." 그녀가 사탕으로 꽉 찬 입 사이로 말했다. "정말 굉장하네요!"

그런 다음 나는 그녀에게 옷을 건넸다. 그녀는 신이 나서 옷들을 바라보았다. "내 거예요?" 그녀가 물었다. "너무 멋져요, 폴. 정말 아름다워요."

우리는 한동안 말없이 앉아 있었다. 내 무릎 위에 사탕 상자를 둔 채, 그녀의 무릎 위에는 새 옷을 둔 채. 나는 그녀의 얼굴을 바라보았다.

갑자기 열린 버스 문 사이로 크게 울부짖는 소리가 들렸다. 사이렌 소리 같았지만, 무척 화가 많이 난 인간의 소리였다.

"오 세상에!" 메리 루가 팔에 옷을 가득 안고 벌떡 일어섰다. "아기요!" 그녀는 버스 밖으로 뛰쳐나가 내 쪽을 보고 소리쳤다. "10분만 기다려요. 옷 입어 보고 싶어요."

나는 버스에서 나와서 분수대로 돌아가 가장자리에 걸터앉았다. 공기 중에 떠다니는 가벼운 음악 소리와 부드러운 물소리가 기분 좋았다. 고개를 들었다. 달이 여전히 고개를 내밀고 있었고 새벽의 흔적은 아직 보이지 않았다. 마음이 너무나 편안했다.

메리 루가 팔에 무언가를 잔뜩 들고서 파충류관에서 나왔다. 팔꿈치로 문을 급하게 쾅 닫으면서. 그녀는 파란 청바지와 하얀 티셔츠 차림에 샌들을 신고서 한 팔로 아기를 능숙하게 안고 있었다. 다른 팔에는 나머지 새 옷이 걸려 있고 그 위에 기저귀가 차곡차곡 올려져 있었다. 입고 있는 옷이 그녀에게 아주 잘 어울렸다. 머리도 단정하게 빗겨져 있고, 내 쪽으로 다가오는 그녀의 얼굴에는 분수대 조명이 비쳐서 빛이 났다. 아기는 울음을 멈추고 편안한 자세로 그녀의 팔에 안겨 있었다. 그 둘을 보고 있는데 순간 숨이 잘 쉬어지지 않는 것 같았다.

나는 부드럽게 숨을 내쉬었다. "버스 좌석 중 하나를 아기 침대로 만들어야겠어요. 우리 같이 떠납시다."

그녀가 나를 올려다봤다. "뉴욕을 떠나고 싶어요?"

"캘리포니아로 가고 싶어요." 내가 말했다. "가능한 한 뉴욕에서 멀어지고 싶어요. 로봇들, 약, 다른 사람들과 떨어져 살고 싶어요. 내 책과 음악, 당신과 제인이면 돼요. 그거면 충분해요. 더 이상은 뉴욕에서 지내고 싶지 않아요."

그녀가 한참 나를 쳐다보다가 답했다. "좋아요." 그러고는 잠깐 멈추더니 말을 이었다. "그렇지만 난 해야 할 일이 있어요……."

"스포포스 때문에요?" 내가 물었다.

그녀의 눈이 커졌다. "네. 스포포스 일이에요. 그는 죽고 싶어 해요. 그리고 나와…… 거래를 했어요. 내가 그를 도와주기로."

"그가 죽는 걸 돕는다고요?"

"네. 나도 무서워요."

나는 그녀를 바라보았다. "내가 도와줄게요."

그녀가 안심하는 듯 나를 보았다. "제인의 물건을 챙겨 올게요. 이제 뉴욕을 떠날 때인 것 같아요. 이 버스가 우리를 캘리포니아로 데리고 갈 수 있을까요?"

"그럼요. 그리고 음식도 구할 수 있어요. 거기로 가면요."

그녀는 버스 쪽을, 견고하고 튼튼한 그 모습을 돌아본 다음 내게 다시 눈을 돌렸다. 그녀는 놀라움이 깃든 눈으로 내 얼굴을 오랫동안 세심하게 살펴보았다. 그러고는 입을 열었다. "사랑해요, 폴. 정말로 사랑해요."

"알아요." 내가 말했다. "갑시다."

스포스

외관으로만 보면 1932년에도 그랬다. 근본적으로 어리석고 비인간적인 그 건물. 그 건물이 세워질 때 사람들은 오로지 건물의 높이와 허세에만 모든 관심을 쏟아부었다. 지금, 2467년 6월 3일인 지금도 그 건물은 그때와 마찬가지로 층수가 102개이다. 하지만 건물 내부에는 아무것도 없다. 사무용 가구조차도. 건물 높이는 381미터. 거의 4분의 1마일 정도다. 그러나 이제는 쓸모가 없다. 그 건물은 하나의 표시에 지나지 않으며, 과하게 큰 것을 만들어 내는 인간의 능력에 대한 무언의 증거일 뿐이다.

지금 그 건물이 서 있는 모습은, 그 건물이 다른 건물들과 어우러져 있던 20세기 뉴욕에 있을 때보다 훨씬 더 부각되어 보인다. 뉴욕에는 이제 다른 높은 건물이 없다. 그 건물은 건

축가들이 처음에 부푼 꿈을 안고 상상했던 방식 그대로, 단 하나뿐인 형태를 만들고자 했던 그 의도대로 맨해튼 위에 우뚝 솟아 있다. 뉴욕은 이제 무덤이나 마찬가지다. 엠파이어 스테이트 빌딩은 무덤의 묘비인 셈이다.

*

스포포스는 옥상 가장자리의 끝자락에 최대한 가까이 다가가 선다. 그는 혼자 벤틀리와 메리 루가 올라오기를 기다리고 있다. 메리 루의 아기를 직접 안고 올라왔고, 지금은 아기가 바람을 맞지 않게끔 팔로 잘 감싸 주고 있다. 아기는 그의 품에서 잠들어 있다.

조금 있으면 스포포스의 오른쪽, 이스트강과 브루클린 너머에서 하늘이 밝아오겠지만, 지금은 아직 어둑어둑하다. 저 아래에 생각버스의 불빛이 보인다. 버스들은 5번가와 3번가, 렉싱턴, 매디슨, 브로드웨이를 천천히 오르내리면서 센트럴 파크를 거쳐 위로 올라간다. 51번가에 있는 한 건물에 불이 켜져 있다. 그러나 타임 스퀘어에는 작은 불빛 하나 보이지 않는다. 스포포스는 품에 아기를 안전하게 안은 채 그 불빛을 바라보며 두 사람을 기다린다.

그때 뒤에서 묵직한 문이 열리는 소리가 들리고 뒤이어 발소리도 들린다. 곧 메리 루의 목소리가 숨을 헐떡이면서 말한다. "오, 우리 아기. 밥, 이제 내가 데려갈게요." 두 사람이 여기까지 오르는 데 세 시간이 넘게 걸렸다.

스포포스는 돌아서서 그들의 그림자를 보고 아기를 내준다. 메리 루의 어두운 그림자가 아기를 받아 들고 말했다. "준비되면 말해요, 밥. 아기를 내려놓아야 하니까요."

"해가 뜰 때까지 기다릴 거예요." 그가 말한다. "보고 싶어서."

인간 둘이 앉아 있다. 이제 그들을 마주 보고 있는 스포포스는 벤틀리가 담배에 불을 붙이자 담배에 붙은 노란 불꽃이 바람에 흔들리며 환하게 깜빡이는 모습을 보고 있다. 메리 루가 강인한 몸을 아기 위로 굽히자 갑작스러운 명암이 그곳 바닥을 훑고 지나간다. 그녀의 머리칼이 바람에 휘날린다.

그는 그 자리에 서서 그녀의 그림자만 다시 본다. 그러나 그녀 바로 옆 폴 벤틀리의 그림자가 그녀에게 닿는다. 아주아주 오래전 인간 가족의 전형적인 모습이 여기 이 무감각하고 목적 없는 도시의 기괴한 건물 꼭대기에 존재하고 있다. 사람들은 약에 취해 잠들어 있고, 로봇들은 음탕한 가짜 삶을 살고 있으며, 이 도시의 유일하게 밝은 구석은 작고 즐거운 마음으로 그리고 자기만족과 편안한 마음으로 텅 빈 거리를 돌아다니는 생각버스들뿐이다. 스포포스의 로봇 마음은 생각버스의 텔레파시인 웅웅 소리를 감지할 수 있지만, 그의 의식 상태에 영향을 미치지는 않는다. 무언가 천천히, 부드럽게 그의 마음속으로 들어오고 있다. 그의 정신은 그것이 차분히 들어올 수 있게 한다. 그는 돌아서서 북쪽을 바라본다.

그때 갑자기 어둠 속에서 바람이 휘날리고, 짙은 색의 자그마한 무언가가 스포포스의 움직임 없는 오른팔에 앉더니 불현듯 얼어붙은 실루엣으로 변한다. 새였다. 그의 팔에 참새가, 도시 참새가 앉아 있다. 너무 높은 곳까지 올라온, 강인하지만 불안해하고 있는 새. 그 새는 그와 함께 새벽을 기다린다.

그리고 새벽이 시작되었다. 브루클린 너머의 낮은 하늘에서부터 서서히 올라가 맨해튼 북쪽으로, 할렘과 화이트 플레인스 그리고 한때 컬럼비아 대학이었던 곳에 회색 빛이 번진다. 인디언들이 지독히도 더러운 가죽 위에서 잠을 자던 땅 위로, 나중에는 백인들이 조바심을 내며 자기들의 권력과 돈, 열망에 집중하고 건방진 자만심을 끌어안은 채 건물을 미친 듯이 세우더니, 어느새 길거리에 택시와 불안에 떠는 사람들이 가득해지고 결국 도시 전체가 약물과 내면의 깊숙한 곳으로 침묵하게 된 그 땅 위로 새벽이 번진다. 이스트강 너머에서 태양이 붉게 솟아오르고 있다. 참새가 머리를 까딱거리더니 스포포스의 팔에서 날아간다. 작은 생명을 스스로 꼭 붙들고서.

스포포스의 마음에 천천히 다가오던 것이 이제는 자리를 잡아 간다. 그건 기쁨이다. 그는 170년 전 클리블랜드의 어느 죽어 가는 공장에서 생명을 토해내며 처음으로 의식을 느꼈을 때처럼 기쁘다. 세상에 혼자라는 것, 그리고 앞으로도 쭉 혼자일 거라는 걸 아직 알지 못했던 그때처럼.

그는 맨발 아래의 단단한 표면을 즐기고, 얼굴을 스치는 강한 바람과 선명하게 뛰는 심장을 느낀다. 자신의 젊음과 강인함을 느낀다. 그리고 그 감각들을, 이 순간만큼은 그 자체로 사랑한다.

스포포스가 큰 소리로 말한다. "이제 준비됐어요." 그는 뒤를 돌아보지 않는다.

메리 루가 아기를 출입구에 내려놓자 아기가 악을 쓰며 우는 소리가 들린다. 그는 그의 등에 닿는 작은 손길을 느낀다. 그 손길이 그녀라는 걸 그는 안다. 잠시 후 그 위로 조금 더 큰 손길이 느껴진다. 숨소리가 들린다. 그의 시선은 앞을 똑바로 보고 있고, 이제 맨해튼 섬의 꼭대기를 향한다.

맨 등에서 그녀의 머리칼이 느껴지고, 상반신이 앞으로 쓰러지기 시작하자 그의 등에 닿는 그녀의 입술이 감각된다. 부드럽게 입을 맞추는 그녀의 입술이, 따뜻하고 편안한 그녀의 숨결이. 그는 팔을 넓게 펼친다. 그리고 아래로 떨어진다.

계속 떨어진다. 차가운 바람이 매섭게 불어 댄다. 마침내 그는 평온한 얼굴로, 맨가슴을 드러낸 채 강인한 다리를 쭉 뻗어 발끝을 아래로 향하게 하고 있다. 카키색 바지가 다리 뒤쪽에서 펄럭대고, 그의 금속 뇌는 오랫동안 그리워하던 것을 향해 돌진하고 있는 이 상황을 무척 반긴다. 로버트 스포포스, 인류의 가장 아름다운 장난감. 그는 맨해튼의 새벽녘에 울부짖으며, 몸을 떨며, 강인한 팔을 활짝 펼친 채 5번가를 끌어안는다.

모킹버드

초판 1쇄 2024년 7월 17일

지은이 월터 테비스
옮긴이 나현진

책임편집 이윤형
표지디자인 [★] 규

펴낸이 차보현
펴낸곳 어느날갑자기
출판등록 2017년 8월 31일 제2021-000322호
연락처 070-7566-7406, dayone@bookhb.com
팩스 0303-3444-7406

모킹버드 © 월터 테비스, 2024
ISBN 979-11-6847-786-5 03840